CB009830

1ª edição - Julho de 2023

Coordenação editorial
Ronaldo A. Sperdutti

Preparação de originais
Marcelo Cezar

Capa
Juliana Mollinari

Imagem Capa
Shutterstock

Projeto gráfico e diagramação
Juliana Mollinari

Revisão
Maria Clara Telles

Assistente editorial
Ana Maria Rael Gambarini

Impressão
Gráfica Bartira

Av. Porto Ferreira, 1031 | Parque Iracema
CEP 15809-020 | Catanduva-SP
17 3531.4444

www.**lumeneditorial**.com.br
www.**boanova**.net

atendimento@lumeneditorial.com.br
boanova@boanova.net

Dados Internacionais de Catalogação na Publicação (CIP)
(Câmara Brasileira do Livro, SP, Brasil)

Leonel (Espírito)
    A força do destino / pelo espírito Leonel ;
[psicografado por] Mônica de Castro. -- Catanduva,
SP : Lúmen Editorial, 2023.

    ISBN 978-65-5792-078-7

    1. Romance espírita I. Castro, Mônica de.
II. Título.

23-158760   CDD-133.93

Índices para catálogo sistemático:

1. Romances espíritas psicografados : Espiritismo
    133.93

Eliane de Freitas Leite - Bibliotecária - CRB 8/8415

Impresso no Brasil – Printed in Brazil
01-07-23-3.000

MÔNICA DE CASTRO

A FORÇA DO DESTINO

ROMANCE PELO ESPÍRITO LEONEL

LÚMEN
EDITORIAL

**" AO MEU FILHO,
LUIZ MATHEUS, ALEGRIA
DA MINHA VIDA E FORÇA
DO MEU DESTINO. "**

//////////

PRÓLOGO

Tudo estava tão escuro! Escuro como a madrugada em que não é possível vislumbrarem-se as estrelas. Onde estariam elas? Será que ela atravessara a noite da vida sem nem ao menos perceber que não haveria mais amanhecer?

Ao longe, ouviu alguém chorar. Primeiro, um lamento feminino, suave, quase infantil. Depois, uma voz grave, desconsolada, assustada juntou-se à primeira. Não entendia o que estava acontecendo. Afinal, que choradeira era aquela?

O corpo estendido sobre a cama encheu-a de dúvidas. Rosemary fitou-o com incredulidade, pensando que lhe pregavam uma peça de muito mau gosto. Alguém havia estirado em seu leito um manequim igualzinho a ela! E ainda cuidara de maquiá-lo tal qual um defunto na véspera do sepultamento, antes de ser tratado na funerária. Francamente, deviam punir tamanho absurdo.

O absurdo, porém, ganhou forma. À medida que a manhã avançava, a cena insólita parecia desanuviar-se, revelando um quarto, um homem, uma menina e... um corpo. Mas que corpo? Como num sonho extraordinário, Rosemary se aproximou, constatando, para seu horror, que o manequim mal-acabado não era propriamente uma réplica, mas seu próprio corpo jazendo, lívido, sobre o lençol amassado.

Aos poucos, a consciência foi retornando. Imagens aparentemente sem nexo se sucediam em sua mente. Lugares não percorridos, épocas não vividas, figuras desconhecidas. Tudo se misturava num redemoinho caótico de eventos singulares, nos quais ela era sempre a personagem central. Sangue, morte, lágrimas, ódio... Eram os ingredientes funestos na preparação da vingança.

E o perdão? Rosemary sentia, perdida em algum lugar de seus pensamentos, a frágil lembrança de que viveria pelo perdão. Mas tudo dera errado. As promessas do espírito perderam-se nas ilusões da carne, deixando de lado os compromissos assumidos diante da própria consciência. O mundo podia ser uma ilusão, mas, a seus olhos, era muito mais do que um devaneio fugidio: Era a certeza do prazer, da vitalidade, das paixões. Não era com isso que sempre sonhara?

Uma pontada de remorso fez pulsar seu coração. Ínfima demais para causar dor, mas forte o suficiente para incomodar um pouquinho. E agora? Estaria tudo perdido? Sabia, bem lá no fundo, que desperdiçara uma oportunidade única de se reconciliar com a vida e com Deus. Mas Deus não era impiedoso, saberia perdoá-la; e a vida... A vida era bem mais do que a desventura daquele momento.

Ainda assim, ela chorou. A vida era mais do que o que via, porém, menos do que ainda possuía, já que não possuía mais nada. Toda a sua vida, ou o que restava dela, se encontrava ali, acolhida pela insensibilidade do leito que, um dia, ela inundara de calor. Apenas um corpo frio, inerte, mortal.

Não era justo. Ou talvez fosse, diante das inúmeras injustiças que cometera contra quem mais deveria amar e proteger. Agora, olhando o mundo de uma outra perspectiva, percebeu que nunca conseguiria manter a palavra empenhada, a menos que uma força externa a compelisse. Sim, era isso. Não adiantava jurar, comprometer-se, planejar. Na volta, tudo é diferente. O jeito era, numa vida futura, construir um elo mais difícil de se romper e devolver o que tirou.

Foi nesse momento que a ideia começou a se delinear. A princípio, causou-lhe um arrepio de terror, só de imaginar a monstruosidade que resultaria daquele esboço aberrante. Mas, pensando melhor, talvez fosse a única solução. De qualquer maneira, aquele era um projeto para o futuro, se é que elas teriam um futuro. No momento, seu coração ainda se permitia dominar pela mancha negra do ódio, e a vingança insistia em se apresentar como a salvação de seu orgulho.

Foi com espanto que reparou na luminosidade que invadiu o ambiente. Não era uma luz forte, daquelas que cegam sem nem se olhar. Ao contrário, era uma luzinha pálida, débil, quase sem vigor. Ao ver aquele raio tênue estender-se em sua direção, Rosemary hesitou. Lá dentro, uma silhueta familiar acenava para ela, convidando-a para uma viagem através das estrelas. A ideia de se misturar aos astros parecia muito poética e apaixonante. Contudo, havia um empecilho. Ela não queria se misturar às estrelas. Preferia vê-las de baixo, como até então vinha fazendo.

Com esse pensamento, virou as costas para a luz salvadora, dizendo a si mesma que ainda não era hora de partir.

CAPÍTULO 1

Parecia mesmo que aquele não seria um dia comum na vida de Jaqueline. Nenhum dia, desde que completara treze anos, transcorrera dentro da normalidade esperada pela maioria das pessoas. Jaqueline tinha uma casa, uma mãe, um irmão e um padrasto. Mas isso fora antes de a mãe morrer.

Tudo acontecera muito rápido. Jaqueline despertara aquela manhã pensando como faria para sobreviver a mais um dia dentro da casa que, há muito, não chamava de lar. Ela e Maurício não tinham escolha. Sentiam-se abandonados, perdidos, traídos por aquela que, no mundo, era quem mais deveria amá-los. Ainda assim, engoliam as frustrações e sobreviviam.

Logo que abriu os olhos, Jaqueline percebeu que havia algo errado. O familiar aroma de café não impregnava o ar, como era costume àquela hora. O padrasto, Dimas, dormia até tarde, deixando Rosemary sozinha com suas lágrimas até que as crianças aparecessem para o desjejum. Naquele dia, porém, não. A casa estava silenciosa, quieta, fria. Um arrepio de terror percorreu a pele de Jaqueline quando ela chegou perto da porta do quarto da mãe. Apurou os ouvidos, tentando captar algum som do lado de dentro, mas nada lhe chegou além do pesado ressonar de Dimas.

Em dúvida sobre o que deveria fazer, bateu e chamou baixinho:

— Mãe... — como ninguém respondesse, ela insistiu: — Mãe... Está tudo bem? Mãe? Está aí?

Uma interrupção no ronco de Dimas deu-lhe a entender que ele havia acordado. Jaqueline ouviu um murmúrio gutural; silêncio, novo murmúrio; silêncio e, por fim, um estrondo, como o de uma cadeira desabando no chão, e a porta se abriu abruptamente.

— Ela não acorda — balbuciou Dimas, ainda cheirando à bebedeira da véspera. — Não sei o que houve com ela. Parece... morta...

Disse aquilo com receio e uma certa frieza, como alguém que se espanta diante da própria indiferença. Jaqueline deixou de prestar atenção a ele. Empurrou-o para o lado e entrou correndo, ajoelhando-se ao lado de Rosemary.

— Mãe! — gritou. — Mãe! — sacudiu-a. — Mãe, acorde! Acorde, por favor!

Rosemary não acordou. Permanecia deitada no leito, olhos cerrados, fria e pálida como um cadáver. Diante da constatação da morte, Jaqueline não sabia se chorava, se gritava ou se não fazia nada, com medo da reação de Dimas. A emoção, contudo, foi mais forte, e Jaqueline pôs-se a chorar de mansinho.

— Ela está morta? — indagou Dimas, até então, sem se convencer.

Evitando olhar para ele, Jaqueline assentiu, experimentando uma profusão de sentimentos confusos e contraditórios. O padrasto se aproximou lentamente, fitando a mulher com expressão vazia. Pôs a mão no ombro da enteada, irritando-se quando ela se encolheu.

Jaqueline não suportava que ele a tocasse. Desde que completara treze anos, o toque de Dimas tinha sempre uma intenção obscura. A princípio, ela não percebera; ele era seu tio. Criança, não tinha maldade para essas coisas, para coisa alguma. Era boba, ingênua, crédula.

Não se afeiçoara a Dimas como deveria; a perda prematura do pai deixara dentro dela um vazio difícil de ser preenchido.

Fazia nove anos que ele se fora. Quando morrera, Jaqueline tinha dez anos e Maurício acabara de completar um aninho.

Ainda se lembrava do dia como se tivesse acontecido na véspera. Feliz com o aniversário do filho temporão, Reginaldo se esmerava no preparo de sua primeira festinha. Tudo muito lindo; a decoração colorida de circo dava um ar de alegria ao ambiente. Reginaldo saiu cedo para buscar o bolo de aniversário e o vestido da filha na costureira. Como amava seus filhos! Para o aniversário de Jaqueline, que se encontrava próximo, prometera levá-la para conhecer o Rio de Janeiro, que era seu sonho.

Estava tão feliz e embevecido que não se deu conta de que um motorista bêbado cruzara a avenida e se atravessara na contramão. Sem tempo de frear, Reginaldo bateu de frente no outro carro. Sua morte foi imediata, transformando a festa do filho em seu primeiro momento de luto.

Mesmo abalado, Dimas serviu de consolo a Rosemary. Reginaldo era seu irmão mais velho, seu protetor, seu amigo e, sobretudo, aquele que custeava seus gastos quando extrapolavam os limites de seu salário. Reginaldo amava Dimas, e não é que Dimas não correspondesse. Ele gostava do irmão, mas não se prendia a ele. Respeitava-o, mas o amor não era como o esperado entre irmãos próximos.

No ano seguinte, Rosemary casou-se novamente. Dimas era seis anos mais novo, bonito, bem-falante, simpático, porém, continuava malandro. Gostava da vida fácil, da noite, da boemia. Gostava de tudo, só não gostava de trabalho. Era um bom pedreiro, apesar de preguiçoso. No começo, conseguia manter-se ocupado com uma obra aqui, uma reforma ali. Mas depois, vendo que Rosemary se matava de trabalhar no hospital, foi relaxando, faltando a compromissos sem dar satisfações aos clientes, recusando serviços sem motivo algum ou executando-os de forma desleixada e sem cuidado. Foi indo, foi indo, e os clientes começaram a escassear, até desaparecerem por completo, restando a Rosemary a obrigação de sustentar a casa sozinha. Técnica de enfermagem,

Rosemary dobrava plantões e, nos horários em que deveria estar repousando, cuidava de idosos, bebês e pessoas doentes.

Sem emprego nem ocupação, mas com dinheiro no bolso, Dimas se voltou para a bebida e as mulheres. Rosemary vivia cansada, reclamando de tudo, sem disposição para seus joguinhos de sexo. Isso o deixava tão irritado que não demorou muito para que ele começasse a surrá-la. Rosemary apanhava quase que diariamente, e isso, com apenas um ano de casada!

Com o passar do tempo, as surras tornaram-se rotina. De tão constantes, Rosemary se acostumara a elas, convencendo-se de que apanhava porque merecia. Ela trabalhava muito, não tinha tempo para o marido. Era natural, portanto, que ele reclamasse a esposa que ela não conseguia ser, buscando na rua a saciedade dos desejos que caberia a ela satisfazer. Dimas não era culpado pelas falhas dela. E ela não tinha culpa de amá-lo tanto.

À medida que Jaqueline crescia, a compreensão crescia junto com ela. Aos poucos, passou a se dar conta de que nada daquilo era certo, principalmente quando ele lhe bateu a primeira vez. Jaqueline chorou, reclamou com a mãe, disse que Dimas não era seu pai, mas a resposta simples, chocante, vazia foi:

— É como se fosse.

Encerrado o assunto, Rosemary não interferia quando Dimas batia nela e, mais tarde, no irmão. Aos poucos, o que já não era muito carinho acabou transformando-se em indiferença, chegando, algumas vezes, a beirar a raiva. Sem entender por que a mãe a tratava tão mal, Jaqueline acabou se afastando dela e voltando-se para Maurício, de quem cuidava com todo amor.

Jaqueline e Maurício tornaram-se crianças tristes. A mãe os negligenciava, não perdendo a oportunidade de acusar Jaqueline por tudo de ruim que lhes acontecia, sobretudo, as traições de Dimas. Ambos odiavam o tio-padrasto. Com isso, acabaram se voltando um para o outro. Os dois eram tão unidos que dormiam na mesma cama, e Maurício só se sentia seguro ao lado de Jaqueline.

Certa noite, durante um dos muitos plantões de Rosemary, Dimas, como sempre, chegou bêbado em casa. Trôpego, atirou-se em frente à televisão, apanhando o controle remoto em cima da mesinha. Sem se incomodar com Jaqueline, trocou de canal, sintonizando num jogo de futebol.

— Ei! — ela reclamou. — Eu estava vendo a novela.

— Estava — ironizou ele.

Ela não respondeu, temendo apanhar. Com o cenho franzido, levantou-se e foi para a cozinha preparar um lanche. De onde estava, Dimas via tudo o que ela fazia, sem lhe prestar muita atenção, até que ela deixou um copo cair. O susto que ele levou fez com que se levantasse para lhe dar uns tapas. A meio caminho, parou fascinado. Abaixada no chão da cozinha, Jaqueline juntava os cacos de vidro com a mão.

Foi nesse momento que o desejo desabou sobre ele de forma irrefreável. Fazia algum tempo que reparava nela, mas nunca tivera coragem de tentar qualquer investida. Hoje, contudo, seria diferente. Jaqueline usava uma camisola de malha nada sexy, mas a posição em que estava permitia que ele vislumbrasse suas coxas bem torneadas e o fundo de sua calcinha branca. A visão o entorpeceu, criando fantasias em sua cabeça, despertando, em sua imaginação, a imagem completa do corpo de treze anos da enteada.

— Onde está seu irmão? — perguntou ele, parado na porta da cozinha.

— Dormindo — respondeu ela, agora varrendo os cacos menores para a pá de lixo.

Passando a língua nos lábios, Dimas se aproximou, praticamente despindo-a com o olhar. Apesar de não identificar a malícia em seus olhos, ela foi capaz de perceber que havia algo errado em sua postura. Encostado na parede, Dimas a observava. Esperou pacientemente até que ela embrulhasse todos os cacos de vidro no jornal para só então se aproximar.

A proximidade dele causou-lhe um sobressalto. Certa de que iria apanhar, Jaqueline se encolheu, mas o usual bofetão não sobreveio.

— Venha cá — ordenou ele, puxando-a com rispidez. — Até que você se tornou uma cadela bem gostosinha, sabia?

Apesar da inocência, Jaqueline não era burra. Foi com horror que, rapidamente, percebeu as intenções de Dimas. Sem ligar para o medo de apanhar, empurrou-o com o máximo de força que conseguiu reunir.

— Deixe-me em paz — gemeu ela, lutando para escapar ao beijo que ele tentava lhe dar.

— Nada de jogo duro comigo, garota. Há muito tempo você vem desejando isso, que eu sei. Fica por aí se rebolando, me provocando, se oferecendo, e agora finge que é santinha. Santinha do pau oco, isso sim.

— Solte-me, tio, ou conto tudo para minha mãe.

Ele soltou uma gargalhada diabólica, como se estivesse tomado por algum anjo do mal. Empurrou-a contra a parede; beijou-a na boca, no pescoço, nos seios; alisou e apertou seu corpo, ignorando seus protestos desesperados.

— Sua mãe me ama — afirmou ele sarcasticamente. — Se eu disser que você me provocou, em quem você acha que ela vai acreditar?

Jaqueline não sabia se aquilo era verdade, mas bem podia ser. Do jeito que a mãe a ignorava, podia muito bem ficar contra ela. Mesmo assim, ela lutou, como se lutasse pela própria vida. Tudo inútil. Mais forte, Dimas facilmente a dominou, levando-a para o quarto, deitando-a na cama onde a mãe dormia.

— Não se preocupe — prosseguiu ele, divertindo-se com a situação. — Não vou deflorar você. Existem outras maneiras de me satisfazer sem tirar a sua virgindade. Não quero você de barriga por aí.

Ele a virou de bruços, penetrando-a por trás. Foi como se uma chibata incandescente a dilacerasse por dentro. Jaqueline se debatia em vão, totalmente dominada pelos braços musculosos de Dimas. Tentou gritar, mas ele sufocou seu grito, empurrando a cabeça dela no travesseiro, de tal modo que quase a sufocou. Agora mais preocupada em respirar, Jaqueline deixou de se debater.

Ao final, saciado, Dimas bufava para o ar, tentando recuperar o fôlego. A seu lado, Jaqueline chorava baixinho. O corpo dolorido, a honra estilhaçada, o orgulho sobrepujado pela brutalidade do monstro.

— Viu? — zombou ele. — Mantive a minha promessa, não foi? Você continua virgem.

Engolindo a dor junto com as lágrimas, Jaqueline entrou no chuveiro para lavar sua dignidade, esfregando-se até deixar a pele vermelha. Mas a sujeira de Dimas parecia não sair, impregnando-se por todos os seus poros.

Levou quase três meses para que Jaqueline contasse à mãe o que estava acontecendo. Abusar dela tornara-se costume de Dimas sempre que Rosemary saía. Quando, finalmente, decidiu-se a contar, era porque já não aguentava mais. Tinha que vencer o medo, delatar Dimas para que ele pagasse pelo que lhe fazia. A mãe entenderia. Tinha que entender. Não era como o padrasto falava. Se ela amava o marido, deveria amar ainda mais os filhos.

A decisão de contar a verdade só não foi maior do que o assombro. Jaqueline contou tudo em detalhes, desde a primeira noite. A princípio, pensou que a mãe não havia entendido. Rosemary a fitava com olhar incrédulo, ao mesmo tempo em que uma lividez fria se espalhava pela sua face. Aos poucos, a cor foi retornando a seu rosto, até deixá-lo rubro feito uma bolha de sangue. Inesperadamente, Rosemary ergueu a mão e desferiu em Jaqueline uma bofetada ardida, carregada de rancor e fúria.

— Mentirosa! — rugiu ela. — Pensa que não sei o que está fazendo? Bem que Dimas me avisou para ficar de olho em você.

— Avisou...?

— Avisou que você está ficando oferecida, que vive se exibindo para os garotos na rua e até para ele, abaixando-se para apanhar coisas no chão e lhe mostrar as calcinhas!

— Mãe — tornou, magoada. — Como pode acreditar em tio Dimas? Mesmo com tudo o que ele lhe faz, você ainda acredita nele?

— Ele não me faz nada.

— Ele bate em você! Bate em mim e até no Maurício, que só tem quatro anos! E se tivéssemos um cachorro, batia nele também.

— Isso não tem nada a ver. O assunto aqui é outro. Dimas nos bate para nos disciplinar... porque merecemos.

— Essa é a maior mentira. Não merecemos apanhar, muito menos de um homem que nem é nosso pai!

— Não meta seu pai nessa conversa! Você começou com essa invenção e agora quer mudar de assunto.

— Não inventei nada! Tio Dimas abusa de mim sempre que você não está por perto. Faz tudo por trás, com medo de eu engravidar. Quer ver?

O rosto vermelho de Jaqueline ardia de tanta vergonha. Queria que a mãe acreditasse nela, mas ela parecia se enfurecer cada vez mais.

— Não se atreva! — esbravejou, impedindo que a filha tirasse a roupa. — E pare de mentir. Dimas a ama como uma filha. Você é que é uma sem-vergonha. Nem parece minha filha. Devia se envergonhar de suas mentiras.

— Dimas é quem devia ter vergonha do que fez comigo! Fez não, faz. Isso se repete constantemente.

— Chega! Não quero mais ouvir nem uma palavra sobre esse absurdo. Cale essa boca se não quiser apanhar de novo. Dimas é um bom pai para você. Isso que você está fazendo com ele é uma leviandade.

— Leviandade? E o que ele faz comigo, como é que você chama?

— Ele não faz nada com você.

— Ele abusa de mim!

— Mandei calar a boca.

— Se você não me dá atenção, vou encontrar alguém que dê — ameaçou.

— Experimente! — vociferou. — Atreva-se a contar essa mentira para mais alguém e não responderei por mim.

— Não é mentira!

— É mentira, sim, é mentira! E agora basta! Você já foi longe demais, tentando me envenenar contra Dimas. O que pretende? Tê-lo só para você?

— Mãe! — horrorizou-se. — Como pode dizer uma coisa dessas? Sou sua filha...

— Maldito o dia em que permiti que você nascesse. Bem que eu quis tirá-la, mas seu pai não deixou. Antes o tivesse feito às escondidas. Trabalho num hospital, não teria sido difícil.

Jaqueline não podia acreditar no que ouvia. As lágrimas se atropelavam em seus olhos, parecendo afogar até seus ouvidos. Tudo ficou obscuro de repente, uma confusão de realidades que ela não conseguia mais discernir. Ficava com a sua verdade ou com aquela que a mãe lhe impunha?

Parecia que não tinha escolha. A vontade de contar tudo à polícia esvaiu-se ante a confissão de Rosemary. Que importava revelar tudo a estranhos se sua própria mãe não acreditava nela? E não acreditava porque a odiava, porque não queria que ela tivesse nascido.

CAPÍTULO 2

A voz de Dimas trouxe Jaqueline de volta de suas reminiscências. Aquilo se passara muitos anos antes. De lá para cá, pouca coisa mudara. Jaqueline crescera, mas Dimas continuava o mesmo, subjugando-a, maltratando-a, humilhando-a. Depois de um tempo, passou a não se preocupar mais com uma possível gravidez, e foi com ele que ela perdeu a virgindade. A mãe não se importava ou fingia não se importar. Tudo para não perder a única pessoa que parecia amar na vida.

— O que faremos agora? — Dimas perguntava com insistência.

— O que está acontecendo?

A pergunta veio antes que ela tivesse tempo de responder. Parado na porta, sonolento, Maurício os fitava com ar interrogativo. Jaqueline deixou Dimas falando sozinho. Correu para o irmão e o envolveu com ternura. Sabia que, no fundo, Maurício sofreria menos do que ela estava sofrendo. Afinal, ela era mais sua mãe do que a própria mãe. O menino não sentiria a falta de Rosemary tanto quanto sentiria a de Jaqueline. Como, efetivamente, não sentiu. Chorou um pouco, porém, a presença da irmã era tudo de que necessitava.

O sepultamento transcorreu sem transtornos. A autópsia deu, como causa da morte, infarto agudo do miocárdio. Rosemary não se cuidava. Estava acima do peso, seguia uma rotina sedentária e estressante, fumava, tinha péssimos hábitos alimentares, colesterol e triglicerídeos muito acima do desejável.

A vida agora seria um mistério. Jaqueline não tinha a menor intenção de dividir com o tio o mesmo teto. Eram posseiros na casa em que moravam, de forma que não possuíam título de propriedade nem nada que os ligasse ao imóvel. Quando viva, Rosemary falava sempre em usucapião, mas Dimas ia adiando o processo e agora mesmo é que não moveria nenhuma ação para ser dono da casa.

Enquanto preparava o almoço, Jaqueline pensava em tudo isso, em como fariam para sobreviver. Já completara dezenove anos, concluíra o ensino médio, podia arranjar um emprego de garçonete ou balconista. Tinha boa aparência, era educada e gentil. Sua única exigência era que Dimas fosse embora e os deixasse em paz.

— O que teremos para o almoço? — a desagradável voz de Dimas chegou até ela.

— Estou cozinhando para mim e Maurício — respondeu ela, em tom desafiador. — Você não faz mais parte dessa família, portanto, pode arrumar suas trouxas e dar o fora.

A ousadia espantou até mesmo ela própria. Dimas, por sua vez, sentiu o calor do ódio subindo pelo pescoço, inundando-lhe as faces como a lava de um vulcão.

— O que foi que disse? — rosnou, colérico.

— Você ouviu bem — enfrentou ela, esforçando-se para que ele não percebesse o quanto tremia. — Essa casa pertence a mim e a Maurício. Você não é nosso pai.

— Mas sou seu tio legítimo e era marido de sua mãe. Tenho direitos sobre seus bens.

— Acontece que essa casa não é exatamente nossa. Você nunca se interessou em mover o processo de usucapião.

— O que não me impede de fazê-lo agora. Todo mundo sabe que eu morava aqui com a sua mãe há bem uns dez anos.

— Por favor, tio Dimas, vá embora — pediu ela, amansando a voz para ver se o comovia. — Você não tem motivos para continuar morando aqui. Pode refazer a sua vida em outro lugar, longe de nós, sem uma criança para cuidar.

— Quem cuida da criança é você. Eu sou só o responsável legal.

Ela não disse nada. Precisava lutar contra o próprio ódio para não cometer uma loucura. Ele estava ali, bem próximo dela, ao alcance da mão que segurava a faca de cozinha. Virar-se na direção dele e enterrá-la em seu coração não seria nada difícil.

Horrorizada com seus próprios pensamentos, Jaqueline balançou a cabeça, a fim de afastar a ideia funesta. Não era nenhuma assassina. A imagem de Dimas morto, contudo, persistia em sua mente, desafiando a razão ante o instinto de sobrevivência.

Nos dias que se seguiram, Dimas permaneceu afastado, temendo as mesmas coisas que ela temia. Não sabia ao certo se possuía direitos sobre a casa, portanto, não queria provocar Jaqueline; não tinha para onde ir. Todas as noites, ficava fora até tarde, desperdiçando, nos bares, o pouco dinheiro que lhes restava. Jaqueline não se queixava daquelas ausências. Ao menos, ele os deixava em paz, permitindo que passassem a noite tranquilamente, sem sobressaltos.

Sentada em frente ao computador, Jaqueline tentava distrair-se com um jogo da internet, quando Maurício entrou no quarto.

— Jaqueline — chamou.

— Hum? O que foi, querido?

— Vai passar um filme de ficção científica daqui a pouco. Quer ver comigo?

Ela consultou o relógio. Ainda era cedo e o dia seguinte era sábado. Não tinha problema se ele fosse para a cama um pouco mais tarde.

— Tudo bem, amor. Vamos ver juntos.

Ela desligou o computador e seguiu abraçada com ele para a sala. Ligou a televisão, deitando a cabeça dele em seu colo. Enquanto aguardavam o início do filme, Maurício indagou:

— Tio Dimas vai continuar morando aqui com a gente?

— Não sei — ela hesitou, antes de responder.

— Queria que ele fosse embora.

— Eu sei.

— Ele é mau. Bate na gente.

— Ele não tem batido, tem?

— Não. Desde que mamãe morreu. Mas eu sei o que ele faz com você.

Ela gelou. A última coisa que desejava era que Maurício tivesse conhecimento daquela imundície.

— Ele não faz nada comigo — tentou disfarçar.

— Faz sim. Eu já vi.

— O que você viu?

— Você sabe... Aquelas coisas que a machucam e fazem você chorar.

Durante alguns minutos, Jaqueline não soube o que dizer. Jamais poderia imaginar que Maurício percebia os abusos a que era submetida. Não adiantava mentir, não queria mentir. Ele era seu irmão, merecia conhecer a verdade. Ao invés de negar, ela simplesmente tentou confortá-lo:

— Ele não vai mais fazer isso. Não vou permitir que se aproxime de mim novamente.

— Mas... — hesitou.

— Mas o que?

— E se ele fizer comigo?

— Ele tentou fazer alguma coisa com você? — horrorizou-se.

— Diga, Maurício, ele abusou de você? Tocou-o em alguma parte imprópria, disse-lhe alguma indecência?

O rosto subitamente corado de Maurício foi a melhor resposta, mas ele logo tratou de esclarecer:

— Foi apenas uma vez. Mamãe estava no plantão e você estava dormindo. Ele chegou bêbado, me viu saindo do banho, aproximou-se, quis me tocar por cima da toalha.

— E o que você fez?

— Saí correndo.

— E ele foi atrás de você?

— Não. Entrou no seu quarto.

Jaqueline compreendeu tudo. Mais de uma vez, ela despertara com o tio sobre ela, tocando-a em suas partes íntimas. A lembrança lhe causou ânsias, ainda mais ao pensar no que ele poderia ter feito a Maurício.

— Ele tem que sair daqui — afirmou ela, com raiva. — Antes que algo pior aconteça.

Maurício afundou a cabeça no colo da irmã, chorando assustado. Ela o afagou, tentando confortá-lo, um turbilhão de ideias sinistras se engolfando em sua mente. Quando o filme começou, silenciaram, tentando prestar atenção à história. Aos poucos, o menino foi se envolvendo com o enredo, deixando a Jaqueline o ônus da sobrevivência.

O cansaço os dominou. Antes mesmo que o filme terminasse, ambos dormiam no sofá, a cabeça de Maurício ainda pousada no colo da irmã. Um ruído de chave girando na fechadura a despertou. Jaqueline abriu os olhos, tentando focar o relógio da sala, assustando-se com o avanço da hora. Bocejou, alisou os cabelos do irmão, reparando que o filme, há muito, havia terminado. O que passava agora era uma pornografia leve que o canal de TV a cabo exibia nas madrugadas.

Mais que depressa, Jaqueline tateou em busca do controle remoto, a fim de desligar o aparelho antes que Dimas tivesse a oportunidade de ver o que se passava. Tarde demais. De posse do controle, ele assistia a cena picante com os lábios entreabertos, babando feito um cão diante da cadela no cio.

— Maurício — ela chamou baixinho. — Vamos para a cama. Está tarde, o filme já acabou.

Esfregando os olhos, o menino se sentou no sofá. Sem lhe dar tempo para se recuperar do sono, Jaqueline puxou-o pela mão. Queria tirá-lo dali o mais rapidamente possível.

— Pra que a pressa? — objetou Dimas, interpondo-se entre os irmãos. — Sente-se comigo para ver o filme.

— Não, obrigada — retrucou ela, tentando desvencilhar-se dele. — Não faz o meu gênero.

— O que faz o seu gênero? Fazer, ao invés de assistir?

Completamente alcoolizado, Dimas não deu mais conta de manter-se afastado de Jaqueline. Desde a morte de Rosemary que não saía com mulher, para não gastar dinheiro. Não aguentava mais. Ainda por cima, chegava em casa e se deparava com aquelas cenas excitantes. Na certa, Jaqueline deixara naquele canal de propósito, só para provocá-lo.

— Deixe-nos passar, tio — insistiu ela. — Só queremos ir dormir.

Sem responder, Dimas puxou-a com violência, causando-lhe imensa repulsa ao aproximar de seus lábios a boca com hálito de álcool.

— Venha cá, piranha — xingou ele, deitando-a sobre o sofá e empurrando Maurício para o lado. — Tenho o que você quer.

Ela lutava com todas as forças, reanimadas pela presença do irmão, a quem queria, desesperadamente, poupar daquela humilhação.

— Solte-me, animal! — ela gritava, tentando arranhar o rosto dele. — Solte-me ou eu o mato!

A gargalhada dele aterrorizou-a. Era como se Dimas estivesse possuído por vários demônios. E na luta contra os demônios, o anjo parecia perder. De seu canto, Maurício observava, horrorizado, o desenrolar da cena medonha. Se já fosse um homem, daria um jeito em Dimas, expulsá-lo-ia de casa a murros e pontapés, não permitiria que ele tocasse em Jaqueline outra vez. Mas ele era apenas uma criança, um menino frágil que não sabia como se defender. Mesmo assim, o amor pela irmã falou mais alto. Sem pensar no que fazia, Maurício atirou-se sobre Dimas.

— Solte-a, seu monstro, largue minha irmã!

A dor da mordida que ele lhe deu na orelha fez Dimas soltar Jaqueline com brutalidade. Espumando de ódio, agarrou Maurício pelo pescoço, desferindo-lhe vários bofetões no rosto.

— Coisinha imunda, vermezinho insignificante — bufou, tentando virar o menino de costas para ele. — Vou lhe dar uma lição para que você aprenda a jamais se intrometer em meus assuntos.

O menino gritava apavorado, fraco demais para se defender de tão violento agressor. Onde estava Jaqueline? Por um momento, pensou que ela houvesse desmaiado ou fugido para buscar ajuda. Subitamente, ela surgiu com uma faca, a mesma que segurava quando Dimas a abordara na cozinha.

— Solte-o — ordenou, incisiva. — Ou cumpro a minha promessa e o mato.

A faca estava bem próxima dos olhos de Dimas. Temendo por sua vida, embora não acreditasse que ela tivesse coragem de matá-lo, ele deixou o menino ir. Maurício correu para a irmã, em quem fez desabar suas lágrimas. No momento em que ela, confusa, o acolhia, Dimas movimentou-se, partindo para cima dela com gana assassina.

Tudo aconteceu muito rápido. Dimas se jogou sobre ela, certo de que a desarmaria. Não foi o que aconteceu. Jaqueline precisava defender-se e ao irmão. A faca estava no caminho, o medo era sua força motriz. Quando o corpo dele se aproximou do dela, com mãos ávidas para alcançar seu pescoço, a faca se moveu com ele, enterrando-se profundamente na altura de seu coração.

CAPÍTULO 3

Quando Alícia se olhou no espelho, não foi seus olhos que viu, mas os de outra pessoa, uma garota jovem, bonita, de uma beleza voluptuosa e, ao mesmo tempo, inocente, muito diferente de sua imagem singela. Sentiu um nó na garganta e apertou o coração, na altura de uma pequena e imperceptível cicatriz que guardava desde a infância, fruto de uma cirurgia cardiológica. Não conhecia a garota, contudo, parecia que já a havia visto antes. Onde, não se lembrava.

Em instantes, a porta do banheiro se abriu, e Juliano apareceu. Vinha com a toalha enrolada na cintura, sacudindo os cabelos molhados para espargir água, de propósito, sobre ela. Alícia lhe deu um sorriso envolvente, entreabrindo os lábios para receber o beijo.

— Já está pronta? — indagou ele, alisando seu pescoço nu.

— Quase. Falta escolher um colar.

— Você está linda — admirou-se ele. — Com ou sem colar, é a mulher mais linda que já conheci.

— Bobo — gracejou ela, mas feliz com o elogio. — Sua opinião não é imparcial.

— É, sim. Não é só porque a amo que não sou capaz de reconhecer uma beleza.

— Sou uma mulher de rosto comum.

Ele riu e a afagou novamente.

— Seu pai está ansioso por esse momento, não está? — perguntou, vestindo o terno com cuidado.

— Você também estaria, se completasse trinta anos de casado.

— É verdade. Ele e sua mãe são muito unidos.

— Muito mesmo.

Em silêncio, Juliano terminou de se arrumar, aguardando até que Alícia, finalmente, se decidisse por um colar de pérolas e brilhantes.

— Ficou ótimo — elogiou ele.

Alícia sorriu. Realmente, estava muito bom. Não era tão bonita quanto a garota de seus sonhos, mas não deixava a desejar. Quando estavam no carro, já a caminho da casa dos pais, ela retrucou com ar displicente:

— Sonhei com ela de novo.

— Sonhou?

— Esse sonho está se tornando recorrente. E o pior é que conheço aquela moça, embora nunca a tenha visto.

— Será mesmo?

— Também sonhei com nosso bebê.

— Isso é mais compreensível.

— Será que nunca vamos conseguir ter o nosso filho?

— Seu pai falou que nós não temos nenhum problema para engravidar. A sua ansiedade é que atrapalha.

— Talvez...

Fizeram o resto do percurso em silêncio, cada qual imerso em seus pensamentos, embora ambos pensassem a mesma coisa. O maior desejo de Alícia era ser mãe. Contudo, mesmo após cinco anos de casamento, ainda não conseguira engravidar. Quanto mais pensava nisso, mais se angustiava, temendo o fantasma da infertilidade, que sabia rondar sua família. Mesmo os mais modernos processos de fertilização não foram capazes de ajudá-la a gerar um filho, já que nenhum dos dois possuía dificuldades físicas para a fecundação.

Quando entraram no salão onde a festa se realizava, Celso os aguardava ansiosamente, esfregando as mãos com nervosismo.

— Finalmente! — exclamou ele. — Já estava ficando preocupado. Pensei que não viessem.

— Isso jamais aconteceria — objetou Juliano. — Sua filha tem adoração por você. Nunca perderia seu aniversário de casamento. Nem eu.

Celso sorriu, sentindo a aproximação da mulher, que se juntou a eles num abraço que envolveu a todos.

— Seu pai estava em cólicas — gracejou ela. — Não tem jeito.

— Você está muito bonita, Eva — afirmou Juliano. — Como sempre.

— Obrigada, querido.

— Venha, minha filha — chamou Celso. — Quero apresentá-la a um colega de trabalho.

Alícia seguiu com ele, de mãos dadas. A um canto, um grupinho de homens discutia, animadamente, a nova descoberta de Celso, ligada ao campo da genética.

— Olá a todos — cumprimentou ela, que já conhecia a maioria dos presentes, exceto um homem de ar circunspecto.

Os presentes responderam ao cumprimento, beijando-a delicadamente no rosto. Tinham a idade de seu pai e a conheciam desde menina. O novo membro, contudo, fitou-a com ar espantado, como se tentasse esconder o choque que sua aparição lhe causava.

— Eis a minha filha mais velha, Tobias — Celso apresentou.

— Alícia, este é Tobias. Voltou agora da Europa, cheio de novas ideias.

— Como vai, Tobias?

Ela estendeu a mão para ele, apesar da onda de antipatia que a atingiu em cheio. Desacostumada daquele sentimento, Alícia se contraiu, logo dominando a repulsa, censurando-se pela descortesia de seus pensamentos.

— É um prazer conhecê-la — retrucou Tobias, fitando-a com admiração. — Seu pai fala muito em você.

— Alícia é uma das minhas pérolas — disse Celso. — Um de meus maiores tesouros.

— Sem dúvida que é.

Todos riram. A adoração de Celso pelas filhas não era segredo para ninguém. Quando Juliano se aproximou em companhia de Eva, Celso apresentou-o também.

Após o tempo necessário para cumprir devidamente o protocolo da boa educação, Alícia arranjou uma desculpa para afastar-se. De braços dados com a mãe, pretextando verificar algo na cozinha, saiu arrastando-a.

— O que você achou do novo amigo de papai? — perguntou ela, assim que se viram fora do alcance auditivo dos demais.

— De Tobias? — tornou Eva, embaraçada. — Ele não é um novo amigo.

— Tá, mas o que você achou dele?

— Não achei nada.

— Não é o que parece. Você não está com uma cara muito boa.

— Ele parece simpático... — parou de falar, sem saber o que dizer.

— Mas, mesmo assim, você não simpatizou com ele.

— Ele é amigo de seu pai. Temos que tratá-lo bem.

— De onde papai o conhece? Nunca ouvi falar dele.

— Ele trabalhou com seu pai na juventude. Depois, foi para a Europa e desapareceu.

— E reapareceu agora, por quê?

— Não sei, minha filha, e, sinceramente, não me interessa. Mas veja quem está ali!

— Denise! — exclamou Alícia, correndo para os braços da irmã. — Quando chegou?

— Ontem à noite — respondeu a outra, abraçando-a efusivamente e ao cunhado.

— Por que não avisou?

— Quis fazer uma surpresa.

— Como foi a formatura? Pena que não pudemos ir.

— Senti muita falta de vocês. Estava doida de vontade de voltar para o Brasil. Já não aguentava mais de saudades.

— Ah! Vamos, Denise — objetou Alícia. — Estudar em Harvard não é nenhum sacrifício.

— Não é. Só que não existe, no mundo, lugar melhor do que a minha casa.

Continuaram conversando para matar as saudades. Alícia e Denise eram irmãs muito unidas. Denise, aos vinte e quatro anos, acabara de se formar biomédica pela universidade de Harvard, onde Alícia e Juliano estudaram arquitetura antes dela e onde haviam se conhecido. A diferença entre Alícia e Denise era de apenas três anos.

— Você viu o novo colega de papai? — cochichou Denise ao ouvido da irmã. — Um gato, não acha?

Alícia olhou-a, estupefata. Como é que a irmã podia se interessar justo pelo homem com quem ela mais antipatizara?

— Ele é atraente — falou a verdade. — Mas é muito velho para você.

— Quem foi que disse?

— Para falar a verdade, não simpatizei muito com ele.

— Não?! Por quê? O que ele fez?

— Nada. Foi só antipatia à primeira vista.

— E você, Juliano? — voltou-se para o cunhado. — Concorda com ela?

— Não sei. Não tenho opinião formada.

— O cara é meio estranho — insistiu Alícia.

— Mas por quê? O que foi que ele fez para dar essa impressão?

Na verdade, não havia feito nada. A antipatia era, aparentemente, gratuita, muito embora Alícia soubesse que nada é fruto do acaso.

— Sabe aquelas coisas que a gente não explica? Pois é... Tobias não me fez nada. Tratou-me muito bem, até. Fui eu que não simpatizei com ele.

— Que implicância boba. Pois eu gostei muito dele.

— E ele? Também gostou de você? — Juliano quis saber.

— Creio que sim. Me tratou muito bem, foi gentil e galanteador. Um verdadeiro cavalheiro. Acho até que vou bater mais um papo com ele.

Aproveitando-se de que Tobias se afastara do grupo para ir buscar uma água mineral, Denise se aproximou dele. De onde estava, Alícia a fixava, entre desconfiada e temerosa. Não havia motivo para sentir medo ou repulsa de Tobias, contudo, era o que sentia.

— Tomara que ela não queira namorá-lo — considerou Alícia.

— Acho que Denise não chegaria tão longe — Juliano tentou tranquilizar. — Embora ambos me pareçam bem interessados um no outro.

— Ele é bem mais velho. Deve regular com papai.

— E daí? Desde quando você tem preconceito de idade?

— Não tenho. Só não me agrada ver minha irmãzinha com esse sujeito.

O interesse de Tobias por Denise parecia verdadeiro. Assim que ela se aproximou, ele abriu um sorriso encantador, que ela não deixou de admirar. De longe, Alícia os observava com contrariedade, insatisfeita com o ar de contentamento que emanava deles. Nem percebia que, de vez em quando, pelo canto do olho, ele também a olhava.

— Por que não saímos um dia desses? — sugeriu Denise, após uma longa conversa.

— Excelente ideia! — concordou — Aceitaria jantar comigo?

— É claro! Quando?

— Que tal na quarta-feira?

— Aceito!

Ambos riram, ainda sob o olhar disfarçado de Alícia. E, por mais que ele também olhasse para ela vez por outra, sentiu-se incomodado com a insistência com que ela o estudava, como se conseguisse ler suas entranhas. Tinha que tomar cuidado. Não podia ser transparente ao ponto de permitir que ela o decifrasse.

Por outro lado, queria aproximar-se de Alícia. Celso insistira naquele convite, que ele aceitara com medo, rezando para que o passado não entornasse sobre ele um caldeirão de lembranças ígneas. Não imaginou que justo a filha de Celso se interessaria por ele. Talvez ele pudesse usar aquela simpatia para saber mais sobre sua irmã, embora houvesse notado que ela não simpatizara com ele. Mesmo assim, não custava nada tentar. E não seria nenhum sacrifício. Denise era jovem, linda, agradável. Não faria mal se também se conhecessem melhor.

CAPÍTULO 4

A volta ao Brasil foi marcada por muitas lembranças difíceis. Mesmo assim, Celso insistira, oferecendo a Tobias um emprego em seu laboratório de pesquisas genéticas. Confiava na capacidade do amigo e nas novidades que ele trazia da Europa, que muito enriqueceriam seus estudos.

Tobias entrou no laboratório cabisbaixo, como se acostumara a andar desde que deixara seu país natal. Assim que o avistou, Celso se aproximou, um sorriso demonstrando que estava feliz.

— E então? — começou ele. — Gostou da festa?

— Foi muito bonita. Você e Eva parecem um casal bastante feliz.

— Nós nos esforçamos. Mas e você? Notei que você e Denise conversaram por muito tempo, eu diria até, um pouco além do normal.

— Foi só uma conversa amigável — tornou, acabrunhado.

— Tudo bem, não o estou recriminando. Fico até feliz que você e Denise estejam se entendendo.

— Não se pode dizer que estejamos, propriamente, nos entendendo. Apenas iniciamos uma amizade.

— O que é muito bom, não é? Ela parece empolgada com você. Disse que vão sair para jantar.

— Isso incomoda você?

— De modo algum.

— Por quê? — ante o olhar enigmático do outro, insistiu: — Por que não o incomoda?

— Deveria?

— Depois de tudo o que aconteceu, era de se esperar, ao menos, um certo constrangimento ou mal-estar. Mas você parece bem à vontade com a ideia de eu me aproximar de Denise. Não entendo.

— Você, mais do que ninguém, deveria entender.

— Não deveria não. Não podemos fingir que o passado não aconteceu e agir como se tudo fosse uma novidade.

— Não se trata disso. A verdade, Tobias, é que quero consertar as coisas.

— Você não acha que é um pouco tarde para isso?

— Nunca é tarde para o arrependimento. Preciso pôr as coisas em seus devidos lugares.

Durante alguns minutos, Tobias permaneceu parado, permitindo que as lembranças reabrissem as feridas. Quando tornou a falar, havia tristeza em sua voz:

— Você se lembra de quando nos conhecemos?

— Como poderia me esquecer?

Tobias deu um sorriso sombrio, carregado de tensão.

— Eu me achava o homem mais infeliz do mundo — tornou, pensativo. — A mulher que eu amava havia me deixado. Pensei que não sobreviveria sem ela. Mas sobrevivi. Graças a você.

— Não é bem assim, meu amigo. Você decidiu viver.

— Foi você que me ajudou a tomar essa decisão. Sempre fui um fraco, indigno do mundo em que vivemos. Ainda me lembro do dia em que quase me atirei da janela da faculdade, em Oxford, naquela noite fria de outubro. Você vinha passando bem na hora em que subi no parapeito. Você olhou para cima, me viu e falou com a maior naturalidade do mundo: *"Ei, cara, já pensou em se juntar a um grupo de pesquisas? Estamos precisando de mais um cientista"*. Fiquei tão surpreso que a vontade de me matar foi embora.

— Eu conhecia você de vista, sempre quieto, sempre solitário. Achei que seria uma boa aquisição para a minha equipe.

— Você salvou a minha vida em vários sentidos: Evitou que eu me matasse, deu-me uma vaga no seu grupo de pesquisas, acreditou em mim e me chamou para trabalhar com você depois de formados. E, acima de tudo, tornou-se meu melhor amigo.

— O que você fez por mim depois foi muito mais do que o que fiz por você. Nada do que eu faça será suficiente para pagar pelo seu sacrifício. Sei que não dá para desfazer o que já está feito, mas posso, ao menos, tentar compensar todos esses anos de desterro.

— Você não precisa compensar nada. Eu fiz uma escolha e tive que conviver com ela. Não me arrependo.

— Mas eu, sim. Fui covarde e me aproveitei da sua amizade para me salvar.

— Não foi nada disso. A responsabilidade era minha. Só minha.

— Meu amigo, você sabe que não é bem assim.

— É assim, sim. Quem era o médico na época? Não era eu?

— E daí? Você não tomava as decisões sozinho.

— Por favor, Celso, não quero mais falar sobre isso. Lembrar de tudo o que aconteceu ainda é muito doloroso.

— Então não lembre. Vamos reparar esse erro. Ainda dá tempo de consertar a sua vida.

— Minha vida não precisa de conserto.

— A minha precisa.

— Não me leve a mal, Celso, mas aliviar sua consciência não vai mudar os fatos.

— Estou disposto a assumir que errei...

— Não é isso que eu quero — objetou Tobias, com veemência. — Quero que as coisas continuem como estão. Não vale a pena remexer no passado, desencavar coisas que foram sepultadas pelos anos. Vai causar sofrimentos desnecessários a todos nós, principalmente a Alícia e Denise, que não precisam se envolver num segredo que não faz parte da vida delas.

— Quem disse que não? Elas são minhas filhas, logo, tudo o que me diz respeito faz parte da vida delas também.

— Esse é o seu ponto de vista.

— Se não é isso que pensa, por que voltou então?

— Voltei porque aqui é o meu país, a minha casa. Não aguentava mais de saudade da minha terra. Queria rever as praias dessa cidade antes de morrer.

— Você está doente? — preocupou-se.

— Não, meu amigo, apenas envelhecendo.

— Você não é tão velho quanto quer fazer parecer. Ainda tem muitos anos pela frente.

— Talvez. Quero vivê-los em paz.

— E por que não, ao lado de um novo amor? Você nunca se casou.

— Casamento não é para mim. As mulheres sempre me pareceram muito sem graça.

— E Denise? Também é sem graça?

— Denise é apenas uma criança.

— Mesmo assim, você a convidou para jantar.

— Quero conhecê-la melhor. Estamos apenas iniciando uma nova amizade.

— A quem está tentando enganar? A si próprio, pelo visto. Não existe isso de amizade entre um homem e uma mulher. Não quando se parte de uma atração recíproca.

— Denise não pode estar atraída por mim. Sou muito mais velho!

— Desde quando idade é empecilho para o amor?

— Ela não me ama!

— Não. Mas pode vir a amá-lo um dia. E acho que você também devia se permitir amá-la. Acho que vocês dois formariam um belo casal.

— Não entendo você, Celso. Por que está me atirando para sua filha? Por acaso, você a está me oferecendo como prêmio de consolação? Ou faz isso apenas para aliviar a consciência? Ou é um teste?

— Um teste?

— Será que você ainda acha que...

— Não! — Celso cortou, mais que depressa. — É claro que quero aliviar minha consciência. É o que estou tentando lhe dizer desde o começo. Mas não usaria minha filha para isso. Quero mostrar-lhe que não guardo nenhum tipo de mágoa ou ressentimento.

— É por isso, então? Você quer me provar o quanto ainda confia em mim?

— Agora, você está sendo sarcástico.

— Tem razão, perdoe-me — concordou, arrependido. — É que tudo é muito confuso.... Mas vou confessar. Na verdade, convidei Denise para jantar, em parte, para tentar saber um pouco mais sobre Alícia.

— Esse, sim, é um erro fatal. Não use uma das minhas filhas para se aproximar da outra. Vai acabar magoando as duas.

— Nunca! Eu jamais faria nada que pudesse magoá-las.

— Alícia, pelo visto, não simpatizou com você, mas Denise, sim. E não pense que foi apenas uma curiosidade inocente sobre um antigo amigo do pai dela. Ela está, realmente, interessada em você.

— Ela não pode. Não deve! Denise é bem mais nova do que eu.

— Quanto mais você opuser esse obstáculo, mais ela tentará contorná-lo. De minha parte, sinta-se livre para fazer o que quiser. Como já disse, não me oponho. Só o que lhe peço é cautela.

Tobias não sabia o que dizer. As palavras de Celso faziam sentido e o impressionaram muito. Realmente, quando convidara Denise para jantar, não havia pensado em nada disso, apenas em saber mais sobre a vida dela e a de Alícia. Mas não queria que ela se magoasse, prometendo-lhe algo que talvez não pudesse lhe dar.

CAPÍTULO 5

Às oito em ponto, Tobias tocou a campainha na casa de Denise. Após muito refletir, resolveu prosseguir com os planos para o jantar. Não permitiria que nada acontecesse entre eles, nem um abraço sequer. Talvez Celso estivesse errado sobre os sentimentos dela, embora ele, em seu íntimo, soubesse que não. Tinha sensibilidade suficiente para perceber quando uma mulher se interessava por ele.

Para seu desagrado, quem atendeu a porta foi Eva, que o fez entrar e sentar-se. Ele a acompanhou meio sem jeito, fazendo o máximo possível para não demonstrar o mal-estar que a presença dela provocava nele.

— Denise já vem — avisou ela, com aparente indiferença.
— Está terminando de se arrumar.

Ele sorriu sem jeito, evitando olhar para ela, que fazia o mesmo. Consultou o relógio, rezando para que Denise chegasse logo. Sentada na poltrona defronte à dele, Eva permanecia quieta, as mãos pousadas sobre os joelhos, imóvel como uma estátua recém-esculpida. Pelos pensamentos dela, um turbilhão de lembranças funestas se atropelavam. Tinha vontade de gritar com Tobias, de dizer-lhe o quanto estava sendo abusado por flertar com sua filha. No momento em que ela se decidiu e levantou os olhos para ele, Denise entrou na sala. Estava deslumbrante em um vestido branco de seda. Mesmo contra sua vontade, Tobias pegou-se admirando a delicadeza dela.

— Você está linda — elogiou, embevecido. — Parece uma fada esvoaçante.

— Fada esvoaçante é novidade. Ninguém nunca me chamou assim antes.

— É coisa de velho.

— Você não é velho. Mas obrigada. Você também não está nada mal.

— Podemos ir, então?

Denise o acompanhou com prazer. Tinha consciência de que produzira um efeito bastante positivo sobre ele. O ar extasiado com que a fitou logo que a viu demonstrava isso. Assim como Denise, Eva também notou a reação de Tobias. Seria impossível não se admirar com a beleza da filha. Se ela pudesse impedir aquele encontro... Mas não podia. Celso a havia proibido, e a última coisa que ela queria era envolver Denise nos dissabores de seu passado.

No decorrer da noite, Tobias se concentrou exclusivamente nela. Jantaram, dançaram, conversaram. Ao contrário do que ele esperava, acabou deixando-se envolver pela beleza e a inteligência dela. Rompendo a promessa que fizera a si mesmo, o primeiro beijo aconteceu sem nenhum obstáculo. A ele, sucederam-se vários outros. Entre o vinho e a música suave, a noite terminou no apartamento dele.

— Acho que estou apaixonada por você — confessou Denise, a cabeça apoiada no peito dele.

— Não acha que ainda é muito cedo para isso? — objetou ele, surpreso. — Nós acabamos de nos conhecer.

— Não acredita em amor à primeira vista?

— Não.

— Pois eu acredito — comentou ela, sonhadora. — Foi exatamente o que aconteceu comigo.

— Exagerada — rebateu ele, tentando fazer com que ela não levasse aquele momento tão a sério.

— Pode chamar como quiser. Mas o fato é que, desde que o conheci, não parei de pensar em você um minuto sequer — ela fez uma pausa, estudando seu rosto. — E você? Também pensou em mim?

A cobrança dela realmente o assustou, levando-o a recuar. Era uma reação inesperada. Maldisse a si mesmo por ter-se deixado seduzir pela sensualidade dela. Devia ter sido forte, devia ter evitado um contato maior. Era mais velho, mais experiente. Tinha a obrigação de mostrar a ela que não podiam se envolver. Ao invés disso, cedera ao desejo e dormira com ela. E agora, ela confundia as coisas, exigindo dele um sentimento que ele não sabia se poderia lhe dar.

— Por que não deixamos essa conversa para depois e vamos preparar algo para comer? — desconversou. — Estou morto de fome.

— A comida pode esperar. Agora, quero saber se você pensou em mim.

— Mas que insistência, Denise. Nós só nos conhecemos outro dia.

— E daí? Para mim, é o suficiente.

— Não é, não.

— Você não gosta de mim — constatou, decepcionada.

— Não é isso. Só acho que é cedo demais para falarmos em paixão.

— Já entendi. Sou uma boba mesmo. Eu aqui, me declarando, e você pensando que sou apenas mais uma garota tola.

— Não é nada disso.

— Então, o que é?

— Seu pai é meu amigo, e você é muito jovem. Será que isso daria certo?

— Não acredito que, depois de transar comigo, você vai se preocupar com idade. Essa é a desculpa mais esfarrapada que você podia dar.

— Não é desculpa, é realidade. Sou um homem maduro, na casa dos cinquenta anos, e você mal saiu dos vinte.

— E daí? Isso nunca foi obstáculo para o amor.

— Não fale em amor. Você ainda nem sabe o que é isso.

— Não entendo. Se não gosta de mim, por que aceitou transar comigo?

— Eu gosto de você, mas reconheço que foi um erro termos dormido juntos.

— Um erro?

— Você é muito jovem para mim, já disse. E tem o Celso...

— Devia ter pensado nisso antes de me trazer para cá.

— Tem razão, desculpe-me. Prometo que isso nunca mais vai acontecer.

— Por que quis sair comigo, Tobias? Se tem medo de meu pai e me acha uma criança, por que me convidou para jantar?

— Eu... Não pensei que as coisas chegariam a esse ponto. Eu apenas quis sair com a filha de um amigo. Queria conhecê-la melhor, saber da sua vida e da de Alícia.

— Alícia?! — espantou-se. — O que Alícia tem a ver com isso?

— Não tem nada a ver.

— Então, por que quer saber da vida de Alícia? Por acaso está interessado nela?

— Interessado? Não, por favor, não me interprete mal...

— Como quer que eu interprete as suas palavras? Você me convida para sair, mas diz que quer saber da vida da minha irmã. Ela é casada, ouviu? E muito bem casada.

— Eu sei, perdoe-me. Pelo amor de Deus, você entendeu tudo errado.

— Se entendi errado, por que não tenta me explicar?

Ele pareceu se confundir, buscando palavras que não conseguiu encontrar. Não disse nada. Olhou para ela, tentando transmitir, pelo olhar, o que a boca não soube dizer.

— Já entendi — falou ela, coberta de indignação. — Não precisa tentar se explicar.

De um salto, Denise levantou-se da cama e correu para o banheiro. Sentiu vontade de nunca mais olhar para a cara dele, arrependida de ter-lhe revelado seus sentimentos. Saiu alguns minutos depois, toda vestida, pronta para ir embora. Apanhou a bolsa, dirigindo-se para a saída.

— Quer que a leve em casa? — perguntou ele em tom neutro, com medo de aborrecê-la ainda mais.

— Não precisa. Posso pegar um táxi.

Ela já estava no corredor quando ele a alcançou. A grosseria fez com que se sentisse mal, ainda mais porque ela era filha de seu amigo, com quem conversara sobre a situação apenas algumas horas antes de tudo acontecer.

— Denise — chamou. — Volte aqui, me desculpe.

— Não tenho do que desculpá-lo. Você está certo. Eu é que me antecipei, esperando que as coisas saíssem do meu jeito.

— Não é isso. Eu apenas me assustei.

— Claro. Você é só um garotinho, com medo da primeira namorada.

— Não seja sarcástica. Podemos entrar e conversar.

— Não temos mais o que dizer um ao outro. Para mim, já está tudo mais do que dito.

Ela abriu a porta do elevador com as lágrimas penduradas nas pontas dos cílios. Ia chorar, mas não queria chorar na frente dele. Já bastava ter aberto seu coração, revelando-lhe que estava apaixonada. Não era preciso mostrar-lhe também sua fragilidade. Na rua, fez sinal para o primeiro táxi que apareceu. Ao entrar no banco de trás, o pranto já a consumia.

Segura dentro do táxi, Denise deu vazão ao pranto. Nem sabia para onde ir. Como não queria que os pais a vissem daquela maneira, decidiu simplesmente rodar pela cidade, até que decidisse o que fazer.

Durante uns dez minutos, Tobias permaneceu parado diante da porta do elevador, esperando que ela voltasse. Como nada aconteceu, voltou ao apartamento. Jamais deveria tê-la convidado para jantar. Achar que não aconteceria nada entre eles era de uma ingenuidade pueril. Denise era uma mulher linda, inteligente, interessante. Que homem não se deixaria envolver por tantos encantos?

Sem contar que, inesperadamente, tê-la em seus braços o enchera de entusiasmo, algo que não experimentava havia muitos anos. Nada decorrente do orgulho de ter nos braços uma mulher bem mais jovem, mas um calor que nasceu do pensamento inesperado de que ele bem poderia vir a amá-la.

Os primeiros raios do sol começavam a se derramar sobre o assoalho quando alguém tocou a campainha. Olhando o relógio, viu que várias horas haviam se passado desde que ela saíra. Denise voltara. Era a oportunidade que ele queria para desculpar-se com ela. Abriu a porta de uma só vez, pronto para ouvir antes de falar. Contudo, seu corpo congelou ao deparar-se com a pessoa que se encontrava ali. Petrificado, Tobias engoliu o susto, segurando-se para não cair.

— Você?

CAPÍTULO 6

Ao despertar naquela manhã, Jaqueline sentiu-se bem mais reconfortada. Sonhara com uma moça muito bonita, que nunca encontrara antes, contudo, ela deixara uma sensação de familiaridade cuja origem desconhecia. Podia parecer estranho, ou até mesmo loucura, mas era como se ela e aquela moça do sonho fossem irmãs, tamanha a intimidade que sentira na presença dela.

— Eu e minhas maluquices — divagou.

A súbita lembrança da mãe morta refreou o devaneio. Jaqueline balançou a cabeça, afastando a tristeza. Levantou-se e foi checar o irmão, que dormia a sono solto. Olhando-o, sentiu os olhos arderem. Ele parecia tão puro, tão inocente... Não podia permitir que nada de mau lhe acontecesse. Queria para ele um futuro melhor do que o que ela tivera a chance de ter. Não era justo que ele sofresse pelas coisas que ela fizera. Maurício merecia uma vida decente.

— Maurício — chamou ela, sacudindo-o levemente pelos ombros. — Acorde, já passa das seis horas.

— Ah! Mana, só mais um pouquinho, vai.

— Deixe de ser preguiçoso. Não quer se atrasar para a escola, quer? Você sabe que pode perder a bolsa.

— Está bem — concordou, em tom queixoso.

Mesmo contrariado, Maurício se levantou. Era exigência da escola que ele não chegasse atrasado mais de três vezes por semestre, a não ser que levasse atestado médico, sob pena de cancelamento da bolsa de estudos. Fora com muito custo que Jaqueline conseguira aquela bolsa para ele. Ao chegarem ao Rio de Janeiro, percorreram várias escolas, mas nenhuma tinha motivos para fazer uma concessão.

Como Maurício estava um ano adiantado, fizera prova para uma escola bem conceituada, tentando uma vaga em um ano anterior ao que realmente deveria cursar. Era sua única chance de ser aprovado e selecionado para obter a bolsa de estudos. Conseguiu uma bolsa parcial, pagando apenas cinquenta por cento da mensalidade, mas as condições eram rígidas: não se atrasar, não faltar, não tirar notas inferiores a oito, não se meter em encrencas. Até então, vinha conseguindo cumprir tudo direitinho.

Jaqueline fora obrigada a mentir para matriculá-lo. Não podia dizer que era garota de programa. Para todos os efeitos, era faxineira e trabalhava por conta própria, sem carteira assinada. Não lhe agradava contar mentiras, mas se dissesse o que realmente fazia para sobreviver, tinha certeza de que o irmão seria recusado.

Fazia quase um ano que haviam chegado ao Rio de Janeiro, fugindo do Espírito Santo. Jaqueline se lembrava como se fosse hoje. Na verdade, era algo que jamais esqueceria. A cena ainda a atormentava, dava-lhe pesadelos, perturbava sua consciência. Devia ter se entregado à polícia, mas o medo de perder a guarda do irmão a impedira. Se fosse condenada e presa, Maurício acabaria em alguma horrorosa instituição para menores, convivendo com adolescentes infratores ou coisa pior. Se isso acontecesse, tudo com que sempre sonhara para ele se transformaria em pó. Maurício não seria nada além de um joão-ninguém ou, pior, um marginal.

O Rio de Janeiro fora sua primeira escolha de fuga. O lugar com o qual sempre sonhara conhecer se transformaria em seu esconderijo. Sem dinheiro, foram para o Rio de carona.

Depois de muito tempo com o dedo estendido, finalmente um motorista de caminhão parou para eles, mas cobrou seu preço. Jaqueline não possuía nada de seu além do corpo, já acostumado a violações brutais. Mais uma não faria diferença. Por uma noite de prazer, Jaqueline conseguiu não apenas a carona, mas uma refeição para ela e o irmão.

Quando chegaram, Jaqueline não fazia a menor ideia de para onde ir. Nas primeiras noites, dormiram ao relento, escondendo-se da polícia. Utilizavam banheiros de postos de gasolina, lavando-se precariamente na pia e trocando de roupa. Desesperados e famintos, mendigaram. Não era fácil conseguir dinheiro nas ruas. As pessoas a tomavam por aproveitadora, forçando uma criança a arranjar dinheiro para ela.

Essa situação encheu-a de vergonha. O que precisava mesmo era de um emprego. Com uns trocados, comprou um jornal e saiu à procura de uma vaga, mas não encontrou nada. Sem carteira de trabalho era difícil. Tinha medo de procurar qualquer repartição pública e ser reconhecida. A polícia devia estar atrás dela e, provavelmente, sua foto já teria sido enviada para todas as delegacias do país.

Ela era uma assassina. Matara em legítima defesa, para que Dimas não a matasse e ao irmão, mas o medo de que não acreditassem nela levou-a a fugir. Agora era uma fugitiva, precisava se esconder.

Vagabundeando pelas ruas, foram dar na zona portuária. Maravilharam-se com os transatlânticos que atracavam no porto carioca para conduzir passageiros por cruzeiros pelo país. Quando a fome apertou, tiveram que esmolar. Não foi possível se aproximar dos turistas, pois a vigilância era grande. O jeito então foi tentar os que iam e vinham do trabalho. Em meio à multidão de pessoas apressadas, pouco conseguiram juntar.

Mais uma vez, Jaqueline viu-se compelida a fazer a única coisa de que era capaz naquele momento: vender o corpo. Sabia que era bonita mas, com sua aparência desleixada, não conseguiria arranjar muita coisa. Ainda mais com uma criança a tiracolo. Precisava encontrar um lugar seguro para deixar o irmão enquanto procurava algum cliente.

Jaqueline escolheu uma lanchonete. O máximo que deu para comprar com o dinheiro arrecadado foi um queijo quente e um refresco.

— Não saia daqui, Maurício — ela ordenou. — Coma seu sanduíche o mais lentamente que puder, que é para dar tempo de eu voltar.

— Aonde você vai?

— Arranjar mais algum dinheiro.

— Como?

— Você não precisa saber.

— Do mesmo jeito que fez com aquele motorista de caminhão?

Jaqueline mordeu os lábios, segurando a vontade de chorar.

— Deixe de ser curioso — censurou. — Você não devia ser tão esperto. Faça o que lhe digo e não saia daqui. E tome cuidado com a sua mochila.

Com o coração confrangido, Jaqueline deixou o irmão na lanchonete. Sem que ele visse, ajeitou a roupa. Enrolou a saia várias vezes na cintura, tornando-a tão curta que, por pouco, não se via o fundo de suas calcinhas. Tirou o sutiã e esticou a camiseta ao máximo, deixando os seios quase à mostra. Pena que não tinha um salto alto nem batom.

Com a mochila nas costas, saiu rebolando pela rua, lançando olhares convidativos aos homens que passavam. Alguns mexiam com ela, outros a ignoravam, e havia ainda os que lhe faziam propostas de sexo, mas sem pagar. Até que, finalmente, um senhor parou em frente a ela.

— Quanto você cobra? — foi logo perguntando.

Ela o olhou em dúvida. Não havia pensado naquilo. Sexo tinha um preço, mas ela nem desconfiava qual seria.

— Eu... — balbuciou. — Deixe ver...

— Você é nova nesse ramo, não é, garota?

Ela abaixou os olhos, enrubescida:

— Dá para perceber?

— É claro. Você tem todo o jeito de principiante. Bem se nota que não tem experiência no assunto. É virgem?

— Não, senhor.

— Que pena... Está se arriscando, sabia? A concorrência aqui é grande. Alguma mulher mais tarimbada pode achar que você está tentando tomar o ponto dela, e aí vai dar a maior confusão.

— Não quero o ponto de ninguém. Só quero... comer.

— Está com fome? — Ela assentiu. — Tem onde dormir? — Ela meneou a cabeça.

— Ora, ora, me deparei justo com uma novata morta de fome e sem teto.

— Por favor, senhor, me ajude. Faço para o senhor bem baratinho. Qualquer coisa serve.

— Faz o que para mim?

Ele parecia se divertir com o constrangimento dela. Encarava-a com ar divertido, aguardando uma resposta, que chegou quase num sussurro:

— Sexo.

— E posso lhe pagar qualquer coisa? — Ia confirmou. — Então, venha comigo.

Antes de segui-lo, ela deu uma olhada para a lanchonete. Maurício já havia acabado o sanduíche e permanecia sentado à mesa, embora o garçom gesticulasse para ele sair. Nesse momento, o homem a seu lado quase deixou de existir. Sua única preocupação era o irmão, que ficaria tremendamente assustado ao ser posto na rua sem a sua companhia.

— Então? — queixou-se o homem. — Vamos ou não vamos?

— Só um segundo.

— Por quê? Olhe, garota, estou na hora do meu almoço e não posso me demorar muito.

— Já vou.

Mas ela não foi. O garçom praticamente expulsou Maurício da lanchonete, abrindo espaço para outro freguês. Sozinho na rua, o menino olhou ao redor, procurando pela irmã. Como não a viu, começou a caminhar a esmo, em direção oposta àquela em que ela se encontrava.

— Maurício — chamou. — Estou aqui. Pare.

Ele estacou, virando para ela o rosto lívido de susto.

— Onde você estava, Jaque? Fiquei morrendo de medo.

— Estou aqui, meu bem. Vamos embora.

— Para onde?

Ela deu um suspiro sentido, respondendo com sinceridade:

— Não sei.

Apanhou o menino pela mão e seguiu rua acima, a caminho de lugar nenhum. O homem que a abordara já caíra no esquecimento. Jaqueline vira ali uma boa oportunidade de ganhar dinheiro, mas não podia deixar o irmão sozinho.

Pararam para atravessar a rua, quando um homem parou junto a ela. Olhando-o distraidamente, Jaqueline se assustou. O mesmo senhor que falara com ela há pouco encontrava-se a seu lado.

— Agora compreendi tudo — comentou ele. — É seu irmãozinho?

— É, sim.

— Os dois estão na rua sozinhos?

— Estamos.

— E seus pais?

— Não temos pais. Eles morreram.

— Vocês não são daqui, são?

— Viemos de Vila Velha, no Espírito Santo.

— Como você se chama, menina?

— Jaqueline. E este é meu irmão, Maurício.

Maurício fitava o desconhecido com desconfiança, sem dizer nada, apertando a mão de Jaqueline.

— Quantos anos tem, Jaqueline?

— Vou fazer vinte, em breve.

— Tem certeza?

— Pode conferir, se quiser.

Ela retirou a carteira de identidade da mochila e mostrou a ele, só então pensando no risco que corria. Se ele fosse um policial à paisana, ela poderia ser presa. Mas era tarde demais. O homem já tinha em mãos sua identidade, fazendo ar de satisfação.

— Muito bem, Jaqueline — tornou ele, devolvendo-lhe a carteira. — Quero ajudá-la, mas precisava ter certeza de que você não é menor de idade.

— Vai nos ajudar? — retrucou ela, agora certa de que ele não era nenhum policial. — Como? Por quê?

— Uma coisa de cada vez. Vou colocá-los em uma pensão minha conhecida, aqui perto mesmo. Lá, vocês terão um teto, comida e segurança. Em troca, você terá que trabalhar para mim.

— Trabalhar? — animou-se, pensando que ele pretendia contratá-la como faxineira ou coisa parecida. — Fazendo o quê?

— O mesmo que você fazia ainda agorinha mesmo.

— Quer que eu me prostitua para o senhor? — horrorizou-se. — Quer me transformar numa prostituta?

— Não vou transformá-la em nada além do que você já é.

— Não sou prostituta — objetou baixinho. — Ia me vender por necessidade, para alimentar meu irmão.

— E não é por isso que todas se prostituem? Por necessidade?

— Não vou ficar nessa vida. Só vou fazer isso até me firmar.

— Você não faz ideia de quantas vezes ouvi essa conversa. E sabe no que dá? — Ela fez que não. — Todas continuam na vida até morrer. Não seja ingênua, garota. Você não tem para onde ir, não conhece ninguém aqui, está sozinha com uma criança. Quem vai lhe dar emprego? E o menino? Não vai estudar? Quer que ele seja como você? Estou lhe dando a oportunidade de ganhar dinheiro honestamente, de se sustentar e dar uma chance ao seu irmão. Não gostaria de ir para a escola? — terminou, dirigindo-se a Maurício, que se encolheu atrás de Jaqueline.

— Não quero me prostituir — revidou ela, em lágrimas.

— E se você perder a guarda da criança? — ele prosseguiu, ignorando o lamento dela. — Sem dinheiro, você não tem como mantê-lo. Mais dia, menos dia, aparece alguém do Conselho Tutelar e carrega ele para um abrigo.

— Isso não! Jamais permitirei!

— Infelizmente, você não tem escolha. Sem dinheiro, não pode ficar com o menino.

— Mas o que mais tem por aí são crianças abandonadas!

— Que, de vez em quando, são recolhidas.

— Não quero ser recolhido — protestou Maurício, fazendo beicinho. — Quero ficar com você, Jaqueline.

— A opção é sua — considerou ele. — Comigo, vocês terão uma chance de sobreviver. Sem mim, fatalmente acabarão separados ou mortos de fome — Diante da indecisão dela, ele insistiu: — Não sei por que tanta relutância. Você mesma disse que não é virgem. E estava procurando um programa quando eu a encontrei. Não estou exigindo nada além do que você já sabe fazer. E, em troca, você só tem que me dar uma porcentagem do seu lucro.

— Que porcentagem?

— Setenta por cento.

— Setenta por...? Mas isso é quase tudo!

— É o meu preço para lhe arranjar clientes e cuidar de vocês. Sob a minha proteção, estarão seguros. Pense logo, Jaqueline. Como você, há muitas garotas por aí. Pense no menino.

Olhando para Maurício, o coração de Jaqueline quase parou de bater, tamanha a aflição. No fundo, sabia que ele estava certo. Que futuro poderia ter uma assassina fugitiva, sem formação alguma?

— Está certo — disse ela, por fim. — O senhor me convenceu. Mas antes, quero um quarto para nós, com uma cama, um banho e uma refeição decente. Não temos isso há semanas.

— Feito. Basta me seguir.

— O senhor ainda não me disse o seu nome.

— Pode me chamar de Lampião.

— Lampião? — espantou-se Maurício.

— Ganhei esse apelido quando me casei com uma moça chamada Maria Bonita.

— Onde ela está?

— Morta. Chegamos, é aqui.

A pensão era ruidosa e suja, quase uma ruína, mas, pelo menos, eles teriam um quarto, camas com lençol e até uma televisão antiga, além de um banheiro coletivo com água quente. Não era perfeito, mas servia.

— Vou mandar um guri trazer uma quentinha para vocês. Comam, tomem banho, descansem. Amanhã à noite, será sua estreia. Ah! E a camisinha é por minha conta.

Com os olhos banhados em lágrimas, Jaqueline viu Lampião se afastar. Fechou a porta do quarto, estudou o ambiente escuro e lúgubre. Sentada na cama, em prantos, sentiu o abraço reconfortante de Maurício.

— Não fique assim, Jaque. Tudo vai acabar bem.

Abraçada a ele, Jaqueline duvidou do destino, duvidou até mesmo de Deus. Por mais que ela não quisesse, parecia que a prostituição a perseguia. Era como se fosse o seu destino.

CAPÍTULO 7

Daquele dia em diante, a vida deles mudou, embora ela não soubesse dizer, com certeza, se para melhor ou para pior. Ao menos, tinham o que comer, o que vestir e onde dormir. Depois de um tempo, conseguiu até juntar o suficiente para alugar uma quitinete na Saúde. Era um sobrado antigo, meio descuidado, empoeirado e sacudido pelo ruído das obras no bairro. Mesmo assim, era um lugar onde ela podia viver em relativa paz com o irmão. A muito custo, conseguiu uma bolsa de estudos parcial para Maurício estudar em um bom colégio. A vida parecia melhorar.

— Venha tomar seu café — chamou ela. — Uma boa alimentação é fundamental para que o cérebro funcione bem.

Ao se aproximar da mesa, o menino abraçou-a e deu-lhe um beijo prolongado no rosto. Os olhos dela se encheram de lágrimas, e ela devolveu o abraço, estreitando-o em seu peito.

— Amo você, mana — confessou o menino, emocionado. — Mais do que amava nossa mãe.

— Não diga isso — retrucou ela, enxugando as lágrimas. — Mãe é mãe.

— E daí? Nossa mãe só se importava com Dimas.

— Gostaria que não tocasse mais nesse nome — ela retrucou, acabrunhada.

— Por quê? Ele não pode mais nos fazer mal.

— Porque eu o matei, e isso me faz mal. Vivo atemorizada, com medo da polícia. Sem falar na minha consciência, que não me dá trégua.

— Mas foi para nos defender que você fez isso!

— Mesmo assim. Tirei uma vida.

— Não fique triste, mana. Estou aqui com você.

— Eu sei. Isso é o que me dá forças para sobreviver. Você é tudo para mim.

Abraçaram-se novamente, misturando suas lágrimas. Ao final de um tempo, se separam. Maurício não podia chegar atrasado à escola. Jaqueline aproveitaria esse tempo para pôr em dia os afazeres domésticos. Arrumou a casa, passou roupa, fez comida. Cada tarefa fazia-a lembrar-se da mãe, que se matara de tanto trabalhar, mas que nunca lhe demonstrara afeto.

Terminada a arrumação, Jaqueline colocou um vestido melhorzinho e saiu. Na esquina, comprou o jornal, sentando-se num banco para folhear os classificados, em busca de um emprego. Selecionou alguns, de balconista, que era o máximo que saberia fazer. Mas a todos os lugares que ia, a resposta era a mesma. Ela não tinha carteira de trabalho nem experiência, logo, não servia.

De volta à casa, procurou não deixar que o desânimo a delatasse. Não queria preocupar o irmão com mais aquele problema. Colocaria o almoço antes que ele chegasse, para disfarçar a frustração. Ao dar o primeiro passo na escada que levava ao sobrado, um vulto saiu das sombras, quase a matando de susto.

— Lampião! — exclamou ela, pondo a mão no coração. — Pensei que fosse um bandido.

— Bem, pode-se dizer que sim — gracejou ele. — Onde você foi? Estou aqui esperando-a a manhã inteira.

— Fui resolver uns assuntos — tentou disfarçar.

— Que assuntos? Até parece que você tem negócios a tratar.

— Tive que ir à escola do Maurício.

— Por quê? O que foi que o moleque aprontou dessa vez?

— Nada. Fui lá para saber como ele está nas aulas. Não podemos perder essa bolsa.

Ela rodou nos calcanhares, subindo as escadas com ele atrás.

— Sabe de uma coisa, Jaqueline? — tornou ele, malicioso. — Acho que você está mentindo. Acho que você saiu para procurar emprego.

— Eu, hein, Lampião! — disse ela, coração acelerado. — Que ideia...

— Mostre-me a bolsa.

— Por quê? Não tem nada que lhe interesse aí. Só coisas de mulher.

Sem lhe dar atenção, Lampião puxou a bolsa do ombro dela. Quando a abriu, o jornal amassado praticamente pulou de dentro dela. Ele o desdobrou, imediatamente identificando os anúncios circulados à caneta.

— E o que é isso? — ele exigiu saber. — Um jornal com empregos só para mulheres?

— Eu... — ela balbuciou. — Estava só curiosa. Queria ver se tinha capacidade e...

O tapa que ela levou fez com que engolisse as palavras. De modo brusco, Lampião a estapeou novamente e a empurrou, jogando-a ao chão.

— Quantas vezes preciso lhe dizer que você só trabalha para mim? — rosnou ele.

— Por favor, Lampião, perdoe-me. Eu estava só curiosa. Queria ver se era capaz...

— Conseguiu alguma coisa? — Ela meneou a cabeça. — Pois então, já sabe que não é. E agora levante-se. Lave o rosto e sirva-me o almoço.

— Temos pouca comida...

— Não lhe perguntei nada. Estou com fome.

— Mas Maurício já vai chegar da escola!

— Ótimo. Almoçaremos juntos.

Lutando para que a raiva não a desequilibrasse, Jaqueline pôs mais um prato à mesa, olhando de soslaio para ele. Lampião parecia distraído, prestando atenção à reprise de um jogo de futebol na televisão. Ela acendeu o fogão para esquentar a comida. Naquele dia, comeriam carne ensopada com legumes, arroz e feijão. Só Deus sabia o quanto ela tivera que trabalhar para comprar aqueles pedacinhos de músculo. E agora, era obrigada a dividir o pouco que tinham com aquele malandro.

— Oi, mana — falou Maurício, que acabara de abrir a porta.

— O que temos para o almoço? O cheiro está bom.

— Vá lavar as mãos e venha sentar-se. Já vou servir.

O menino parou de falar, surpreso com a presença de Lampião ali, àquela hora.

— Não fala com os mais velhos, garotinho? — indagou ele, fazendo cara de interessado. — Sua irmã não lhe dá educação?

— Como vai, Lampião? — tornou o menino, quase não conseguindo disfarçar o desagrado. — O que está fazendo aqui a essa hora?

— Não é da sua conta. Tenho assuntos importantes a tratar com a sua irmã.

Jaqueline levantou os olhos para ele, imaginando o que estaria aprontando. Quando os abaixou para o irmão, Maurício percebeu o leve hematoma em sua face.

— O que aconteceu com você? — espantou-se ele. — Seu rosto está todo roxo!

— Eu caí da escada — mentiu ela, olhando disfarçadamente para Lampião.

Maurício sabia que era mentira. Sentiu ódio de Lampião por ter batido na irmã. Já não bastava terem apanhado de Dimas, agora tinham que se submeter a um cafetão. Mesmo criança, Maurício compreendia as coisas. Podia não saber defini-las exatamente, mas entendia o fato de que Lampião obrigava a irmã a prostituir-se e lhe tomava a maior parte do dinheiro. Desde cedo tivera que se acostumar àquilo e não se importava. Só o que queria era viver em paz com Jaqueline.

— Vamos comer? — chamou Lampião, ignorando o ar indignado do menino. — Estou morrendo de fome!

Lampião foi o primeiro a sentar-se à mesa, servindo-se do ensopado sem nenhuma cerimônia. Não se incomodou com a quantidade, colocando em seu prato vários pedaços de carne, uma porção generosa de arroz e outra de feijão. De mãos agora lavadas, Maurício sentou-se à mesa, olhando o fundo da panela com desgosto. O que sobrou era quase nada. Rapidamente, Jaqueline o serviu, praticamente entornando o que ainda havia de carne em seu prato. Eram apenas uns poucos pedacinhos, mas daria para matar sua fome.

— E você, Jaque? — perguntou Maurício, engolindo a raiva. — Não sobrou nada para você.

— Não estou com fome — foi a resposta rápida.

Todos sabiam que era mentira. Jaqueline alimentava-se mal, deixando para Maurício as melhores porções de comida.

— Se você não comer, vai acabar doente — ironizou Lampião, enfiando um rechonchudo naco de carne na boca.

— Não se preocupe com isso.

— Ah! Mas eu me preocupo. Você trabalha para mim.

— Você tem outras garotas.

— Nenhuma como você. São todas velhas, meio gastas. Sabe como é.

Ela sabia. Jaqueline tornara-se a mina de ouro de Lampião. As outras moças eram bem mais velhas, já passavam dos trinta anos, de forma que ela acabava sempre com os melhores clientes e os maiores lucros. A inveja que isso despertou levou Jaqueline ao isolamento. Como as mulheres não podiam lhe fazer mal, por medo de Lampião, resolveram ignorá-la. Jaqueline não tinha amigas, ninguém com quem contar. As colegas de trabalho a evitavam, mal falavam com ela, ainda que para lhe dizer algum desaforo. Simplesmente agiam como se ela não existisse.

Quando ela se aproximou da mesa, trazendo uma garrafa de água, notou que Maurício havia dividido com ela a sua carne, o que resultou em três pedacinhos para cada um. Com lágrimas nos olhos, ela meneou a cabeça. Espetou a carne com o garfo para devolvê-la ao prato do irmão. Mas o olhar de tristeza que ele fez foi tão grande, que ela pôs na boca o último pedaço. Comeu o que sobrou dos legumes, do arroz e do feijão. Não era muito, mas daria para tapear o estômago.

— Agora vá brincar lá fora — ordenou Lampião, assim que terminaram de comer. — Quero falar a sós com a sua irmã. A um olhar de Jaqueline, Maurício obedeceu. Apanhou uma bola murcha, que havia resgatado de uma lixeira, e foi jogar na rua. Quando ele saiu, Jaqueline lançou a Lampião um olhar indagador.

— Tenho um servicinho extra para você — ele foi logo dizendo. — Um cliente muito especial.

— Cliente? Mas você não gosta que fiquemos fixos com ninguém.

— Esse é especial, já disse. E você não tem que me questionar. Basta me obedecer.

— Posso saber quem é ele?

— Um figurão da política.

— E o que um político importante quer com uma prostituta? Na certa, pode arranjar coisa melhor.

— Pelo que entendi, ele tem certas preferências que nem sempre *coisa melhor* pode lhe dar.

— O que, por exemplo?

— Isso, você vai descobrir quando estiver com ele.

— Quanto vou receber?

— Muito mais do que você poderia imaginar. O cara vai pagar bem para ter exclusividade.

A perspectiva de melhorar de vida, entregando-se a um homem só, a animou. Até que não seria tão ruim assim. E depois, um político devia ser uma pessoa mais refinada, diferente dos grosseirões com que estava acostumada.

— Tudo bem. Quando começo?

— Assim que você for aprovada.

— Aprovada em quê? Vou logo avisando que não tenho qualificação nenhuma.

— Não é desse tipo de aprovação que você precisa.

— Não estou entendendo.

— Pois vou explicar. O cara quer uma garota só para ele, mas ainda não escolheu. Por isso, mandou convocar vários *empresários* do ramo. Cada um vai concorrer com uma garota. A que ele escolher leva o prêmio.

Empresário do ramo era novidade para Jaqueline. Um belo eufemismo para quem não passava de um cafetão barato.

— E você? — redarguiu ela. — O que leva?

— Minha percentagem de sempre.

— Só?

— E mais uma pequena comissão, claro. Afinal, eu sou o seu *agente*. Nada mais justo do que receber a minha parte na negociação.

— Nada mais justo — repetiu ela, em tom mordaz.

— Antes disso, você tem que passar nos exames.

— Que exames?

— Para começar, o cara só está interessado em garotas saudáveis. Não quer que lhe passem nenhuma doença. Já estou com a requisição dos exames aqui.

Ele estendeu a ela alguns papéis. Eram pedidos para exames de sangue, de urina e de fezes.

— Para que tudo isso?

— Não sei e não quero saber. O homem está pagando, logo, eu não discuto nem faço perguntas.

— Onde vou fazer esses exames?

— Deixe comigo, virei buscá-la daqui a três dias, que é o tempo necessário para você fazer as coletas. Faça tudo direitinho e, nesse período, não transe com ninguém. Prometi isso a ele. Agora, deixe-me explicar como proceder para coletar o material — terminou a frase com um tom de ironia que a deixou envergonhada.

Depois de tudo explicado, ele foi embora, deixando com ela os frasquinhos para os exames. Jaqueline ficou parada, olhando para aquilo tudo sem saber se devia ficar alegre ou preocupada. Ter um cliente fixo era bom, principalmente, porque ganharia mais. Mas a que particularidades será que Lampião se referia? Do que aquele homem podia gostar que outras mulheres não podiam fazer?

CAPÍTULO 8

Quando Tobias abriu a porta do apartamento, a surpresa de ver Eva ali parada só não foi maior do que o constrangimento. Esperava encontrar Denise, dando-lhe a chance de se desculpar. Dar de cara com a mãe dela foi não apenas surpreendente, mas um choque.

— Eva! — exclamou, embaraçado. — Que surpresa... Não esperava vê-la aqui. Ainda mais a uma hora dessas.

— Eu acordo cedo — tornou ela, adiantando-se pela porta antes de perguntar: — Não me convida para entrar?

— Desculpe. Por favor, entre e fique à vontade.

Nem bem ele terminou de falar, ela já estava até sentada no sofá, as mãos juntas sobre as pernas cruzadas, apertando a alça da bolsa como se aquilo lhe desse algum tipo de proteção.

— O que posso fazer por você? — perguntou ele, entre curioso e preocupado.

— Você sabe por que estou aqui.

— Posso imaginar.

— Se é assim, não percamos tempo com rodeios. Você sabe que vim aqui para falar de Denise — Ele a encarou, tentando não parecer pouco à vontade. — Sei o que aconteceu esta noite.

— Eva, por favor, deixe-me explicar...

— Não precisa. O que me aborrece não é o fato de minha filha ter passado a noite na cama de um homem, mas o fato de que esse homem tenha sido você.

— Isso não devia ter acontecido — ele tentou se desculpar.

— Não devia mesmo. Você tem idade para ser pai dela.

— Mas não sou.

— E por causa disso, pensa que pode abusar dela?

— Eu não abusei dela. Denise pode ser jovem, mas não é mais criança. É uma mulher feita e sabe o que quer.

— Sabe porque não conhece o passado. Experimente contar-lhe o que aconteceu.

— Conte você, se achar que deve. Ela é sua filha, não minha.

— Você não mudou nada, não é? Continua o mesmo arrogante de sempre.

— Não queria lhe dar essa impressão, mas você não me deixa escolha. Sei que errei em muitas coisas no passado, mas não no que se refere a você.

— Será mesmo? — enfureceu-se. — Porque não foi você que ficou com a humilhação e a vergonha, mas eu!

— Sinto muito. Não era o que eu queria, mas você não me deu escolha.

— Eu era jovem e burra.

— Não fale assim. Por que você não pode simplesmente passar por cima do que aconteceu? Já faz quase trinta anos, nós mudamos...

— Você continua o mesmo — cortou ela. — Ainda é um homem insuportável.

— Você quer me agredir. Tudo bem, vá em frente. De alguma forma, devo merecer isso.

— Não se faça de vítima, Tobias. Não combina com você.

— Por favor, Eva, eu só quero viver em paz. Estou tentando refazer a minha vida, como você refez a sua.

— Com a minha filha?

— Comigo mesmo.

— E qual o papel da minha filha nessa história? Aliás, das minhas filhas? Pensa que não percebi como você olhou para Alícia durante toda a noite da festa?

— Não é o que você está pensando...

— É claro que não! Você pensa que pode obter o perdão dela para aplacar a sua culpa. Mas Alícia nunca vai perdoar você.

— Por que me acusa de tantas coisas, Eva? Já não basta eu ter-me exilado voluntariamente?

— Eu o acuso de ter estragado a minha vida e a da minha filha. Nem tente fazer isso outra vez.

— Você está exagerando. E se alguém estragou a sua vida, não fui eu. Foi você mesma.

— Como se atreve? — esbravejou. — Já se esqueceu do que você fez? Você acabou comigo por duas vezes. Duas vezes, Tobias! Por sorte, meu marido é um homem bom, e foi graças à bondade dele que consegui superar.

— Celso sempre a amou. Não é o suficiente?

— E até esse amor, você quis destruir.

— Você está sendo injusta. Quem quase destruiu tudo foi você.

— Destruiu e quer tentar novamente — prosseguiu ela, fazendo-se surda aos protestos dele.

— Não diga tolices. Francamente, Eva, não vejo a que essa conversa vai nos levar. Com certeza, a nada de útil.

— Você está louco para que eu vá embora, não é? Quer se livrar de mim para não ter que enfrentar a verdade.

— Não me interessa a verdade! — explodiu ele. — Estou tentando ser educado com você, mas está ficando difícil. Você não tem o direito de vir até a minha casa me fazer acusações. Por favor, retire-se.

— Eu vou — concordou ela, trêmula. — Mas não pense que terminamos por aqui. Quero você longe das minhas filhas, principalmente, de Denise.

— Não cabe a você decidir isso. Denise é maior de idade. Se ela quiser tornar a me ver, você não tem como impedir.

— Depois dessa noite, duvido que ela queira vê-lo novamente.

— Por quê? — tornou, acabrunhado. — O que foi que ela lhe disse?

— Nada. Denise não foi para casa. Depois que você a enxotou, ela foi chorar as mágoas no colo de Alícia. Foi por ela que eu soube o que aconteceu.

— Primeiro, eu não enxotei Denise. Segundo, isso não é problema seu. Por favor, não se intrometa.

— Sou mãe, Tobias, tenho o direito de me preocupar com as minhas filhas. E agora, com licença. Já disse o que tinha a dizer. Espero, sinceramente, que você esqueça Denise de uma vez por todas. Você não serve para ela.

Ele não queria mais discutir. Preferiu se omitir ao invés de retrucar. Caminhando mansamente, abriu a porta, esperando que ela saísse. Eva se levantou calmamente, mas, antes de cruzar o umbral da porta, virou-se para ele e disse em tom de ameaça:

— Afaste-se de Denise. Vai ser melhor para todos.

Mesmo sem querer, ele bateu a porta quando ela saiu. Fora muito atrevimento dela, mas será que, no fundo, ela não tinha razão? Nem mesmo ele entendia por que ainda pensava em Denise. Não sabia se pretendia tornar a vê-la ou desculpar-se apenas. Não sabia nem se ela era apenas um elo entre ele e Alícia.

A noite de sono estava perdida. Mesmo sem se dar conta, as horas haviam se passado, e a manhã exigia de Tobias o cumprimento de suas obrigações. Precisava fazer um esforço para ir trabalhar e encarar Celso, mesmo achando que não conseguiria mais fazê-lo. Não podia, contudo, simplesmente se omitir. Depois da conversa franca que haviam tido, o mínimo que Celso merecia era honestidade. Fosse o que fosse que tivesse que acontecer, Tobias não fugiria. Passara tempo demais fugindo de si mesmo, de seu passado, de suas escolhas. Agora era hora de confrontar-se com seus medos e arrependimentos.

Quando chegou ao trabalho, entrou cautelosamente, procurando não chamar muito a atenção dos colegas. Distraído com um microscópio, Celso pareceu não notar a presença dele. Tobias vestiu o jaleco e foi para seu posto, evitando olhar na direção do outro. Não adiantou. Assim que levantou os olhos do aparelho, Celso avistou o amigo.

— Está tudo bem? — indagou baixinho, ao ouvido de Tobias.
— Você está com uma cara horrível!

Pelo visto, Eva não lhe contara de sua visita extemporânea logo nas primeiras horas do dia. Tobias suspirou aliviado. Não tinha mais imaginação para inventar desculpas nem justificar as insanidades alheias.

— Não dormi muito bem essa noite — esclareceu ele. — Acho que foi alguma coisa que comi.

— Está engolindo sapos? — brincou. — Pois não devia. Ponha para fora o que o incomoda. Assim, vai se sentir melhor.

Tobias riu do gracejo. Não tinha a menor intenção de contar ao amigo o que se passara entre ele e Eva. Muito menos, entre ele e Denise.

— Não foi nada — desculpou-se. — Já estou melhor.

— Você é quem sabe — arrematou Celso, com ar de dúvida. — E Denise? Como foi o jantar? Ela não dormiu em casa. Passou a noite com você?

— Não sei se esse é um assunto que eu gostaria de discutir com você — retrucou ele, cauteloso. — Mas, de verdade, estou um pouco arrependido de ter saído com ela.

— Por quê? Não é de novo aquela história de idade, suponho.

— Também. Mas não é isso que mais me preocupa.

— E o que é?

— Eva... Ela pode não gostar.

— Eva?

— Eu mal consigo encará-la.

— Entendo...

— Será que entende mesmo?

— Você precisa superar isso. É passado.

— Desculpe, Celso, mas quem não entende sou eu. Toda essa sua conversa de tentar acertar as coisas me deixa muito confuso. Parece contraditório...

— Não o culpo. No final, a maior vítima, se é que se pode chamar assim, foi você.

— Vítima, eu?

— Vítima é aquele que não alcança o perdão. E como você não perdoa a si mesmo, sim, meu caro, a maior vítima aqui é você.

— Você me perdoou?

— Mas é você quem tem que me perdoar!

— Eva não me perdoou — rebateu, sem graça.

— Ela perdoou. Só não sabe como demonstrar — afirmou, sem muita convicção.

— Acho que nem você acredita nisso.

— Se não perdoou, estamos todos tendo essa chance agora.

O silêncio de Tobias encerrou a conversa. Ele não sabia mais o que dizer. Não queria falar sobre a visita de Eva, muito menos sobre o desastre que fora a noite com Denise. Celso se afastou, cheio de uma esperança que ele mesmo não sentia. Num derradeiro impulso, Tobias apanhou o telefone, falando rapidamente, logo que ela atendeu do outro lado da linha:

— Preciso falar com você.

CAPÍTULO 9

Eva entrou no restaurante como se entrasse numa jaula, pronta para o ataque de uma fera. O rápido telefonema de Tobias a deixara apreensiva. Depois da noite anterior, pensou que nunca mais ouviria a voz dele.

— O que quer? — indagou ela, sentando-se à mesa de frente a ele.

— Quer beber alguma coisa?

— Uma água com gás, por favor — pediu ao garçom, virando-se para Tobias em seguida: — Muito bem, estou esperando.

— Estive pensando. Não acho justo o seu pedido para que me afaste de Denise. Quero que você saiba que não fizemos nada de mais.

— Foi para isso que me chamou aqui? Não perca seu tempo, não preciso ouvir suas explicações.

— Não acho que tenha obrigação de lhe explicar nada. E, embora compreenda seus motivos, não concordo com eles.

— Você não é mãe.

— Eu acompanhei toda a gestação de Alícia. Acha que não me sinto responsável?

— Acho que se sente, e é por isso que precisa deixar Denise em paz.

— O que preciso é me libertar dessa culpa.

— Ah! Então quer dizer que admite que é culpado?

— Admito que me sinto culpado. Se sou ou não, cabe a Deus responder.

— Deus não está aqui e não interfere nas nossas atitudes. É você quem tem que prestar contas a sua própria consciência.

— No entanto, o que você me pede é que preste contas a você.

Ela hesitou. No fundo, ele tinha razão. Mesmo assim, não desistiria. Não podia desistir.

— Você fala como se só dependesse de você — mudou de assunto. — Denise não quer mais vê-lo.

— Se isso é verdade, por que você está tão preocupada?

— Sou mãe, já disse. Quero o melhor para minha filhas.

— Celso também. Ainda assim, ele me perdoou.

— Celso é um tolo sentimental. Esquece de tudo muito rapidamente.

— Ele é meu amigo. Não gostaria que você fosse minha inimiga.

Ela titubeou. Não tinha inimigos, considerava-se uma pessoa de bem, generosa, compreensiva. Mas seus sentimentos mudavam quando se tratava de Tobias. Devia lutar contra aquilo; era falta de caridade, de amor, de perdão, de compreensão, de tudo o que há de mais nobre no sentimento humano. Só que ela não conseguia. Era mais forte do que ela.

— Aonde está querendo chegar, Tobias? Você está me enrolando e ainda não disse qual o propósito dessa conversa.

— Muito bem, vamos ao que interessa. Como disse, não acho justo que você queira me afastar de Denise, ainda mais deixando que ela pense que sou um canalha.

— E você não é?

Não foi possível, naquele momento, controlar a energia de raiva que explodiu dos olhos dele. E se antes havia algum remorso dificultando que ele fizesse o que pretendia fazer, agora já não existia mais.

— Não, Eva, não sou — afirmou categoricamente. — Sou um homem comum, com erros e acertos. Mas agora quero fazer a coisa certa. E a verdade é que gosto de Denise. Não estou disposto a abrir mão dela porque você não consegue me aceitar. Sei que você passou a vida fazendo de tudo para que ela e Alícia não descobrissem a respeito do passado. Então, ou você nos deixa em paz, ou conto tudo a elas.

— O quê? — exaltou-se.

— É isso mesmo que você ouviu. Conto tudo. Tudo mesmo, inclusive o que aconteceu entre nós.

— Isso é um absurdo! — ela esbravejou, indignada. — Não aconteceu nada entre nós!

— Deixe que elas mesmas decidam isso.

— Não! De jeito nenhum!

— Ou você nos deixa em paz, ou conto tudo. Esse é o preço do meu silêncio.

— Você está me chantageando!

— Estou lhe dando uma opção.

— Isso é um absurdo!

— Absurdo é o que você está tentando fazer comigo e com Denise. Quer controlar nossas vidas.

— Eu o proíbo — ela disse baixinho, tão baixo que ele mal conseguiu ouvir. — Proíbo-o de dizer uma palavra sequer sobre esse assunto com minhas filhas.

— Sinto muito, Eva, mas você não tem esse poder. Você tem até amanhã à noite para me dar a resposta. Se não o fizer, entenderei que você optou pelo silêncio e que vai sair do nosso caminho, deixando-me livre para me entender com Denise.

Certo de que dissera tudo o que pretendia, Tobias largou o dinheiro para pagar a conta em cima da mesa e se levantou sem pressa. Passou por ela olhando para a frente, com medo de que seu olhar revelasse que estava blefando.

Eva, por sua vez, não sabia se gritava ou chorava. Talvez fosse melhor fazer as duas coisas, que eram ótimas para extravasar a frustração e o desespero. Quando ela se levantou, não viu mais Tobias. Ela não esperou. Apanhou o celular e ligou para o marido.

— Vai chegar tarde hoje? — perguntou calmamente, tentando evitar que ele percebesse o pânico em sua voz.

— Acho que não. Por quê?

— Preciso falar com você com urgência. Por favor, venha logo para casa.

— Aconteceu alguma coisa?

— Ainda não, mas vai acontecer, se não agirmos rapidamente.

Nem era preciso perguntar para saber que Eva se referia a Denise. Celso desligou o celular, preocupado. Olhou ao redor, procurando Tobias, mas não o encontrou.

— Viu o doutor Tobias? — perguntou à secretária.

— Ele foi almoçar e ainda não voltou.

Talvez a saída dele não tivesse nada a ver com Eva, mas sua intuição lhe dizia que tinha. Após considerar a situação por alguns minutos, Celso resolveu ir para casa. A ansiedade na voz de Eva era preocupante.

Encontrou-a no quarto, andando de um lado para outro. Logo que ele entrou, ela atirou-se em seus braços, chorando tanto que mal conseguia falar.

— Por favor, querida, acalme-se — Celso procurou tranquilizar. — O que aconteceu para você ficar assim?

— Todo nosso mundo está por ruir. Tobias está prestes a destruir nossas vidas... De novo!

— Por quê? Do que você está falando?

— Ele me procurou... para me chantagear!

— O quê? Não acredito.

— Acredite. O preço para não contar toda a verdade a nossas filhas é que os deixe em paz. Isso é ou não é chantagem?

— Não compreendo. Por que Tobias faria uma coisa dessas? Pensei que ele e Denise estivessem se dando bem.

— Porque eu fui procurá-lo e exigi que ele deixasse Denise em paz.

— Mas por que, em nome de Deus, você fez uma coisa dessas? — indignou-se.

— Porque ele dormiu com ela e depois a escorraçou de sua casa. Foi por isso.

— Você agiu mal. Denise é adulta, não precisa mais de você para resolver os problemas dela.

— Ah, claro, quem agiu mal agora fui eu. Tobias é só um coitadinho.

— Ninguém é coitadinho. Mas vamos ser justos. Que interesse teria Tobias em revelar a verdade às meninas?

— Ele quer nos destruir. E pretende usar Denise para alcançar esse objetivo. Sabendo que nossa filha está apaixonada por ele, vai usar isso para fazê-la sofrer e, consequentemente, nos fazer sofrer também. Você não pode permitir, Celso, não pode.

— Tem algo nessa história que não se encaixa. Conversei com Tobias outro dia, e ele não deixou transparecer nenhuma intenção de nos destruir.

— É claro que ele não deixaria transparecer. Ele não é burro. Mas se não é por isso que está me chantageando, por que é então?

As palavras de Eva não faziam sentido. Ele conhecia Tobias, conhecia cada meandro de sua vida passada. Sabia de seus medos, suas frustrações, suas escolhas. Conhecia, sobretudo, sua gratidão.

— Você não está entendendo, Eva. Desde que voltou, Tobias tem se demonstrado contra a ideia de revelar a verdade a Alícia e Denise. Por que mudaria de opinião agora, só para chantagear você?

— Não acho que chantagem seja uma coisa sem importância. Ele estava enganando você, mas a mim não conseguiu enganar. Revelou suas intenções assim que viu em mim um possível obstáculo para alcançar seu objetivo.

Mesmo assim, nada fazia sentido. Durante todos aqueles anos de ausência, Celso não deixou de manter contato com Tobias um único dia sequer. Comunicavam-se pela internet e pelo celular. Mantinham-se atualizados sobre os pensamentos e sentimentos de um e de outro. Não fora por outro motivo que Celso resolvera que já era hora de Tobias voltar.

— Tudo isso pode ser evitado se revelarmos a verdade a elas — sugeriu Celso.

— Se fizermos isso, faremos o que ele quer.

— E daí? Talvez seja o que eu quero também.

Ela abriu a boca, estupefata. Não podia crer no que estava ouvindo. Celso só podia estar brincando.

— Em nome da nossa felicidade, espero que você não esteja falando sério, Celso. Isso destruiria nossas vidas.

— Ao contrário. Acho que isso nos traria paz e liberdade.

— Elas não vão entender. Alícia, principalmente, vai sofrer muito, vai nos acusar, nos virar as costas. Não posso suportar viver sem minha filha.

— Alícia é uma pessoa inteligente e compreensiva. Vai saber nos entender e perdoar.

— E se ela se sentir culpada também?

— Ela é a única que não teve culpa de nada.

— Mas e se ela não pensar assim? Por Deus, Celso, não permita que isso aconteça. Por mim, convença Tobias a se afastar de Denise sem lhe contar qualquer coisa.

— Vou tentar. Conversarei com ele. Aposto como ele tem uma explicação razoável para essa atitude aparentemente insana.

O ocorrido deixou em Celso a sensação de que todos cometiam erros em cima de erros. Não era possível segurar a verdade por tanto tempo. Com ou sem chantagem, era chegada a hora de revelar seus segredos. Ninguém podia viver ocultando a verdade por toda a vida. Como a planta que quer brotar do solo, a verdade sempre arranja um jeito de vir à superfície e se exibir. O que ele precisava era decidir que tipo de planta ele queria que viesse à tona: uma linda flor ou um cacto cheio de espinhos.

CAPÍTULO 10

Alícia não podia parar de pensar que Denise merecia coisa melhor. Um jovem inteligente e simpático, não um velho ranzinza feito Tobias. A irmã encasquetara com ele. Mesmo depois da grosseria que lhe fizera, praticamente expulsando-a de seu apartamento, Denise ainda o queria.

Denise saiu do banheiro já vestida e apanhou o celular, conferindo as ligações. Não havia nada de Tobias. Desanimada, jogou o aparelho dentro da bolsa, preparando-se para sair.

— Não vai tomar café? — perguntou Alícia.

— Não estou com fome.

— O que é isso, minha irmã? Vai deixar que um idiota qualquer tire o seu apetite?

— Tobias não é idiota. E não foi ele quem tirou meu apetite.

— Tudo bem, não precisa se zangar. Eu só acho que você está dando valor demais a quem não liga a mínima para você.

— Por que você acha isso?

— E ele liga? Fez o que fez e nem sequer a procurou para se desculpar.

— Podemos deixar esse assunto de lado? Não quero falar sobre isso.

— Você está fugindo da realidade. Tobias é um homem maduro, está acostumado com mulheres maduras também. Você é só uma garotinha, uma diversão passageira.

— Não sou, não. Tenho certeza de que ele ainda vai perceber que gosta de mim. Ele está é com medo, por causa da nossa diferença de idade. Mas não é nenhum canalha, como você está pensando.

— Eu não disse isso.

— Nem precisava.

— Você não percebe que eu me preocupo com você?

— Dá para você mudar de assunto, por favor?

— Você está tentando fugir. Não quer ouvir a verdade. Esse homem não gosta de você.

— Mas eu gosto dele. Sendo assim, tenho o direito de ter esperança.

— Você está magoada, o que é normal. Eu também ficaria, se alguém dormisse comigo e, logo na primeira noite, me desse um fora.

— Por que está sendo tão cruel? Pensei que você me apoiasse.

Na mesma hora, o arrependimento cutucou o coração de Alícia. O que fazia com a irmã não passava de pura maldade. Não tinha o direito de permitir que sua antipatia por Tobias a fizesse descontar tudo em Denise.

— Tem razão, perdoe-me. É que não gosto que magoem minha irmãzinha.

— Não sou mais sua irmãzinha. Sou sua irmã.

— É claro que é. Você já é uma mulher, mas é difícil me acostumar com isso.

— Pois acostume-se. E depois, nossa diferença de idade nem é tão grande assim.

— Você está certa. Por favor, não brigue comigo. Você sabe que eu a amo e não quero vê-la sofrer.

— Eu sei — ela se aproximou da irmã, abraçando-a com carinho. — Não vou brigar com você. Também a amo demais.

— Fico feliz. Não gostaria que nada nem ninguém se interpusesse entre nós.

— Isso não vai acontecer. Gosto de Tobias, mas sei separar as coisas.

— Ótimo. Faça como achar melhor. Mas se precisar, não se esqueça de que estou aqui para apoiá-la.

— Sei disso. Obrigada por tudo.

Alícia queria muito que Denise permanecesse com ela, mas a irmã, agora mais fortalecida, resolveu voltar para casa. Mal ela fechou a porta, Juliano apareceu para o desjejum.

— Bom dia, meu amor — cumprimentou ele, beijando-a nos lábios. — Dormiu bem?

— Dormi.

— E sua irmã? Já foi?

— Já. Não entendo Denise. Podia ficar aqui conosco, longe daquele Tobias, mas preferiu ir para casa, onde corre o risco de encontrá-lo. Ele é amigo de papai.

— Sua irmã tem que viver a vida dela. Isso inclui enfrentar seus problemas.

— Eu sei, mas não é justo. Denise é jovem e linda.

— Isso vai passar, querida, você vai ver.

— Eu sabia que esse encontro não ia dar certo — desabafou.

— E não é porque ele é mais velho. É porque não presta.

— Não acha que está sendo muito severa em seu julgamento? Dizer que alguém não presta é uma crítica muito séria.

— Pode ser, mas é isso que sinto.

— Até quando você vai tomar as dores da sua irmã? Ela passou anos nos Estados Unidos, longe de você, defendendo-se sozinha. Não acha que ela já aprendeu a se virar?

— Denise é frágil, insegura. Os Estados Unidos não mudaram isso.

— Acho que você está enganada. Mesmo assim, não temos que nos meter na vida dos outros. Ela e Tobias são adultos.

— Tobias é mais adulto do que ela.

— Nem eu entendo qual o motivo de tanta antipatia. Tudo bem que o cara é meio carrancudo, mas você está exagerando. Você devia cuidar mais de mim e deixar sua irmã em paz.

Subitamente, um flash inesperado trespassou a mente de Alícia, fazendo doer suas têmporas. Em sua mente, a imagem da moça se delineou. Jovem, bonita, uma desconhecida vestida com vulgaridade.

— Alícia! — chamou Juliano, preocupado. — O que foi que houve, querida? Sente-se mal?

— Uma terrível dor de cabeça...

— Você ficou meio fora do ar.

— Tive uma visão, um sonho, sei lá.

— Uma visão?

— Sabe aquele sonho recorrente? — Ele assentiu. — Então, me pareceu a mesma moça.

— Estranho.

— Sonhar acordada é sonho? — duvidou ela. — Acho que o que tive foi uma visão.

— Visão, do tipo, com espíritos?

— Não sei se a garota está viva ou morta.

— Acho que isso tudo é imaginação.

— Não é.

— Querida, isso foi apenas um sonho.

— Não foi. Estava acordada, já disse.

— Talvez então seja melhor consultarmos um médico. A dor de cabeça pode estar associada a essas ilusões.

— Você não entende. Não foi ilusão. Sinto que essa moça existe de verdade, e a dor de cabeça foi consequência da descoberta. Talvez minha mente, em algum lugar bem escondido, a tenha reconhecido.

— De onde?

— Não sei.

— Se não é imaginação nem espírito, talvez seja uma visão de outra vida — deduziu ele, após alguns minutos de reflexão.

— Será?

— É bem possível, não é?

— Na verdade, sim. Foi tão real!

A dor de cabeça aumentou, estabelecendo o silêncio. Mesmo preocupado, Juliano não disse nada. Queria levá-la ao médico, mas o olhar alheado da mulher o deteve. Na verdade, Alícia acabara de pensar em algo que a deixara surpresa. Era só uma vaga desconfiança, mas algo que podia ser real. Ela remoeu o pensamento por alguns minutos, olhando para Juliano sem realmente o ver. A ideia, a princípio, pareceu absurda, mas depois se tornou viável. Tinha que ser.

Assim que Alícia terminou o café da manhã, não perdeu tempo. Beijou o marido e anunciou:

— Vou chegar um pouco atrasada hoje.

— Por quê? Aonde você vai?

— Falar com meu pai.

— Sobre Denise?

— Não. É outro assunto. Pretendo descobrir se ele conhece essa moça.

No laboratório, Celso conversava com os membros de sua equipe. A uma rápida passada de olhos pelo ambiente, Alícia não viu Tobias em lugar algum e não conseguiu conter a curiosidade. Assim que a reunião terminou, ela foi logo perguntando:

— Onde está o Tobias? Ele não veio trabalhar?

Celso deu um suspiro cansado e respondeu:

— Ele telefonou dizendo que está doente. Mas venha, vamos até o meu consultório.

Acomodada na poltrona defronte à mesa de trabalho do pai, Alícia cruzou os braços, olhando-o em dúvida. Precisava tomar cuidado com as palavras, e o melhor seria ir devagar, com cautela.

— Tenho tido uns sonhos estranhos — iniciou ela.

— Que sonhos?

— Sempre com a mesma pessoa, uma moça bonita, porém, vulgar.

— Alguma conhecida?

— Aí é que está. Não a conheço, mas também, ela não me é totalmente estranha. Dá para entender?

— Mais ou menos.

— E hoje de manhã, por acaso, tive esse sonho novamente, só que estava acordada. Foi mais uma visão, sabe?

— E você acha que isso significa alguma coisa além de um sonho?

— Você está falando igual ao Juliano. A gente sonha quando dorme. Quando se está acordado, chama-se visão.

— Que seja. Mas não estou entendendo aonde você quer chegar.

— Nem eu sei ao certo. Mas tem algo que me incomoda muito, algo que preciso lhe perguntar.

Ela hesitou, estudando o rosto dele.

— Muito bem — falou ele, sem qualquer alteração em suas feições. — Faça a sua pergunta. Se puder, responderei.

— Vou ser direta, pai. Por acaso, eu tenho outra irmã?

Os olhos de Celso, de repente, se esbugalharam. Ele ergueu as sobrancelhas, demonstrando a enorme surpresa que o acometera. Por uns instantes, não conseguiu falar. Depois, sem dizer nada, levantou-se da cadeira e aproximou-se da janela. Quando olhou para ela novamente, Alícia já sabia o que ele ia dizer.

CAPÍTULO 11

Todos os espelhos do mundo não seriam suficientes para conter a vaidade exibicionista de Igor Lafayete. Era um homem orgulhoso, ciente de sua beleza, de sua inteligência e de seu carisma. Desde pequeno, seus dons já eram visíveis. Era o mais bonito da escola, tirava as melhores notas, se dava bem com todo mundo. As professoras o adoravam, as meninas o admiravam, os colegas o invejavam. Os pais faziam tudo por ele, mimavam-no ao extremo, certos de que Deus lhes havia mandado o filho perfeito.

Tudo isso era verdade, menos a ideia da perfeição de Igor. Ele possuía uma peculiaridade que muito poucos conheciam, além das prostitutas que tinham o desprazer de parar em sua cama.

Doutor Lafayete, como gostava de ser chamado, era um homem rígido. Iniciou-se cedo na política, até ser eleito para o cargo de deputado federal, que exercia com entusiasmo. Aparentemente, não era dado a subornos nem nepotismo. Tinha fama de incorruptível, embora não o fosse. Não suportava aduladores nem aproveitadores, isso lá era verdade, mas sabia aproveitar-se deles quando era de seu interesse.

O bom senso de Lafayete era um pouco distorcido e ele, absolutamente, não tinha compaixão. Era implacável. Quem cruzasse o seu caminho, ou andava na linha que ele traçara e fazia o que ele queria, ou assumia o risco de ser espezinhado, humilhado, destruído. Era frio, duro, insensível. Não se compadecia da fome alheia, da miséria do povo, das dificuldades das pessoas. Para ele, quem não encontrava trabalho era vagabundo, quem não tinha cultura era preguiçoso, quem não estudava era marginal. Não aceitava as *desculpas* da falta de emprego, da necessidade de parar de estudar para sustentar a família, das limitações da inteligência. Os erros alheios eram inaceitáveis. Somente os dele eram toleráveis, porque nunca descobertos. Para ele, não existia a palavra perdão.

Casado, pai de dois filhos que ele nunca via, passava a semana em Brasília, vindo ao Rio de Janeiro apenas nos feriados e fins de semana. Era quando, segundo ele, aproveitava o convívio em família, que considerava de suma importância, embora os filhos estudassem num internato em Londres e ele pouco ficasse em casa com a mulher. Sua plataforma política estava assentada na preservação do bem maior da família, que ele de tudo fazia para preservar e manter na ignorância a respeito da vida que ele realmente gostava de levar.

Sim, porque todas essas características ocultavam uma faceta muito peculiar de Lafayete que, se descoberta, poderia levá-lo à prisão. E, por mais que ele tentasse não delatar sua maior fraqueza, a compulsão não detinha o ímpeto que sentia de revelar, na intimidade, seu maior segredo.

Era um dos luxos dos quais Lafayete não abria mão: desfrutar dos favores de belas garotas de programa. Mas, devido à sua posição, precisava tomar cuidado. Não podia ser visto em companhia de uma mulher que não fosse sua esposa. Para isso, pagava, e pagava muito bem. Comprava não apenas os favores das mulheres, mas também, sua discrição.

Atualmente, porém, as coisas não andavam muito fáceis para ele. Já conhecido no meio, tornara-se impopular entre as garotas de programa que trabalhavam por conta própria, que não o queriam mais como cliente. Ele insistiu, ofereceu mais dinheiro, mas não houve jeito. Elas não queriam e pronto.

O jeito foi apelar para outra fonte. Mandara seu assessor em busca de alguém que lhe servisse, e Cézar voltou com a ideia. Por que não fazer um concurso para escolher a garota ideal? As concorrentes seriam recrutadas entre os maiores cafetões da cidade, e a vencedora teria o privilégio de servi-lo com exclusividade.

— Ao menos elas não sabem do seu passado — justificou Cézar, quando Lafayete se opôs ao plano.

— Você está sugerindo uma puta — rebateu ele, entre irado e incrédulo. — Uma bem ralé.

— Não se trata disso. Há garotas bem bonitas nesse ramo. E novinhas também, do jeito que você gosta.

— São mulheres usadas, sem classe. Não quero uma prostituta. Quero alguém com quem possa estar sem me sentir num puteiro.

A vulgaridade de Lafayete aborrecia Cézar. Tinha vontade de gritar-lhe para ter um pouco de compostura, mas não adiantaria nada. Lafayete era intransigente, arrogante, não aceitava reprimendas. Havia muitas razões, além do alto salário que recebia, que faziam Cézar engolir suas grosserias e não se envolver emocionalmente em seus assuntos. Por mais que não lhe agradasse aquele papel de intermediário sexual, obedecia sem questionar, procurando não avaliar o aspecto moral de suas ações.

— Bom, Lafayete, você não me deixa escolha — rebateu ele. — As garotas de programa não querem atendê-lo, nem recebendo mais. Então, ou você aceita esse novo jogo, ou se contenta em ficar só com a sua mulher.

Por muito pouco, Lafayete não batera em Cézar. Achou uma petulância aquela resposta mas, no fundo, sabia que ele estava certo. Não compreendia bem a recusa das moças, já que lhes pagava um valor bem acima do mercado, para silenciar suas queixas. Do que elas reclamavam? Nenhum cliente devia ser tão generoso quanto ele.

— Está certo — convenceu-se, afinal. — Providencie tudo. Mas quero que as garotas selecionadas apresentem exames clínicos, feitos em laboratório de minha confiança, para certificar sua saúde.

— Certo.

Após a saída de Cézar, Lafayete refletiu no que se passara. Até que a brincadeira podia ser divertida. Para começar, seria boa ideia dar uma olhada nas meninas. Nunca interagira com aquele tipo de prostitutas, e a perspectiva o deixara excitado.

Poucos dias depois, Cézar reaparecera trazendo novidades. Lafayete trancara-se com ele em seu gabinete particular, longe dos ouvidos da mulher.

— E então? — indagou Lafayete, alisando o busto de Getúlio Vargas que mantinha sobre um aparador embaixo da janela. — Como estão os preparativos para o concurso?

— Bem. Conheci alguns cafetões e fiz a proposta. É claro que eles adoraram. Vão selecionar suas melhores garotas.

— E os exames?

— Disse-lhes que era condição *sine qua non*. Quero tudo pronto, inclusive os resultados, para daqui a quinze dias, que é quando você estará de volta ao Rio.

— Ótimo. Faremos a seleção em minha casa no Joá.

Localizado num dos menores e menos populosos bairros da zona oeste do Rio de Janeiro, o Joá abriga mansões cercadas por altos muros, ocultas atrás de árvores, praticamente indevassáveis. Numa dessas, Lafayete construiu sua *garçonnière*, um lugar exclusivo, de luxo, guardado por seguranças escolhidos a dedo. Livre dos olhares curiosos, inclusive de vizinhos indesejáveis, a mansão mal era vista da rua, propiciando a privacidade que mantinha os encontros de Lafayete longe da imprensa, das fofocas e, principalmente, da família.

— Consegui um total de sete cafetões mais ou menos apresentáveis — prosseguiu Cézar. — Havia outros, porém, muito vulgares.

— Sete garotas está bom. Talvez fique com uma ou duas.

— Não acho uma boa ideia. Lembre-se de que essas garotas são rivais, disputam a mesma clientela. Seus cafetões podem até se conhecer, mas não se iluda: Qualquer amizade entre eles é falsa e interesseira. Em pouco tempo, elas acabarão brigando e colocando em risco a sua reputação.

— Tem razão. Mas agora, vamos ao que interessa. Quero dar uma volta por aí, conhecer as meninas de rua.

— Você o quê?

— Não me faça repetir, Cézar, você ouviu. Quero dar uma olhada nas prostitutas.

— Você acha que é prudente? Alguém pode reconhecê-lo.

— Não pretendo me expor. Quero dar uma circulada, olhar as garotas de longe. Quem sabe até pegar alguma?

— Tudo bem, se é o que quer.

Não adiantava discutir com Lafayete. Quando ele metia uma ideia na cabeça, ninguém conseguia dissuadi-lo. Ele ia saindo quando a esposa o interceptara.

— Vou precisar sair para resolver uns assuntos — avisou, antes que ela o interpelasse.

— A essa hora? — Sofia protestou.

— Não se preocupe, não vou demorar. Volto o mais rapidamente possível.

Sofia silenciara. Assim como Cézar, sabia que não adiantava discutir com o marido. Sabia também o que ele ia fazer. Lafayete pensava que ela não desconfiava do que ele fazia, mas ela não era tola. Bastava olhar para Cézar para ter certeza. Sempre que o marido ia ao encontro de alguma vagabunda, Cézar não conseguia encará-la. O assessor tinha a vergonha que faltava ao marido.

— Bom dia, doutor — cumprimentou Jonas, abrindo a porta do carro.

Lafayete acenou com a cabeça e deu ordens para que o motorista circulasse pela zona de meretrício da cidade. Apesar de estranhar aquela ordem, Jonas não questionou. Era como um cãozinho amestrado, grato ao deputado por tê-lo livrado de uma grande encrenca. Em silêncio, levara-os para dar uma volta pelas ruas infestadas de prostitutas.

Vê-las causou uma estranha, porém conhecida, comoção em Lafayete. Era a excitação do sexo proibido, a proximidade de mulheres de quem ele achava que podia abusar da maneira como mais lhe aprouvesse. Durante muito tempo, limitara-se a olhar, pelo vidro escuro do carro, as mulheres que faziam a vida.

Satisfeito, ia mandar o motorista fazer o caminho de casa quando uma moça, em especial, lhe chamara a atenção. Bonita, jovem, pernas bem torneadas, ar inocente, gestos delicados. Um rosto que parecia de anjo, o corpo de uma deusa.

— Quero aquela mulher — disse imediatamente.

— Que mulher? — Cézar quis saber, procurando entre as pessoas.

— Aquela — ele apontou. — Vá buscá-la para mim.

Cézar viu. Saiu do carro, atravessando a rua na direção de Jaqueline. Quando chegou perto, não conseguiu falar com ela. Passando na sua frente, um homem que cheirava a peixe a abordara. Ele disse alguma coisa ao seu ouvido, ela respondeu com um sorriso amargo. O homem assentiu, puxando-a pelo braço em direção a um motel.

Quando se virou, Cézar vira o olhar de raiva de Lafayete. O vidro da janela estava abaixado, de forma que Lafayete podia gesticular à vontade. Pela expressão de ódio do outro, Cézar compreendera que deveria fazer de tudo para conseguir aquela moça.

— Espere um momento! — gritou. — Moça, espere! Você aí, pare!

Ouvindo a gritaria, Jaqueline se virou. Era realmente muito bonita, mas não valia o risco. Mesmo assim, Cézar se aproximou.

— Está me chamando? — perguntou ela.

— O que você quer, playboyzinho? — retrucou o homem, mal-encarado. — Vá dando o fora. Essa não é a sua praia.

— Quero apenas falar com a moça — desculpou-se.

— Mas ela não quer falar com você. Ande, vamos embora. Estou com pressa.

Os punhos do sujeito eram grossos demais para alguém do tamanho de Cézar confrontar. O jeito foi deixar a garota partir. Assim que ela entrou no motel com o grandalhão, Cézar reuniu coragem para, por sua vez, enfrentar Lafayete. O deputado estava furioso, espumando de indignação.

— Por que a deixou ir com aquele idiota? — indagou, mal-humorado.

— Porque aquele idiota tinha duas vezes o meu tamanho. Ia me dar uma surra.

— Medroso. Era só oferecer mais dinheiro que ela vinha.

— Senti medo, sim. Afinal, era a minha cara que estava na reta dos punhos do sujeito, não a sua.

— Olhe lá como fala comigo, Cézar! Perdeu o respeito?

— Não, deputado, desculpe — ele rebateu arrependido, engolindo em seco. — É que o homem era muito grande e...

— Tudo bem, não precisa mais justificar a sua covardia. Vá procurar o cafetão dela. Ofereça-lhe dinheiro para levar a guria ao concurso.

— Agora?

— Agora. Vá!

Sem dizer nada, Cézar atravessou a rua novamente. Olhando de um lado a outro, pôs-se a procurar homens com pinta de gigolô, até que encontrou Lampião.

— O que você quer com a minha garota? — sondou, desconfiado.

— Meu chefe se interessou por ela.

— Quem é seu chefe? Cadê ele?

— Está no carro. Não pode vir até aqui, é uma figura importante.

— Importante, é? — Cézar assentiu. — E ele quer transar com a menina?

— Ele quer que ela participe de um concurso.

— Que história é essa de concurso? Tipo miss e essas coisas?

— Não exatamente.

Pacientemente, Cézar explicara a Lampião tudo sobre a escolha da garota. O outro ouviu com atenção, sem ocultar o interesse. No fim, deu o seu aval. É claro que Jaqueline participaria do concurso.

— Só tem uma coisa — contrapôs Lampião.

— O quê?

— Não tenho como pagar exame médico para ela. Ainda mais com essa urgência toda.

— Não se preocupe. Diga-me onde encontrá-lo, e, amanhã mesmo, você terá as requisições e o dinheiro para os exames.

— Se é assim, tudo bem.

Foi assim que os exames médicos foram parar nas mãos de Jaqueline. Ela desconhecia esses detalhes, nunca ouvira falar de Lafayete. Mesmo assim, aceitou o desafio. Nem imaginava que o doutor ansiava por aquele momento como uma criança anseia pelo seu primeiro passeio ao parque de diversões. Para ele, a moça que ele escolhesse se tornaria seu mais novo e exclusivo brinquedo.

CAPÍTULO 12

Aquele era o dia. Finalmente. Lafayete sorriu para o homem que o encarava pelo espelho, pensando em como era bem-apessoado. Ninguém dizia que já passara dos quarenta. Deu o último nó na gravata, preparando-se para sair. Antes que tivesse tempo de se virar, o reflexo de Sofia surgiu por detrás do dele.

— Aonde você vai? — ela exigiu saber.

— Tenho uma reunião importante.

— Não entendo. Você passa a semana inteira em Brasília, trabalhando, e quando volta para casa, trabalha também?

— Minha querida, sou um representante do povo. Não posso fechar os olhos ao dever, simplesmente, porque é meu dia de folga.

— Mas que dever é esse? Que eu saiba, o Congresso fica em Brasília. Ou será que a capital voltou para o Rio?

— Vou relevar a sua ironia porque, no fundo, você tem razão. Sei que deveria passar mais tempo com você, mas surgiram assuntos importantes que preciso resolver. Tenho conseguido, junto aos empresários, várias conquistas para o povo.

— Ainda não sei bem que conquistas são essas. Sua função não é fazer leis?

— Leis que melhorem a vida do povo, em especial, que promova a manutenção da família. E, com a ajuda do empresariado, tenho condições de propor normas mais justas e dignas.

As palavras de Igor não faziam sentido. Não eram nada além de enrolação. Ele a subestimava, julgava-a uma tonta que nada sabia além de posar como esposa afortunada de um deputado, exibindo sua família feliz. O marido nunca fora uma pessoa honesta, muito menos interessada no bem do povo ou da família. Como ele podia pensar que a enganaria com aquela lenga-lenga despropositada?

— Por que não me leva junto? — provocou. — Na certa, esses empresários têm esposas. Poderíamos fazer um grupinho só de mulheres.

— Nenhum deles vai levar esposa, do contrário, eu a teria chamado. E o assunto é chato, você não vai se interessar.

— Se diz respeito ao bem da família, não pode ser um assunto chato.

— Confie em mim, querida. Você não vai gostar.

— Por que não deixa que eu decida? Você pode se surpreender.

— Outro dia, sim? E agora, um beijo. Já estou atrasado.

O beijo frio que ele pousou nos lábios dela revirou-lhe o estômago. Sempre que podia, Lafayete evitava se deitar com a esposa. Não suportava mais seu corpo flácido, que ela lutava, em vão, para manter atraente. Às vezes, era difícil arranjar desculpas, mas ele sempre inventava algo: cansaço, dor de cabeça, dor de dente, de barriga, qualquer coisa para mantê-la longe dele.

Chegando ao Joá, Cézar foi ao encontro dele. Tinha em mãos vários papéis, referentes às oito moças que compareceram para a seleção.

— E então? — indagou Lafayete. — Tudo pronto?

— Tudo. As moças já está todas aí.

— E os exames?

— Tudo certo. São todas saudáveis.

— São bonitas?

— São.

— Gostosas?

— Creio que sim.

— Todas elas?

— Todas.

Cada vez mais excitado, Lafayete entrou. Por ordem sua, as garotas encontravam-se em outra sala, aguardando a vez de serem chamadas. A seu lado, os cafetões, orgulhosos, apostavam entre si, cada qual certo da vitória de sua concorrente. Havia moças louras, morenas e negras. Lafayete não tinha nenhuma predileção. Desde que fossem mulheres bonitas, todas faziam o seu tipo.

Como Lafayete estava com pressa, Cézar tratou de dar início ao concurso. Colocou as garotas em fila e mandou que entrassem na sala, vestidas apenas de biquíni. O deputado trocara de roupa ao chegar, disfarçando-se para não correr o risco de ser reconhecido. A última coisa de que precisava era que uma prostituta contasse aos jornais o que ele estava fazendo. De roupa esporte, óculos escuros e um boné que cobria a maior parte de seu rosto, dificilmente alguém o reconheceria.

Mesmo assim, dava para perceber que o tal político era um homem de boa aparência. Não um velho caquético, como elas imaginaram, ávido por uma garota que o fizesse sentir-se vivo. Algumas meninas até se animaram na presença dele, caprichando no desfile, sorrindo sedutoramente. Todas queriam ser escolhidas, menos Jaqueline, que lutava entre o medo e a esperança.

Jaqueline era a última da fila, sem pressa de se exibir. Permanecia parada, olhando a movimentação das outras moças, imaginando o que a mãe diria se a visse ali, naquela situação. Seria um bom motivo para acusá-la de sem-vergonha, provocadora de homens. A lembrança da mãe a fez sentir vergonha de si mesma. O que estava fazendo? Dando-se o título de prostituta profissional? Se ingressasse naquele esquema, talvez sua situação se consolidasse e ela nunca mais conseguisse sair.

— Quero ir embora — sussurrou ao ouvido de Lampião. — Não estou me sentindo bem.

— De jeito nenhum! — objetou ele, temendo que Cézar os ouvisse. — Se precisar, vá ao banheiro. Mas só sairemos daqui depois que esse tal de doutor der uma boa olhada em você.

Jaqueline silenciou. Sabia que Lampião não permitiria que ela desistisse. O jeito foi se conformar e aguardar.

Depois que as garotas, inclusive Jaqueline, desfilaram, Lafayete mandou que Cézar entrasse sozinho. A expectativa aumentou significativamente. Todos se entreolharam, imaginando de quem seria a vitória. Não demorou muito para que Cézar retornasse. Fitou um a um dos presentes, cafetões e prostitutas, e, com ar formal, declarou:

— Ele gostaria de entrevistar cada uma, individualmente.

Foi uma euforia geral. As meninas pensavam que teriam que fazer algum tipo de demonstração de suas qualidades profissionais, já se preparando para uma exibição caprichada.

— Não acha isso uma estupidez? — Jaqueline cochichou com a garota da frente. — Ele não vai dar conta de oito.

A outra deu de ombros. Mal podia esperar que chegasse a sua vez, e se alguma concorrente não estava disposta a mostrar o que sabia, tanto melhor. Como Jaqueline era a última, acabou cochilando no sofá, levando petelecos de Lampião por trás da orelha.

— Componha-se! — ele ordenou a meia-voz. — Não quer chegar lá com o rosto amassado e a maquiagem borrada, quer?

Ela se endireitou na poltrona. Passara a maior parte da noite acordada com Maurício, que, por causa de um resfriado, tossia sem parar. Enquanto aguardava, resolveu estudar o ambiente, na tentativa de permanecer acordada. A sala era muito bonita, elegante. Do lado de fora, via-se uma piscina de águas azuis, iluminada por refletores, que a deixou com água na boca. Pensou que, já que estavam de biquíni, bem podiam aproveitar para dar um mergulho.

Sorriu ante a sua indizível ousadia. Continuou passando os olhos ao redor, observando cada detalhe, tentando imaginar o que aconteceria se fosse a escolhida. Analisou suas concorrentes e seus cafetões, indagando quais seriam mais bonitas do que ela. Ia olhando de um a um, até que seus olhos encontraram os de Cézar, demorando-se neles um pouco mais. Incomodado com seu olhar insistente, Cézar virou para o outro lado.

Aos poucos, a sala foi-se esvaziando. As entrevistadas eram dispensadas e podiam ir embora com seus gigolôs. O resultado viria depois. Quando, finalmente, chegou a vez de Jaqueline, só havia ela, Lampião e Cézar na sala. Ele abriu a porta de um pequeno gabinete, fechando-a em seguida, sem dizer palavra.

— Sente-se — foi uma imposição, não um convite. — Como se chama?

— Jaqueline.

— Quantos anos tem, Jaqueline?

— Dezenove.

— Está há muito tempo nessa vida? — Ela meneou a cabeça, evitando olhar para ele. — Não tem família?

— Apenas um irmão mais novo.

— Quem cuida dele?

— Eu.

Lafayete a encarava por detrás dos óculos, satisfeito não apenas com sua beleza, mas com as respostas que lhe dava. Sustentar um irmão mais novo demonstrava vulnerabilidade, algo que podia ser explorado e usado a seu favor. Chantegeá-la e manipulá-la com ameaças ao menino lhe parecia uma boa maneira de dominá-la. Tudo isso eram desculpas. A verdade era que Lafayete já havia se decidido antes mesmo de mandar chamá-las.

— Muito bem, Jaqueline, já me decidi. Espere lá fora um instante.

Ela saiu, sentando-se ao lado de Lampião, que roía as unhas, de nervoso.

— Já? — espantou-se ele, com a brevidade da entrevista.

— Ele não me perguntou quase nada.

— Você acha que foi bem?

— Não sei. Ele me mandou aguardar.

— Então, você foi a escolhida. Todas as outras foram embora. Vitória, garota! Eu sabia que você era a mais gostosa.

Um arrepio percorreu sua pele. Pensando bem, aquela seleção não fazia muito sentido. Por que um homem importante se daria ao trabalho de escolher uma amante dentre prostitutas do baixo meretrício? Não seria porque poderia abusar delas como bem entendesse, certo de que ninguém ligaria se as maltratasse? Talvez ele não fosse o que parecia ser. Talvez vencedoras fossem as outras, que se livraram de um possível degenerado.

— Estou com medo — desabafou, contendo as lágrimas.

— Medo de quê? Sua vida vai melhorar.

— Do que ele gosta tanto que não pode fazer com outras mulheres?

— Todo mundo tem seus fetiches. Ele deve ter fantasias bem malucas, que a mulher ou a namorada não vai querer experimentar.

— Malucas ou sádicas?

— Deixe de bobagens. Um homem desses não deve ser nenhum tarado.

Ela agora não estava bem certa. Quando a porta se abriu novamente, Lafayete passou sem olhar para eles, seguido por Cézar, que se sentou defronte aos dois.

— Muito bem, seu Lampião — começou. — Você já deve imaginar que sua moça foi escolhida.

— Imaginei — retrucou o outro, lutando para conter a animação.

— Bom, a única condição do acordo é que Jaqueline não trabalhará para mais ninguém além do doutor. Caso contrário, o trato estará desfeito.

— Certo — concordou ela. — Acho justo.

— E eu? — intercedeu Lampião.

— Você vai receber sua parte mensalmente, para ficar calado.

— Onde vou encontrá-lo? — indagou Jaqueline.

— Aqui — esclareceu Cézar. — A menos que o doutor especifique outro lugar.

— E qual o nome desse doutor, posso saber? — questionou Lampião. — Como vou tratar com ele?

— Você só vai tratar comigo — respondeu Cézar. — Serei seu único contato com o doutor.

Lampião deu de ombros. Mais tarde, descobriria o nome dele por Jaqueline.

— Tudo bem — disse o cafetão, tentando aparentar indiferença. — Se preferem assim...

— Então? — tornou Cézar. — Tudo certo? Podemos considerar feito o trato?

— Está tudo certo — concordou Lampião, mais que depressa. — Não está, Jaque?

— Sim.

Era visível o desgosto em sua voz. Os lábios dela tremiam, como se tentassem não delatar as lágrimas, um sinal de que ela estava com medo.

— Não se preocupe — Cézar se pegou falando gentilmente. — Vai dar tudo certo. Se precisar de alguma coisa, pode contar comigo.

Ela apenas balançou a cabeça. Cézar sentiu-se o mais vil dos homens pelo que estava fazendo. Tinha plena consciência de que levava a menina para uma armadilha, contudo, não tinha meios nem coragem para evitar. Se contasse a ela o que sabia sobre Lafayete, ela poderia desistir e ele perderia não só o emprego, mas a liberdade do pai.

Voltaram para casa com ânimos opostos. Enquanto Lampião vibrava de alegria, Jaqueline segurava a vontade de chorar. Assim que ela abriu a porta, todos os seus receios se dissiparam. Os braços de Maurício ao redor de seu pescoço eram como um bálsamo em qualquer ferida. Por ele, valeria a pena o sacrifício, se é que seria mesmo um sacrifício. Talvez ela se desse bem com o tal doutor, talvez ele fosse um homem bom, talvez a ajudasse.

Ela afastou Maurício e deu-lhe vários beijos nas faces. Como amava aquele menino! O irmão era tudo que lhe importava. Com esse amor aquecendo seu coração, estreitou-o novamente, fechando os olhos para sentir seu calor. Quando os abriu, levou um susto. Atrás de Maurício, uma porta se escancarou. Do outro lado, uma moça que, embora não se parecesse com ela, fazia-a lembrar-se de si mesma, espreitou para o lado de cá. Por uns momentos, as duas se encararam espantadas, incrédulas, confusas. Jaqueline abriu a boca num espanto mudo. Ia gritar, dizer qualquer coisa, estampar sua indignação. Mas a moça do outro lado arregalou os olhos e, como uma fada vaporosa, de repente, sumiu.

CAPÍTULO 13

Com muito espanto, Alícia esfregou os olhos. Estava acordada, sabia que estava, esperando Juliano à mesa de um restaurante. E, mesmo assim, vira a garota de seus sonhos. Vira; não sonhara. Ainda sob o efeito da curiosa visão, balançou a cabeça de um lado a outro, para espantar seus fantasmas, lembrando-se, nitidamente, da última conversa que tivera com o pai:

— E então, pai? Estou esperando uma resposta. Eu tenho ou não outra irmã?

— Não entendo por que essa pergunta. Você devia concentrar-se em engravidar, não em remexer o passado. Não é o que quer? Ser mãe?

— Quero saber a verdade. Então? A resposta é sim ou não.

O olhar de Celso foi de sofrimento e súplica. Parecia que queria contar tanto quanto sentia medo.

— Para que tentar reavivar o passado, filha? Isso não faz bem a ninguém.

— Quer dizer então que a resposta é sim. Eu sabia! Só podia ser. Onde ela está?

— Vá com calma. Eu não disse que tinha.

— Nem precisa. Se estou revolvendo o passado, é porque existe algo para ser revolvido.

— Não é o que você está pensando.

— O que estou pensando? Que você teve uma filha com outra mulher?

— Mas que absurdo! — indignou-se, o queixo caído em sinal de assombro.

— Olhe, pai, tudo bem se teve. Sua vida amorosa não é problema meu. Eu só quero saber se possuo uma outra irmã rondando por aí. Tenho esse direito.

Celso permanecia sem falar, cabeça baixa, as lágrimas se insinuando nos olhos, fazendo-os arder de dor. Queria fugir dali, contudo, não podia. Parecia que chegara o momento de revelar o primeiro dos muitos segredos que ele escondia. Afinal, não fora ele que demonstrara o desejo de revelar tudo? Pois então? A vida estava apenas tornando viável a realização da sua vontade. Se era assim, não podia deixar passar aquela primeira oportunidade. E Alícia tinha o direito de saber.

— Muito bem, minha filha, se você insiste, vou lhe contar. Acho mesmo que já está na hora de você saber a verdade. Sua mãe e eu quisemos poupá-la, mas você agora tem maturidade suficiente para compreender.

O espanto, dessa vez, foi de Alícia:

— Mamãe sabe?

— Seria possível uma mãe não saber da existência de um filho?

— A menina é filha dela também?

— Era. Ela morreu.

— Como? Não estou entendendo.

A confusão de Alícia era visível.

— Sente-se aqui, minha filha. Vou lhe contar tudo. Tente entender e não sofra.

— Você está me assustando, pai. O que foi que aconteceu com minha outra irmã?

Com um suspiro sentido e profundo, Celso começou a contar:

— Você teve uma irmã gêmea. O nome dela era Bruna. Na verdade, você e Bruna eram mais do que gêmeas. Eram... xifópagas.

— O quê?

Durante alguns segundos, ela pareceu perturbada, mas logo levou a mão ao coração, tocando, por cima da blusa, a pequena cicatriz da infância.

— É isso mesmo — confirmou Celso, seguindo a direção de seus dedos. — Foi por aí que vocês nasceram unidas.

Alícia desabou na cadeira, ocultando o rosto entre as mãos. Não sabia o que dizer, o que pensar.

— Se eu tive uma irmã xifópaga que morreu, enquanto eu sobrevivi, então, ela não resistiu à cirurgia de separação — Ele assentiu, cabisbaixo. — Como, pai? Você é geneticista, devia ter meios de perceber essas coisas. E a medicina, hoje em dia, está bastante avançada. Além de serem raríssimos os casos de gêmeos xifópagos, eles são separados com sucesso quase absoluto.

— Disse bem: sucesso quase absoluto. Quando vimos, no ultrassom, que vocês estavam ligadas na altura do coração, pensamos em operá-las ainda no útero, mas o medo de perder uma das duas era grande, havia muitos riscos. Decidimos adiar a separação até que vocês completassem seis meses de vida, mas não foi o que aconteceu. Vocês foram operadas poucas semanas depois de nascerem. Você e Bruna estavam ligadas por uma veia que fazia uma espécie de transfusão, levando o sangue dela para você. Não queríamos operar, não tão cedo, mas não tivemos escolha. Bruna estava muito anêmica, ia morrer de qualquer jeito. A solução foi arriscar e autorizar a cirurgia. Infelizmente, ela estava muito fraquinha e não resistiu.

— Ela morreu, e eu sobrevivi — constatou com pesar. — Ela morreu para que eu pudesse viver.

— Não é bem assim. Ela morreu porque estava muito fraca.

— Porque eu lhe roubei o sangue.

— Você era um bebê. Não teve culpa nenhuma.

— Mesmo assim. Estou viva graças à morte de minha irmã.

— Você está viva porque era mais forte, porque desejou viver, porque Deus assim o permitiu. Não entre nessa de culpa, minha filha, não por algo que aconteceu quando você era re-cém-nascida e sobre o qual não tinha nenhum controle. Não seja orgulhosa a esse ponto.

— Orgulhosa? Chama isso de orgulho? Estou me sentindo péssima.

— É orgulho, na medida em que você pensa que poderia ter o domínio de algo que estava totalmente fora de suas mãos. Você não tem o poder de decidir sobre quem vive e quem morre.

— Não fui eu que decidi. Foram vocês.

— Foi a vida.

Ela se levantou lentamente. O pai tinha razão. O que ela, um bebê recém-nascido, poderia ter feito para salvar a vida de outro bebê?

— Por que não me contaram antes?

— O que você disse ainda agora? — Ela o olhou em dúvida.

— Que estava péssima. E agora, que você já tem maturidade. Imagine saber disso quando ainda muito jovem? Será que não ia dar um nó nessa cabecinha?

— Tem razão, pai — concordou ela, abraçando-o com carinho. — Você e mamãe não têm culpa de nada. Ninguém tem.

— Fico feliz que pense assim. Nós rezamos muito por ela, pedimos a Deus que a levasse para um bom lugar.

— Vou fazer isso também... — Alícia parou de falar, horro-rizada com a ideia que brotara em sua mente. — Mas pai, e se ela ainda estiver viva?

— Isso não é possível. Vi o seu corpinho inerte e frio.

— O que teria acontecido se ela tivesse sobrevivido?

— Não sei. Talvez desenvolvesse algum tipo de cardiopatia grave.

— Mas eu não tenho nada.

— Graças a Deus, você era mais forte.

— Acho que Bruna pode ter sobrevivido.

— Não pode. Eu estava presente quando ela foi cremada. Eu mesmo espalhei suas cinzas sobre o mar.

— Você viu o corpo de uma criança. E se não era Bruna?

— Deixe de loucura, Alícia. Sua imaginação está indo longe demais.

— Talvez ela esteja por aí, em algum orfanato.

— Você acha que eu teria abandonado minha filha doente? — contrapôs, aborrecido.

— Não, claro que não. Mas essa moça dos meus sonhos...

— Não sei quem ela é, mas, com certeza, não é a Bruna.

— E se o médico tivesse errado e dado a menina como morta, deixando-a cheia de sequelas? Não ia querer trocar o bebê e esconder o seu erro?

— Médico nenhum faz isso.

— Mas digamos que esse faça.

— Não acredito nisso. Você está tentando se convencer de uma impossibilidade. Ainda não existe cura para a morte. Morreu, não volta mais. Não no mesmo corpo nem na mesma vida.

A voz do pai foi sumindo na lembrança, ao mesmo tempo em que a imagem sutil de seu fantasma reaparecia. Vira-a nitidamente através de uma janela invisível no restaurante. Foi muito breve, uma fração de segundos, até que ela retornou ao presente, atraída pela voz de Juliano:

— Alícia! Alícia! Está tudo bem?

A muito custo, Alícia conseguiu focar a visão no interlocutor. Parado em sua frente, Juliano tentava despertá-la de seu aparente transe.

— Juliano! — exclamou, sentindo uma pontada de dor de cabeça. — O que foi que houve?

— Você estava ausente outra vez. Estou começando a me preocupar.

— Você não sabe o que aconteceu — comentou ela, sem prestar atenção à preocupação do marido.

— Espero que você me conte. Não foi para isso que me chamou para almoçar?

Em detalhes, Alícia narrou tudo, culminando com a desconfiança de que a irmã poderia ainda estar viva.

— Essa história é realmente fantástica. Você, gêmea siamesa. Jamais poderia imaginar.

— Nem eu, mas é a realidade. E se Bruna ainda está viva, pretendo encontrá-la.

— Acho que você está imaginando coisas. Não tem como essa menina ter sobrevivido.

— Por que não? O médico ia querer acobertar o seu erro.

— Correndo o risco de ser preso? Acho que não.

— Mas eu tenho sonhado com essa moça. E, se quer saber, acabei de vê-la agorinha mesmo.

— De novo?

— Como vejo você. E, mais uma vez, estava acordada, não dormindo.

Ainda não convencido, Juliano fitou-a. Ela parecia perturbada, inflexível.

— Muito bem — tornou ele. — Se essa moça que você viu é sua irmã gêmea, então, ela deve ser igualzinha a você. Ela é?

Alícia pensou por alguns instantes, buscando uma semelhança entre ambas, qualquer uma. Ao final de um tempo, admitiu:

— Não. Na verdade, ela não se parece nada comigo. Acho até que é mais bonita. E mais jovem também.

— Viu só? Ela não poderia mesmo ser sua irmã.

— Mas os sonhos são confusos, misturam-se com outras coisas.

— Você acabou de dizer que a viu e estava acordada.

— Eu posso ter me confundido. Posso ter cochilado momentaneamente.

— Você parecia em transe. Chamei seu nome várias vezes e você não ouviu. Podia mesmo ter sonhado, mas isso não significa que seu sonho seja real e que ela seja sua irmã.

— Mas Juliano, você não entende!

— Entendo que isso pode virar uma obsessão. Não será mais provável que o que você esteja vendo seja o espírito de Bruna? Já pensou nisso?

— Ou então, meu pai pode mesmo ter tido uma filha com outra mulher.

— Você não acha que está julgando mal o seu pai? Se fosse isso, ele teria lhe dito. Você está exagerando, Alícia. Se essa moça existisse de verdade, já teria aparecido. Na minha opinião, ela é um espírito.

— Ela é o meu fantasma. Aonde vou, sua imagem me acompanha.

— Desligue-se disso. Não gere uma obsessão desnecessária. Já basta o Tobias.

— Você tem razão. Estou mesmo obcecada por essa moça. Mas por Tobias, não.

— Para que fui tocar no nome de Tobias?

— Porque você, no fundo, sente por ele o mesmo que eu sinto.

— De onde tirou essa ideia?

— Não é verdade?

— Você está ficando doida — gracejou. — Acho melhor pararmos por aqui. Com irmã ou sem irmã, com Tobias ou sem Tobias, a verdade é que amo você.

Ele conseguiu o que queria: desviar o pensamento dela daquela ideia fixa de irmã perdida e de Tobias.

— Também amo você — falou ela, emocionada.

— Vamos ter nossos próprios filhos, e você vai se esquecer desses sonhos malucos.

— Acha que é isso que são? Sonhos malucos decorrentes da minha dificuldade de engravidar?

— Quem garante que não são? Você quer tanto ser mãe que já está vendo sua filha adulta.

— Era só o que me faltava, Juliano! Você tem cada ideia...

— A ideia é termos nosso próprio bebê. Por que não vamos para casa tentar?

O olhar dela foi de esperança e dúvida. Sempre era. Fazia alguns anos que ela vinha tentando engravidar, sem sucesso. Como o pai era especialista no assunto, pediram sua ajuda. Celso fizera todos os testes, tanto nela quanto em Juliano, constatando que nenhum dos dois possuía qualquer problema físico que os impedisse de gerar filhos. A explicação mais plausível era que ela andava muito ansiosa. O pai dissera que a ansiedade podia levar a uma dificuldade meramente psicológica. Era preciso ter calma, relaxar e esperar. No tempo certo, a fecundação aconteceria.

Seria mesmo? Agora que sabia que sua irmã morrera por sua causa, não seria essa dificuldade decorrente de alguma espécie de culpa inconsciente? Alícia não acreditava em punição, mas não podia negar o efeito devastador da culpa na vida das pessoas. O fato de ela ser ainda um bebê quando Bruna morrera não impedia que se sentisse culpada. Afinal, dividira o corpo com a irmã desde o ventre da mãe. De alguma forma, estavam ligadas e seriamente comprometidas por laços do passado.

O que ela precisava era encontrar um jeito de fazer as pazes com sua própria consciência, para que seu corpo se sentisse livre e merecedor de gerar, por si mesmo, uma criança.

CAPÍTULO 14

As palavras de Eva ressoaram na mente de Celso pelos dias que se seguiram. Nada do que ela dissera fazia sentido, contudo, sabia que ela não mentira. Tobias devia mesmo ter ameaçado contar a verdade às filhas. O que ele não entendia era o porquê daquela mudança súbita de opinião. O jeito era procurá-lo para esclarecer as coisas. Com certeza, Tobias devia ter um motivo bastante razoável para justificar o que parecia ser uma loucura.

O amigo, porém, não aparecia no trabalho desde o dia em que conversara com Eva, alegando que estava doente. Celso sabia que não era propriamente verdade, embora acreditasse que aquela história de chantagem, se verdadeira, não devia estar lhe fazendo bem. Ligou para ele várias vezes e, em todas, Tobias dizia a mesma coisa: que estava doente, sem disposição para conversar.

Até que, no sábado, Celso não aguentou mais esperar. Tobias o estava evitando, provavelmente, para não explicar sua atitude inusitada. Sendo assim, não lhe restava alternativa senão ir procurá-lo em sua própria residência. Tobias atendeu a porta de roupão, com ar sonolento, mas não deu mostras de surpresa.

— Bom dia, Celso — cumprimentou, dando passagem ao outro. — Não quer entrar?

— Lamento incomodá-lo em sua casa tão cedo no sábado, mas preciso muito falar com você.

— Tudo bem. Vou preparar um café.

Celso acompanhou-o até a cozinha, sentando-se numa banqueta defronte ao pequeno balcão.

— Você anda estranho — observou Celso. — Está mesmo doente?

— Não. Lamento pela mentira.

— Foi o que imaginei. Mas por que, Tobias?

— Você sabe.

— Sei?

— Se não soubesse, não estaria aqui. É por causa da minha conversa com Eva, não é?

— Ela disse que você a chantageou. É verdade?

— Não exatamente.

— Não? Então, o que você quis dizer com: ou você nos deixa em paz, ou conto tudo. Esse é o preço do meu silêncio?

— Foi apenas um blefe.

— Um blefe? Como assim?

— Eva está me pressionando — afirmou ele, com uma certa inquietação. — Quer que eu desista de Denise a todo custo.

— Que eu saiba, você e Denise estão brigados. Ao menos, foi o que Eva deu a entender.

— Nós não brigamos, propriamente. Ela falou em paixão, e eu me apavorei. Ela ficou magoada, com razão, e foi embora aborrecida. Desde então, não temos nos falado.

— E Eva se aproveitou disso para sugerir que vocês não se encontrassem mais.

— Mais ou menos isso. Só que não posso concordar. Quero me desculpar com Denise, quero mesmo. Mas Eva está me pressionando. Então, a maneira que eu encontrei de encerrar o assunto foi fingir uma chantagem. Como sei que Eva não vai contar a verdade a elas, pensei que talvez me deixasse em paz se eu fingisse que contaria. Mas é claro que não tenho a menor intenção de fazer isso. Como eu disse, estava blefando.

— Não sei se essa foi a melhor maneira de se livrar da pressão de Eva. Acho que só serviu para deixá-la desesperada.

— Eu também estou desesperado. Sei que Denise está sofrendo, muito provavelmente, com raiva de mim, e não posso me desculpar?

— Não me leve a mal, Tobias, mas acho que, quanto a isso, Eva não tem culpa. Você não se desculpa com Denise porque não quer. Eva, por mais que queira interferir, não tem esse poder.

— Talvez você tenha razão. Mas é que me sinto culpado em relação a Eva. Não sei explicar. É como se a permissão dela fosse um sinal de que me perdoou.

— Não é dessa maneira que se busca o perdão de ninguém. O que se consegue com chantagem é raiva e rejeição. O que me parece é que você está usando Eva para justificar suas atitudes. Você agiu mal com Denise e quer dizer para si mesmo que o fez por interferência de Eva, quando não foi. Você agiu mal com Denise por medo de você mesmo.

Tobias serviu o café em silêncio, remoendo as palavras do amigo. No fundo, ele tinha razão.

— Acho que sou mesmo um covarde — reconheceu.

— Acho que você sente pena de si mesmo. Fez uma opção difícil no passado, pela qual sou eternamente grato, mas não consegue se libertar dos efeitos que essa opção trouxe para você.

— Eu nunca o culpei — afirmou, convicto.

— A mim, não. Na verdade, você sempre culpou a si mesmo. O porquê não entendo, já que o maior culpado de tudo fui eu.

— Não é assim que eu penso. Cada um de nós fez as suas escolhas e teve que conviver com elas. Mas você tem razão quando diz que não consigo me libertar das que fiz. Até hoje, estou tentando superar, mas creio que nunca irei realmente esquecer tudo o que aconteceu. São tantos segredos guardados que tenho medo de que eles escapem todos ao mesmo tempo. Seria como abrir uma caixa de Pandora.

— Talvez a caixa de Pandora já tenha sido aberta.

— Como assim?

— Alícia me procurou. Tem tido uns sonhos estranhos com uma moça. Cismou que ela poderia ser sua irmã e me confrontou. Não tive escolha; contei-lhe sobre Bruna.

— Tudo?

— Não. Falei da ligação entre elas, da veia em comum e da cirurgia de separação, que levou à morte de Bruna. Mas quanto tempo você acha que vai levar até que ela descubra todo o resto? Nada foi feito em segredo. Toda a imprensa da época noticiou o acontecido.

— Então, não vai demorar muito até que ela saiba de tudo... ou quase tudo. Isso vai fazer com que Alícia me odeie ainda mais.

— Vê, meu amigo? Com ou sem chantagem, a verdade começa vir à tona. Esse é apenas o fio da meada. Em breve, todo o novelo estará desfiado.

— Já disse que a chantagem foi um blefe.

— Blefe ou não, o resultado será o mesmo. Começou com a descoberta das xifópagas e vai terminar você sabe onde. Tudo está entrelaçado, não há como descobrir uma coisa sem descobrir as demais.

— Isso me apavora — ele sussurrou.

— A mim também. Mas já está na hora. Ninguém é capaz de conter o fluxo da vida. Se a correnteza da vida leva a história para um lado, não há força capaz de barrá-la ou desviar o seu curso. O máximo que podemos fazer é controlar os efeitos da enxurrada ou, se não der, reparar os estragos.

— Você parece tranquilo com relação a tudo isso.

— E estou. A vida está seguindo seu curso e não há nada que eu, você ou Eva possamos fazer para impedir.

— E agora, Celso? Se sua preocupação é com Eva, como ela vai ficar diante dessa avalanche?

— Como todos nós, ela vai ter que enfrentar e conviver com isso.

— Se é assim, por que está tão preocupado com uma chantagem de mentira?

— Porque não quero que ela tenha mais motivos para odiar você.

— Entendo. Bem, se é assim, diga a ela que você me convenceu, que não vou dizer nada, que não falei sério, que quis apenas assustá-la, qualquer coisa.

— Deixe comigo. Tranquilizarei Eva e, ao mesmo tempo, lhe direi sobre os questionamentos de Alícia. Mais do que nós, ela tem que estar preparada para o que vem por aí.

Havia muito a considerar naquela história; tantos segredos que a verdade acabara se perdendo no meio das mentiras. Celso se foi, deixando em Tobias a sensação de que um passo em falso na beira do precipício os faria despencar num redemoinho sem volta.

Mais do que nunca, ele gostaria de falar com Denise, de se desculpar, de entender-se com ela. Pensou em telefonar, mas não teve coragem. O que lhe diria? Que sentia muito pela forma como a tratara? Mais um clichê que cairia no vazio?

Celso, por sua vez, levou com ele o sentimento de inevitabilidade da tragédia que só estava à espera do melhor momento de acontecer. Tentou ordenar os acontecimentos, mas eles se misturavam num turbilhão de lembranças e mentiras. Cada vez que tentava remediar um problema, outro se sobrepunha a ele, transformando sua vida numa farsa sem fim. A estrada parecia escura, e a luz no fim do túnel era o brilho da inevitável verdade.

Assim que entrou em casa, encontrou Eva e Denise sentadas no sofá da sala. Num primeiro momento, sobressaltou-se. Mas vendo o ar de felicidade da filha, logo deduziu que nenhuma tragédia havia acontecido, ao menos, por enquanto.

— Posso saber por que tanta animação? — perguntou, beijando as duas no rosto.

— Tenho uma novidade para lhe contar — anunciou Denise, pondo-se de pé diante dele.

— Uma novidade? Coisa boa, espero.

— Muito boa. Ontem de manhã, fui atender a um anúncio de emprego, e hoje cedo recebi a resposta. A vaga é minha! Vou trabalhar nas pesquisas de um laboratório de patologia clínica.

— Denise, isso é maravilhoso! — tornou Celso, com genuína alegria. — Merece uma comemoração. Vamos abrir um champanhe.

— Não está chateado por eu não querer trabalhar com você?

— É claro que não! — interpôs-se Eva, que adorou a ideia de ter a filha longe de Tobias. — Você tem que ter a sua própria vida.

— Sua mãe disse tudo — concordou Celso, ciente do motivo do entusiasmo da mulher.

— Fico feliz, pai. Não é que eu não quisesse trabalhar com você, mas preciso me tornar independente. Não quero ser apenas a filhinha do dono do laboratório.

— Você jamais seria *apenas* a filhinha do dono do laboratório. É inteligente, bem preparada, brilhante. Tenho certeza de que se destacará em qualquer lugar.

— Obrigada, pai.

— E quando começa?

— Na quarta-feira.

— Muito bem, minha filha. Parabéns.

Beberam o champanhe com satisfação. Finalmente, um momento de alegria naquela casa, desde que Tobias voltara da Europa. Mãe e filha, abraçadas, trocavam carinhos e palavras de ternura. Ver Denise aconchegada nos braços de Eva tornava todos os receios dela fáceis de compreender.

Denise se soltou dos braços da mãe para atender o telefone. A expectativa se frustrou. Não era Tobias, era Alícia. Ligava para saber o resultado da entrevista de emprego. Enquanto as duas conversavam, Eva fitava a filha com embevecimento. Era visível o quanto a amava, o quanto amava as duas. Ao se desviar da menina, seus olhos se cruzaram com os do marido.

Eva bebeu um gole pequeno do champanhe, deu mais uma espiada em Denise certificando-se de que ela se mantinha absorvida na conversa com a irmã. Pousou a taça na mesinha e, o mais mansamente possível, aproximou-se dele. Pondo-se na ponta dos pés, encostou os lábios no ouvido dele, como se fosse beijá-lo. Ao invés disso, ela cerrou os dentes e, para seu espanto, sussurrou com raiva:

— Que ninguém jamais ouse lhe contar a verdade.

CAPÍTULO 15

A segunda-feira foi animada pelo encontro entre Alícia e Denise, que mal conseguia esconder o quanto estava ansiosa para começar no novo emprego.

— Estou tão feliz por você, Denise! — comentou Alícia, com sinceridade.

— Obrigada.

— Como papai reagiu?

— Muito bem. Também ficou feliz por mim. Brindamos e tudo.

— Que bom. Pensei que ele talvez pudesse ficar frustrado. Afinal, nenhuma das filhas quis trabalhar com ele.

— E você ainda é arquiteta. Nem biomédica é. Mas papai não liga para essas coisas. No fundo, só o que quer é que sejamos felizes.

— Tem razão. Por falar em felicidade, como vai seu coraçãozinho?

Ela deu um risinho amargo e retrucou sem ânimo:

— Se está se referindo a Tobias, não sei o que dizer.

— Pois acho bom pensar em algo rapidinho, porque ele está vindo para cá.

Ela levou um susto. Virou-se para olhar e constatou que Alícia falava a verdade. Tobias entrou no restaurante e, assim que as avistou, encaminhou-se na direção da mesa delas.

— Meu Deus, Alícia, o que faço agora? — suplicou.

— Sei lá. Dê-lhe um fora, se não quiser falar com ele.

Ela não teve tempo. Em poucos instantes, Tobias estava parado junto delas. Fingindo surpresa, Denise levantou os olhos, mas qual não foi o seu espanto ao perceber que ele não olhava para ela, mas para Alícia.

— Boa tarde, moças — cumprimentou ele, agora centrando-se em Denise. — Essa foi a surpresa mais agradável que tive hoje.

— Como vai, Tobias? — respondeu Alícia, tentando segurar a antipatia.

— Melhor agora, que as encontrei. Posso juntar-me a vocês?

— Na verdade, já estamos terminando — objetou Denise.

— Não faz mal. Acompanho-as na sobremesa.

Sem cerimônia, ele puxou uma cadeira, sentando-se entre as duas, dividindo seus olhares entre uma e outra.

— O que você quer, Tobias? — Denise reagiu.

— Para ser sincero, falar com você, me desculpar.

As duas sentiram um certo mal-estar. Alícia não queria deixar Denise sozinha com ele, mas sabia que era exatamente isso que a irmã desejava.

— Você não precisa falar com ele, se não quiser — alertou Alícia.

— Está tudo bem, Alícia — assegurou Denise. — Não precisa se preocupar. Quero ouvir o que ele tem a dizer.

— Você é quem sabe — tornou ela, limpando os lábios no guardanapo e preparando-se para levantar. — Acho que estou sobrando. Depois me ligue, viu?

Despediu-se com um beijo na cabeça da irmã e um aceno formal para Tobias. Minutos depois que ela partiu, os dois ainda permaneciam em silêncio. Tobias queria falar, mas tinha medo de que suas palavras piorassem ainda mais a situação. Por fim, vendo que ela não dizia nada, resolveu arriscar:

— Você está muito bonita, como sempre.

— Obrigada.

— Seu pai disse que você conseguiu emprego na concorrência.

Ela sorriu, achando graça na referência.

— Papai é terrível — gracejou, um pouco mais bem-humorada. — Não se trata de concorrência.

— É claro que não. Ele falou brincando. Está muito feliz por você. E eu também.

— Obrigada mais uma vez.

— Você não tem do que me agradecer. Na verdade, Denise, eu é que lhe sou grato... — calou-se, experimentando o efeito de suas palavras.

— Grato pelo quê?

— Por ter me dado a chance de estar com você.

Ela sentiu um arrepio percorrer todo seu corpo. Quando falou, foi com a voz trêmula de quem não tem certeza do que vai dizer:

— Não foi o que pareceu.

— Eu sei, e é por isso que estou aqui, para lhe pedir desculpas por ter agido feito um canalha.

— Canalha, eu não diria. Agora, um verdadeiro idiota...

— Um idiota também.

— A culpa não foi inteiramente sua. Eu é que não devia fazer cobranças, ainda mais com tão pouco tempo de convivência. Mas achei que você gostava de mim.

— Eu gosto. Sério, Denise, gosto de verdade.

— Mas então, por que disse aquelas coisas? Por que me tratou como se eu fosse uma qualquer, alguém que você conhece num bar e leva para a cama somente por uma noite?

— Me desculpe. Eu fiquei confuso, você me pegou de surpresa. Que homem, na minha idade, poderia acreditar que uma moça linda feito você se apaixonaria por ele?

— Qualquer um que não seja um idiota.

— Isso, insista. Já me convenci de que sou mesmo um idiota. Mas tente se colocar no meu lugar. Quando você me falou que estava apaixonada por mim foi que me dei conta de que eu estava transando com a filha do meu melhor amigo e que bem poderia ser minha filha também.

— Acontece que eu não sou. Há uma grande diferença entre ser e poder ser.

— Eu sei, perdoe-me. Sei que fui preconceituoso comigo mesmo. Agi muito mal, tratei-a com desrespeito, com grosseria, com rispidez. Você nem imagina o quanto estou arrependido.

— Está mesmo?

— Se não estivesse, não teria vindo até aqui falar com você. Por favor, Denise, acredite em mim. Perdoe-me. Gosto de você, gosto mesmo.

— Também gosto de você. Mas isso não é nenhuma novidade.

— Se gosta de mim como diz, tente me perdoar. Senti muito a sua falta e quero ficar com você. Quero que nosso relacionamento dê certo.

— Não vai ficar paranoico por causa da diferença de idade? Nem porque é amigo de meu pai?

— Não. Isso foi besteira minha. Quero você. Você é tudo o que importa.

Os olhos dela brilhavam tanto, que Tobias não teve mais dúvidas. Segurou-lhe o queixo com delicadeza e beijou seus lábios com ternura. Ela correspondeu sem relutância, sentindo a emoção percorrer seu corpo como um raio fulminante despencando do céu.

— Ah, Tobias, você nem sabe o quanto esperei por esse momento.

— Quer dizer então que estou perdoado?

— Totalmente. Vamos esquecer o que aconteceu e começar tudo de novo.

Está disposta a enfrentar sua família por minha causa?

— Não preciso enfrentar ninguém. Meu pai gosta muito de você.

— Infelizmente, não podemos dizer o mesmo de sua mãe e de Alícia.

Ouvi-lo pronunciar o nome da irmã causou-lhe um certo aborrecimento. Queria perguntar-lhe por que se incomodava tanto com Alícia, mas achou melhor não dizer nada por enquanto. Não queria parecer ciumenta nem possessiva.

— Elas vão acabar aceitando — disse com tranquilidade.

— Vamos deixá-las de lado, por enquanto. O que interessa nesse momento somos nós dois.

Realmente, para Denise, nada mais importava. Gostava tanto de Tobias que era como se não fosse a primeira vez que estavam juntos. Beijá-lo era como reviver um sonho de pura alegria. Agora que fizeram as pazes, ela podia dar vazão àquele sentimento e assumir que o amava.

Após o bem-sucedido reencontro, Tobias voltou para o laboratório, enquanto Denise partiu para o trabalho da irmã. Encontrou-a entre maquetes e projetos, atenta ao desenho de uma casa.

— Já? — indagou ela, levantando os olhos da prancheta. — Então? Como foi?

— Maravilhoso!

— Vocês voltaram?

— O que você acha?

— Tem certeza do que está fazendo? — Alícia não conseguiu evitar. — Tobias já lhe fez uma tremenda grosseria. Vai correr o risco de ele lhe fazer uma segunda?

— Ele não vai fazer. E você devia parar de ser tão implicante. Tobias nunca lhe fez nada.

— Eu sei. Não sei explicar de onde vem essa antipatia, mas ela existe.

— Deve ser de outra vida. Não importa. Você vai aprender a gostar de Tobias.

— Será?

— Tenho certeza. Ele é um homem muito especial.

Alícia tinha suas dúvidas, contudo, não queria estragar a felicidade da irmã, ainda mais porque não encontrava motivos concretos para não gostar de Tobias. Contada a novidade, Denise se foi, feliz como nunca estivera. Tão feliz que Alícia não teve coragem de lhe contar sobre Bruna. Ia aproveitar o almoço para dar a notícia, mas a chegada repentina de Tobias a impedira.

Bruna roubou seus pensamentos. Ainda achava que a garota de seus sonhos podia mesmo ser sua irmã. Aquela era uma história escabrosa, que merecia ser desvendada por inteiro.

— Quer saber? — pensou alto. — Vou investigar essa história por mim mesma. Se meu pai teve outra filha, viva ou morta, vou descobrir.

Largou tudo e foi para o *tablet*, por onde começaria suas investigações. Não seria difícil encontrar notícias sobre gêmeas xifópagas ligadas pelo coração. Realmente, foi até bem fácil. Um caso como o seu não era muito comum naqueles dias. Por isso, logo encontrou o que procurava. Mas não apenas isso. Encontrou algo muito além de suas suspeitas, algo que só fez aumentar sua antipatia.

CAPÍTULO 16

Quando, finalmente, chegou o dia do primeiro encontro com Lafayete, Jaqueline não sabia o que esperar. Teve que aguardar quase um mês para que ele a chamasse. Durante esse período, Cézar a procurou algumas vezes, para levar-lhe roupas e dar-lhe algumas instruções.

— Se você agradar o doutor, ele irá mudá-la para um pequeno apartamento em Vila Isabel — anunciou Cézar.

— Não sei onde fica isso.

— Fica na zona norte. Você vai gostar. É um lugar de gente decente.

— É onde tem a escola de samba?

— É, sim — ele riu.

Ela gostou da ideia. Não tanto por ser o bairro de uma grande escola de samba, mas, principalmente, porque era um lugar de gente decente. Como ela gostaria de fazer parte de um mundo decente!

— Virei buscá-la amanhã — prosseguiu ele. — Às dez em ponto estarei à sua porta. Vista o vestido branco que lhe dei. O doutor adora mulheres de branco.

— Está bem.

— Use roupas de baixo vermelhas — continuou, não sem um certo constrangimento. — O doutor adora o sombreado vermelho por debaixo da semitransparência branca.

— Certo.

— Ah! Já ia me esquecendo. Os sapatos também têm que ser os vermelhos. E não use meias. O doutor não gosta de nada dificultando o caminho.

Ela assentiu. Pelo visto, o tal doutor era mesmo cheio de fetiches. Bem, se esse era o máximo da tara que possuía, então, não teriam problemas.

— Você parece conhecê-lo bem — observou.

— Bem até demais. Meu pai e o pai dele trabalhavam juntos, eram amigos. Quando ele entrou para a política, eu estava iniciando o curso de Direito. Foi quando ele me convidou para ser seu assessor. Eu aceitei e continuei trabalhando para ele mesmo depois de concluir a faculdade.

— Por quê?

Ele deu de ombros:

— O salário é bom e gozo de uma certa liberdade. Não tenho que ficar batendo ponto.

— Você é mais do que um assessor, não é? Pelo visto, é secretário, confidente e alcoviteiro.

A observação não o agradou. Ele a fitou com olhar severo, depois baixou a cabeça e sussurrou:

— Faço o que ele me pede. Sou bem pago para isso.

— Desculpe — ela se arrependeu imediatamente. — Não devia ter falado isso. Não é da minha conta.

— Tudo bem. Agora, vou-me embora. Não se esqueça: Amanhã, às dez, estarei aqui.

— Estarei pronta.

No dia seguinte, Cézar chegou pontualmente à hora marcada. Jaqueline deu um abraço em Maurício, recomendando-lhe que fosse para a cama e não abrisse a porta para ninguém.

— Pode deixar, mana — tranquilizou ele. — Não sou nenhum bebezinho.

Ao entrar no carro, a preocupação ainda não havia se dissipado. Pelo resto da noite, manteria o pensamento em Maurício, rezando para que ele ficasse bem. Ela se sentou ao lado de Cézar, que lhe deu um sorriso amistoso:

— Tudo bem? — perguntou.

— Tudo — respondeu ela, olhando para o lado, a fim de não delatar sua angústia.

Ao olhar pela janela, seu coração quase deu um salto. Do outro lado da rua, um vulto de homem a fitava, encostado em um poste. A figura lhe pareceu familiar, contudo, à distância, não pôde ter certeza. Seria mesmo o Dimas? Rapidamente, a imagem se desanuviou. Ela continuou olhando, procurando-o por todos os lados, mas ele havia desaparecido.

— Aconteceu alguma coisa? — indagou Cézar.

— Não. Estou apenas com medo de não agradar o doutor.

— Não se preocupe com isso. Faça o que ele mandar e tudo ficará bem.

Ela assentiu, permanecendo em silêncio pelo resto do caminho, absorvida pela beleza da lua, que iluminava a floresta por onde passavam. Depois de muitas curvas, chegaram à conhecida mansão. Fora as luzes acesas, não havia nenhum movimento que indicasse estar habitada.

— Chegamos — anunciou Cézar, desnecessariamente.

— O que faço agora?

— Vamos entrar. Ele a aguarda em seu quarto.

— Você vai me levar até lá?

— Vou.

— Vai participar também?

— É claro que não! — horrorizou-se, enrubescendo.

— Desculpe. É que você faz tudo para ele. Pensei que talvez tivesse que me provar primeiro.

— Você não é uma iguaria para ser provada — zangou-se. — E não faço tudo para ele. Faço apenas o que é parte do meu trabalho.

— Foi o que eu disse.

Ele não respondeu. Saltou do carro e, antes que tivesse tempo de abrir a porta para ela, Jaqueline desceu também.

Ela estava realmente deslumbrante. O vestido branco contrastava lindamente com sua pele morena, deixando entrever formas perfeitamente harmoniosas, mal cobertas pela lingerie vermelha.

O segurança abriu o portão procurando não prestar atenção em Jaqueline. Entraram. A sala estava vazia, embora uma música suave se espalhasse por todo o ambiente.

— Vamos — ele a chamou, puxando-a pelo braço. — É lá em cima.

Subiram sem pressa. No topo da escada, Cézar apontou o quarto em que ela deveria entrar.

— Você não vai me levar até lá? — ela questionou, preocupada.

— Não. Daqui em diante, serão só vocês dois. Voltarei para buscá-la quando o doutor me ligar.

— Sabe a que horas?

— A hora que ele quiser.

Jaqueline achava que aquele doutor devia ser um homem arrogante e metido, que pensava ser o dono do mundo. E era justamente para aquele homem que ela acabara de se vender. Ela bateu na porta e aguardou. Como ninguém atendesse, testou a fechadura, que girou com facilidade. Abriu a porta devagar, logo acolhida pela penumbra do ambiente.

— Entre — ele ordenou.

Ela obedeceu. Entrou sem fazer barulho, lutando para não se desequilibrar em cima daquele salto agulha. Lampião fizera-a treinar andar com ele, mas todas as lições, agora, pareciam em vão. As pernas trêmulas quase não davam conta de suster seu corpo, tamanha a aflição que sentia.

Mesmo assim, ela conseguiu caminhar até ele com passos relativamente firmes. Ou, ao menos, firmes o suficiente para que ele não percebesse o seu temor. Olhando na direção de onde partira a voz, Jaqueline o viu sentado em uma poltrona, bebendo algo que devia ser champanhe. Era um homem bonito.

— Sirva-se de uma taça — foi a ordem seguinte.

Mais uma vez, ela obedeceu. Encheu a taça até a metade e bebeu, surpreendendo-se com o sabor refinado da bebida. Nunca antes havia experimentado algo tão doce.

— Venha até aqui.

Ela foi. Parou diante dele, o corpo esguio, as pernas agora adquirindo uma certa firmeza.

— Dê uma volta — falou ele. — Lentamente.

Quando ela terminou a volta, ele já estava ao lado dela. Retirou a taça de champanhe de sua mão e beijou-a avidamente. Surpresa com aquela abordagem direta, Jaqueline recuou. Lafayete puxou-a com força pela nuca, prosseguindo no beijo sem dizer nada. Na mesma hora, as mãos se aventuraram pelo corpo dela, causando-lhe um certo tremor, que logo se dissipou. Não demorou muito para que as carícias se transformassem em beliscões, e os beijos dessem lugar a mordidas.

Ela tentou protestar, mas Lafayete não lhe deu ouvidos. Rasgou-lhe o vestido, arrancou sua roupa de baixo com furor, atirou-a na cama como se ela fosse um caixote de cebolas. Deitado ao lado dela, começou a lhe dar ordens: faça isso, faça aquilo, sujeitando-a a todo tipo de práticas degradantes. Ela aguentou tudo com coragem, fingindo não ter orgulho, para suportar melhor a humilhação. Mas quando ele tentou penetrá-la por trás, todo o horror que vivera com Dimas retornou.

— Não — protestou, quase em lágrimas. — Por favor, tudo menos isso.

— Sou eu que mando aqui, garota — foi a resposta seca.

Jaqueline lutou. Não queria, mas não pôde evitar. Era como se o tio estivesse novamente sobre ela, castigando-a por sua juventude. Ela tentou se desvencilhar dele, mas não obteve sucesso. Mais forte, Lafayete a dominou, empurrando sua cabeça contra o travesseiro, tal qual Dimas fazia. Ela esperneou, sentindo o ar faltar nos pulmões. Percebendo que ela mal respirava, Lafayete afrouxou as mãos. Não queria correr o risco de sufocá-la.

A reação agora se tornava uma luta. Jaqueline lutava, desesperadamente, para evitar o que, para ela, era o maior sofrimento. Tudo em vão. Quanto mais ela esperneava, mais ele se comprazia. Parecia mesmo estar gostando do confronto.

Por uns momentos, permitiu-lhe a ilusão da vitória. Deixou que ela se virasse, encolhida na cabeceira da cama.

— Por favor — balbuciou ela, em lágrimas.

— Por favor o quê? — ele tornou, impassível. — Você é uma piranha, está acostumada a tudo isso.

— Não é verdade. Tenho a minha dignidade.

— Dignidade é algo que você perdeu há muito tempo, minha filha, não se iluda. Agora, venha cá. Deixe de besteira.

— Por favor, não...

— Mandei vir aqui — ordenou com impaciência. — Obedeça-me!

A luta recomeçou. Lafayete agarrou-a com força, desferindo-lhe um tapa no rosto. A esse, seguiram-se vários outros. À medida que batia, sua excitação aumentava de tal forma que, em meio à violência, conseguiu penetrá-la e alcançar o orgasmo.

A dor só não foi maior do que as lembranças. Mais uma vez, pareceu-lhe reviver os abusos que sofrera nas mãos de Dimas, bem como as insinuações maldosas da mãe, que sempre a considerara culpada por ser alvo das taras do padrasto. Lembrar deles a fez chorar ainda mais, imaginando como se sentiriam se a vissem naquela situação. Dimas, na certa, molharia os lábios de cobiça, ao passo que Rosemary diria que ela não passava de uma vagabunda.

Quando Lafayete, finalmente, a soltou, Jaqueline soluçava. Já havia levado uns tapas de clientes mais rudes, mas aquilo superava toda brutalidade que podia imaginar. O mais estranho foi descobrir que o prazer de Lafayete vinha da violência, não propriamente do sexo.

— Por que fez isso? — ela soluçou.

— Porque quis e posso. Você agora me pertence. Paguei por você.

— Isso não vale todo dinheiro do mundo.

Ele abriu a carteira, retirando várias notas de cem reais de dentro dela e enfiando-as na mão de Jaqueline.

— Não vale? — provocou. — Será que seu irmãozinho não vale um pequeno sacrifício? Posso dar-lhe muito mais do que isso, custear uma escola de primeira. Não quer vê-lo na faculdade? Posso pagar por isso também. Até em Harvard, se ele quiser.

Ela não sabia o que dizer. Sentiu vontade de atirar-lhe aquelas notas na cara, mas as palavras dele ainda ressoavam em seus ouvidos. Pelo irmão, não valia a pena o sacrifício? Não valia a pena sofrer para que ele tivesse tudo que ela nunca poderia ter? Não fora com isso que sonhara, não fora por isso que fugira e se prostituíra?

— O senhor me machucou — ela tentou argumentar. — Agiu feito um cavalo.

Ele riu estrondosamente. Não se importava que o xingassem. Na intimidade de quatro paredes, até que gostava.

— Isso passa — foi o contra-argumento. — Você é jovem, tem a pele viçosa. Logo, logo, vai se esquecer. Bom, agora chega de conversa. Tenho que ir embora. Você tem o telefone do Cézar. Peça a ele para vir buscá-la.

Ele partiu, deixando-a com o dinheiro na mão. Jaqueline sentiu-se a pior das prostitutas por aceitar aquela humilhação sem precedentes. Estava acostumada a vender o corpo. Parecia que agora vendia também o respeito que ainda tinha por si própria.

CAPÍTULO 17

Assim como o marido, Sofia também possuía seus métodos para conseguir o que queria. Se Igor tinha um homem de confiança, ela também. Estava disposta a descobrir quem era sua amante, a qualquer preço. Para isso, podia contar com seu segurança pessoal. Fábio a amava em segredo, ela sabia. Mais do que um segurança, era praticamente um secretário muito dedicado, acompanhando-a por todo lado, cuidando de seus compromissos, organizando, como devia ser, a agenda da esposa de um político cujo objetivo maior estava assentado nos valores da família.

Fábio a encontrou em seu gabinete particular, estudando sua agenda de compromissos para aquela semana.

— Boa noite, Sofia. Mandou me chamar? — indagou ele.

— Mandei. Por favor, entre e feche a porta.

Ele obedeceu, postando-se defronte a ela. Sofia saiu de trás da mesa, para sentar-se no sofá. Com um gesto, chamou Fábio para que se sentasse a seu lado.

— O que tem na mão? — indagou ela, notando o bloco de desenhos que ele carregava embaixo do braço. — Outro retrato meu?

Ele sorriu meio sem jeito e apresentou a ela o desenho. Era uma gravura muito bem-feita do rosto de Sofia, uma das muitas que ele desenhava em seu tempo vago.

— Fiz para você — disse ele, timidamente.

— Você devia ser desenhista, ao invés de segurança.

— Isso não dá para nada.

— Sei. Bom, agradeço mais esse — falou ela, devolvendo-lhe o bloco e, em seguida, baixando a voz: — Quero que você faça uma coisa para mim. É segredo, ninguém pode saber.

— O que você quiser — tornou ele, feliz por dividir os assuntos de Sofia.

— Quero que você siga uma pessoa.

— Quem?

— Meu marido.

Ele abriu a boca, atônito. Podia esperar qualquer coisa, menos aquilo.

— Ficou louca? Seu marido me conhece. Ele vai me ver.

— Hoje em dia, isso não é problema. Você pode colocar um GPS no carro dele.

— Como acha que vou fazer isso sem ser descoberto?

— De madrugada, é claro. Assim que ele chegar de uma das suas costumeiras farras.

— Jonas vai me ver.

— Espere até ele ir para casa.

— Não me leve a mal, Sofia, mas por que não contrata um detetive?

— Não posso. Meu marido é um homem público. Não quero dar a ninguém a chance de me chantagear.

— Chantagear com o quê?

— Você sabe, Fábio. Pode não andar com ele, mas não é cego nem burro. É claro que Igor tem uma amante. Sua função será descobrir quem é ela, com o máximo de discrição possível.

— Para que você quer saber isso?

— Quero falar com a vagabunda, oferecer-lhe dinheiro para tirá-la do meu caminho.

— E você acha que isso vai dar certo?

— Por que não? Não é o que todo mundo quer? Dinheiro?

— Acho isso uma loucura. E de que vai adiantar? Se você bota uma amante para correr hoje, amanhã ele arranja outras duas.

— Pode ser, mas tenho que tentar. Não aguento mais as humilhações que ele me faz passar.

— Por que não se divorcia dele?

— Você sabe que não posso. Existem muitos fatores em jogo.

— Ele quer fazer parecer que possui a família perfeita. Mandou os filhos para Londres, mal fala com a esposa. Não acha que ele merece uma lição?

— Desde quando divórcio é lição?

— Desde o momento em que ele pode perder o prestígio e metade de seus bens.

— Você não está entendendo, Fábio. Não quero deixá-lo. Quero que ele volte para mim. Quem sabe, se eu me fizer mais bonita, mais sensual, ele não volta a se interessar por mim?

— Você está se iludindo. Só isso não basta.

— O que quer dizer? Do que mais eu preciso? — Ele abaixou a cabeça e não respondeu. — Você sabe de alguma coisa que eu não sei. O que é? Diga-me, eu exijo.

— Não é nada.

— Não sou tola, Fábio. Ou será que você está se referindo ao fato de que eu não seria mais capaz de despertar o interesse de um homem?

— Não é nada disso — desculpou-se, embaraçado. — Você está muito bem...

— Então, o que é?

— São só comentários...

— Que tipo de comentários? Quero saber.

— Bom, dizem que ele tem uma particularidade muito especial.

— Que particularidade seria essa?

— Corre o boato de que ele gosta de garotas jovens...

— Isso não é nenhuma novidade. O que mais? Ande, Fábio, estou esperando.

— Muito bem. Se você insiste. A verdade, Sofia, é que todo mundo sabe que seu marido gosta de espancar as mulheres. É o que lhe dá prazer.

Ela jamais se esqueceria do choque que aquelas palavras lhe causaram. Sempre notara uma certa agressividade nos gestos sexuais de Igor, mas nunca lhe passou pela cabeça que o sadismo o excitasse.

— Quem disse uma barbaridade dessas? — retrucou, enfurecida. — Foi o Cézar?

— Cézar não abre a boca. Ouvi Lafayete conversando com Jonas, o motorista. Parece que uma das garotas que apanhou ameaçou ir à polícia, mas levou uma grana para ficar quieta. É assim que ele sempre as silencia. Com dinheiro.

Ela levou a mão ao peito dolorido. Queria satisfazer o marido, mas aquilo já era demais. Sujeitar-se a apanhar só para agradá-lo estava muito além do amor. Contendo a perplexidade, conseguiu se controlar.

— Mais um motivo para você fazer o que eu disse — ordenou, a voz trêmula. — Sabe-se lá o que essas mulheres são capazes de fazer.

— Você só vai enfurecê-lo.

— Não, Fábio, vou ganhar essa batalha. Você vai ver.

Encarregado da compra do GPS, demorou um pouco até que Fábio conseguisse um bom aparelho pela internet. De posse do dispositivo, aguardava a chegada de Lafayete, sentado no carro novo que Sofia comprara. Mesmo com sono, não desgrudava os olhos da rua. Achava aquele plano uma loucura, mas não podia falhar com ela.

Foi difícil atravessar aquela noite. Fitando o branco do teto do quarto, Sofia não conseguia pegar no sono. A todo instante, consultava o relógio, sobressaltando-se a cada virada de hora. A meia-noite chegou, depois uma, duas, três horas da madrugada. Quando, finalmente, ouviu o carro do marido entrando na garagem, já eram quase cinco horas.

Uma euforia sem precedentes apossou-se de todo seu corpo. A perspectiva de que, daquele dia em diante, teria conhecimento de todos os passos do marido causou-lhe grande excitação. Àquela hora, Fábio devia estar aguardando do lado de fora, pronto para instalar o GPS no carro de Igor.

Sabia que o melhor era ficar quieta, todavia, por mais que tentasse, não conseguiu se conter. Ao sentir a entrada sorrateira do marido, seu corpo saltou quase que automaticamente. Ela acendeu a luz do abajur e sentou-se na cama, braços cruzados sobre o peito.

— Já acordada a essa hora, querida? — perguntou ele, sobressaltado. — Ou ainda não conseguiu dormir?

— Não seja cínico, Igor. Onde é que você estava? Por que não atendeu o celular?

— Em uma reunião com políticos. Não ouvi o celular tocar.

— Que reunião é essa que vara a madrugada?

— Bom, no final, a reunião deu lugar à descontração. Terminado o assunto oficial, veio o papo, as bebidas...

— As mulheres — acrescentou ela.

— Nada de mulheres. Éramos todos homens.

— Quer que eu acredite nisso?

— Para falar a verdade, Sofia, pouco me importa no que você acredita. A verdade é essa. Se não quer acreditar, o problema é seu.

— Até quando você acha que poderá continuar me humilhando desse jeito? A mim, você não procura mais. Só pode estar com mulher na rua!

— Não tenho mulher alguma.

— Então, por que não me procura? Perdeu o interesse por mim?

— Isso não é hora de termos essa conversa. Amanhã, com mais calma, voltaremos ao assunto.

— Não! Tem que ser agora. Não aguento mais você chegando em casa tarde da noite, cheirando a bebida e sexo! Responda-me: Você perdeu o interesse por mim?

Lafayete quase a fulminou com o olhar. Sentiu tanto ódio da mulher que poderia esganá-la. Não suportava mais suas queixas nem vê-la mendigando seu amor. Não sentia mais nenhum desejo por ela, não aguentava sequer olhar o seu corpo flácido, cheio de celulites. Se a tolerava, era em nome de sua carreira política. Um homem que defendia os valores da família não podia ser divorciado.

— Quer mesmo saber, Sofia? Tem certeza de que está pronta para ouvir a resposta a essa pergunta?

Ela titubeou, só agora percebendo que tinha medo da resposta. Não queria separar-se dele. Quando se casara, o fizera por amor, certa de que ele a amava também. Foi duro perceber que ele só aceitara desposá-la porque o pai dela o estava iniciando na política. Ela sabia que ele tinha amantes, mas não podia permitir que ele soubesse que ela sabia. Se isso acontecesse, ver-se-ia forçada a tomar uma atitude que não desejava. Ou aceitava tudo passivamente, assumindo o papel de mulher burra e submissa, ou pedia o divórcio, coisa que estava totalmente fora de seus planos.

— Por que me trata assim, Igor? Eu o amo tanto!

— Também a amo — mentiu, de forma pouco convincente. — Mas não posso ficar à sua disposição. Meu compromisso é com o povo. O resto pode esperar.

— Quero apenas um pouco de atenção. Custa você me dar?

— Dou-lhe a atenção que posso. Você está é mal-acostumada. Quer exclusividade em tudo.

— Isso não é verdade. Sei que você é um homem importante e tem muitos compromissos, mas eu sou sua mulher. A não ser que você queira o divórcio.

Ela falou aquilo morrendo de medo de ele concordar. Sabia, porém, que manter a imagem de família perfeita era importante para agradar seu eleitorado.

— Não se trata disso — rebateu alarmado, sem saber se ela blefava. — Só lhe peço um pouco de compreensão.

— Mais? Tudo o que lhe dou é compreensão. E espero, espero, espero. Mas você não volta para mim.

— Pare com isso, Sofia. Essa conversa já está ficando melosa demais.

— Tudo o que eu quero é me sentir sua mulher novamente. Quando você vem, sinto-me uma estranha ao seu lado. Não acha que seria natural você me procurar após uma semana inteira longe de casa?

Ele a encarou com repulsa e um certo receio. Jamais permitiria que ela o deixasse. Sofia era sua mulher e devia cumprir bem o seu papel de esposa. E havia ainda a questão dos bens...

— Você tem razão, querida — disse ele, exibindo um ar de falsa compreensão. — Tenho trabalhado demais e negligenciado meus deveres de marido. Mas não se preocupe. Prometo que, amanhã, vou compensá-la por tudo.

Ela mal acreditava. Quando ele se aproximou para beijá-la, ela correspondeu como um autômato, ainda não recuperada da surpresa. Mas quando ela tentou abraçá-lo e puxá-lo para a cama, ele gentilmente afastou seus braços, protestando com maldisfarçada doçura:

— Hoje não, meu bem. Estou mesmo muito cansado. Amanhã.

Sofia não tinha escolha, a não ser se contentar com aquele beijo insosso, ao menos por ora. Faltava muito pouco para que toda aquela sucessão de traições se acabasse. Se Fábio conseguisse colocar o GPS...

Ela se levantou para ir ao banheiro, parando à janela no caminho. O marido dormia ou fingia dormir, ressonando discretamente. Ela puxou a cortina para o lado, espiando para fora. Da janela de seu quarto, não dava para ver a garagem, que ficava nos fundos. Por instantes, o pensamento se desviou de Lafayete para se concentrar em Fábio.

O segurança precisava ser esperto, para driblar a vigilância de Jonas e instalar o maldito GPS. Havia dias em que o motorista, cansado, não ia para casa, preferindo dormir no quartinho em cima da garagem. Ela não sabia se Jonas havia ficado ou ido embora. Chegou a apanhar o celular para ligar para Fábio, mas poderia delatá-lo. O jeito era esperar.

CAPÍTULO 18

Pouco depois que Lafayete saiu, Cézar chegou para buscar Jaqueline. Encontrou-a ainda na cama, nua, o corpo todo cheio de hematomas, uma marca roxa embaixo do olho esquerdo e sangue coagulado nos lábios. Levou um susto. Decididamente, Lafayete ultrapassara todos os limites.

— Meu Deus, Jaqueline, o que foi que ele lhe fez? — indagou, assustado, desviando o olhar para não ver sua nudez.

— Não me diga que você não sabia — objetou ela, entre a ira e a mágoa. — Pensa que vai me fazer acreditar que você, que conhece tudo do *doutor*, não sabia que ele é um cafajeste, covarde, que gosta de espancar mulheres?

Ele fechou os olhos para ocultar a vergonha e o arrependimento. É claro que sabia, mas o que poderia fazer?

— Perdoe-me... — balbuciou. — Não queria que isso acontecesse. Dessa vez, doutor Lafayete foi longe demais.

— Agora entendo o porquê dessa palhaçada toda de concurso, essa história de fetiche, de gostos esquisitos. Ele tem mesmo um gosto muito esquisito. Ele gosta de maltratar, de torturar, de humilhar!

De olhos baixos, Cézar não sabia o que dizer, como se desculpar. Sentiu-se o pior dos cafajestes, pior ainda do que o próprio Lafayete.

— Lamento muito que isso tenha acontecido — falou, com pesar.

— Será que lamenta mesmo? Você disse que ganha bem para realizar todos os desejos dele. E que desejos!

— Não é bem assim. Sou pago para prestar-lhe assessoria...

— Não me venha com essa, pelo amor de Deus! Você se vendeu, é mais uma das propriedades dele. Assim como eu... — ela apontou para o maço de notas pousado na mesinha de cabeceira. — Também me vendi. Não tive coragem de recusar o dinheiro imundo dele. Vou suportar todo esse sofrimento em nome da felicidade do meu irmão. É por ele que faço isso, para que ele tenha a chance que eu não tive. O doutor prometeu cuidar da educação de Maurício. É tudo o que me importa, foi por isso que me vendi. E você? O que ele lhe dá de tão valioso que você aceitou trocar pelo seu orgulho?

— Ele me paga. Que droga, Jaqueline, pensa que gosto disso? Você acha que não sofri, imaginando o que ele estaria fazendo com você?

— Você sabia, não é mesmo? Sempre soube. Mesmo assim, me trouxe até ele. E tudo isso por quê? Por dinheiro! Assim como eu. Ah, eu também me vendi! Em nome da felicidade de Maurício, vendi o pouco de respeito que ainda me restava. Não sou melhor do que você. Somos ambos mercadorias de alto valor. O que faz esse doutor para pensar que é dono do mundo?

— O nome dele é Igor Lafayete. Ele é deputado federal.

O olhar que Jaqueline lançou a Cézar foi de angústia. O que ela podia contra alguém tão importante? Podia ir embora, dar as costas a tudo aquilo e ao dinheiro, e nunca mais aparecer. Seria uma outra fuga. Como se não bastasse fugir do Espírito Santo, para não ser presa pelo assassinato de Dimas, teria ainda que fugir da ira de Lampião, que não ficaria nada feliz com a perda de sua maior fonte de lucro.

— Estou tão cansada! — choramingou ela. — Não aguento mais essa vida miserável! Tudo o que eu queria era viver em paz com o meu irmão. Mas veja onde vim parar...

Silenciou as palavras com o pranto, que consumiu sua voz e sua coragem.

— Não fique assim — Cézar tentou consolar, passando os braços, gentilmente, ao redor dos ombros dela.

— Ai! — gritou. — Por favor, não me toque. Estou toda doída.

— Quer que eu a leve a um hospital?

— Para eu expor ainda mais a minha vergonha? Não, obrigada.

— Alguns hematomas estão muito feios.

— E daí? E se alguém chamar a polícia?

— Você pode dizer que foi assaltada.

— Não gosto de me envolver com a polícia — finalizou, acabrunhada.

Cézar limitou-se a olhá-la, pensando que ela sentia medo de Lafayete quando, na verdade, temia por si mesma. Qualquer suspeita sobre o nome de Lafayete, ainda que se provasse infundada, abalaria sua credibilidade, despertando nele um sentimento afiado de vingança. Se isso acontecesse, tanto ele quanto Jaqueline podiam considerar-se liquidados.

— Pensando bem, não é uma boa ideia — confirmou, arrasado. — Você não conhece Lafayete. Ele é capaz de qualquer coisa para se manter no poder.

— É capaz até de matar?

Ele titubeou:

— Não sei, sinceramente. Nunca nos defrontamos com uma situação que exigisse medida tão extrema. Quero crer que não, mas algo dentro de mim me diz que sim.

— Você é uma boa pessoa, Cézar. Não tem nada a ver com esse monstro. Por que se sujeita a isso? — Antes que ele respondesse, ela arrematou: — Pelo dinheiro, já sei. Por que dinheiro é tão importante assim? Você é jovem, tem uma profissão. Não poderia arranjar outro emprego?

— Tem algo que não lhe contei, Jaqueline. Algo que me tortura dia a dia e que me faz suportar tudo isso — Ela o interrogou com o olhar, e ele prosseguiu: — Quem custeou minha faculdade foi o Lafayete. Naquela época, ele estava começando na política, era deputado estadual aqui no Rio.

Meu pai estava atravessando uma fase difícil, e o desespero serviu de pano de fundo para colocá-lo na maior enrascada de sua vida.

— Como assim?

— Meu pai e o pai de Lafayete foram membros da diretoria do mesmo banco. Meu pai tinha um vício terrível: gostava de apostar em cavalos. Ganhando ou perdendo, nunca deixou de apostar. Até que a sorte lhe virou as costas, abrindo caminho para a derrocada. Meu pai começou a perder. Quanto mais perdia, mais apostava. Gastou tudo o que tinha apostando. Quando perdeu suas últimas economias, voltou-se para a única fonte de dinheiro que lhe parecia disponível.

— O banco — completou ela.

— Não. O pai de Lafayete havia acabado de falecer. Achando que poderia contar com o filho tanto quanto julgou que poderia contar com o pai, meu pai confessou seu vício e pediu-lhe dinheiro emprestado.

— É claro que o doutor não emprestou.

— Mas não foi só isso. O que meu pai não sabia era que o pai de Lafayete vinha desviando dinheiro do banco havia anos. Ninguém desconfiava, as contas todas pareciam em ordem. Para salvar o nome da família de um possível escândalo, Lafayete teve a ideia de jogar a culpa em meu pai, um homem desesperado, um jogador compulsivo, cheio de dívidas. Quem não iria acreditar?

— Que horror!

— Foi mesmo um horror. As provas forjadas contra meu pai eram irrefutáveis. Ele falsificou livros, recibos e chegou a abrir uma conta na Suíça em nome de meu pai. Tudo muito bem planejado e executado. No fim, parecia mesmo que meu pai havia desviado dinheiro para cobrir as dívidas de seu vício.

— E seu pai foi preso?

— Não. Lafayete desistiu da ideia de delatá-lo para me aprisionar.

— Como assim?!

— Imagine o que fiz quando descobri a armação do doutor. Fiquei furioso, como era de se esperar de um jovem impetuoso. Fui procurá-lo, ameacei fazer um escândalo e entregá-lo à polícia. Ele me mostrou as evidências, riu, disse que não adiantaria nada. Ninguém acreditaria na palavra de um viciado contra a de um deputado de respeito. Foi então que ele veio com a ideia. Precisava de alguém de confiança para assessorá-lo. Na hora, eu não entendi por que ele havia feito aquela proposta. Ele podia ter o assessor que quisesse, qualquer um muito mais bem preparado e mais confiável do que eu.

— Ele fez isso por vingança — sugeriu ela.

— Não. Fez isso porque o pai dele pediu.

— Hã?! Agora mesmo é que não estou entendendo nada.

— Lafayete é meu irmão.

— O quê? — tornou, incrédula. — Seu irmão? Mas então, sua mãe e o pai dele...

— Exatamente. Minha mãe e o pai dele tiveram um caso passageiro. Minha mãe estava desesperada com a compulsão de meu pai, que já durava alguns anos, e o procurou pedindo ajuda. Lafayete Pai não hesitou: ofereceu-lhe ajuda, sim, mas na cama.

— Que cretino!

— Não estou dizendo que ele fez tudo sozinho. Minha mãe já não aguentava mais o meu pai e acabou se deixando seduzir. Ela foi fraca, iludiu-se com os carinhos que ele oferecia e que meu pai lhe negava. Você sabe como algumas pessoas tentam consertar as coisas quando veem se aproximar a hora da morte. Talvez ele tenha pensado que, assim, salvaria sua alma. Antes de morrer, Lafayete Pai confessou ao filho que eu era filho dele também. Pediu-lhe que cuidasse de mim, que me ajudasse. Foi o que ele fez. Sem perder tempo, despejou na minha cara essa verdade terrível. Ia fazer a vontade do pai dele e me ajudar, mas queria que eu permanecesse ao lado dele, na certa, para poder me vigiar.

— Espere um pouco. Você acreditou nisso sem hesitar?

— Não, é claro. Ele também tinha lá suas dúvidas. Fizemos um exame de DNA que constatou que éramos, realmente, irmãos.

— E por conta disso, você está preso a ele até hoje.

— Estou. Ele custeou meus estudos e cuidou da minha família. Depois de formado, fiz pós-graduação em direito constitucional e administrativo, com mestrado e doutorado em ciências políticas. Tudo graças à generosidade de Lafayete que, com o tempo, passou a confiar em mim, delegando-me funções cada vez mais importantes. Transformou-me em seu assessor. Eu aceitei tudo sem relutar. O argumento dele para me convencer era forte. Se eu o traísse, ele entregaria as provas contra meu pai à polícia e contaria a ele que não sou seu filho.

— Que canalha!

— Compreende agora por que não posso simplesmente me demitir?

— Não me leve a mal, Cézar, mas será que seu pai já não sabe que você é filho do Lafayete? Não seria melhor você e sua mãe lhe contarem logo?

— Talvez. Mas quanto tempo você acha que meu pai suportaria na prisão? Ele é diabético, usa um marca-passo, é hipertenso.

— Compreendo seu receio, mas você acabou se tornando praticamente um escravo.

— Não coloque as coisas desse jeito. Devo a Lafayete tudo o que sou. Bem ou mal, foi ele quem custeou meus estudos. E, enquanto o crime de que ele acusa meu pai não prescrever, estou irremediavelmente atado a ele.

— Tudo o que ele faz, faz desejando algo em troca. Ele não age desinteressadamente. É assim que prende as pessoas. Descobre seus segredos e desejos para depois comprá-las.

— Sim. Nesse ponto, ele é bastante generoso com seu dinheiro.

— Ele não é generoso, é manipulador. Essa é a maneira que ele encontrou de controlar as pessoas. Faz isso porque nós permitimos. Estamos dando a ele um poder além do que ele necessita. Se cada um de nós começar a se impor, ele vai ter que parar.

— Falar é fácil, mas não posso. A vida de meu pai depende disso. E não posso me esquecer de que ele é meu irmão.

— Sendo assim, você não tem direito ao nome e à herança tanto quanto ele?

— Tenho, mas não me interessa. Reivindicar um sobrenome e a minha parte na herança não fará nenhum bem a meu pai.

— Ele nem cogitou de lhe dar a sua parte, pelo menos?

— É claro que não! Não pode nem ouvir falar nisso.

— Engraçado, esse doutor Lafayete. Para chantagear você, ser seu irmão interessa. Agora, para dividir o dinheiro que também pertence a você, não quer reconhecê-lo como irmão.

— Lafayete é assim mesmo. Age movido por seus próprios interesses. No fundo, sabe o poder que tem.

— E por causa disso, você prefere se deixar chantagear e compactuar com as barbaridades que ele faz — rebateu, subitamente irritada. — Você é tão culpado desses meus hematomas quanto ele. Talvez até mais. Está na cara que esse homem é doente. Mas você age de vontade própria, mesmo sabendo o que vai acontecer.

— Sinto muito — sussurrou, envergonhado. — Eu nunca havia pensado dessa forma.

— Pois agora pense. Você não é muito diferente dele, não. A única diferença é que ele executa a ação que você planeja e prepara.

— Lamento não ter a coragem de fazer o que deveria — desabafou. — Embora ache que você está coberta de razão.

— Ainda assim, vou fazer como você — afirmou, angustiada. — Vou me sujeitar às loucuras desse monstro pelo futuro de meu irmão.

— Talvez o melhor para você seja desistir dessa história enquanto ainda é tempo. Você é jovem, pode conseguir coisa melhor.

— Não posso, não — ela se retraiu, açoitada pelas lembranças. — Não depois do que eu fiz.

— O que foi que você fez?

Quando falou, a voz de Jaqueline saiu abafada pelo medo e a vergonha:

— Estou aqui fazendo-lhe acusações, mas não sou melhor do que você. Sou uma criminosa.

— O que você fez? — repetiu, assustado.

— Matei um homem — foi o sussurro quase inaudível.

Saiu sem querer. O desespero a fez confessar seu crime sem pensar nas consequências. Talvez pelo fato de que sentia poder confiar em Cézar. Ele era um fraco, assim como ela, mas parecia sincero.

— Você matou um homem? — tornou, perplexo.

— Em legítima defesa, mas matei.

Ela contou tudo, desde a primeira vez que Dimas a molestara, até o dia em que ela lhe cravara uma faca no coração, para que ele não machucasse Maurício. Cézar ouviu com atenção, surpreso com a coragem da menina.

— Você devia ter ido à polícia — observou ele. — Agora vão achar que você o matou e fugiu.

— E não foi isso que aconteceu?

— Não exatamente. Quando se age em legítima defesa, o ato deixa de ser crime. Você seria inocentada.

— Tive medo. E se ninguém acreditasse em mim? Minha mãe dizia que, quando uma mulher é estuprada, a culpa é dela por provocar o homem.

— Isso é um absurdo! Sinto lhe dizer, mas o que sua mãe queria era proteger o marido. Fugir foi pior. Agora mesmo é que a polícia vai achar que você é culpada.

— Viu como não posso me entregar? Terei que passar a vida fugindo, morrendo de medo cada vez que vejo um policial. Sem contar a culpa. Dimas podia não ser boa coisa, mas era uma pessoa. Não queria tê-lo matado.

— Você não teve culpa de nada. Ele a agrediu, ia agredir seu irmão. Qualquer um, no seu lugar, teria feito a mesma coisa.

— Mas o remorso não passa. E o medo de ser presa é constante.

Cézar a fitou com piedade. O que ela fizera fora sério, contudo, tinha uma justificativa, não fosse o fato de ela ter fugido.

— O dia já está amanhecendo — constatou. — Acho melhor levá-la para casa. Depois veremos o que fazer quanto a isso.

Ela foi. Toda doída, machucada, ultrajada. Por sorte, quando entrou em casa, Maurício ainda dormia. Ela o beijou carinhosamente, alisando seus cabelos com ternura. Ele se mexeu e entreabriu os olhos, sorrindo para ela. Não percebeu os hematomas em seu rosto, pois voltou a dormir em seguida.

Com lágrimas nos olhos, Jaqueline sentou-se no peitoril da janela, para ver melhor o nascer do sol. Ele surgiu, rubro e gordo, por cima dos edifícios ao longe, colorindo o céu de um amarelo ouro entrecortado de azul. Absorvida pela demonstração daquela magia gratuita da natureza, Jaqueline se esqueceu, momentaneamente, de seus problemas.

Até o momento em que a claridade inundou o quarto, incidindo diretamente sobre seus olhos. Ofuscada pelo brilho intenso do dia, Jaqueline piscou, desviando o olhar do céu para fixá-lo em um ponto qualquer do outro lado da rua.

Foi com terror que pensou ter visto o que não tinha certeza se vira. Em meio aos círculos de fogo desenhados diante de seus olhos pela luz ofuscante do sol, entreviu uma silhueta escura, sua conhecida. Ela quase caiu do peitoril, apavorada, piscando várias vezes para focar melhor a visão. A vermelhidão se espalhava em sua vista cada vez que ela piscava, dificultando a identificação daquela sombra sem rosto que parecia olhar para ela. Será que olhava?

Quando, finalmente, seus olhos se ajustaram à luminosidade natural do ambiente, ela foi capaz de identificar com clareza o dono daquele contorno. Não apenas as formas de seu corpo delatavam a personagem de que se tratava, mas os olhos frios e o sorriso mordaz que direcionava para ela.

Sem conseguir suportar a verdade, Jaqueline deu um salto, para fugir da visão fantasmagórica que a assombrava. Mas não conseguiu. Antes que desse o primeiro passo, as pernas perderam a vontade de sustê-la, levando-a ao chão, coberta da lividez do desfalecimento. O nome morreu em seus lábios, como se jamais devesse tornar a ser dito:

— Dimas...

CAPÍTULO 19

Muito ao longe, alguém sussurrava seu nome. Ao mesmo tempo, a seu lado, o pai afagava seus cabelos, sorrindo para ela. Por detrás dele, uma forma feminina se sobressaía, um pouco longe, indiscernível. Pela forma como se agitava, andando de um lado para outro, parecia-se muito com sua mãe.

— Por que me deixou tão cedo, pai? — foi a pergunta indizível.

— Foi preciso. Meu tempo na Terra acabou, mas você ainda tem outras experiências para viver.

— Vi o fantasma de Dimas. Ele veio se vingar de mim.

— Tenha piedade de Dimas. Perdoe-o.

Ela não respondeu. Estava cansada demais para protestar ou discutir. Queria que Dimas permanecesse no passado, pensava que não era justo ter que lidar com ele mesmo depois de morto.

— Quem é aquela ali? — indagou ela, apontando, com o queixo, para o vulto de mulher. — É a mamãe?

— Sua mãe? — repetiu o pai, virando-se brevemente. — Não se preocupe com ela. Rosemary só está confusa.

— Ela não está morta? Vocês dois estão mortos!

Antes que o pai respondesse, uma voz muito sua conhecida atingiu seus ouvidos, chamando-a com insistência:

— Jaque! Jaque! Acorde, pelo amor de Deus!

Aos poucos, os olhos de Jaqueline deixaram o suave mundo dos sonhos para se focarem na realidade fria da matéria. Ajoelhado a seu lado, branco feito cera, Maurício dava tapinhas de leve em suas faces. De olhos abertos, reconhecendo o irmão, Jaqueline segurou sua mão. Mesmo sem força, os tapinhas dele doíam em seu rosto machucado.

— Já estou bem — afirmou ela com doçura, tentando levantar-se.

— Você desmaiou. Está doente? — Ela meneou a cabeça. — Alguma coisa aconteceu. O que foi?

— Nada — mentiu. Não queria preocupá-lo falando do espírito de Dimas. — Foi uma leve tonteira.

— Você não está grávida, está?

— É claro que não! — contestou, horrorizada. — De onde tirou essa ideia?

— Você sabe de onde.

Agora sentada, Jaqueline segurou as mãos dele entre as suas.

— Compreendo a sua preocupação, mas você não tem motivos para isso. Garanto que sei me cuidar.

— Ouvi dizer que os homens pagam mais para transar sem camisinha.

O irmão falava sobre aquelas coisas de forma tão natural e direta que ela se sentiu constrangida. No entanto, não era hora para melindres. Precisava tranquilizá-lo.

— Isso não acontece comigo. Sem camisinha, nada feito.

— E por que você está toda machucada? Não venha me dizer que caiu da escada, porque essa é velha e não me convence mais.

— Você é muito esperto, sabia? — comentou ela, com um sorriso amargo.

Ele tinha que ser. Com a vida que levavam, a esperteza vinha da experiência.

— Peguei um cara meio irritadinho — comentou. — Mas não está doendo.

— Mentirosa. Está tudo roxo. Se eu fosse mais velho, não deixaria ninguém fazer isso com você, Jaque. Eu matava o desgraçado.

— Não diga isso. Matar é uma coisa horrível.

— Nem sempre. Você matou, mas foi para nos defender. Não tem nada de horrível nisso.

— Mesmo assim. Pensa que eu me sinto bem sabendo disso? E o remorso?

— Quem devia sentir remorso era o Dimas, se ainda estivesse vivo. Mas ele não sentia. Nunca sentiu.

— Nós não somos iguais a ele. Temos consciência e sentimentos. Sabemos o que é certo e o que é errado. Somos pessoas boas, amigas, carinhosas. Dimas era um pobre coitado.

— Um pobre coitado que só fez mal a você.

— Dimas está morto. Deixemos as coisas como estão. E agora ande. Vou preparar seu café. Você não pode chegar atrasado à escola.

Ele a ajudou a se levantar. A cada movimento, o corpo de Jaqueline doía, reagindo às marcas da surra. Com as mãos nas costas, ela sentou-se na cama, quase sem conseguir respirar, mas tentando não parecer muito mal para não assustar ainda mais o irmão. Maurício, contudo, percebia o sofrimento dela. Se não falou nada, foi para não ferir ainda mais o seu orgulho.

— Até logo, mana — despediu-se ele, beijando-a gentilmente no rosto.

— Não vai tomar café?

— Não estou com fome — mentiu. — Vá descansar. E não se preocupe com o almoço. Quando chegar, faço um Miojo para a gente.

Ela quase chorou. Quanto mais convivia com o irmão, mais tinha certeza de que ele merecia todos os seus esforços para ter um bom futuro. Esperou até que ele fechasse a porta para entrar no banheiro. Um banho quente ajudaria a relaxar e a diminuir a dor. Não sabia por quanto tempo ficara desmaiada, mas não devia ter sido muito. Quando chegara, já eram quase seis da manhã, hora em que o irmão costumava levantar-se para ir à escola.

O banho aplacou um pouco a fúria dos ferimentos, trazendo um cansaço abençoado. Deitada na cama, imediatamente, dormiu. Dessa vez, não teve sonhos. Ao menos, não de que se lembrasse, o que também era uma bênção, pois a ausência de sonhos ajudava a repousar também o espírito.

Muito mais tarde, vozes a despertaram. Jaqueline apurou os ouvidos, logo percebendo que o irmão discutia com Lampião.

— Saia da minha frente, pirralho — disse Lampião, irritado. — Preciso falar com Jaqueline agora.

— Ela não pode. Está descansando.

— Ela já dormiu muito. Chega de preguiça!

— Você não pode incomodá-la, não pode...

— Deixe, Maurício — Jaqueline interrompeu. — Estou bem agora.

— Meu Deus, Jaqueline, você está horrível! — constatou Lampião. — Quem foi que lhe deu essa surra?

— Não interessa. O que você quer?

— O que eu quero? Isso lá é pergunta que se faça? É hora do batente, menina.

— Cézar não me disse nada sobre trabalhar hoje.

— Quem foi que falou em Cézar? Se o doutor não a requisita, você usa seu tempo livre trabalhando para mim. Esqueceu?

— Não foi esse o combinado. O doutor exigiu exclusividade.

— O que ele não vê ele não sabe, não é mesmo? Se dissermos que você é exclusiva, quem vai contestar?

— Eu. Estamos sendo muito bem pagos para isso. E depois, eu não ia aguentar, mesmo que quisesse. Estou toda moída.

— Não foi o doutor que fez isso com você, foi?

Ela o encarou, sem expressão:

— O que você acha?

— Meu Deus, o homem é louco!

— Até parece que ele é o único que gosta de bater.

— Dar uns tapas é uma coisa. Dar uma surra é outra bem diferente.

— Você é quem está dizendo.

— Qual é, Jaqueline? Nunca fiz isso com você. Esse tal de doutor... como é mesmo o nome dele?

— Lafayete.

— Isso! Esse tal de doutor Lafayete é um doido sádico.

— Deixe-me em paz, Lampião, por favor. Estou doída, cansada, com fome. Só o que quero é ficar em casa sossegada e ver televisão com Maurício.

— Você ouviu — falou o menino. — Jaqueline precisa descansar.

Antes mesmo que Lampião respondesse, alguém bateu à porta.

— Mas quem será agora? — questionou Maurício.

Jaqueline imaginava, mas não disse nada. Quando a porta se abriu, surpreendeu-se com sua certeza. Cézar chegou trazendo duas bolsinhas plásticas que, pelo aroma, continham quentinhas de comida.

— Não precisa perguntar — o cafetão foi logo dizendo. — Já estava de saída.

Temendo um rompimento do trato, Lampião saiu sem causar problemas. Assim que a porta se fechou, Cézar estudou Jaqueline de forma minuciosa, mentalmente anotando cada hematoma de seu corpo. Daquela vez, precisava chamar Lafayete à razão.

— Como você está? — indagou ele.

— O que você acha?

— Jaqueline, eu... sinto muito.

— Eu sei. Não precisa ficar se repetindo — E, apontando para as sacolas, perguntou: — O que você trouxe aí?

— Medalhão com arroz à piamontese. Gosta?

— Não sei nem o que é isso — espantou-se Maurício. — Mas, pelo cheiro, parece bom.

— Quer experimentar?

Na mesma hora, Maurício colocou a mesa, deliciando-se com a comida. Nunca antes havia experimentado iguaria mais saborosa. Jaqueline teria apreciado da mesma forma, não fosse a dor que espetava sua garganta cada vez que engolia.

— Então? — sondou Cézar, dirigindo-se ao garoto. — Está gostando?

— Está uma delícia! Posso comer mais um pouco?

Foi uma satisfação para Jaqueline. Fazia tempo que Maurício não tinha nenhum tipo de prazer, principalmente, com comida. Andava magrinho, meio pálido. Não é que passassem fome, mas comiam apenas o estritamente necessário.

— Dormi demais — comentou Jaqueline. — Nem vi a manhã passar.

— Você precisava — considerou Cézar. — O que passou ontem não foi fácil.

— O tal doutor bateu nela? — questionou Maurício.

— Já disse para você não se preocupar com isso — censurou ela, brandamente. — Não é assunto em que criança deva se envolver.

— É, sim, quando o assunto diz respeito a minha irmã.

— Ele tem razão, Jaqueline — concordou Cézar. — Seu irmão se preocupa com você, o que é natural e devia deixá-la feliz.

— Eu fico feliz. Só não quero levar-lhe preocupações desnecessárias.

— Você ainda não me respondeu — cortou Maurício. — O doutor bateu nela ou não?

— Bateu — não adiantava mentir.

— Por quê?

— Porque ele é doente — esclareceu Jaqueline, com pressa. — E agora chega. Não quero mais falar sobre isso.

Terminaram o jantar falando sobre outros assuntos. Depois, sentaram-se os três para ver televisão. Jaqueline experimentou até algumas risadas com a comédia que assistiam, muito embora as costelas reclamassem e o peito se recusasse a rir. Depois, Cézar pediu pizza e refrigerante para o jantar, algo que Maurício e Jaqueline não viam havia muito tempo. Ao final da noite, foi preciso que Cézar levasse Maurício no colo, saciado e adormecido, até a cama.

— Amanhã é sábado — lembrou Cézar. — Muito provavelmente, Lafayete mandará chamá-la.

— Não sei se vou conseguir.

— Dói muito, não é? — Ela assentiu. — Então, deixe comigo. Explicarei que, dessa vez, ele passou dos limites. Querendo ou não, ele vai ter que esperar.

— Obrigada, Cézar. Apesar de tudo, você é um bom amigo. Ele sorriu, afagando suas faces feridas. Deu-lhe um beijo suave na testa e saiu, deixando em Jaqueline a sensação de que ninguém, em toda sua vida, conseguiria superar a emoção que aquele singelo beijo provocara.

CAPÍTULO 20

Foi com fúria que Lafayete recebeu a notícia de que, naquela noite e na próxima, não poderia contar com os favores de Jaqueline.

— Isso é um absurdo! — esbravejou. — Estou pagando, e muito, pelos serviços daquela vadia.

— Aquela vadia está toda machucada por causa da surra que você lhe deu.

— Ela mereceu — justificou-se, um tanto quanto embaraçado. — Quis se esquivar de mim.

— Você tem que maneirar. Podia ter matado a garota.

— Sem drama, Cézar! Foram só uns tabefes.

— Você sabe que não foram. Essa sua mania de espancar as meninas está afastando todas as garotas de você. Em breve, ninguém mais vai aceitar trabalhar para você.

— Está certo, eu posso ter exagerado dessa vez. Mas foi só dessa vez. E ela me provocou.

— Estou lhe avisando, Lafayete, ou você controla esse gênio, ou ainda vai acabar mal.

— Você está me ameaçando?

— Eu trabalho para você, e é meu dever alertá-lo. Você ainda pode acabar morto, ou preso, ou cassado. Você decide o que é pior.

— Acha mesmo que isso é possível? — espantou-se Lafayete.

— Acho. Jaqueline é uma boa pessoa, mas aquele Lampião é barra pesada. E ainda tem a imprensa. Já imaginou se alguém descobre?

— Você está certo, Cézar, como sempre. De agora em diante, vou tomar mais cuidado. Nada de deixar marcas na menina.

— Nada de bater na menina. Divirta-se com ela, mas sem violência. Já é hora de você parar com isso.

— Eu bem que gostaria, mas não consigo. Não sei o que é. Tudo vai indo muito bem, até que me dá uma coisa, uma espécie de euforia que me faz desejar machucar as garotas. É algo incontrolável, uma tara, sei lá.

— Já pensou em procurar um psiquiatra?

— Eu não! Não quero minha intimidade exposta na mídia.

— Um psiquiatra vai respeitar sua intimidade. Faz parte do trabalho dele.

— Quem precisa de psiquiatra quando tem você? Seus conselhos sempre foram muito sensatos.

— Pena que você nem sempre os siga. Há quanto tempo venho lhe falando para parar de maltratar as meninas?

— Tudo bem, Cézar, chega de sermão. Vou tentar me controlar com Jaqueline. Gosto dela e não quero que se vá, como as outras.

— Pois então, trate-a bem. Ela é uma moça incrível.

— Você está gostando dela? — desconfiou. — Porque se está, acho melhor ir parando por aí. Jaqueline me pertence.

— Não diga besteiras. É claro que não estou gostando dela, o que não me impede de reconhecer que ela é uma boa pessoa.

— É só isso mesmo?

— É.

— Pois é bom que seja. Nem se atreva a colocar as mãos nela.

— Já disse que não gosto dela.

— Que seja. Voltarei para Brasília na segunda, logo pela manhã. Até lá, preciso de uma garota.

— Não há nenhuma. Só se você pegar uma na rua.

— Ficou louco? Sabe que sou neurótico com esse negócio de doença.

— Por que não experimenta a sua mulher? Garanto que ela não vai lhe passar nenhuma doença.

A sugestão saiu em tom mais sarcástico do que Cézar pretendia. Ficou aguardando uma resposta explosiva de Lafayete, mas ele não disse nada. Apenas o encarou, com ar de contrariedade, como se, embora não gostasse do comentário, não encontrasse o que responder. Sabia que, no fundo, ele tinha razão.

— Mande o Jonas preparar o carro. Vamos sair.

Cézar obedeceu sem questionar. Fora longe demais, adentrara um terreno que lhe era proibido. Lafayete não gostava de envolver a mulher em seus assuntos pessoais. Ciente disso, Cézar não perguntou mais nada. Saiu com Lafayete sem questionamentos, acompanhando-o em silêncio. Foram a uma joalheria, onde ele escolheu um fabuloso anel de diamantes. Seria para Jaqueline ou para Sofia?

À noite, quando Lafayete voltou para casa, Sofia já sabia de sua ida à joalheria. Na outra noite, depois que Jonas foi para casa, Fábio conseguira instalar o GPS em seu carro, passando a monitorar todos os seus passos. Sofia permaneceu em silêncio quando Lafayete chegou, aguardando para ver o que ele faria. Igor ansiava por sexo, mas não com a esposa. Queria Jaqueline ou, na falta dela, qualquer outra mulher.

Fora para Sofia, contudo, que comprara a joia, para silenciá-la, para desviar sua atenção de Jaqueline. Ele a encontrou no quarto, como sempre, só que, dessa vez, acordada, lendo um livro.

— O que está lendo? — indagou, para puxar assunto.

— *O que importa é o amor* — respondeu ela, exibindo-lhe a capa. — Você não acha?

— Acho — concordou ele, sem nenhum entusiasmo.

— É um livro espírita, de um autor chamado Marcelo Cezar.

— Desde quando você se interessa por espiritismo?

— Desde que você resolveu me ignorar.

— Já disse que é por causa do meu trabalho. Assim como disse que ia compensar você pela minha ausência.

Ele apanhou a caixinha no bolso do paletó e estendeu-a para ela, que a tomou nas mãos, ansiosa. Ao abri-la, deixou escapulir um sorriso de satisfação e medo. Aquela era a forma como os homens, geralmente, compensavam as esposas pelas suas traições. Com Igor, não era diferente.

— Por que isso? — ela indagou, experimentando o anel no dedo.

— Preciso de motivo para presentear minha mulher?

— É lindo — elogiou ela, admirando o diamante. — Mas não era bem esse presente que eu queria.

— Não?

— O que quero é você, Igor, você. Não aguento mais essa distância.

Ela aproximou os lábios dos dele. Para sua surpresa, Igor a tomou nos braços, beijando-a ardorosamente. Com a imagem de Jaqueline ocupando todos os recantos de seus pensamentos, levou a mulher para a cama, onde a amou quase ferozmente, imaginando que era Jaqueline quem estava ali. A muito custo, evocando a maciez do corpo da amante, conseguiu atingir o clímax, pouco se importando com as necessidades da mulher.

Ao se deitar ao lado de Sofia, percebeu a vermelhidão se espalhando pela sua pele, deixando-o em sobressalto.

— Está doendo? — perguntou, preocupado.

— Um pouco, mas nada insuportável. Você foi demais!

— Você gostou? — surpreendeu-se.

Ela havia odiado. Sofia nunca fora uma mulher ardente nem lhe agradava sexo fora do convencional, o que levara Lafayete a se afastar lentamente. Detestava, sobretudo, ficar com marcas pelo corpo. De tanto reclamar com o marido, ele acabou evitando-a. Foi então que passou a procurar mulheres na rua, com quem podia extravasar seus instintos violentos.

Naquele momento, contudo, era necessário fingir. Se não desejasse perder o marido de vez, tinha que fazer com que ele acreditasse que ela gostava de suas esquisitices. Agora sabendo de suas preferências, Sofia faria de tudo para corres-pondê-las, ainda que isso significasse engolir o orgulho e suportar a repulsa.

— Eu amei, querido — mentiu. — Fazia tempo que não sentia tanto prazer. Não imagino por que você nunca me amou assim antes.

— Achei que você não gostava. Você sempre foi tão... conservadora.

— O fato de ser conservadora não me impede de experi-mentar coisas novas. Ainda mais com você.

— Fico feliz em saber — prosseguiu ele, estupefato.

— Prometa-me que faremos isso mais vezes.

— Prometo... Daqui por diante, faremos um sexo cada vez mais selvagem.

— Ótimo!

Ela não sabia se sorria ou se gritava. Se ainda havia uma possibilidade de o sexo ser mais selvagem do que aquilo, então, ela estava perdida. Não apreciara um momento se-quer daquela barbaridade. Caso ele adotasse práticas mais grotescas, ela bem seria capaz de vomitar.

Tampouco Lafayete se sentia feliz. A última coisa em que pensara fora em dar prazer à mulher. Também não se iludira, achando que ela lhe daria prazer. O que ela tinha a oferecer, naquele momento, era alívio. Ele estava repleto da energia vibrante do sexo e precisava, desesperadamente, gastá-la com alguém. Queria que fosse Jaqueline ou, na sua falta, qualquer outra prostituta. Como não podia ter nem uma, nem outra, só lhe sobrou Sofia.

Menos ainda queria que ela insistisse e lhe cobrasse sua presença na cama. Cada dia mais ele a detestava. Deitar-se com ela fora um ato estratégico e de desespero, mas ele não tinha a menor intenção de repetir aquela desventura. Sofia estava se transformando num estorvo quase descartável.

Pensando nisso, uma ideia começou a brotar em seu cé-rebro. Algo que, de tão horrível e inimaginável, acabaria se tornando a solução perfeita para sua vida pessoal e política.

Algo que o colocaria na posição de vítima, conquistando a simpatia do eleitorado, ao mesmo tempo em que o deixaria livre para ter as mulheres que quisesse.

Naquele momento, percebeu e decidiu que Sofia precisava morrer.

CAPÍTULO 21

O passado é uma coisa estranha. Por mais que se tente apagá-lo, ele ressurge com toda intensidade, mais vivo do que nunca. Ninguém apaga o passado. O que se faz é aprender com ele e utilizá-lo como fonte de renovação. Mas ele continua lá, influenciando-nos para o bem ou para o mal, conforme as lições que retiramos de suas lembranças.

Foi essa a verdade que Alícia descobriu ao dar de cara com a velha notícia no *tablet*. Não compreendia como o pai conseguira ocultar aquele incidente por tanto tempo nem por que ele parecia tão afeiçoado a Tobias. Depois do que ele fizera, podia-se esperar que Celso nunca mais tornasse a falar com ele.

Ali estava. Na tela do *tablet*, encontrava-se a fotografia de um jovem médico de aparência obstinada, fria. Um médico que daria tudo para conseguir um pouco de fama e prestígio. Contrariando a tendência atual da comunidade científica, Tobias parecia mais interessado no sucesso do que propriamente na ciência.

Ela leu e releu a notícia várias vezes, tocando levemente as fotos com as pontas dos dedos. Estavam todos lá: Tobias, o pai, a mãe, ela e a irmã morta, Bruna, ainda ligadas pelo tórax.

"CIRURGIA DE SEPARAÇÃO TERMINA EM MORTE NUM CASO RARO DE GÊMEAS XIFÓPAGAS"

Era essa a manchete estampada na primeira página do jornal eletrônico. Abaixo, vinham considerações sobre a técnica da reprodução assistida, procedimento sem qualquer tipo de risco na atualidade. Ao lado, o médico responsável pelo tratamento, o geneticista Tobias do Nascimento Arruda, e a paciente, Eva Cavalcante, esposa do não menos famoso geneticista Celso Cavalcante.

Foi um choque para Alícia. A reportagem parecia surreal, um conto fantástico saído das histórias de ficção e horror tão comuns no século XX. Prosseguindo na leitura, veio, finalmente, o desfecho do drama: após cinco semanas de nascimento, as gêmeas teriam que se submeter a uma cirurgia para separação, já que uma veia em comum drenava o sangue do coração de uma para o da outra. Um caso raro, principalmente porque os avanços na área da saúde humana não mais favoreciam a ocorrência de tais anomalias.

A separação tardia do zigoto chamou a atenção dos médicos, que iniciaram um processo de monitoramento dos fetos. Pouco tempo depois, o ultrassom detectou a formação de xifópagos. Em uma sociedade em que a medicina alcançara avanços muito além do esperado, gêmeos siameses não eram apenas raros, mas praticamente inexistentes. Ainda assim, a cirurgia intrauterina chegou a ser cogitada, mas logo descartada devido aos enormes riscos para os bebês.

Os nove meses de gestação foram acompanhados de perto pelo doutor Tobias e sua equipe, inclusive o doutor Celso, especialista no assunto. A cesariana transcorreu sem maiores dificuldades, nascendo duas meninas aparentemente saudáveis, apesar de unidas pelo tórax. Realizados os exames preliminares, logo se constatou que as gêmeas não dividiam órgãos comuns, à exceção de uma única veia que ligava e drenava o sangue do coração de uma para o da outra, levando ao enfraquecimento de uma das meninas, fato que antecipou a cirurgia de separação.

O próprio doutor Tobias foi quem realizou o procedimento cirúrgico, contrariando a opinião de seus colegas médicos, que optaram pela realização de transfusões diárias, até que as duas meninas se encontrassem fortes o suficiente para enfrentar a operação. A cirurgia foi um sucesso para uma das crianças. Para a outra, porém, o resultado foi a morte.

Inocentado pela Justiça, que considerou improvada a culpa do médico, o doutor Tobias se afastou dos meios científicos brasileiros, transferindo-se para a Europa, onde prosseguiu com seus estudos, abandonando, porém, a prática da fertilização humana artificial.

Alícia desviou os olhos do *tablet*, impedida de continuar a leitura não apenas pelas lágrimas, mas pela forte comoção. Toda a história estava ali, clara, vívida, em detalhes. Não entendia como os pais foram capazes de lhe esconder aquele fato por tantos anos. A dor que sentia no peito, a cicatriz quase imperceptível que, por toda sua vida, fora atribuída a uma cirurgia cardíaca realizada em tenra infância.

Contida a emoção, Alícia continuou a leitura, em busca de alguma revelação sobre o paradeiro da irmã. Os jornais noticiavam sua morte, alguns acompanharam sua cremação, tudo levando a crer que a irmã, realmente, não havia sobrevivido. Se era assim, quem poderia ser aquela moça com quem tinha visões tão constantes?

De uma coisa, Alícia tinha certeza: a antipatia que sentia por Tobias não era gratuita. Sua alma reconhecera o assassino involuntário da irmãzinha, atribuindo-lhe a culpa pelo ocorrido. Fora sua negligência, fruto da ambição, que levara Bruna ao óbito naquele dia remoto.

— Vou para casa — anunciou ela, beijando o marido. — Quando puder, vá também.

— Por quê? — espantou-se Juliano. — Aconteceu alguma coisa?

— Tem algo que quero lhe mostrar, mas não aqui. É pessoal demais.

— Ah! Não, você não vai fazer isso comigo. Vou com você agora.

Sem conseguir conter a curiosidade, Juliano deu algumas instruções aos empregados, arrumou suas coisas e saiu com ela. Ainda no carro, ela começou a falar, impedindo que ele acionasse a ignição.

— Você nem imagina o que descobri — tornou com agitação, estendendo-lhe o *tablet*.

— O que é? — indagou ele, apanhando o aparelho.

— Leia.

À medida que lia, as feições de Juliano iam se transformando, indo da surpresa à incredulidade.

— O que significa isso? — indagou, sem saber o que dizer ou no que acreditar.

— Significa que eu tinha razão em não gostar de Tobias.

— Essa história é fantástica. Mal dá para acreditar.

— É fantástica, porém, verdadeira. Tobias foi o responsável não apenas pela morte da minha irmã, mas pela nossa ligação orgânica. Acha que isso é pouca coisa?

— Não, mas ele foi inocentado pela Justiça.

— Vai ver, comprou todos os juízes.

— Alícia, você sabe que isso não acontece. A cirurgia foi uma decisão médica que ele tomou com base em seus conhecimentos científicos, onde os riscos eram perfeitamente previsíveis. Você está tentando arranjar uma desculpa para culpá-lo e dar a si mesma o motivo que tanto queria para odiá-lo.

— Isso não é verdade! — rebateu, furiosa. — Eu não sou assim. Não sou uma pessoa rancorosa nem implicante. Mas você tem que admitir que tenho meus motivos. Inocente ou não, não dá para ignorar que foi ele quem aplicou uma superdosagem de drogas na minha mãe e quem tentou separar a mim e a minha irmã, ainda que contra a opinião de todos os médicos.

— Você leu a coisa pela metade. Deixou passar esse link — arrematou, apontando para a nova aba que se abrira. — Diz aqui que seus pais testemunharam a favor dele.

— O quê?! — indignou-se ela, arrancando o *tablet* da mão dele e lendo o restante da história. — Não acredito! Está escrito que meus pais pediram a ele que administrasse uma dose maior da medicação em minha mãe!

— Aparentemente, sua mãe queria gêmeos, a fim de não ter que se submeter ao processo novamente.

— Isso não justifica o que ele fez. E onde fica a ética médica?

— Pense bem, Alícia. Você não pode dizer que seu pai não sabia o que estava acontecendo, pode? Ele também é geneticista. Ambos trabalhavam juntos. E sua mãe, pelo visto, estava a par de todos os riscos.

— Eles sabiam que podiam ter xifópagos?

— Não exatamente. Gêmeos xifópagos praticamente inexistem na atualidade. Está escrito aqui que é algo em torno de um caso em meio bilhão.

— Que beleza! Uma raridade da medicina, e eu fui a protagonista. Eu e Bruna. Só que eu levei a melhor; sobrevivi. Ela, ao contrário, não teve a mesma sorte.

— Não acha melhor deixar essa história para lá? Foi há tantos anos!

— Deixar para lá? Nunca! Quero saber de tudo direitinho, principalmente por que meu pai aceitou Tobias de volta. Devia odiá-lo, assim como minha mãe.

— Sua mãe bem que não gosta dele.

— Está explicado, não é? Por que meu pai permitiu que Tobias se aproximasse da nossa família de novo, principalmente de Denise?

— Ele deve ter lá os seus motivos.

— Preciso descobrir quais são.

— Dê um tempo, Alícia. Seus pais devem ter sofrido muito com tudo isso. Por que reavivar essa história?

— Porque eu não acredito que minha irmã morreu.

— Lá vem você de novo.

— Eu sonho com ela, Juliano! Ela está viva, sofrendo em algum lugar.

— Acha mesmo que seus pais teriam abandonado a própria filha?

— Meus pais, não. Tobias.

— Isso não faz sentido algum. Tobias e seu pai eram amigos.

— Você já leu um livro antigo chamado *O guardião de memórias*[1]? O cara manda a filha para um orfanato para esconder que ela tinha síndrome de Down. E se meu pai e Tobias fizeram o mesmo, para minha mãe não descobrir?

— Agora você está viajando. Pensa mesmo que sua irmã ficou defeituosa e seu pai descartou-se dela?

— É uma possibilidade.

— Até parece que você não conhece seu pai. Ele é uma pessoa íntegra. Jamais abandonaria a própria filha. E depois, quantos casos você conhece assim? De verdade?

— Não sei — rebateu ela, beirando o descontrole. — Não sei mais o que pensar. Sempre encarei meu pai como um herói, mas agora... Tudo está tão confuso!

— Acho que você está se desgastando à toa. Essa criança está morta.

— Só que não existe um corpo para provar. Meu pai, convenientemente, a cremou, de forma a impedir qualquer comprovação pelo DNA.

— Pare, Alícia! Isso está virando uma obsessão. As pessoas não são desse jeito, não como você está falando. Principalmente seu pai.

— Oh! Juliano, o que é que eu faço?

— Esqueça essa história. Pelo bem de todos, deixe esse episódio enterrado no passado.

Ela queria. Queria muito deixar passar tudo aquilo, fingir que nunca tivera uma irmã que morrera pelas mãos de Tobias para que ela pudesse viver. Com os olhos revelando o pesar que castigava seu coração, Alícia abraçou-se a Juliano, como se ele fosse a única pessoa no mundo capaz de confortar sua dor. Mal conseguia falar, tamanha a voracidade do pranto. Em meio aos soluços e à confusão de seus sentimentos, apertou-se ainda mais ao marido e sussurrou, sentida:

— Não posso.

---

1 Kim Edwards, editora Arqueiro.

CAPÍTULO 22

Esfregando as mãos com agonia, Eva não parava de consultar o relógio, aguardando, com ansiedade, a volta de Celso. Não entendia o que podia ser tão importante a ponto de exigir a presença dela em um compromisso marcado com Tobias. Justo com Tobias! Dera-se por satisfeita quando Celso dissera que o convencera a voltar atrás na chantagem, embora sua alegria durasse pouco, já que Denise voltara com ele pouco tempo depois.

Assim que ouviu a chave rodar na fechadura, Eva escancarou a porta, deixando Celso parado com a mão no ar.

— Finalmente! — exclamou ela, puxando-o para dentro.

— Meu Deus, Eva, você quase me matou de susto!

— E você quase me mata de agonia. Não vê o meu estado?

— Tenha calma. Eu mal chego em casa e é assim que você me recebe? Deixe-me primeiro tomar um banho e depois conversaremos.

Ele foi para o banheiro, com Eva atrás dele:

— Você sabe que ficar perto daquele homem não me agrada.

— Não acha que você devia se esforçar para superar esse ressentimento?

— Não é ressentimento. É que, quando olho para ele, a imagem que vejo é a da pequena Bruna.

— É só isso mesmo?

— Você não tem o direito de fazer insinuações — rebateu ela, com fúria.

— Tem razão, perdoe-me. Não queria ofender você.

— Eu só quero evitar o sofrimento da minha filha. Denise merece um homem melhor.

— Creio que Denise pensa que o melhor para ela é estar com Tobias.

— Você aprova esse namoro! — constatou ela, aturdida. — Como não percebi isso antes?

— Eu não aprovo nem desaprovo. Apenas não gosto de me envolver na vida da minha filha.

— Tobias me chantageia e você ainda o apoia. Não compreendo.

— Já disse que a chantagem foi apenas um ato de deses-pero. Tobias gosta de Denise e não quer que ninguém se in-terponha entre eles.

— Isso é o que ele diz. Mas tudo bem, não adianta nada discutir. Agora, esse encontro com ele é que não entendo. Por que você quer me obrigar a encarar novamente aquele sujeito?

— Você não devia ter raiva dele, mas não foi propriamente para desfazer nenhuma inimizade que marcamos esse encontro.

— Sei. E para que foi? Até agora, não vejo motivo algum para isso.

— O motivo existe e é um só: a verdade.

— Como assim?

Celso saiu do banho em silêncio. Vestiu-se sem pressa, ocasionalmente se virando para estudar as feições ansiosas de Eva. Não eram nada indecifráveis. O que ia na cabeça dela não era nenhum segredo para ele. Estava pronto para sair, mas tinha que colocar a mulher a par da situação antes de chegarem à casa de Alícia. Ele estirou as mãos para ela, con-duzindo-a até a cama. Sentado a seu lado, deu um suspiro de cansaço e comentou:

— Tem uma coisa que você precisa saber.

— O que é? — ela demonstrou curiosidade.

— Nossos segredos, aos poucos, estão vindo à tona — Ela emudeceu, atônita. — E o primeiro deles diz respeito a Bruna. Alícia já sabe sobre ela.

— O quê? Isso é impossível... — calou-se, desconfiada. — Foi Tobias, não foi? Ele cumpriu a promessa.

— Tobias não teve nada a ver com isso. Alícia é inteligente e desconfiou de tudo.

— Mas como? De onde ela tirou a ideia de Bruna? Do nada?

Sem fazer rodeios nem omitir qualquer parte, Celso narrou toda a história, desde os sonhos de Alícia até a revelação da irmã gêmea.

— Tudo está perdido — lastimou Eva, afundando o rosto nos travesseiros. — Sinto que vou perder minhas filhas.

— Não seja tão dramática, Eva. Nós dois sabíamos que era apenas questão de tempo até Alícia descobrir a verdade. Só lamento não termos sido nós a lhe contar tudo.

— E agora, Celso, o que faremos? — ela tinha lágrimas nos olhos, e a voz dava sinais de que ia fraquejar. — Alícia vai nos odiar.

— Não vai, não. Ela só quer saber a verdade. É direito dela. E de Denise também. É por isso que vamos todos nos encontrar hoje. Para que, ao menos essa parte da história, seja esclarecida. Quero evitar surpresas.

— Você se acha no direito de desenterrar o passado — acusou. — Mas eu não posso sentir saudades de Bruna.

— Eu nunca disse isso. Apenas não quero que você sofra por causa dela.

— *Deixe o passado enterrado, pois remexê-lo só vai trazer mais dor*, é o que você sempre diz. Isso só vale para mim?

— Minha querida, não devemos nos acusar. Eu estou do seu lado. Tudo o que fiz até hoje foi para protegê-la. Você ainda duvida disso?

Durante alguns minutos, ela permaneceu a olhá-lo, evocando lembranças remotas que ainda permaneciam vivas em seus pensamentos.

— Não posso duvidar — sussurrou ela, arrependida. — Mas é que tudo ficou tão difícil após a morte de Bruna!

— Bruna está bem.

— Eu gostaria de ter a sua certeza. Gostaria de voltar no tempo e fazer tudo de novo, mas de uma maneira diferente.

— Você sabe que isso é impossível. O passado pertence ao tempo, não a nós.

— Mas, se o tempo é uma ilusão, o passado também deveria ser.

— São ilusões que estão fora do nosso alcance de compreensão e, consequentemente, não sabemos ainda lidar com elas. Para nós, tudo acontece como se fosse parte de um universo real.

— Não é justo. Minha filha nem teve a oportunidade de conhecer o mundo em que escolheu nascer.

— Não pense dessa forma. Pense que, em alguma outra vida, em outra dimensão, nossas meninas podem estar bem, vivendo com saúde e alegria, uma ao lado da outra.

— Ouvir você falando desse jeito até que me dá um certo conforto — confessou. — Mas não apaga a minha dor. A Bruna de outra dimensão não é a minha Bruna. E mesmo que fosse, não está comigo. Gostaria que a ciência tivesse avançado ao ponto de permitir viagens interdimensionais. Eu poderia chegar a esse mundo em que minhas gêmeas vivam bem.

— Quando falei para você pensar nisso, não foi para sofrer. Foi para você ter esperança.

Ele saiu, conduzindo-a pelo elevador até a garagem. Eva caminhava a seu lado, pensativa. Entrou no carro ainda em silêncio e, assim que se acomodou ao lado dele, retomou a conversa:

— Eu teria esperança se pudesse vê-la, senti-la, tocá-la.

— Faça uma viagem astral e isso será possível.

— A ciência devia ter evoluído ao ponto de levar as pessoas ao futuro ou passado em corpo físico, não apenas em corpo astral.

— Minha querida, você fala como se o mundo invisível não fosse real, quando a verdadeira ilusão está aqui.

— Não foi bem isso o que quis dizer. Compreendo as dimensões sutis, mas as várias realidades paralelas são muito confusas de se entender. Eu acredito, mas não entendo como o universo pode se comportar dessa maneira.

— Não é o universo, mas os universos. Vivemos em um universo que se processa da forma como você falou, num mundo físico e outros sutis. Além deste, existem vários outros, processando-se da mesma forma, embora com as chamadas realidades alternativas, que são variáveis desta que conhecemos. Nesses universos, cada eu possui seu outro eu, vivendo histórias total ou parcialmente semelhantes ou distintas. E não são bem realidades paralelas, mas perpendiculares também. Em algum ponto, pode haver uma interseção entre elas: a mesma situação abre um leque de possibilidades de escolha, que pode provocar diferentes ações e, consequentemente, diferentes efeitos, criando outras histórias a partir desse ponto. O tempo não é uma linha reta, onde os acontecimentos avançam linearmente, mas uma sucessão de possibilidades tornadas reais pela escolha derivada da vontade humana ao se deparar com um ramo de atitudes possíveis diante de um mesmo fato. Cada um desses ramos gera distintas consequências, criando, então, realidades distintas ou, se preferir, dimensões diferentes, embora não totalmente autônomas.

— Seriam então, várias almas correspondendo a uma única alma? Haveria outros "eus" iguais a mim, mas que não seriam o mesmo eu que represento nesta realidade? Ou são fragmentos da mesma alma, dividida para criar esses universos paralelos?

— Somos todos um só, criados pelo mesmo Deus, em qualquer dimensão. O Deus onipresente e onisciente é apenas um, é absoluto, é infinito, apenas é... Sendo assim, partilhamos a mesma essência primária. Como a alma vem ao mundo para experienciar, cada uma dessas dimensões representa uma experiência diferente da qual ela, simultaneamente, participa, em suas várias formas de expressão. É como uma fonte de energia irradiando em várias direções, sendo, cada um desses raios, uma manifestação diferente da centelha que anima o mesmo Eu. Eles se propagam, porém, jamais se distanciam ou se perdem de sua origem que, por sua vez, está ligada a todas as demais, e estas a um único Deus.

— Não sou burra, Celso, mas isso é muito difícil de entender.

— Eu sei. Segundo a física quântica, os elétrons se comportam de forma estranha, incerta, e podem estar em vários lugares ao mesmo tempo. Na verdade, nunca se sabe onde ele está, mas onde é provável que esteja. E essas probabilidades se manifestam simultaneamente, seguindo a mesma trajetória de existência ou não.

— O que isso tem a ver com os vários universos?

— Ora, como poderiam todas as probabilidades se manifestar dentro de um mesmo plano de existência? Para que isso aconteça, a mesma partícula tem que existir em diferentes dimensões, ou diferentes universos. E, se nós somos um somatório dessas partículas, da mesma forma, é provável que tenhamos uma história de vida aqui, outra diferente ali, e muitas outras ainda acolá.

— Mas de onde surgiram esses outros universos?

— Bom, se uma explosão deu origem ao nosso universo, com suas infinitas galáxias, podemos deduzir que uma sucessão de explosões análogas originou universos semelhantes.

— Quer dizer que temos clones espalhados pelo universo? Ou melhor, universos?

— Não exatamente. Vou tentar uma analogia: imagine o Sol como o Deus do nosso sistema solar, gerado a partir de um poder infinito e absoluto, formador de todos os universos, cujo propósito é favorecer o desenvolvimento espiritual de toda a criação. Ao irradiar sobre a Terra, o Sol emite raios que se estendem por todo o orbe e, embora tais raios iluminem em tempos e lugares diferentes para cada habitante do planeta, eles provêm de uma única fonte. Pois bem. Pense que cada um desses raios é uma centelha espiritual originada do Deus-Sol ou, se preferir, uma alma. Todas possuem a mesma essência, embora atuem em locais e horários distintos espalhados por todo o globo. Agora, imagine que cada um desses raios incida sobre um prisma. Como você sabe, o prisma é um sólido que decompõe a luz. Ao incidir sobre ele, a luz branca sofre refração e se divide em sete raios, que correspondem ao espectro de cores visíveis ao ser humano. Isso não impede, contudo, que outras cores sejam obtidas dessa decomposição, mas que nossos olhos e nosso cérebro ainda primitivos não conseguem captar. Muito bem. Se cada alma é um raio de sol, cada raio emergido do prisma onde incide o raio de sol é uma ramificação dessa mesma alma, capaz de transpor os limites estreitos da terceira dimensão e adentrar outras, as chamadas dimensões paralelas, onde estão contidos universos inteiros. Lá, vivem suas próprias experiências para cada momento da história que nós conhecemos ou criam outras histórias. Terminado o ciclo de existências propostas para os seres de todos os universos e dimensões, as cores do prisma se recolhem e retornam à fonte, dando lugar à luz branca novamente. Isso quer dizer que todas as extensões da alma retornarão à sua centelha que, por sua vez, retornará à essência primária. Será quando tornaremos a nos fundir à divindade, repletos de sabedoria, vivenciando o amor pleno por todas as coisas.

— Parece que você está descrevendo o próprio Deus.

— Não somos todos deuses, embora sem essa consciência?

— Somos?

— Sim. A mente de toda humanidade está conectada à mente universal, fazendo com que tudo o que existe no macrocosmo exista também num microcosmo. Assim, os atributos da divindade, embora latentes, estão contidos em cada um de nós.

Eva abaixou os olhos, chorando de mansinho. Nunca ouvira o marido falar daquela maneira. Ele parecia diferente agora, muito mais maduro e sereno do que o homem que conhecera por toda sua vida. O tempo havia transformado suas ideias, as experiências tinham deixado nele uma marca de sabedoria e humildade em que ela nunca antes havia reparado.

— Você mudou — afirmou ela, fixando nele os olhos úmidos.

— E eu não tinha percebido.

— Todos nós mudamos. As experiências nos fazem mudar.

— Você se culpa?

— Um pouco. Compreendo a roda da vida, embora não me sinta à vontade com o que fizemos.

— Tobias foi inocentado.

— Mas ficou marcado pelo resto da vida. Tão marcado que teve que deixar o Brasil.

— É por isso que quer ajudá-lo? Pelo remorso?

— Quero ajudá-lo por amizade, por amor, por gratidão... porque ele merece.

A serenidade que a conversa com Celso levou a Eva desapareceu no exato momento em que ela avistou Tobias. Logo que entrou na casa de Alícia, reparou que Denise e ele bebiam vinho e conversavam como dois apaixonados.

— Que bom que chegaram! — desabafou Alícia. — Não sabia mais o que fazer para me fazer simpática a Tobias. Não fosse por Juliano, acho que ele teria percebido o meu desagrado.

— Seu pai não devia ter concordado com essa reunião — censurou Eva. — Ainda mais na sua casa.

— Foi ideia de Juliano, conciliador como sempre.

— Seu marido é um bom homem — elogiou Celso. — Devia agradecer à vida por ele ser assim.

— Eu agradeço. Todos os dias.

— Papai! — exclamou Denise, aproximando-se. — Lamento não tê-los esperado, mas tive que ajudar Alícia com os preparativos de nossa pequena reunião, embora eu não esteja bem certa se essa foi realmente uma boa ideia.

— Por que diz isso, minha filha? — questionou Celso.

— Bom, parece que paira um mistério no ar. Todo mundo está com cara de espanto. Tobias não quer demonstrar, mas sei que está preocupado. Alícia tenta disfarçar, mas está com cara de poucos amigos. Juliano parece se virar como pode, para manter a conversa em um nível sociável, e agora, mamãe, parece que você está prestes a explodir.

— E estou — confirmou ela.

— Por quê? O que foi que houve?

— Acalme-se, Eva — pediu Celso. — Deixe-me explicar.

— Não venha me repreender como se eu fosse criança ou caduca — Havia muita raiva em seu olhar, tanta que ela não conseguiu se conter: — Você sabe muito bem por que estou prestes a explodir. Você sabe, Celso. E você também, Tobias!

— Tenha calma, mamãe — interveio Alícia. — Deixe papai explicar. Quero ouvir o que ele e Tobias têm a dizer sobre tudo isso.

— Pelo visto, a única que não sabe de nada aqui sou eu — observou Denise. — Posso saber o que está acontecendo entre vocês?

— Pergunte a ele — Eva apontou Tobias com o queixo. — Tenho certeza de que ele adorará explicar tudo a você.

— Explicar o quê? Pelo amor de Deus, gente, dá para vocês me contarem? Vocês estão me assustando. Parece até que mataram alguém.

Sem dar tempo a ninguém de preparar uma resposta, Eva se adiantou, atropelando as palavras sem ocultar o ódio:

— Exatamente, minha filha. Foi exatamente isso que ele fez. Tobias matou sua irmã!

— O quê? — Denise indignou-se. — Que história é essa? Pai, o que está acontecendo? Que irmã?

— As coisas não são bem assim como sua mãe está dizendo — Celso tentou contemporizar.

— Que coisas? Tobias, do que é que eles estão falando? Alguém quer, por favor, me contar a verdade?

— Eu vou contar — garantiu Tobias.

— Acho bom mesmo — falou Alícia. — Ou vou ler a reportagem que encontrei para todos.

— Que reportagem? — era Denise. — Sério, gente não aguento mais. Se querem fazer mistério, façam sozinhos. Vou embora.

— Não — objetou Tobias, segurando-a pelo braço. — Fique. É importante.

— Por que não deixa que eu faço isso? — pediu Celso. — Afinal, foi a minha filha quem morreu.

Sob o olhar curioso de Denise e o acusador de Alícia, Celso contou tudo, desde sua dificuldade de gerar filhos, passando pela fertilização *in vitro* até a separação das gêmeas, realizada pelas mãos de Tobias.

— Essa é uma história e tanto... — balbuciou Denise, perplexa. — Por que nunca nos contaram isso antes?

— Porque vocês eram crianças, não iriam entender.

— E porque preferiram nos enganar — rebateu Alícia, um tanto quanto magoada.

— Você sabe que isso não é verdade — objetou Celso.

— Por que está aborrecida, Alícia? — retrucou Denise. — Essa história faz parte do passado, não foi culpa de ninguém. Entendo sua frustração, mas você devia deixar isso para lá.

A reação de Denise causou espanto em todos os presentes. Em alguns, de forma significativamente positiva, ao passo que, em outros, de um jeito indisfarçavelmente incrédulo.

— Concordo com Denise — acrescentou Juliano, satisfeito por ter encontrado uma aliada. — Eu mesmo venho dizendo isso a ela. O que aconteceu, ninguém pode desfazer. O que importa é daqui para a frente.

— É muito fácil falar quando não se é parte do problema — contrapôs Alícia.

— Mas eu sou parte do problema, sim — tornou Denise. — Bruna podia ser sua gêmea, mas também era minha irmã.

— É, mas não foi graças à morte dela que você sobreviveu.

— Por que se sente culpada por algo que aconteceu quando você ainda era bebê? Você sobreviveu porque tinha que ser assim.

— Eu não me sinto culpada! — exasperou-se.

— Por favor, meninas, procurem manter a calma — implorou Celso. — Vocês nunca brigaram antes. Não vão fazer isso agora, vão?

— Não... Claro que não... — balbuciou Alícia, transtornada.

— Mas é que Denise está defendendo Tobias como se ele não tivesse feito nada de errado.

— Não quero brigar com ninguém — continuou Denise. — Mas Tobias, realmente, não fez nada de errado. Não foi culpa dele se a cirurgia não deu certo. E francamente, pessoal, não vejo nenhuma utilidade prática em ficarmos discutindo isso. Vocês deviam ter nos contado? Deviam. Se não o fizeram, tinham lá os seus motivos. Não vou ficar aqui questionando quais são, porque já não interessa mais. É passado.

— Fácil falar...

Alícia nem conseguiu terminar a frase. Um estrépito inesperado fez todos se sobressaltarem. Eva havia atirado uma taça de vinho ao chão, que se espatifou em vários pedacinhos de cristal, tingindo o piso branco de vermelho.

— Vocês não têm o direito de discutir a minha vida! — esbravejou. — Bruna era minha filha tanto quanto Alícia e Denise. Uma mãe não se esquece! Eu não quero esquecer. Você pode até se casar com Tobias, Denise, mesmo contra a minha vontade, mas não pense que o trará para nossas vidas. Isso, não! Morro antes de partilhar com ele a minha família!

Foi um espanto geral. Eva saiu derrubando cadeiras, para surpresa de Celso, que nunca a havia visto daquele jeito. Sem dizer nada, correu atrás dela. Os que permaneceram ficaram mudos de assombro. Ninguém sabia o que dizer. Somente seus olhares se cruzavam, revelando sentimentos confusos e contraditórios. Alícia não ocultava a raiva. Juliano demonstrava preocupação. Tobias abaixou a cabeça, na atitude típica de quem se sente culpado. Apenas Denise parecia manter a calma. Na verdade, não compreendia por que tanto drama. Não via sentido em ficar remoendo uma dor do passado, a não ser que a pessoa gostasse de sentir dor.

— Acho melhor irmos também — anunciou Denise, puxando Tobias pela mão.

— Tudo bem — concordou Alícia.

Denise beijou Alícia no rosto e afirmou, olhando fixamente em seus olhos:

— Não se esqueça de que você é minha irmã e que, haja o que houver, sempre vou amar você.

— Eu sei — disse Alícia, emocionada. — Também amo você.

Amava, mas não aguentava mais a presença de Tobias.

CAPÍTULO 23

De frente para o espelho, Jaqueline tocou o hematoma em seu rosto o mais delicadamente que pôde, a fim de experimentar se ainda havia dor. Apesar de não doer mais, a marca continuava bem visível. Ela esfregou um pouco mais de base, até que o arroxeado se igualasse ao tom de sua pele.

O reflexo de Maurício surgiu por detrás dela, olhando-a com um misto de piedade e censura.

— Vai encontrar aquele homem de novo? — indagou ele.

Ela se virou lentamente, tentando disfarçar a tristeza. Estendeu os braços para o irmão e, assim que ele se aconchegou a eles, tranquilizou:

— Vou sim. Mas não precisa se preocupar. Nada de mau vai me acontecer.

— Não acredito. Da última vez, você ficou toda machucada. Ele fez igualzinho ao Dimas.

— Não vai acontecer de novo, está bem? — ela tentou convencê-lo, assombrada pela lembrança do padrasto.

Ele deu de ombros. Não acreditava nela, mas não sabia o que dizer.

— Até quando vamos viver esta vida? — tornou, com lágrimas nos olhos.

A pergunta doeu no coração de Jaqueline. Maurício merecia coisa melhor do que aquela vida miserável que ela tinha a oferecer. Mas o que poderia fazer? Dá-lo para adoção? E quem garantia que ele seria adotado, e mais, por alguém que realmente se importasse? Sem contar que jamais poderia abrir mão dele, assim como ele não sobreviveria sem ela.

— Eu não sei — ela engoliu em seco. — Estou fazendo de tudo para conseguir uma vida melhor.

— Ser garota de programa não é uma vida melhor.

— Eu sei — concordou ela, grata por ele não dizer: prostituta. — Mas foi o que consegui por enquanto.

— Você é inteligente. Podia arranjar um emprego.

— Esqueceu-se de que, provavelmente, sou procurada pela polícia?

Ao dizer isso, levantou os olhos para a janela ao lado, temendo ver o espectro de Dimas novamente. Para seu alívio, ele não estava lá.

— Posso trabalhar — sugeriu ele. — Conheço uns caras que vendem bala no sinal. Ou posso aprender a fazer aqueles malabarismos com laranjas.

— Nem pensar, Maurício! Você ainda é muito jovem.

— Quero ajudar.

— Você me ajuda frequentando a escola e se esforçando para ter um bom futuro.

— Se tiver um bom futuro, posso tirar a gente daqui?

Ela o encarou com ternura. O irmão era tudo por que valia a pena viver ou lutar. Estreitou-o com força, quase sufocando-o, mas ele não se queixou.

— Acho que é a única maneira — respondeu ela, sonhadora. — Mas não quero que se preocupe comigo. Estude para ser um homem decente, honesto, de bem. Arranje um bom emprego e viva sua vida com a dignidade que eu não posso ter.

— Não fale assim, Jaque. Você tem dignidade. Não é culpa sua se Dimas nos atacou. Também não é culpa sua se nossa mãe não gostava de você.

— Deixe isso para lá — pediu, com pesar. — Não gosto de relembrar esses fatos.

— Eu sei. Mas prometo, mana. Prometo que, se eu conseguir um bom emprego, vou tirar você dessa vida. Ninguém nunca mais vai tocar em você. Eu juro.

Jaqueline pensou que seria impossível amar alguém mais do que ela amava o irmão. Abraçou-o novamente, sentindo os bracinhos dele ao redor de seu pescoço, pensando que gostaria de morrer assim, em um momento de pura emoção.

Batidas suaves na porta a trouxeram de volta à realidade de que ainda tinha muito que viver. A morte podia esperar. Ela beijou o irmão, que se levantou de seu colo e foi, ele mesmo abrir a porta.

— Oi, Maurício — cumprimentou Cézar, não sem antes perceber o ar de contrariedade do menino. — Tudo bem?

— Se você vai levar minha irmã para aquele cara, não pode estar nada bem.

A resposta seca o deixou desconcertado. Cézar olhou de Maurício para Jaqueline, esperando uma intervenção, mas ela não fez nada. Levantou-se, passou batom, apanhou a bolsa e, após dar um beijo na cabeça do irmão, disse a Cézar, com frieza:

— Estou pronta.

Seguiram em silêncio até o carro. Cézar abriu a porta para ela, que se sentou calmamente, tentando aparentar confiança.

— Está tudo bem? — ela assentiu. — Você não disse nada. Nem me cumprimentou.

— O que quer que eu diga, exatamente? Que é um prazer rever o homem que vai me conduzir ao meu algoz?

Ele desviou os olhos, envergonhado, fitando a rua como se realmente lhe prestasse uma atenção além da necessária para não causar um acidente.

— Eu sinto muito — foi o que conseguiu dizer.

— Eu também.

Subitamente, ele deu uma freada. Por sorte, não vinha ninguém atrás.

— Por que não desiste disso tudo? — aconselhou, realmente querendo levá-la de volta. — Você não precisa se sujeitar a

Lafayete. Não é propriedade dele. Pode, simplesmente, não aparecer.

— Posso. Mas e depois? E meu irmão, como fica?

— Seu irmão vai continuar estudando.

— Onde? Numa escola ruim, sem nenhuma chance de passar para uma boa faculdade?

— Ele não tem uma bolsa de estudos?

— Tem, mas quem garante que conseguirei mantê-la? Lafayete é o único que tem condições de assegurar o seu futuro. Você sabe que, sem estudo, não se chega a lugar algum. Veja eu, por exemplo, até onde cheguei.

— Você concluiu o ensino médio, não foi?

— Foi.

— Então, podia arranjar um emprego.

— Você está parecendo meu irmão. Ambos se esqueceram de que a polícia deve estar atrás de mim.

— Vou apurar essa história para você — ele se esticou para apanhar um bloco e caneta no porta-luvas. — Escreva aí seu nome completo, data de nascimento, filiação, identidade e os dados de seu padrasto. Se houver algum inquérito ou ação contra você, vou descobrir.

— Como?

— Na internet, no site da Polícia Civil e do Tribunal de Justiça do Espírito Santo. Também tenho conhecidos por lá, advogados que conheço em congressos e que acabam se tornando amigos do Facebook.

Uma esperança luziu no peito de Jaqueline. E se, por um absurdo qualquer, o corpo de Dimas ainda não houvesse sido encontrado? Não, isso era impossível. O mau cheiro, com certeza, teria atraído a atenção dos vizinhos.

— E se houver?

— Veremos.

Era uma esperança remota mas, ainda assim, uma esperança. Podia também ser uma certeza: a certeza de que fora, oficialmente, declarada uma criminosa, apesar de ainda não ter sido julgada. O medo atiçou seu coração, que disparou descontrolado. Agora, não sabia se queria descobrir.

— Tenho visto o espírito do Dimas — sussurrou ela, com medo.

— Espírito?

— É. Por quê? Não acredita?

— Acredito — respondeu vagamente. — Mas não sei se acredito.

— Não entendi. Acredita ou não?

— Acredito em espíritos, mas não sei se eles ficam por aí se exibindo para os vivos.

— Se há espíritos, por que não podemos vê-los?

— Não sei.

Chegaram, finalmente, à mansão de Lafayete. As luzes estavam acesas, muito embora não se vislumbrasse nenhum sinal de vida. Por alguns instantes, limitaram-se a fitar a casa iluminada; Jaqueline hesitando em sair e Cézar evitando deixá-la. Após alguns segundos, ela o encarou. Havia lágrimas em seus olhos que os tornavam tão brilhantes quanto as próprias luzes que irradiavam das janelas.

— Não tenha medo — ele a encorajou.

— Como posso não ter medo? Ainda sinto no rosto o resultado de meu primeiro encontro com o doutor.

— Lafayete não vai fazer mais isso. Ele prometeu...

Antes que ele terminasse a frase, Jaqueline tomou uma atitude impensada. Mais do que impensada, imprudente. Atirando-se em seus braços, beijou-o com ardor. Cézar não reagiu. Na verdade, não fez nada além de corresponder de uma maneira fria e mecânica. Notando que ele não se envolvia no beijo, Jaqueline afastou-se dele, indagando com frustração:

— Você não me quer?

Durante algum tempo, ele permaneceu olhando a noite escura, vestido com uma indecifrável máscara de gelo. Até que olhou para ela e respondeu com uma certa indiferença:

— Não. Gosto de você, mas não a quero. Sou apenas seu amigo.

— Você é um covarde — reagiu, com raiva e frustração.

Ele não contestou. Debruçando o corpo por cima do dela, abriu a porta do carona para ela sair.

— Vai dar tudo certo — foi só o que disse.

Engolindo a mágoa, Jaqueline saltou do carro. Limpou o borrado do batom, cobrindo os lábios com uma nova camada do cosmético. Sem olhar para trás, tocou a campainha. O portão se abriu após alguns minutos, fechando-se em seguida, fazendo parecer que Jaqueline se perdia para sempre.

CAPÍTULO 24

Em seu gabinete particular, Lafayete relembrava os momentos de prazer que passara com sua mais nova aquisição. Jaqueline era uma moça linda e muito bem treinada para satisfazer todos os caprichos de um homem. Estivera com ela na noite anterior, quando lhe pareceu, particularmente, mais ardorosa. Talvez estivesse começando a gostar dele, talvez se esmerasse para ganhar um bom dinheiro. De qualquer forma, deixara-o satisfeito, apesar de ele precisar se conter para não permitir extravasar seu sadismo. Não resistira a uns tapas e beliscões, mas nada muito doloroso ou que deixasse marcas.

A entrada repentina de Sofia o fez desviar-se do êxtase das lembranças. Ela lhe pareceu ridícula, toda empetecada, como se estivesse pronta para um baile de debutantes. O vestido cor de salmão, com pequenos babados brancos, dava-lhe um ar de donzela velha, realçado pela sombra rosa que passara nas pálpebras e pelo vermelho sangue do batom.

— Está ocupado? — perguntou ela, sentando-se na mesa, diante dele.

O escorregar proposital do vestido, deixando à mostra um par de coxas flácidas, causou-lhe uma certa repulsa. Outros, no seu lugar, admiravam as formas maduras das esposas, exaltando-lhes a beleza bem conservada, o corpo ainda elegante, as rugas que davam a elas um ar de imponência e sabedoria. Para ele, tudo aquilo não passava de desculpa que os amigos encontravam para justificar a velhice das esposas.

Só que ele não apreciava a maturidade. Gostava mesmo era da juventude, da rigidez de um corpo sem marcas, sem estrias nem celulites, do frescor dos lábios carnudos das meninas. O fato de Sofia fingir-se de mocinha só fazia acentuar sua repugnância, ainda mais no dia posterior ao que se fartara com Jaqueline.

— O que você quer?

Ele procurou disfarçar, pousando a mão, displicentemente, no joelho dela. Sentiu um arrepio não de prazer, mas de nojo. A mulher parecia uma boneca de pano malcosturada.

— Pensei se você não gostaria de almoçar comigo hoje, só nós dois, num lugar especial.

— Que lugar especial?

— Reservei a suíte presidencial de um hotel de luxo.

— Você o quê? — ele quase a jogou da mesa, tamanho o salto que deu da cadeira. — Ficou louca? Você não pode sair por aí gastando o meu dinheiro à toa desse jeito! O que os eleitores vão pensar?

— Os eleitores não sabem da nossa vida. E não gastei dinheiro à toa. Investi em nós dois, só isso.

— Que absurdo, Sofia! Cancele essa reserva imediatamente!

— Agora não dá mais. Se não aparecermos, perderemos o dinheiro.

O olhar de Lafayete foi tão fulminante que, por pouco, Sofia não caiu eletrocutada. Ela não podia ver, mas fagulhas de ódio saíam não apenas de seus olhos, mas de todo o seu corpo emocional, atingindo-a em cheio por todos os lados. Uma forma-pensamento horrível se atirou sobre ela, penetrando em seu campo áurico graças à raiva que crescia dentro dela, pois a reação do marido fora justamente oposta à que ela esperava. Somadas as raivas, o resultado não podia ser bom.

— Não posso ir — afirmou rudemente. — Tenho mais o que fazer.

— Pensei que você quisesse viver aventuras diferentes comigo.

— Isso não é nenhuma aventura. É idiotice, desperdício de dinheiro e falta de ocupação.

— Nós não vamos? — perguntou ela, mordendo os lábios de tanto ódio.

— Não.

— Mas vamos perder o dinheiro! Eles foram bem claros em frisar que não há devolução.

— Vire-se. Vá sozinha ou leve o Fábio com você.

Furioso, Lafayete saiu batendo a porta, deixando a mulher sozinha, tremendo com igual furor. Como ele se atrevia a mandá-la para um hotel em companhia de outro homem? Era o máximo do desrespeito e do pouco caso. O ódio que sentiu naquele momento foi tão grande que ela pensou que fosse explodir. Ele a jogava para outro por causa de uma prostituta!

Sofia ainda retinha na memória a fotografia da vagabunda com quem ele se deitara na noite anterior. Fábio seguira o carro do marido até uma mansão no Joá onde, pouco depois, a mulher chegou, acompanhada de Cézar. Mesmo na escuridão, Fábio conseguira fotografá-la, quando ela parou embaixo da lâmpada do portão. Era bonita e jovem, tudo o que Sofia não era.

Pouco depois da saída do marido, Fábio entrou no gabinete. Ver Sofia naquele estado deplorável fez estremecer seu coração, levando-o a sentir vontade de tomá-la nos braços e protegê-la para sempre.

— O que foi que houve? — perguntou. — Por que o doutor saiu daqui daquele jeito?

— Não deu certo, Fábio. Ele se recusou a ir ao hotel comigo. E ainda sugeriu que eu levasse você.

Ela estava em lágrimas, e ele, boquiaberto, perplexo. Por um instante, Fábio pensou que ela fosse atirar-se em seus braços, mas não foi o que aconteceu. Sofia passou por ele toda trêmula, esfregando as mãos de nervosismo.

— O que você quer que eu faça, Sofia? Quer que eu dê um jeito na garota?

— Não. Isso não basta. O que eu preciso é reconquistá-lo.

As palavras dela doeram em seu coração. Fábio sabia que não tinha chance alguma com a mulher de um deputado, mas não podia deixar de amá-la. Tentava ocultar-lhe seu segredo, embora reconhecesse que não o fazia satisfatoriamente. Ele vivia a desenhá-la, e ela sabia.

Lafayete chamou Cézar e saiu de carro. O que tinha para lhe falar não podia ser ouvido por mais ninguém além dele e de Jonas, em quem confiava cegamente.

— Aconteceu alguma coisa? — questionou Cézar, notando a grande contrariedade de Lafayete.

— Ainda não, mas precisa acontecer.

— O quê?

— Preciso me livrar de Sofia. Ela se transformou num estorvo que não dá mais para controlar ou suportar.

— Está pensando em pedir o divórcio?

— É claro que não, estúpido! Um homem na minha posição não pode se dar ao luxo de ser divorciado.

— Então o quê? Pretende mandá-la em uma viagem sem volta pela Europa? — ele não respondeu com palavras, mas com o olhar irritado da impaciência.

— Não vai me dizer que você... — Cézar levou a mão à boca, calando-se, temeroso — que você... pretende matá-la...

Mais uma vez, Lafayete não respondeu. Nem precisou. Em suas feições se lia que era esse o plano, o que levou Cézar a soltar um grito de espanto.

— Você só pode estar brincando! — duvidou Cézar. — Não teria essa coragem.

— Pessoalmente, não. Não pretendo sujar minhas mãos.

— Isso é loucura, Lafayete! Você não é assassino.

— É por isso que você vai ficar encarregado de encontrar o assassino para mim.

— O quê?

— É isso mesmo que você ouviu. Quero que você ache alguém que faça o serviço.

— Ficou doido? Não quero participação nenhuma nessa história.

— Você me deve, trabalha para mim, faz o que eu mando.

— Isso é demais. Extrapola qualquer dívida que possa ter com você.

— Está se recusando a me ajudar?

— Estou. E, francamente, Lafayete, não sei se vou permitir que você faça uma coisa dessas.

— Posso saber como pretende me impedir? Por acaso vai me delatar à polícia?

— É claro que não.

— Ainda bem. Você tem muito a perder, se fizer isso.

— Não se trata de polícia, mas da vida da sua mulher. Pelo amor de Deus, homem, pense bem!

— Eu já sabia que você é um covarde.

— Não sou covarde. Só não quero ser cúmplice num homicídio.

Pelo espelho retrovisor, Lafayete trocou olhares com Jonas, o motorista, e silenciou. Estava claro que não podia contar com Cézar. A lealdade de seu assessor não ia tão longe quanto ele imaginava, a despeito de todas as armas que possuía contra ele. Não podia contar com Cézar nem confiar no seu silêncio.

— Você tem razão — mentiu Lafayete, fazendo cara de arrependimento. — Não sei onde estava com a cabeça para pensar numa loucura dessa. Eu, hein! Agora veja se eu falei sério. Foi só uma explosão do momento, por causa das maluquices de Sofia. Ela agora deu para me reconquistar e fez uma grande besteira. Imagine se o meu eleitorado me vê desperdiçando dinheiro em uma suíte de luxo de um hotel em minha própria cidade! Coisas de Sofia, que tem a cabeça oca. Eu não devia me irritar com essas bobagens da minha mulher, mas não aguentei. Bem, deixe para lá. Vamos aos negócios.

Seguiu-se um silêncio constrangedor. Fingindo-se concentrado nos documentos que retirou da valise, Lafayete não olhou mais para Cézar. Este, por sua vez, remoía as palavras do deputado, pesando as verdades e as ameaças nelas contidas.

Daquele dia em diante, Lafayete não tocou mais no assunto. Ao menos, não com Cézar. Mas assim que se viu livre da companhia do assessor, bateu no ombro de Jonas e disse, sem esperar que ele se virasse.

— Agora é com você.

O motorista, calado como sempre, apenas assentiu. Cumprir as ordens de seu patrão era o que lhe dava mais prazer e, ao contrário de Cézar, não iria falhar.

CAPÍTULO 25

Os pensamentos de Jaqueline giravam todos em torno de Cézar. A sensação dos lábios dele colados aos seus ainda permanecia viva e quente, apesar da frieza com que ele a tratara. Mesmo sem querer admitir, sabia que estava apaixonada por ele, o que era um erro e um risco, não apenas porque Lafayete jamais permitiria que ela se envolvesse com seu assessor e irmão, mas porque Cézar parecia não corresponder a seus sentimentos.

Com a mente transbordando da imagem de Cézar, ela saiu. Precisava ir ao mercado fazer umas compras. Maurício merecia que ela gastasse o dinheiro ganho do doutor para lhe dar um pouco de prazer, coisa que ele nunca tinha.

— Vou comprar-lhe um chocolate — pensou alto, assim que atravessou a portaria do prédio.

— Deu para falar sozinha agora, é? — soou uma voz a seu lado.

Ela se virou, tendo a desagradável surpresa de dar de cara com Lampião. Há muito não o via nem sabia dele.

— O que está fazendo aqui? — indagou, com desagrado.

— Nada. Estava só passando.

Ele deu um passo na direção dela, e Jaqueline recuou dois.

— O que quer? — tornou, receosa.

— Nada, já disse. Por que está com medo de mim?

— Não estou.

— Não? Parece.

— Então, dê-me licença. Preciso passar.

— É claro, gata.

Quando ela passou, Lampião segurou o seu braço, obrigando-a a voltar o rosto para ele.

— Não gosto que fujam de mim — grunhiu.

— Solte-me.

— Você agora pensa que está com o rei na barriga, só porque virou protegida de um deputado.

Ela puxou o braço com força, retrucando cheia de raiva:

— Um deputado que lhe paga um ótimo preço para você se manter afastado de mim.

— Nem tão ótimo — ironizou. — Ele pode pagar mais.

— Dê um tempo, Lampião. Chantagem não é uma boa ideia. Imagine só, você lutando contra um político influente. Quem você acha que vai ganhar?

Sem esperar resposta, Jaqueline rodou nos calcanhares e saiu apressada, deixando Lampião parado na calçada, fitando-a com olhar esquisito. Aquele olhar carregava uma mensagem que ela não soube decifrar. Seria possível que Lampião estivesse pensando em chantagear o deputado? Era um risco muito grande e não fazia o gênero dele. Não era assim que costumava trabalhar. Lampião nunca se metia com gente poderosa; sabia que era quem mais tinha a perder.

Resolveu não pensar mais naquilo. Não era problema dela. Se Lampião queria arriscar a vida ameaçando Lafayete, o problema era dele. Concentrou-se no que realmente importava, que, naquele momento, eram as compras que faria no supermercado: carne, queijo, arroz, feijão, batata, legumes e muitas frutas. Talvez até fizesse um bolo de laranja, que era o de que Maurício mais gostava. Sem contar o chocolate e um refrigerante, e suco de uva, e biscoito, e um xampu decente, e...

A lista mentalmente elaborada foi bruscamente interrompida pela visão fantasmagórica do outro lado da rua. Jaqueline estacou, aterrada, quando o espectro encontrou seus olhos. Dimas estava parado, imóvel, fitando-a com ar maléfico, tão próximo que bastavam apenas alguns passos para tocá-lo, não fosse o movimento de carros circulando pela rua estreita. De repente, ele sumiu. Ela fechara os olhos por apenas um segundo e, quando tornara a abri-los, ele não estava mais lá. A assombração se esvanecera. Jaqueline olhou de um lado a outro, sabendo que não tornaria a vê-la.

Fez as compras em silêncio, presa do mau agouro causado pela visão do espírito desassossegado de Dimas. Talvez fosse boa ideia procurar um centro espírita, mas o medo de que, de alguma forma, Dimas revelasse a alguém o motivo de sua morte, fez com que ela desistisse. Não entendia nada de espiritismo, mas já ouvira falar de espíritos que revelavam coisas ocultas, que ninguém sabia, e que depois se provavam reais. Não. Decididamente, precisava lidar com Dimas sozinha. Quem sabe uma missa na igreja? Ao menos lá, tinha certeza de que ele não a delataria.

Quando se aproximou mais do prédio, seu coração acelerou. Aquele era o dia dos encontros inesperados. De longe, reconheceu a silhueta esguia e elegante do homem encostado na parede do sobrado. Um brilho intenso ofuscou seus olhos, que reviravam de contentamento. Depois da abordagem de Lampião e da visão agourenta do espírito de Dimas, nada melhor do que a presença física e agradável de Cézar.

— Oi — cumprimentou ela, parando diante dele.

— Bom dia, Jaqueline — respondeu ele formalmente, apanhando as sacolas de compras das mãos dela. — Vamos subir? Preciso falar com você.

Jaqueline saltou os degraus da escada no mesmo ritmo em que seu coração pulava dentro do peito. Queria beijá-lo novamente, provocá-lo até que ele confessasse que também estava apaixonado por ela. A frieza dele, porém, mais do que se repetir, se acentuou. Cézar olhou para ela, impassível como uma geleira. Dava até para sentir o hálito frio que exalava de suas palavras.

— O doutor já voltou de Brasília? — perguntou ela, sem graça diante da indiferença dele. — Quer me ver vestida de vermelho ou pode ser de preto desta vez?

— Voltou, mas não foi por isso que vim. Ele acha que você não devia mais viver nesse lugar. Mandou-me colocá-la em um de seus muitos apartamentos, em Vila Isabel. Já está tudo pronto para você se mudar. Vim ajudá-la com a mudança.

— Mudança? — surpreendeu-se, esquecendo-se de suas ironias. — Não acredito! Vamos mesmo sair daqui?

— Vão. E agora.

— Eu não acredito! — repetiu. — Será mesmo verdade que meu maior sonho se realizou? Vou mesmo deixar esse cortiço?

— Vai. E agora corra, vá arrumar suas malas.

— Que malas? Não tenho nada para levar comigo além de uns poucos pertences pessoais. Posso arrumar tudo em alguns instantes. E Maurício também tem pouca coisa. Não vou demorar nadinha para ajeitar tudo.

— Vou esperar. Foi para isso que vim.

— Fiz compras para o almoço, mas isso pode esperar. Quem sabe já não cozinharei na casa nova?

— Quem sabe? — devolveu ele, feliz com o entusiasmo dela.

— E esse apartamento? — ela quis saber. — Foi Lampião quem alugou para mim?

— Esqueça Lampião. De hoje em diante, ele não faz mais parte da sua vida. O doutor lhe deu uma significativa importância para que ele não a incomode nunca mais.

Ela limitou-se a assentir. Arrumou seus pertences rapidamente, inclusive, os de Maurício. Mal conseguia conter a euforia. Só de pensar em morar num lugar decente, não importava de que classe social, a fazia tremer de felicidade. Assim que Maurício chegou da escola, sem perder tempo, partiram para Vila Isabel.

O deslumbre de Jaqueline e Maurício ao verem a nova residência fez Cézar esquecer de sua frieza. O apartamento era uma cobertura de 190 metros quadrados, com duas suítes e uma piscina, localizado numa área nobre do tradicional bairro da zona norte.

— Nunca vi nada mais bonito! — encantou-se Jaqueline. — Parece até coisa de cinema.

— Nem tanto — retrucou Cézar, ainda com o celular na mão. — É uma boa cobertura, e o bairro é de classe média, mas perigoso. Tenham cuidado ao sair à noite.

— Posso conhecer a escola de samba?

— Quando tiver ensaio, talvez a leve lá.

Nesse momento, Maurício entrou correndo na sala:

— Mana! Mana! — chamou. — Venha ver os quartos. Tem até banheiro dentro!

— São duas suítes — esclareceu Cézar. — Uma foi preparada para ela, e outra, para você.

— A minha é a que tem o papel de parede do espaço, não é? — ele assentiu. — E tem até uma televisão gigante só para mim!

Jaqueline seguiu Cézar até as duas suítes, cada vez mais deslumbrada com o que via, certa de que valia o sacrifício que estava fazendo. A alegria de morar num lugar decente afastou de suas lembranças o sadismo de Lafayete. Por um momento, pensou mesmo que ele não existia, e que aquele apartamento maravilhoso era fruto de um trabalho honesto.

— Onde fica a cozinha? — ela quis saber. — Uma ocasião como essa merece um almoço especial.

Seguiram juntos até a cozinha, onde Jaqueline depositou as sacolas ainda com as compras que fizera mais cedo no supermercado.

— Você vai almoçar com a gente? — Maurício perguntou a Cézar.

— Se sua irmã me convidar...

— É claro que está convidado.

E como poderia não estar?, ela pensou. Tudo o que mais queria era uma vida como aquela, ao lado do irmão e do homem que amava. Ainda que Cézar não pensasse a mesma coisa, fazia-lhe bem estar em companhia dele. Durante aqueles momentos, podia fingir que eram uma família completa e feliz.

Enquanto o arroz e o feijão cozinhavam, Jaqueline desfez a pequena mala com seus parcos pertences. Em poucos minutos, arrumou tudo no armário, pendurando, no compartimento próprio, os vestidos de luxo comprados para satisfação do deputado.

O almoço foi servido no terraço, ao lado da piscina. Um luxo que, tanto Jaqueline quanto Maurício, jamais haviam imaginado existir. Ela estava tão feliz que Cézar relutava em dar-lhe a notícia de que, no dia seguinte, teria que deixar o conforto do lar recém-inaugurado para satisfazer as taras de Lafayete.

— Estava uma delícia — elogiou ele, limpando a boca com o guardanapo. — Você é uma excelente cozinheira.

— Jaqueline já pode casar — comentou Maurício, de forma inocente. — Por que não se casa com ela, Cézar?

— Deixe de bobagem, Maurício — repreendeu Jaqueline, embora a ideia lhe agradasse. — Você nem sabe se Cézar tem namorada.

— Tem? — questionou o menino, olhando para ele com ansiedade.

— Não — Cézar respondeu, pouco à vontade. — Mas minha relação com sua irmã é apenas profissional.

A resposta feriu Jaqueline profundamente, mas ela não protestou. Do que podia reclamar se, no fundo, era aquilo mesmo?

— Pare de constranger o Cézar — censurou ela. — Ele tem a vida dele.

Maurício não insistiu, e Cézar sentiu-se grato pela interferência de Jaqueline.

— Por que não vai brincar em seu quarto novo, enquanto sua irmã e eu lavamos a louça? — sugeriu Cézar.

— Vocês querem conversar, não é?

Ante a aquiescência de Cézar, Maurício foi para o quarto. Estava inebriado com sua nova televisão de LED, com TV a cabo e internet. Depois que ele saiu, Cézar ajudou Jaqueline a tirar a mesa, lavar e enxugar a louça.

— Satisfeita? — questionou ele.

— Muito. Me fez até esquecer que o doutor Lafayete é algo bem próximo de um monstro.

— Essa é uma coisa que você nunca deveria esquecer. O que ele faz, faz por motivos egoísticos. Esse apartamento não é seu, por isso, ele vai mantê-la aqui enquanto for de seu interesse.

— Sei disso, não precisa me lembrar. Mas, enquanto eu servir ao doutor, vou aproveitar tudo o que ele tem a oferecer. E mesmo que esse apartamento não seja meu, está agora à minha disposição. Se Lafayete tem interesse em me manter por perto, também tenho interesse em usar o dinheiro dele para ter um pouco de dignidade e assegurar o futuro do meu irmão.

— Falando em doutor — ele aproveitou a deixa —, ele quer vê-la esta noite.

— Tudo bem.

— Deu-me instruções específicas para o seu vestuário. Vamos sair e comprar o que ele pediu. E ele também quer que você faça uma tatuagem.

— Tatuagem?

— Apenas um sinal, nada mais. É um dos caprichos dele: mulheres com uma pinta no canto da boca.

— Era só o que me faltava — queixou-se ela. — Não gosto de tatuagem. Vai ser um péssimo exemplo para Maurício.

— Um pequeno sinal nem vai parecer tatuagem, mas um sinal de nascença.

— Não posso fazer com o lápis?

— Ele falou tatuagem...

— Vou fazer com o lápis. Ele nem vai notar a diferença.

— Vai, sim. Lafayete percebe tudo.

— Mas eu não quero fazer tatuagem alguma. Não tenho nada contra quem faz, mas não é o meu estilo e ponto final.

Apesar do medo das consequências que a rebeldia dela podia trazer, Cézar não disse nada. Queria evitar maiores discussões.

— Você é quem sabe — arrematou. — Mas eu avisei.

Lafayete gostava de cuidar de assuntos pessoais dentro do carro. Era um ótimo gabinete, seguro, silencioso, discreto. O único que presenciava todos os negócios de que ali tratava era o motorista, inclusive aqueles poucos dos quais Cézar não participava. Jonas era tão leal quanto um cãozinho adestrado, e silencioso como uma pedra, que não emite som nem quando vergastada pelo vento.

Tamanha lealdade tinha um motivo: Na época em que era policial militar, Jonas fazia segurança na casa de Lafayete, a fim de engordar o orçamento. Certo dia, durante uma batida na favela, após render um traficante, desfechou dois tiros à queima-roupa no sujeito, fato testemunhado por uma moradora. Desesperado, Jonas procurou Lafayete, que pagou pelo silêncio da moça. Ficou o dito pelo não dito. Jonas foi absolvido, mas expulso da corporação. Desse dia em diante, assumiu o cargo de motorista particular de Lafayete, cuidando de seus negócios mais sujos e obscuros.

O homem que Jonas contratara para ele aguardava que Lafayete terminasse as instruções, quando o celular tocou. Após uma rápida olhada no visor, Lafayete fez um sinal para ele e atendeu.

— Ela já está devidamente instalada na cobertura — anunciou Cézar, na outra ponta da linha.

— Ótimo. Ela gostou?

— Está deslumbrada.

— Excelente. Acabei de chegar ao Rio também. Você a avisou de que quero vê-la ainda essa noite?

— Avisei.

— Compre-lhe um vestido deslumbrante, transparente, e envie-a sem nada por baixo. Mande que faça uma maquiagem discreta, e não se esqueça da tatuagem no canto da boca. Quero uma pintinha lá para sempre. Mas só isso, ouviu? Detesto mulher toda tatuada.

— Mais alguma coisa? — tornou secamente.

— Por enquanto, é só.

— Tudo bem. Até mais tarde.

Quando desligou, Lafayete sorriu para o homem sentado a seu lado, mas este não devolveu o sorriso, aguardando até que o doutor desse a conversa por encerrada:

— Muito bem, voltando ao nosso assunto: Quero que seja rápido e indolor. Tem que parecer um acidente.

O homem simplesmente assentiu. Acostumado àquele tipo de serviço, não precisava de muitas instruções. Escolheria algo seguro, sem incidentes nem vestígios, como um desastre de carro ou um assalto. Ninguém teria motivos para desconfiar de Lafayete, que apenas precisaria cumprir seu papel de viúvo desconsolado.

A ideia da viuvez o encheu de desejo por Jaqueline. Embora não a amasse, gostava de sua companhia. Ela era linda, inteligente e submissa. Mal via a hora de encontrar-se com ela naquela noite. Ela seria só dele para sempre. Lafayete sorriu. Estava acostumado a conseguir tudo o que queria.

CAPÍTULO 26

Desde que saíra de Brasília, Lafayete não parava de pensar em Jaqueline. Havia algo de especial naquela moça, algo que não encontrara em nenhuma outra. Não é que fosse amor. Ele estava bem certo de que não era. Sequer se tratava de paixão, mas de um desejo insuflado pelo poder. Ela era tão especial que ele colocara Cézar para cuidar dela, abrindo mão de sua assessoria diária. Ao menos por enquanto. Após a viuvez, como tencionava levar Jaqueline com ele para Brasília, teria seu assessor de volta. Talvez o irmão dela fosse um problema, contudo, já tinha uma ideia de como resolvê-lo. Mandá-lo-ia estudar na Europa, no mesmo colégio para onde mandara seus próprios filhos.

Tudo isso eram planos para o futuro. Precisava se concentrar no agora. E o principal, nesse momento, era se livrar do estorvo em que se transformara a mulher. Para seu desagrado, ela o esperava na porta de casa. Jonas deu a volta com o carro, para deixá-lo bem na entrada, seguindo depois para a garagem.

— Voltou mais cedo essa semana — observou ela, beijando-o nos lábios.

Foi com muito esforço que ele conseguiu conter a repulsa, devolvendo o beijo com uma indiferença tocante. Sofia preferiu fingir que não havia notado, imaginando que ele a beijara com paixão. Para compensar sua frieza, ela o abraçou, beijando-o novamente, dessa vez com mais intensidade.

— Senti saudades — ela falou, quase como se não percebesse que ele se forçava a suportá-la.

— Também senti — mentiu, embora sem nenhuma convicção. Pensar que aquilo, em breve, estaria terminado, foi o que lhe deu ânimo para suportar a repugnância. Tudo estava arranjado, embora ele não soubesse a hora, ou o lugar, ou as circunstâncias em que o episódio ocorreria. Achou que seria melhor não saber, para poder fingir surpresa com mais naturalidade.

Pouco depois, Cézar chegou de carro. Foi um alívio para Lafayete, que o usara como desculpa para se livrar das garras da mulher.

— Tudo bem por aqui? — indagou o deputado, chamando Cézar para seu gabinete.

— Tudo.

Cézar sabia que com *por aqui*, Lafayete se referia a Jaqueline. Conhecia-o havia tempo suficiente para ler em seu olhar as tintas da luxúria. Ele sentia falta dela, ansiava por ela, dormia pensando nela. Tudo para contentar sua insaciável volúpia.

Não foi apenas Cézar que o acompanhou ao gabinete. Sofia também seguia com eles.

— Deseja alguma coisa? — Lafayete perguntou de má vontade. — Preciso cuidar de assuntos profissionais agora.

— Sei disso, querido — retrucou ela, a voz tão melíflua, que o enojou. — Mas antes de você se fechar aqui dentro por horas com o Cézar, quero lhe dizer uma coisa. Tenho ingressos para o teatro Municipal esta noite. Estou lhe avisando a tempo, que é para você não ter desculpas para se atrasar.

— O quê? — ele espumou. — De novo, fazendo planos sem me consultar? Não posso ir, de jeito nenhum.

— Por quê? Cheguei sua agenda. Você não tem compromisso nenhum para hoje à noite.

— Quem foi que lhe deu permissão para fuçar meus compromissos? — questionou com ódio, fitando Cézar cheio de indignação.

Antes que Cézar pudesse dizer: *não fui eu*, ela esclareceu:

— Peguei com a sua secretária, em Brasília.

— O quê? Quem lhe deu o direito...? — calou-se, por pouco não engasgando com o próprio ódio.

— Pensei que seria bom para você — tornou ela, agora em tom quase de desculpa. — Ser visto em público, ao lado da esposa dedicada.

— Saia — foi a resposta seca.

— Não sem antes você me dizer que está satisfeito. Que não está aborrecido e que vai comigo ao teatro.

— Eu estou com cara de quem está satisfeito? Responda: estou?

Ela não sabia o que dizer. Confusa, balançou a cabeça de um lado a outro, sentindo um certo medo da reação do marido. Sabia que ele relutaria um pouco, mas não imaginou que ficaria tão transtornado.

— Lafayete tem uma reunião hoje à noite, Sofia — intercedeu Cézar pacientemente. — Você consultou a agenda dele em Brasília, mas quem cuida dos compromissos dele aqui no Rio sou eu.

— Mas a secretária disse que ele não tinha nada...

— Ela não sabia.

A decepção foi tão grande que Sofia mal conseguiu reagir. Tinha como certo que desfrutaria de uma noite agradável em companhia do marido. Depois do teatro, planejara até um jantar surpresa, à luz de velas, como preliminar da noite de amor que ela havia preparado, com direito a champanhe e lingerie sensual.

Lafayete fingiu não compreender seu olhar de súplica nem sua decepção. Muito menos o seu desespero. Estava tão frio que ela, por pouco, não sentiu o sangue gelar. Seu coração esfriara com ele, bem como o seu entusiasmo, suas esperanças. Não compreendia a mudança súbita, não sabia como proceder.

— Sinto muito — foi só o que conseguiu dizer. — Não queria causar-lhe nenhum transtorno.

A voz hesitante, que as lágrimas faziam tremular, despertou a compaixão de Cézar, mas não a de Lafayete, que permanecia inabalável feito uma pedra de gelo.

— Saia — ordenou novamente, fulminando-a com um raio congelante.

Sem dizer nada, Sofia se foi, derrubando o busto de Getúlio Vargas ao passar. Cézar o apanhou em silêncio, sem saber o que dizer ou fazer. Tudo aquilo fora muito constrangedor, ainda mais porque ele conhecia o motivo da raiva de Lafayete.

— Maldita — sussurrou ele, entredentes. — Mal vejo a hora disso tudo acabar.

— Acabar como?

— Falta pouco — prosseguiu ele, falando mais para si do que para Cézar. — Muito pouco para me ver livre de você para sempre.

— Como assim? Do que é que você está falando, pelo amor de Deus?

Só então o deputado se deu conta de que pensava alto. Fixou o assessor com olhos enigmáticos, deu um sorrisinho sarcástico e respondeu:

— De nada. Vamos trabalhar?

— Não sem antes me responder o que você quis dizer com isso. Não está pensando naquela loucura de matá-la, está?

— Não sei do que você está falando, Cézar. É claro que não pretendo matá-la. Onde já se viu? E agora, vamos ao trabalho. Tenho algum compromisso?

Mesmo desconfiado, Cézar não insistiu. Talvez aquilo não passasse de um delírio de Lafayete. Cézar não negava que ele a quisesse morta, e era esse desejo, provavelmente, que alimentava aquela fantasia mórbida.

— Nada além de Jaqueline, você sabe — ele tentou se concentrar no trabalho. — Fiz como você me pediu, não marquei nada para o fim de semana.

— Ótimo. E fez os preparativos que mandei?

— Sim. Ela só se recusou a fazer a tatuagem.

— Por quê? — Cézar deu de ombros. — Tudo bem. Cuidarei disso depois.

Sofia saiu do gabinete feito um trem desgovernado. Não sabia se o que seu coração mais vibrava era ódio ou tristeza. Ou as duas coisas. Passou pelos criados sem falar com nenhum deles, correndo, desabalada, para o quarto, onde atirou-se na cama para chorar. Pouco depois, apanhou o celular na mesinha e discou o número do segurança particular. Não demorou muito para que Fábio batesse à porta de seu quarto.

— O que foi que houve? — indagou ele, preocupado com o estado em que ela se encontrava. — O que foi que ele fez dessa vez?

— Você não tem o direito de falar assim — censurou ela. — Ele é meu marido.

— Parece que ele se esqueceu disso.

— Não o chamei aqui para ouvir você recriminar o Igor. Preciso da sua ajuda.

— O que você quiser.

— Quanto você já descobriu sobre a nova amante dele?

— É uma prostituta — informou ele, estendendo-lhe mais fotografias de Jaqueline.

Sofia deu a volta no quarto com as fotos nas mãos, digerindo lentamente as palavras de Fábio.

— Trair-me com uma garotinha é um disparate. Trair-me com uma rameira é um acinte! Quem ele pensa que é? — Fábio não respondeu. — Quero falar com ela. Imediatamente.

— Posso saber para quê? O que pretende dizer a ela?

— Quero-a fora do meu caminho.

— Você mesma disse que, se a fizer desaparecer, ele cuidará de pôr outra em seu lugar.

— Que eu farei desaparecer também, e quantas mais ele arranjar. Só assim ele estará livre para eu reconquistá-lo.

— Não seja ingênua, Sofia. Lafayete gosta de meninas novas, de rameiras. E você sabe que ele gosta de bater nas mulheres. Quanto tempo acha que vai levar até ele começar a bater em você também? Se é que já não fez isso.

— Não fez nem vai fazer. Vou reconquistá-lo apenas com a minha sensualidade.

— Você está se iludindo. Lafayete não vê mais sensualidade alguma em você.

— Cale-se! Nunca lhe dei o direito de falar assim comigo.

— Perdoe-me — rebateu ele, vermelho até as orelhas. — Eu... não pretendi ofendê-la. Queria apenas proteger você...

— Não preciso desse tipo proteção! Você é meu segurança, não meu pai. Muito menos meu marido. Ponha-se no seu lugar ou serei obrigada a despedi-lo.

A raiva só não foi maior do que a vergonha. Ele fora longe demais, reconhecia, mas ela não precisava tratá-lo daquela maneira.

— Sinto muito... — balbuciou. — Isso não tornará a acontecer.

— Acho bom mesmo. E agora, vamos ao que interessa. Quero que você marque um encontro com essa moça. Ela vai desaparecer, custe o que custar.

— Está me dizendo que pretende eliminá-la?

— Não seja ridículo. Não sou nenhuma assassina. Mas não há nada que o dinheiro não possa comprar ou que uma ameaça não consiga resolver. Agora vá. Já sabe o que fazer. Deixe-me sozinha.

Fábio se foi, deixando-a com a sensação de que nada do que planejava daria certo. Se fosse mais inteligente, fingiria que de nada sabia. Mas o seu temperamento possessivo trancava a inteligência atrás das grades do ciúme, de onde ela não conseguia se libertar. Tinha que confiar na venalidade da vagabunda. Era sua única saída, sua única chance de tentar reencontrar o caminho para ser feliz.

CAPÍTULO 27

Já era tarde da noite quando Cézar deixou Jaqueline nos portões da mansão do Joá, onde Lafayete a esperava. Ela estava linda naquele vestido branco transparente, velado por fios prateados que deixavam entrever suas formas voluptuosas. Por debaixo da roupa, nada.

— Acha que ele vai gostar de mim? — indagou ela, embora a pergunta fosse direcionada ao próprio Cézar.

— Impossível não gostar. Você está linda.

— Obrigada.

— Vá. Ele não gosta de ficar esperando.

Com um sorriso triste, Jaqueline desceu. Dentro de casa, Lafayete a recebeu com um beijo ardente. Ofereceu-lhe uma taça de champanhe, levando-a diretamente para o quarto. Ansiava por ela e não queria esperar. Fez com que ela se exibisse para ele, dançando como dançam as strippers das boates. A dança repugnava Jaqueline, mas ela obedeceu sem se queixar. Tudo por uma boa educação para Maurício.

— Venha cá — ordenou ele, antes de a música acabar.

Ela obedeceu. Com andar sensual, aproximou-se, permitindo que ele a tocasse e beijasse como bem entendesse. Ver-se na posse daquele corpo lindo e frágil acendeu a chama do desejo que, para Lafayete, vinha temperada de violência.

Ele mordeu os lábios dela, deixando-a com um gosto ácido de sangue na boca. Ela pensou em protestar, mas nem teve tempo. Antes que abrisse a boca para falar, ele já segurava seu queixo com brutalidade, esfregando o rosto dela na altura em que pintara o sinal.

— Mandei você fazer uma tatuagem, não borrar a cara como fazem as putas de cabaré — rosnou ele, enfurecido.

— Não gosto de tatuagem...

A resposta dela não lhe interessava, mas sim a desculpa que encontrara para extravasar sua brutalidade. Foi muito rápido o murro que lhe desferiu no rosto, levando-a ao chão com um susto.

— Vagabunda! — vociferou ele. — Pago a você, e muito bem, para fazer o que eu mando, não para questionar minhas ordens. Levante-se!

Ela se levantou tropegamente, a mão cobrindo a face dolorida.

— Venha cá — ele ordenou novamente.

Ela se aproximou, encolhendo-se toda à visão dos punhos dele. Lafayete não bateu mais nela. Divertia-se só com o medo pulverizado em seu corpo trêmulo.

— Você gosta de apanhar, não gosta? — ela meneou a cabeça. — Não minta para mim, sei que gosta.

— Por favor... — gemeu ela.

Ele a silenciou com um beijo. Dali em diante, não falou mais, pondo-se a usá-la como queria. Jaqueline limitava-se a fazer o que ele mandava, entregando-lhe seu corpo como se já não mais lhe pertencesse. Era um brinquedo, um utensílio, um recipiente onde ele podia entornar o fruto de seu desejo e depois quebrá-lo, se assim o desejasse.

Quando tudo terminou, ele tornou a encher as taças com champanhe, estendendo uma para Jaqueline. Seu corpo todo doía, principalmente o rosto, cujo resultado do murro não queria nem ver. Pela dor, sabia que ganhara um inchaço, que Lafayete parecia não perceber ou com o qual não se importava.

— Você foi incrível — elogiou ele, como se não houvesse acabado de lhe dar uma surra. — Você é especial, Jaqueline. Sabe disso, não sabe?

Sem saber ao certo o que ele queria ouvir, ela respondeu cautelosamente:

— Se você diz que sou, então eu sou.

— Garota esperta. Você é muito especial para mim. Gosto de você como jamais gostei de nenhuma outra. É por isso que a quero sempre ao meu lado, não como minha mulher, porque você é muito vulgar, mas como minha amante exclusiva. Quero estar com você a hora em que desejar, sem ter que dar satisfações em casa nem inventar desculpas.

— E a sua esposa? — ela perguntou, horrorizada ante a perspectiva de que um divórcio a pusesse diuturnamente à disposição dele.

— Minha esposa? Em breve não terei mais esposa.

— Vai se divorciar?

Ele entornou o champanhe de um gole, sentindo a cabeça rodar sob o efeito da bebida.

— Não, tolinha, não posso me divorciar. Mas essa não é a única maneira de se acabar com um casamento, é?

— Não estou entendendo. Não pretende matar sua mulher, pretende?

Disse aquilo sem pensar, mais como uma ironia do que como algo em que acreditasse. Lafayete, contudo, fixou nela os olhos quase negros, deixando um sorriso mordaz pendurado no canto da boca por alguns segundos antes de responder:

— Não... Pessoalmente, jamais sujaria minhas mãos com um homicídio.

— O que quer dizer com isso? Contratou alguém para matá-la?

— Você é muito curiosa, menina. Deixe isso para lá.

Jaqueline não sabia se ele dizia aquelas coisas em razão da enorme quantidade de álcool que havia ingerido ou se havia algum fundo de veracidade em suas palavras. Mesmo assim, sentiu medo. O homem que tinha diante de si não era apenas um corrupto mentiroso. Era também um assassino. Ela quis continuar a interrogá-lo, mas a taça de champanhe caiu de sua mão, mostrando que ele pegara no sono.

— Doutor! — chamou ela. — Doutor! Não durma. Vai me deixar aqui sozinha?

— Vá-se embora. Não preciso mais de você. Deixe-me dormir em paz.

Ele apagou. Mais que depressa, Jaqueline se vestiu. Na sala, ligou para Cézar, pedindo que fosse buscá-la. Quando ela entrou no carro, nem ligou para o choque estampado no rosto dele ao ver o inchaço em seu rosto.

— Ele bateu em você! — constatou ele.

— Isso é óbvio. Mas não ligue. Não estou preocupada com isso.

— Canalha!

— Não acredito! Está ofendendo o poderoso chefão?

— Não gosto que ele bata em você. É muita covardia.

— Covardia maior é o que ele pretende fazer com a esposa. Ele está planejando matá-la.

— Ele disse isso? — surpreendeu-se.

— Praticamente.

— Não pensei que ele chegasse tão longe. Achei que tudo era fruto do seu incontido desejo de se libertar de Sofia.

— Você sabia?

— Ele vem falando coisas do tipo há dias.

— E o que você fez?

— Nada. O que posso fazer?

— Não sei. Ir à polícia, tentar impedi-lo.

— Não tenho provas. E como posso impedir algo que nem sei se vai acontecer, ou quando, ou como?

— Não acredito que você vai ficar nessa passividade! Meu Deus, Cézar, estamos falando de assassinato! Precisamos fazer alguma coisa.

— Não há nada que possamos fazer. E depois, nós nem sabemos se isso é verdade.

— Você pode falar com ela, alertá-la.

— Ficou maluca? Sofia vai rir na minha cara, se não mandar que ele me despeça.

— Não posso deixar isso acontecer, não posso.

— Não misture as coisas, Jaqueline. Não é porque você teve que matar seu padrasto que vai ser obrigada a impedir os outros de morrerem.

— Isso não é justo. Matei Dimas em legítima defesa, e Deus sabe o quanto me arrependo, todos os dias. Mas o que o doutor pretende fazer é assassinato puro e simples.

— Sei que é horrível, mas é melhor não se envolver, ou vai acabar sobrando para você.

— Não acredito no que estou ouvindo. Sua covardia chega ao ponto de fazer com que você feche os olhos para um homicídio?

— Ninguém morreu, portanto, não há homicídio algum.

— Mas vai haver, se não tomarmos nenhuma atitude.

Após alguns minutos de silêncio, Cézar tentou acalmá-la. Discutir com ela não levaria a lugar algum. Jaqueline era teimosa e parecia muito decidida a fazer alguma coisa.

— Muito bem. Deixe comigo. Vou pensar em algo.

— Tem que ser logo! Não podemos esperar até que ela morra.

— Tenha calma. Darei um jeito de fazer chegar a Sofia uma mensagem. Está bem assim?

— Será que adianta?

— Vale a pena tentar.

Notando que ela se acalmara, Cézar ligou o carro. Estava cansado, assim como Jaqueline. A noite sem lua tornava a rua ainda mais escura do que já era. Sem notar o carro parado nas sombras mais atrás, Cézar saiu, despreocupado.

Maldizendo-se por não ter colocado um GPS no carro de Cézar também, Fábio seguiu-os pela rua, de faróis apagados, mantendo uma distância segura. O carro negro passaria despercebido na escuridão mas, assim que o sol nascesse, teria que tomar um novo rumo. Por sorte, conseguiu segui-los até Vila Isabel antes do raiar do dia, passando direto pela porta do edifício diante do qual Cézar estacionou.

Já sabia onde ela morava.

CAPÍTULO 28

Durante o resto do fim de semana, Cézar não fez outra coisa a não ser pensar no que faria para evitar aquele homicídio. Precisava agir depressa.

A mensagem chegou ao celular de Sofia logo no começo da tarde, quando Lafayete ainda se encontrava no Rio. O número era-lhe desconhecido, proveniente do celular descartável que Cézar comprara numa loja de departamentos. Logo no topo, lia-se: URGENTE!, o que levou Sofia a crer que se tratava de mais uma propaganda indesejada das operadoras de celular. Com essa ideia, deletou a mensagem sem nem mesmo se dar ao trabalho de lê-la.

Cézar aguardava que ela lhe enviasse uma resposta, mesmo sem saber quem mandara a mensagem. Não foi o que ocorreu. Resolveu mandar outra, e outra em seguida, e várias outras. À medida que as mensagens eram ignoradas, mais Cézar se desesperava, sem saber se Sofia as havia recebido ou não. Ela recebera, contudo, deletara todas, cada vez mais irritada com a inconveniência das propagandas.

— Que saco — reclamou ela, deletando uma em seguida da outra, até que pararam de chegar.

Quando o celular de Cézar tocou, anunciando a chamada de Lafayete, ele atendeu com um sobressalto. Será que, antecipando-se a suas previsões, Lafayete resolvera agir? Mas não. Era apenas um chamado regular, uma ordem para que ele comparecesse a sua casa.

— Algum problema? — sondou.

— Precisa ter algum problema para o meu assessor me assessorar?

Cézar engoliu a vontade de lhe dizer que não era obrigado a trabalhar aos domingos, mas ir à casa dele seria uma excelente desculpa para verificar se Sofia estava bem.

— Já estou indo — respondeu rapidamente.

Poucos minutos depois, Cézar entrava no gabinete de Lafayete, onde tudo parecia normal. Nenhum movimento estranho na casa, nada que indicasse a ocorrência de uma tragédia. Na entrada, notou o carro de Fábio estacionado no pátio, sinal de que, se o segurança estava ali, Sofia também estava.

— Vou viajar amanhã logo cedo — anunciou Lafayete, sem nem ao menos cumprimentar o outro. — Quero deixar tudo em ordem para quando eu voltar.

— Tudo o que, exatamente?

— Pretendo lançar minha candidatura ao cargo de senador. Cansei de ser deputado.

— Ainda falta muito para as próximas eleições.

— Eu sei, mas quero começar a me preparar desde já. Preciso que você organize minha agenda. Não posso perder tempo. O povo do Rio, que me elegeu deputado, há de me eleger, também, senador. Você não acha?

— Tenho certeza.

— Ótimo. Então tome nota — Cézar abriu o *tablet*. — Comece com algum tipo de visita de caridade. Isso sempre impressiona o eleitorado.

— Certo.

— De preferência, arranje algo com crianças. Adolescentes me irritam e velhos me entediam.

— Como quiser.

— Compre alguns brinquedinhos para doação. Nada muito caro, viu? Dê um pulinho lá no Saara[1] e compre umas bonecas e uns carrinhos.

— Do tipo que soltam os braços e as rodinhas?

Lafayete parou o que estava fazendo para encará-lo com ar hostil.

— Está de brincadeira comigo?

— Não, doutor. Eu só quero saber a qualidade dos brinquedos que devo comprar.

— Você sabe muito bem a qualidade. Não são para os meus filhos. São para crianças que nem têm onde cair mortas. Qualquer coisa serve.

— Qualquer coisa serve... — ele repetiu, tomando nota.

— O que há com você, Cézar? Deu para ficar engraçadinho agora, é?

— Desculpe. Não foi minha intenção. É que eu não entendo bem dessas coisas. Talvez Sofia pudesse me ajudar...

— Deixe Sofia fora disso. Ela não tem nada a ver com a minha candidatura. Não é tarefa dela, é sua.

— Mas ela é sua esposa. Não acha que cairia bem se ela fosse vista comprando brinquedos para as criancinhas pobres, em seu nome?

— Não acho nada. Sofia tem os afazeres dela. Não quero misturar as coisas.

— Tudo bem. Você é quem manda.

— É bom que não se esqueça disso.

— Mais alguma coisa?

— Sim. Quero ver Jaqueline hoje de novo.

— Já sabia disso.

— Sei que sabia. Só que, dessa vez, precisa ser mais cedo. Como disse, viajo de manhã e não quero correr o risco de perder o avião.

— Certo. E a que horas quer que eu a leve ao Joá?

— Antes do almoço. Mandarei preparar algo especial.

---

1 Tradicional região multicultural de comércio no centro da cidade do Rio de Janeiro, o Polo Saara [Sociedade de Amigos das Adjacências da Rua da Alfândega] compreende 1.200 lojas espalhadas por 11 quarteirões.

— Ok. Só isso?

— Não. Compre uma joia para ela. Preciso me desculpar.

— Desculpar-se pelo quê?

— Você sabe. Pode ser uma joia pequena, como um anel ou brinco de ouro. Ligue para meu ourives particular. Ele sempre tem alguma coisa em estoque.

— Tudo bem.

— Anotou tudo?

— Anotei.

— Ótimo. Agora pode ir.

Cézar se foi. Tinha uma lista enorme de obrigações a cumprir, de forma que não poderia dedicar muito de seu tempo a salvar a vida de Sofia. Pensando bem, nem sabia com certeza se ela precisava ser salva. Lafayete não fizera mais nenhuma observação mórbida, e os comentários de antes bem podiam ser fruto de sua irritação, nada para ser levado a sério. De qualquer forma, Sofia estava bem e fora devidamente avisada.

Não foi com muita alegria que ele deixou Jaqueline na mansão do Joá. Daquela vez, Lafayete não fizera exigências, permitindo que ela se apresentasse do jeito que quisesse. Ela escolheu um vestido azul simples, porém, sensual.

— Não sei se vou aguentar outra surra — lamentou ela, os olhos brilhantes de lágrimas.

— Ele não vai bater em você. O que quer, hoje, é se desculpar.

— E você? Não quer nada de mim?

— Jaqueline, por favor, não recomece. Creio que já deixei bem claro o que sinto por você.

— Que é: nada. Para você, eu não passo de uma tarefa a ser cumprida com competência. Não é verdade?

— Não é bem assim. Gosto de você, me preocupo com você, mas não a amo.

— Tudo pela lealdade ao doutor. Tudo bem, já entendi.

Ela saiu do carro chorando, muito embora os olhos já estivessem secos ao tocar a campainha no portão. Jonas o abriu e permitiu que ela fosse sozinha ao andar de cima, onde já sabia que Lafayete a estaria esperando. Ela bateu e entrou.

A cama, coberta de pétalas vermelhas, recendia a essências florais, com um toque de baunilha, que haviam sido borrifadas de um frasco de perfume francês, acomodado entre corolas de rosas vermelhas. Ao lado, um candelabro de prata iluminava a toalha de renda francesa que ornava uma mesa onde fora posto um simples e apetitoso banquete. À sua frente, segurando em uma das mãos uma taça de champanhe e, na outra, uma caixinha cor de vinho, Lafayete a recebeu com um sorriso.

— Seja bem-vinda, minha querida — saudou ele, oferecendo-lhe o champanhe. — Veja o que mandei preparar para você.

Ela forçou um sorriso, enquanto ele se aproximava com a caixinha na mão, abrindo-a bem diante de seus olhos. De dentro, reluziram dois pequenos brilhantes, que ornavam um elegante par de brincos de ouro branco.

— Posso? — indagou ele, fazendo menção de colocar os brincos em suas orelhas.

Ela não disse nem que sim, nem que não. Mesmo assim, ele pôs os brincos nela, tomando cuidado para não espetá-la.

— Ficou lindo! — elogiou ele. — Quase tão lindo quanto você. Venha se olhar no espelho.

Ela foi. Não ousava desobedecer. Ele encarava o reflexo dela com um ar de embevecimento idiota, como um noivo apaixonado diante da mulher de sua vida. Jaqueline não conseguiu evitar o pensamento de que ele devia ser bipolar. Só podia ser.

— Agora venha. Vamos almoçar. Depois, vou amá-la como nenhum homem antes a amou.

Ela forçou-se a comer o frango ao curry e o arroz pilaf. Quando chegou ao bolo indiano, já estava mais calma e conseguiu engolir a iguaria sem ter vontade de vomitar.

— E então? Gostou?

— Sim.

— Sabia que você ia gostar. Agora venha. Vamos aproveitar os momentos que nos restam. Em breve, isso não será mais preciso e poderemos nos amar livremente.

Lá vinha ele com aquela conversa de novo. Estava claro que andava tramando alguma coisa.

— Como assim? — perguntou ela, agora mais preocupada.

— Você confia em mim? — sem opção, ela assentiu. — Também confio em você.

— Que bom... Então, por que não me conta o que quer dizer com isso?

— Quero dizer que a vida é imprevisível. Num momento estamos vivos e, no outro, não estamos mais. Não é assim?

— É... Mas o que isso tem a ver com amar livremente?

— Tem tudo a ver. A morte liberta, em vários sentidos. Espere só para ver.

Ela queria perguntar mais, porém, ele não permitiu. Iniciou seu estranho ritual de amor, ao qual ela se submeteu com medo, o rosto ainda doído da última surra. Inesperadamente, contudo, ele foi gentil, carinhoso, atencioso, um verdadeiro *gentleman*. Decididamente, ele era bipolar.

Quando ele a dispensou, o fez com gentileza, pedindo que ela chamasse Cézar para levá-la em casa. Só saiu depois que ela se foi. Fizera um esforço danado para conter sua violência instintiva, mas valera a pena. Não queria correr o risco de perder Jaqueline da mesma forma como perdera as outras. Ainda mais agora, que Sofia estava prestes a sair de seu caminho de uma vez por todas.

CAPÍTULO 29

Na segunda-feira pela manhã, Lafayete saiu sem dizer nada. Sofia não perguntou aonde ele ia, nem ele fez qualquer menção de lhe dizer. Desde que brigara com ela por causa do teatro, quase não se falavam. Sofia cedera os ingressos a dois de seus empregados, que jamais haviam ido ao Municipal na vida, e o marido nem ficou sabendo. E, mesmo que soubesse, não se importaria.

Sofia suportou em silêncio o desprezo dele. Por intermédio de Fábio, soube que ele passara a tarde com a amante, em sua misteriosa mansão no Joá. No dia seguinte, logo na primeira hora, ele partiu.

— Ele já saiu — disse ela ao celular, assim que o carro dele desapareceu no portão.   Quero que o siga. Certifique-se de que ele foi mesmo para o aeroporto.

— Pelo sinal do GPS, foi sim.

— Sozinho?

— É o que parece. O caminho que ele tomou não é o da casa da amante, mas do Santos Dumont.

— Aguarde até ter certeza. Depois, ligue-me de volta.

— Está bem.

Desligaram, e Fábio pôs-se a acompanhar a trajetória do carro de Lafayete. Ele saiu da Barra pela Linha Amarela, pegando a saída para a Avenida Brasil, que o levaria ao Santos Dumont. Se fosse para Vila Isabel, teria ido por outro lado.

— Ele foi para o aeroporto sozinho, com certeza — anunciou Fábio, ligando novamente para Sofia.

— Ótimo. É agora que vamos agir. Venha imediatamente para cá.

— Não acha que é muito cedo?

— Cedo ou tarde, não posso esperar nem mais um segundo.

Depois de muito trânsito, chegaram em frente ao edifício de Jaqueline. Sofia estudou-o cautelosamente. Não era exatamente um prédio de luxo, mas percebia-se que tinha estilo e que os apartamentos ali não deviam ser baratos.

— Qual o apartamento dela?

— Acho que é na cobertura.

— Você acha? Não se certificou antes de vir?

— Não deu tempo.

— Não faz mal. Conhecendo Igor como conheço, só pode ser na cobertura. Ele não daria à amante nada menos do que isso.

— Como vamos fazer para entrar?

— Você vai até lá e pede para falar com ela. Como é o nome dela mesmo?

— Jaqueline. Esse, foi fácil descobrir. Lá na pocilga onde ela vivia, todos a conheciam.

— Muito bem. Vá até lá e anuncie-se como amigo de Cézar. Diga que precisa falar com ela com urgência.

— E você?

— Estarei logo atrás e entraremos juntos.

Foi o que fizeram. Na portaria, Fábio se certificou de que Jaqueline morava na única cobertura do prédio. Pediu ao porteiro que ligasse para lá. Jaqueline, que acordava cedo a fim de mandar Maurício para a escola, logo atendeu o interfone.

— Sim?

— Dona Jaqueline, tem um senhor aqui querendo falar-lhe. Diz que é da parte do doutor Cézar.

Ela estranhou, mas não fez perguntas.

— Mande-o subir.

— Ela disse que o senhor pode subir — anunciou o porteiro.

Fábio deu-lhe um sorriso de agradecimento mas, antes de ir em direção ao elevador, fez um sinal para fora, onde Sofia aguardava, sem ser percebida pelo porteiro. O homem estranhou, mas não disse nada. A mulher era por demais elegante para representar algum tipo de ameaça.

Fábio tocou a campainha. Sem nem mesmo olhar pelo olho mágico, Jaqueline abriu a porta, surpreendendo-se ao dar de cara com Fábio e Sofia. Mesmo sem conhecê-la, sabia de quem se tratava. Aproveitando-se da surpresa, Fábio a empurrou para dentro, entrando com Sofia atrás.

Jaqueline parecia fascinada. Devia estar constrangida, mas não estava. Naquele momento, só podia pensar que fora Deus quem mandara aquela mulher ali, não importava por que motivo, mas a mandara ali a fim de ser poupada do assassinato que fora programado para ela.

— Quem são vocês? — perguntou, embora já soubesse a resposta. — O que querem?

— Acho que isso é meio óbvio, não? — Sofia respondeu, sem rodeios. — Sou Sofia, mulher do deputado Lafayete. Estou aqui para negociar com você.

— Não estou entendendo.

— Acho que está, mas, mesmo assim, vou deixar ainda mais claro. Igor é meu marido e não pretendo perdê-lo para alguém feito você. Diga-me o seu preço para sumir da vida dele.

Jaqueline não respondeu. É claro que a presença da mulher de Lafayete ali não podia significar outra coisa além de chantagem ou ameaça. Jaqueline podia muito bem aceitar a oferta dela e não dizer nada. Se ela morresse, ficaria com seu dinheiro e também com seu marido. Mas não. Não era assim que ela era.

— Dona Sofia — respondeu humildemente, sem saber como lhe dar aquela notícia funesta. — Não sei como a senhora descobriu meu endereço, mas foi Deus quem a mandou aqui.

Agora foi a vez de Sofia se surpreender. Seria possível que aquela menina quisesse brincar com ela?

— O que está querendo, garota? — tornou, irritada. — Você é cínica, retardada ou o quê? Quero-a fora da vida do meu marido e estou disposta a pagar por isso. E Deus não me mandou aqui para lhe fazer essa oferta. Acho mesmo que Deus tem mais o que fazer além de se importar comigo ou com você. O negócio é somente entre nós. Ou você aceita o dinheiro que lhe ofereço, ou vai ser pior para você.

— A senhora não está entendendo...

— Quem não está entendendo é você. Estou lhe oferecendo grana, muita grana, para você sumir da vida do Igor. Peça o que quiser e pagarei.

Jaqueline permaneceu alguns segundos estudando a mulher, que não parecia disposta a ouvi-la. Ao contrário, estava tão ansiosa para se ver livre dela, que talvez o melhor fosse deixar aquela história de lado e correr com ela dali. Afinal, não seria culpa sua se a mulher fosse assassinada. Poderia dormir tranquila, certa de que tentara alertá-la. Mas será que poderia mesmo? Não. Decididamente, não poderia. Já lhe bastava a culpa por ter matado Dimas. Não precisava se sentir responsável pela morte de mais ninguém. Tinha que falar, ainda que Sofia não quisesse ouvir.

— O negócio é o seguinte, dona Sofia: — disparou sem rodeios. — Seu marido está pretendendo matá-la. Não sei quando nem onde, mas sei que vai acontecer.

— O quê?! — indignou-se Sofia, levando a mão ao coração para poupá-lo do choque. — Era só o que me faltava! Não se enxerga, não, garota? Acha mesmo que vou acreditar num absurdo desse?

— A senhora pode não acreditar, mas é a verdade. O próprio doutor me falou...

— Ah! Falou, não é? E quando falou? Numa de suas orgias, quando você se deixava montar feito uma cadela no cio? Deixe de ser burra, guria! Não vê que Igor usa você? Que ele a ilude, a manipula e humilha? Não quer se libertar de tudo isso? Posso lhe pagar bem mais do que ele lhe paga. Para começar, que tal um apartamento melhor do que esse, mas na sua terra natal? De que buraco você saiu mesmo?

— Aposto como a senhora recebeu, em seu celular, uma mensagem urgente. A senhora a leu?

— Não recebi mensagem alguma — objetou ela, que nem se lembrava das mensagens deletadas.

— Mas é verdade, eu juro!

— Digamos que seja mesmo verdade. Por que você me alertaria de algo que só lhe favoreceria? Com a minha morte, você só tem a lucrar.

— Posso ser prostituta, mas não sou assassina. Não desejo o mal de ninguém.

Por um breve instante, Sofia se deixou emocionar. Não imaginava que uma simples garota de programa fosse dotada de algum tipo de consciência ou sentimento. Mesmo assim, aquilo parecia uma história fantástica, dita num delírio de embriaguez, somente para impressioná-la.

— Não perca seu tempo, menina. Não acredito em você. E agora, voltemos ao que interessa — ela sacou um talão de cheques da bolsa. — Qual o seu preço?

— Lamento, mas não estou à venda — protestou Jaqueline, entre a frustração e a revolta.

— É claro que está. Você não se vendeu a Igor? Pois posso comprá-la por um preço bem mais alto. É só você me dizer quanto.

Ela não respondeu, mas as lágrimas falaram por ela.

— Se eu fosse você, aceitaria essa oferta — intercedeu Fábio.

— Dona Sofia está disposta a ser generosa. Da próxima vez, você pode não ter essa sorte.

— Por quê? O que está dizendo? Que vocês é que vão me matar?

— Não diga tolices — Sofia irritou-se. — Não preciso descer tão baixo para me livrar de você. Digamos que tenho outros métodos, embora não tão generosos.

— Que métodos? — retrucou assustada.

— Você tem um irmão, não tem? — ela não respondeu. — Para começar, o que acha de ele ter a matrícula recusada em qualquer bom colégio desta cidade?

— Por favor, deixe meu irmão fora disso.

— Deixe meu marido fora disso e me esquecerei do seu irmão. Não se iluda, garota. Posso transformar a sua vida num verdadeiro inferno. O que posso fazer com seu irmão não representa nem um décimo do que posso fazer com você. Não preciso matá-la. A própria vida se encarregará de fazer com que você deseje morrer — Jaqueline manteve a cabeça baixa, tremendo de medo. — Vou lhe dar um tempo para pensar. Digamos, até sexta-feira, que é quando Igor volta de Brasília.

— Não seja estúpida, menina — aconselhou Fábio. — A oferta é generosa, e você não tem saída. E se disser alguma coisa do que aconteceu aqui ao doutor Lafayete, eu mesmo acabo com você.

O ar ameaçador de Fábio assustou-a ainda mais. Precisava falar com Cézar. Ele lhe diria o que fazer.

— Vamos, Fábio — chamou Sofia, caminhando em direção à porta. — A mocinha tem muito no que pensar.

— Dona Sofia, não se esqueça do que lhe falei — avisou Jaqueline, superando o medo. — Tenha cuidado.

— Se eu fosse você, eu é que tomaria cuidado — advertiu Fábio. — Você é quem tem muito a perder.

Os dois saíram sem se despedir. No elevador, Fábio segurou Sofia pelos braços, pois ela tremia dos pés à cabeça. Nunca antes ameaçara alguém. Nem mesmo seria capaz de levar adiante suas ameaças e jamais prejudicaria uma criança. Jaqueline, contudo, não sabia disso. Para ela, Sofia era uma mulher poderosa, capaz de qualquer coisa para salvar seu casamento.

Assim que Fábio deu partida no carro, um outro automóvel se moveu lentamente. Dentro dele, o homem deu um sorriso mordaz, engatou a primeira marcha e acelerou. O homem misterioso seguia o carro de Sofia à distância, à espera de um momento oportuno para fazer o serviço. O diabo era que, naquelas ruas movimentadas, não via chance de se aproximar do carro dela. Não podia esperar mais. Precisava desencavar uma oportunidade, caso contrário, o doutor e Jonas ficariam furiosos. Prometera-lhes resolver aquele assunto antes que a sexta-feira chegasse.

Sofia, sem de nada desconfiar, não tomou nenhuma precaução além das que já estava acostumada, muito embora Fábio, por cautela, mantivesse a arma sempre pronta para ser usada. Pelo sim, pelo não, era melhor não facilitar.

— Vamos ao shopping — anunciou ela, após se acalmar.
— Preciso espairecer. Aproveito para comprar um presente especial para Igor, para comemorarmos o desaparecimento de Jaqueline.

— Ela ainda nem aceitou a sua proposta.
— Mas vai aceitar.
— Eu não teria tanta certeza.
— Deixe de ser pessimista.
— Digamos que não aceite. O que você vai fazer?
— Sei lá. Depois eu penso nisso. No momento, quero acreditar que venci.

No shopping, Sofia foi direto a sua joalheria preferida. Comprou um lindo Rolex todo em ouro, último lançamento, que custou uma pequena fortuna. Igor, ou melhor, seu casamento merecia.

Fingindo admirar a vitrine, o homem tomava conta de todos os passos de Sofia e Fábio. Viu quando ela comprou o relógio e o colocou na bolsa. Antes de ela sair, o segurança olhou para os lados, certificando-se de que ela estava segura. Não é que Fábio estivesse propriamente desconfiado, mas o aviso de Jaqueline o deixara com a pulga atrás da orelha.

Fábio caminhava com uma das mãos pousada no ombro de Sofia, numa atitude tão protetora que desestimularia qualquer ladrãozinho barato. Mas não ele. Não era ladrão, muito menos, barato. Era um profissional sério e competente, que nunca havia deixado nenhum cliente insatisfeito.

Já no estacionamento, o homem acelerou o passo, estudando o local para ver se havia alguém por perto. Não podia deixar testemunhas. Não havia ninguém. Quando chegaram ao carro, fingiu que tentava abrir a mala do veículo ao lado. Acostumado à observação, Fábio olhou para ele discretamente e postou-se atrás de Sofia, entre os dois carros estacionados.

Fábio, contudo, não previu o imprevisível. Aproveitando-se de que ele lhe virara as costas, o homem adiantou-se e, silencioso como um gato, desferiu um tiro à queima-roupa nas costas de Fábio. Em seguida, acertou o motorista, que segurava a porta aberta, bem entre os olhos. Foi tudo muito rápido. Sofia nem teve tempo de pensar, muito menos de reagir. Com agilidade astronômica, o homem virou o revólver na direção dela e atirou, um tiro único e certeiro no coração. Ela tombou sobre Fábio, já sem respirar, sequer sentindo o sangue dele se misturando ao seu.

— Agradeço pelo relógio, em nome do doutor Lafayete — sussurrou ele ao ouvido dela, de forma inaudível, arrancando a bolsa de suas mãos.

Em seguida, enfiou a bolsa na mochila, ajeitou o paletó e saiu caminhando naturalmente, ziguezagueando entre os carros estacionados. Quase no portão que dava para a rua, ouviu um grito lancinante e percebeu a correria em direção aos três corpos caídos no chão.

CAPÍTULO 30

Seria um encontro nada convencional. Alícia caminhava pela praia, de mãos dadas com Juliano, tentando não pensar na surpreendente descoberta que fizera havia pouco. Tudo em sua mente permanecia confuso, misturando sentimentos e sensações.

— Não me conformo, Juliano. Denise é uma moça tão bonita, tão jovem. Como é que foi se envolver justo com Tobias?

— Você sabe que o amor não está nem aí para essas convenções, não sabe?

— Mesmo assim...

Calou-se abruptamente. Foi como se o mundo, de uma hora para outra, parasse de rodar. Em sua direção, vinha caminhando ninguém menos do que a moça de seus sonhos, de suas visões. Ela andava devagar, chutando a areia da praia com olhar triste. De repente, levantou os olhos e deu de cara com ela. A moça a olhou com espanto, como se também a houvesse reconhecido.

Foi com estranha emoção que Alícia a sentiu aproximar-se. A outra chegou bem perto, olhando ao redor como se buscasse uma explicação para o que via. Estendeu a mão trêmula na direção do rosto de Alícia e o tocou levemente, retirando-a com pressa.

— Quem é você? — perguntou.

— Alícia. E você, quem é?

— Jaqueline.

— Há muito venho sonhando com você.

— Eu também.

— Você também sonha comigo?

— Sonho. Ao menos, é o que parece.

— De onde você veio?

— Daqui.

— Eu também sou daqui, mas é a primeira vez que a vejo assim, pessoalmente. Por quê?

Jaqueline deu de ombros. Não entendia o que estava acontecendo.

— Você deve ser apenas outro sonho — constatou.

— Não. Sou real. Pensei que, talvez, você é que fosse o sonho.

— Quero crer que também sou real.

— O que acha disso, Juliano?

Ao olhar na direção do marido, Alícia se assustou. Estava sozinha.

— Quem é Juliano? — Jaqueline quis saber.

— Meu marido. Você não o viu?

— Não.

— Não é possível. Ele estava bem aqui ainda agorinha mesmo, parado ao meu lado.

— Não vejo ninguém. Só você.

— Você está viva ou morta?

— Viva, ora essa!

— Então, não é um espírito.

— É claro que não. E, por acaso, você é?

— Não... Quero dizer, acho que não. Confesso que não sei de mais nada.

— Estranho... Não conheço você, contudo, sinto que é parte de mim.

— Engraçado que sinto a mesma coisa. Em que ano você nasceu?

— Em 1995. Por quê?

— O que foi que disse? 1995? Mas isso é mais de dois séculos atrás!

— Dois séculos? Ficou louca? Em que ano você pensa que está?

— Estamos em 2219.

— O quê? Eu, hein! Que maluquice é essa?

A imagem de Jaqueline foi se dissipando aos poucos, apesar dos gritos de Alícia para que ela não se fosse. Alícia estendeu a mão para segurá-la, mas os dedos tocaram o vazio. Tentou correr atrás dela, contudo, ela havia desaparecido por completo, como se tivesse atravessado alguma porta invisível.

— Espere! Jaqueline, espere! Não se vá! Jaqueline! Jaqueline!

— Alícia! Alícia!

Aterrorizado, Juliano a sacudia com força, tentando, de-sesperadamente, trazer Alícia de volta à realidade.

— O quê...? — balbuciou ela. — O que foi?

— Meu Deus, Alícia, dessa vez você saiu mesmo do ar.

— Eu a vi de novo, Juliano!

— Quem? A moça de seus sonhos?

— Não foi sonho. Muito mais do que uma visão, foi um encontro.

— Não pode ser. Não havia ninguém aqui além de nós dois.

— Havia Jaqueline. Ela veio andando de lá — apontou a di-reção oposta da praia —, parou e conversou comigo. Disse que se chamava Jaqueline e que também me conhecia. Mesmo aparentando ser mais nova do que eu, e fisionomicamente diferente, pensei que ela poderia ser minha irmã perdida e perguntei em que ano ela nasceu. Agora, o mais intrigante: Ela disse que nasceu em 1995!

— Não vejo nada de tão intrigante nisso. Se ela nasceu em 1995, é óbvio que é um espírito.

— Ela não é um espírito. Está tão viva quanto eu.

— Como é que você sabe?

— Ela mesma disse.

— Muitas pessoas não sabem que morreram. Na certa, é o caso dessa moça.

— Ela não é um espírito! Sei que não é. Senti energia de vida partindo do corpo dela.

— Você está confusa, Alícia. Qual seria a explicação para o aparecimento dessa moça?

— Eu não sei. Talvez ela esteja vivendo em algum universo paralelo.

— Um contato entre esses universos é algo extremamente improvável.

— Nem tanto. Você sabe que tudo no universo é energia e tem uma frequência. E se, em algum ponto, o meu universo e o dela vibrarem na mesma frequência? Não seria possível uma alternância entre eles? Ou seja, eu não poderia acessar o mundo dela, e ela, o meu?

— É claro que existem outros universos contidos em outras dimensões. Isso começou a ser estudado ainda no século XX. Mas por que você estaria em contato com alguém de outro universo? E como isso seria possível? Você não saiu daqui, disso tenho certeza.

— Pretendo descobrir todo esse mistério.

— Acho melhor esquecer esse assunto ou procurar um médico.

— Não estou louca, Juliano.

— Eu não disse isso. Mas essa obsessão pela sua irmã morta pode estar lhe causando algum tipo de distúrbio.

— Não está. Sonho com essa moça e a vejo desde muito antes de saber da existência de Bruna.

— Pode ser coincidência.

— Você sabe que isso não existe. Pense comigo, Juliano. Podemos abrir uma janela do tempo quando visualizamos o futuro. Quantas pessoas você conhece que têm premonições? De onde elas tiram essas imagens?

— Tiram de uma das muitas realidades coexistentes que, em razão de sua especial sensibilidade, conseguem acessar; como se abrissem uma janela para outra dimensão que vive o futuro e espiassem através dela. Mas acessar é uma coisa. Misturar-se com ela é outra bem diferente.

— Você não entende. Quando se acessa uma outra realidade, ela não existe em um plano imaginário ou virtual. É concreta, real, embora não perceptível pelos sentidos físicos no plano em que vivemos.

Ele parou por alguns minutos, a mão no queixo demonstrando que refletia. Olhou para ela ainda em dúvida, mas acabou admitindo:

— Pensando bem, pode ser. Poderia até ser uma explicação bem razoável. Contudo, partindo do princípio de que nada na vida existe sem um propósito, fico imaginando que propósito haveria nesse intercâmbio entre vocês.

— Essa é a *única* explicação para ver alguém que está vivo e nascido em 1995.

— Se é assim, lá do outro lado, essa moça deve estar com as mesmas dúvidas.

— O nome dela é Jaqueline. E creio que as dúvidas dela devem ser piores do que as minhas, porque, há duzentos anos, as pessoas eram muito céticas. O mundo ainda vivia uma era de corrupção, de mentiras, de egoísmo, de violência. Poucas pessoas estavam abertas aos novos conhecimentos espirituais. A maioria ainda permanecia apegada aos valores mesquinhos de nossa natureza primitiva, e o conhecimento espiritual era rejeitado por muitos. Havia até guerras de religião. Não era como hoje, em que a única religião é o amor, independentemente da forma como esse amor é cultuado e disseminado. Deus está em toda parte para nós, em qualquer forma de manifestação, ao passo que, no século XXI, que é quando Jaqueline deve estar, a humanidade separava a força divina cm várias formas, praticamcntc humanizando-a e atribuindo-lhe sentimentos muito semelhantes aos das próprias pessoas.

— Nisso, você tem razão. No entanto, por mais que, hoje, a física quântica tenha comprovado a existência de outros universos e outras dimensões, ninguém conseguiu ainda empreender uma viagem entre eles.

— Não em corpo físico. Mas em corpo astral ou mental, as limitações da matéria se dissipam. A experiência é individual, fruto de faculdades específicas da mediunidade, inerentes a cada um. Lembre-se de que eu vi Jaqueline; você, não. E ela também não viu você. De alguma forma, nós duas temos uma ligação especial e conseguimos nos unir na mesma sintonia vibracional, aproximando nossos dois universos e fazendo com que eles se toquem a partir de nós. Somos o ponto de interseção entre eles e, por isso mesmo, visível apenas por nós duas.

— Até que a sua teoria faz bastante sentido. Levando em consideração o salto quântico, sabemos que ele ocorre quando um elétron ganha energia e salta de um nível atômico para outro mais alto. No momento do salto, o elétron desaparece, não pode ser visto entre as duas órbitas. Daí a conclusão de alguns físicos de que ele só pode estar em uma dimensão paralela, à qual nossos olhos, limitados por um mundo tridimensional, não possuem acesso.

Alícia sentiu um arrepio. Como faria para descobrir quem era aquela Jaqueline, nascida em algum lugar do Brasil, no ano de 1995? Precisava coletar mais dados. Precisava compreender por que ela e Jaqueline, de vez em quando, entravam numa espécie de interseção entre as dimensões e se encontravam.

Ela daria tudo para saber como Jaqueline estaria se sentindo naquele exato momento.

CAPÍTULO 31

Se havia alguém capaz de entender o que se passava com Alícia, esse alguém era seu pai. Celso era um estudioso não apenas da ciência genética, mas também da física e da química. Gostava de tudo o que aproximasse o homem dos mistérios da natureza. Não foi por outro motivo que Alícia foi procurá-lo, levando-lhe imensa alegria por vê-la em sua casa.

— Você não sabe como fico feliz de vê-la aqui — entusiasmou-se ele. — Sinal de que você me perdoou.

— Não sei se perdão é a palavra certa. Ainda estou tentando compreender.

— Você sabe que tudo o que fiz foi por amor a vocês. A morte de Bruna foi uma fatalidade.

— Você não acredita em fatalidades tanto quanto eu. Mas não foi exatamente para falar de Bruna que vim procurá-lo.

— Não? — espantou-se.

— Não. Na verdade, tenho algumas perguntas a lhe fazer.

Ele ergueu as sobrancelhas, curioso. Aos poucos, Alícia foi narrando tudo o que se passara entre ela e Jaqueline. Ele ouviu em silêncio, surpreendendo-se a cada passagem do relato.

— Eu já imaginava que essa podia ser uma possibilidade — confessou ele, quando ela terminou.

— Mas por que ela aparece para mim? Tem alguma ideia de quem pode ser? — ele levantou os ombros, em dúvida. — Juliano diz que posso ser eu mesma, numa dimensão de outro tempo.

— Essa explicação é bem razoável. Jaqueline pode ser seu alter ego do passado, vivendo em um tempo em que você, numa outra vida, já viveu, só que na sua própria história.

— Ou seja, ela é o meu passado vivo.

— E se você fizer uma regressão, é bem capaz de se lembrar de uma encarnação passada em que se chamou Jaqueline e era exatamente como essa moça.

— Embora confusa, essa é uma ideia bastante sensata. Só o que não entendo é por que ela aparece para mim, e eu para ela.

— Vocês partilham um ponto comum, uma interseção interdimensional, uma faixa vibracional em que as ondas mentais de cada uma colidem e se interceptam, permitindo o contato do corpo mental de ambas. É como se duas pessoas se encontrassem em um campo neutro na fronteira entre dois países.

— Se é assim, isso quer dizer que Jaqueline não é Bruna.

— Eu já lhe disse que Bruna morreu. Acredita agora?

— Acho que sim. Mas será que Jaqueline não é Bruna em uma encarnação passada?

— Pode ser. Como pode ser qualquer pessoa, inclusive você.

— Como é que vou descobrir?

— Fazendo uma regressão. Se você conseguir se lembrar de alguma vida como Jaqueline, essa vida não será aquela em que Jaqueline está vivendo agora, mas apenas uma lembrança do que você, nesta dimensão, já viveu.

— E não será o que eu vivi exatamente igual ao que ela vive?

— Pode ser que sim, pode ser que não. As possibilidades são infinitas, porque cada eu vive sua própria história, modificando-a conforme suas escolhas. Talvez a Jaqueline da outra dimensão faça escolhas diferentes das que você fez quando viveu no século XXI, levando a dimensão dela a dissociar-se da linha de acontecimentos até agora coincidentes, para criar um futuro diverso do seu.

— Quer dizer que é possível modificar o passado?

— O seu passado, não. Ele já aconteceu nesta dimensão, na sua linha do tempo, e já faz parte da sua história, das suas lembranças remotas. Mas você pode alterar o futuro de alguém que, numa dimensão alternativa, vive hoje o que você viveu no passado, só que numa outra linha do tempo, vivendo uma outra história e que, dali para a frente, guardará lembranças diferentes das suas.

— Isso, partindo do princípio de que nós duas somos a mesma pessoa.

— Não é que sejam a mesma pessoa. São fragmentos da mesma centelha, cada uma com sua individualidade própria. Quando se diz que somos todos um só, essa é uma afirmação literal. Quando o universo começou seu atual processo de expansão, após o big bang, permitiu que tudo o que nele existe fosse criado a partir da mesma matéria original. Então, estamos todos interligados, em qualquer parte, em qualquer tempo, qualquer dimensão. Somos partes momentaneamente fragmentadas de um mesmo todo. Mais ou menos como se cada um de nós fosse uma onda luminosa que, ao atravessar um prisma, se dividisse em vários feixes coloridos e pudesse assumir diversas trajetórias. A partir de sua origem, poderiam seguir unidos para depois se afastar uns dos outros, poderiam convergir em um determinado ponto, seguindo como se fossem um só por toda a vida ou depois se dissociar novamente, como poderiam seguir em linhas paralelas e idênticas, sem nunca se cruzar. Isso quando não sofressem algum tipo de refração, desviando-se do percurso original, e depois outra refração, e outra, e mais outra. Daí poderiam retornar à linha inicial, ou a outra, paralela ou perpendicular, aproximando-se ou afastando-se da linha inicial indefinidamente.

— Que refração seria essa?

— As escolhas. Quando algo muda nossa visão do mundo, modificamos também nossas escolhas.

— Você se refere ao nosso livre-arbítrio?

— Ou à ilusão que temos dele. Deus jamais será surpreendido por nada que façamos. Ele sabe tudo a nosso respeito, conhece nossos recantos mais secretos, aqueles que procuramos ocultar até de nós mesmos. Mas apenas Ele sabe disso, assim como alguns poucos espíritos de elevadíssimo grau de espiritualização. Não é coisa para a aura que circunda o nosso planeta. Os que sabem nada dizem. Então, para o resto de nós, criaturas imperfeitas ainda a caminho da perfeição, o livre-arbítrio funciona como instrumento de progresso, já que é por intermédio dele que vamos aperfeiçoando nossas relações com nós mesmos e o mundo. Eu não tenho conhecimento da jornada evolutiva que Deus traçou para mim, nem da sua, nem da sua mãe, nem da de ninguém. Logo, tudo aquilo que eu fizer, ou você fizer, ou qualquer outra pessoa fizer será recebido como fruto da vontade individual que, em última análise, reflete a vontade de Deus. E se Ele permite que, muitas vezes, nos demos mal, é porque é dessa maneira que aprenderemos a fazer escolhas melhores.

— Os espíritos que nos auxiliam sabem disso?

— A maioria, não. Do contrário, não perderiam tempo tentando nos aconselhar nem intuir coisas boas. Os espíritos que atuam junto ao planeta, por mais iluminados que sejam, ainda não se adiantaram o suficiente para conhecer os caminhos do livre-arbítrio, ou da ausência dele. Ninguém sabe tudo o que irá acontecer, por isso, as escolhas são importantes. Deus quer que aprendamos a trilhar, sozinhos, um caminho de flores em lugar de espinhos. E somente nos espetando é que aprenderemos, realmente, a evitar os espinhos. Se alguém sempre nos disser o que eles são ou onde estão, quando nos virmos sozinhos, fatalmente pisaremos neles. Entenda uma coisa, Jaqueline: O conhecimento da verdade sobre nós, nosso passado, presente e futuro é atributo de muito poucos, mas muito poucos mesmo. Talvez não se possa nem dizer que sejam espíritos, mas energias que se encontram tão purificadas que prescindem até mesmo de forma física, existindo como energia pura.

— Certo, pai, entendo tudo isso. O que não entendo é o porquê. Partindo do princípio de que o universo não dá passos inúteis, qual a utilidade de eu conhecer o passado e ela, o futuro?

— Alguma coisa na vida de ambas pode ser modificada. Lembre-se de que, para você, ela vive no passado e, para ela, você vive no futuro, mas, para cada uma, o que se vive é o presente. O que ficou para trás na dimensão de cada uma de vocês não pode ser modificado, mas o que é futuro, tanto para você quanto para ela, é mutável em razão de suas escolhas.

— Foi por isso que nos cruzamos? Para modificarmos alguma coisa?

— Provavelmente. Quando alguém tem uma premonição ruim, isso não acontece para atiçar sua curiosidade nem para fazê-la sofrer. Se a alguém foi dada a oportunidade de ver o mal que se aproxima, é porque ela tem a chance de modificá-lo e transformá-lo num bem. É por isso que tudo pode ser modificado. Em cada dimensão, o que se vive é o presente, independentemente da época que se vive em outra.

— Se eu posso acessar o passado através de uma regressão, posso me lembrar do que aconteceu na minha dimensão e evitar que o mesmo se repita na dimensão de Jaqueline. É isso?

— Sim.

— Tudo bem. Mas o que ela pode fazer por mim? Ela não tem conhecimento do meu futuro.

— Procure não se preocupar tanto com o que ela pode fazer por você. Concentre-se no que você pode fazer por ela. Jaqueline é de uma época difícil. Se você diz que ela tem por volta de vinte anos e que nasceu em 1995, então, está vivendo no ano de 2015, atualmente.

— Por aí.

— O século XXI foi particularmente complicado. Representou o século da mudança, da separação do joio do trigo, quando muitos espíritos tiveram a oportunidade de reencarnar para tentar uma modificação que os permitisse continuar habitando este planeta. Por isso se sucederam tantas barbáries e absurdos. Muitos, ainda empedernidos, desperdiçaram sua última chance em busca da satisfação dos prazeres da matéria, priorizando o orgulho, a vaidade, o dinheiro, o poder. A corrupção, a mentira, a ambição e o egoísmo imperavam, secundados pela inveja, a arrogância e a vingança. Sentimentos como perdão, amizade, solidariedade, honestidade e amor ficaram restritos aos poucos dispostos a se ver e se transformar. Daí porque a população mundial foi paulatinamente diminuindo; menos crianças foram nascendo, porque já não era interessante ter muitos filhos; pessoas padeceram em desastres naturais e guerras. Muitos espíritos daqui levados perderam o direito de reencarnar na Terra, seguindo com seres iluminados em direção a um planeta mais primitivo, onde formaram as primeiras raças que iniciaram uma outra humanidade. Tal qual aconteceu com a Terra há milênios, esses seres, muitos dotados de inteligência extrema, lá estão para auxiliar o progresso intelectual do mundo, em troca de uma nova oportunidade de desenvolvimento moral. Habitarão e povoarão esse novo mundo por séculos e séculos, assim como nós, expulsos de planetas mais evoluídos, povoamos a Terra.

— Como posso mostrar isso a Jaqueline? E de que adianta apenas uma pessoa conhecer essa verdade? Nem sei se ela acreditará em mim.

— A semente precisa ser lançada em algum lugar. Há outros que, como você, estão em contato com pessoas de outras dimensões. Mostrando a elas um futuro melhor, talvez elas se esforcem para alcançá-lo.

— Não seria bom, também, mostrar a alternativa?

— Quem garante que ninguém está fazendo isso? Você não sabe se há pessoas de dimensões caóticas tentando, desesperadamente, alertar seus irmãos do passado para que eles não repitam os mesmos erros no futuro.

— É verdade. Obrigada, pai. Sabia que você poderia me esclarecer sobre esse assunto.

— Eu é que tenho que agradecer à vida pela sua dúvida. Só assim você veio me procurar.

— Pai...

— Não precisa dizer nada. Não estou lhe fazendo nenhuma cobrança. Quero apenas que você saiba o quanto a amo. A você e a Denise, assim como amei e amo Bruna, onde quer que ela esteja.

— Você é uma pessoa muito especial, sabia? — ela confessou, não resistindo a abraçá-lo. — Não dá para ficar com raiva de você.

— Então, não fique.

— Não estou. No fundo, Denise é quem tem razão. Já passou e não vale a pena a gente remoer o que não pode ser modificado. Vou me concentrar em Jaqueline, por quem, talvez, ainda tenha a possibilidade de fazer alguma coisa.

— Uma decisão inteligente, bem ao seu feitio. Inteligente e altruísta, bem de acordo com a boa pessoa que você é.

Ela sorriu e o beijou com carinho. Não poderia mesmo ficar zangada com o pai. Talvez sua dificuldade estivesse em aceitar o passado e conviver com ele. Se era assim, envidaria todos os esforços para perdoar e ser perdoada; para modificar os males sujeitos à transformação e aprender a conviver com aqueles sobre os quais não tinha nenhuma influência. Ela tentaria deixar o passado imutável nos registros da memória e concentrar-se em ajudar quem ainda tinha a possibilidade de ser ajudado.

Quanto a Bruna... Não tinha mais dúvidas de que ela estava morta. Essa certeza funcionou como um alívio, um sentimento de liberdade que fez sua alma flutuar. Não conhecera Bruna, mas sentia por ela um grande afeto, algo que encontraria explicação nos mistérios ocultos das encarnações passadas.

Com a alma livre, Alícia agradeceu à Bruna pela vida que lhe dera. Por ela, não podia fazer mais nada agora. Por Jaqueline, sim.

CAPÍTULO 32

A rua era escura e suja, uma espécie de beco encravado no centro da cidade. Por ali transitavam prostitutas e viciados, pessoas acostumadas a todo tipo de sordidez. A calçada, quase inexistente, era ladeada por sobrados antigos e decadentes. Alguns, em ruínas, ostentavam apenas a frente de tijolos nus, uma casca oca guarnecendo terrenos entulhados de pedras e lixo.

Um ruído de coisa se arrastando partiu de uma das portas descascadas e manchadas. A porta, empenada, arranhou o chão ao se abrir, produzindo aquele som de atrito. De lá saiu uma figura singular: um meliante todo vestido de preto, encolhido num casaco de moletom, aspecto selvagem, olhos de quem sai na noite à procura de diversão e sangue. Era um ser maligno, com certeza.

O homem caminhou pela rua com a segurança de quem sabe aonde está indo. Dobrou a esquina, gingando o corpo à moda da malandragem. Mais à frente, parou no que parecia ser um ponto de ônibus, aguardou até a chegada do coletivo e entrou. Assobiando um funk da moda, seguiu até um bairro não muito distante, saltando numa rua tranquila, cheia de casas e condomínios bem construídos. Um bairro residencial de classe média.

Seguindo as sombras, o homem parou na calçada oposta à de um edifício alto, observando o movimento de moradores e visitantes. Câmeras de segurança afixadas na portaria e nas grades em volta do prédio desestimulavam a entrada de pessoas indesejáveis. Mas ele não precisava entrar. Bastava aguardar que a pessoa esperada saísse.

Por volta das sete horas, ela saiu. Foi nesse momento que Alícia teve um sobressalto, sentindo medo no sonho. O medo era tão real e visível, que ela não teve dúvidas. Estava diante dela mesma, em outro corpo, outra vida, outra encarnação. Sentia que era ela, embora com outra aparência. Sabia que não se tratava daquela Jaqueline das visões, mas da projeção de uma outra vida sua, uma vivência retirada do corpo sutil que retém a memória das vidas passadas.

Ela vinha de roupa de ginástica e tênis, os cabelos presos em um rabo de cavalo gracioso, sem levar nada nas mãos. Assim que saiu do campo de visão das câmeras de segurança do prédio, o vulto a abordou, segurando-a pelo braço e praticamente arrastando-a pela rua. Com o susto, Jaqueline tentou reagir, mas um soco na lateral do corpo a deixou sem ar, dando-lhe a impressão de que o agressor havia quebrado uma de suas costelas. Ela se curvou com a dor, mas ele a susteve, grunhindo entredentes:

— Endireite-se.

Até no último inferno, Jaqueline reconheceria aquela voz. Com as mãos ainda na lateral, ela ergueu o tronco e fitou o homem nos olhos.

— Dimas — balbuciou. — Você não está morto?

— Eu pareço morto, cadela?

Em seu sono, Alícia se agitava, sem que Juliano, placidamente adormecido a seu lado, percebesse alguma coisa. Seus lábios se entreabriram num sussurro inaudível e aterrorizado pelo reconhecimento:

— Tobias...

No sonho, Jaqueline estacou, paralisada de terror. Tentou puxar o braço, mas a força de Dimas sobrepujava a sua. Sem contar a dor, que a impedia de produzir movimentos rápidos.

— O que você quer?

— Vingança.

Sem dizer mais nada, Dimas saiu arrastando Jaqueline em direção ao fim da rua, onde um terreno baldio e abandonado serviria muito bem a seus propósitos. Ela ameaçou gritar, contudo, ele espetou a ponta de uma faca bem na altura de seu fígado. Uma pequenina gota de sangue brotou do minúsculo furo que a lâmina produziu em sua pele, desestimulando-a de lutar.

— O que vai fazer comigo? — ela choramingou.

— Nada. Se você não gritar, vai terminar logo. Se gritar, corto seu corpo aos pouquinhos.

Certa de que ele pretendia estuprá-la como forma de vingança, ela se deixou conduzir. No terreno abandonado, o mato crescia à vontade, e alguns ratos fugiram à passagem dos dois. Cada vez mais assustada, ela pensou em implorar que ele a deixasse mas, como conhecia Dimas muito bem, sabia que aquilo só serviria para excitá-lo ainda mais. O jeito era aguentar a dor e a humilhação, nada que Dimas já não houvesse feito e a que já não estivesse acostumada.

Mesmo assim, um impulso a fez resistir. Ver-se ali, subjugada pelo homem que ela detestava e pensava ter matado, fez com que o instinto lutasse pela sobrevivência. Ela se contorceu o quanto pôde, tentando libertar-se do agressor. Inútil. Com facilidade, Dimas a dominou e a estuprou quantas vezes conseguiu. Depois, saiu de cima dela, encarando-a com ar de vitória e satisfação.

— Gostou? — perguntou ele, mordaz. — Sentiu a minha falta? Sou melhor do que o seu doutorzinho e aquele borra-botas do capacho dele?

Ela não respondeu. Apertava o corpo doído, simplesmente à espera de que ele se desse por satisfeito e partisse. Dimas, contudo, parecia se divertir. Caminhou ao redor dela, passou por cima de seu corpo, fingindo que pisaria em seu estômago, abaixou-se para puxar o cabelo dela e morder-lhe os lábios. Tudo isso ela suportou sem se queixar, na esperança de que ele, tão logo satisfizesse sua sanha vingativa, a deixasse em paz.

Mas quando a faca reluziu diante dela, Jaqueline experimentou o que era, realmente, medo. Ele se sentou sobre ela, prendendo-lhe os braços com os joelhos. As pernas livres não conseguiam impedir que ele a contivesse, dando-lhe a oportunidade de agir como queria. Ele passou a faca pelo rosto dela, rindo quando um pequeno corte tirou sangue de sua face.

— Então? Está gostando?

— Dimas, por favor...

— Que favor? O mesmo que você fez quando me esfaqueou?

— Foi sem querer. Eu estava com medo.

— Medo faz bem. A gente mata ou morre por causa dele. Só que eu não morri.

— Me perdoe, Dimas, pelo amor de Deus! Maurício depende de mim.

— Eu também dependia de você. Como acha que me senti ao ser abandonado, sangrando, sozinho no chão da sala? Foi por pouco que não morri.

— Eu... sinto muito. Prometo que nunca mais vou fazer isso.

— Ah, mas não vai mesmo. Nunca mais vai fazer nada no mundo dos vivos.

Ela abriu a boca para protestar, mas, ao invés de palavras, o que saiu foi um gorgolejar gutural, que, na opinião de Dimas, combinava muito bem com o espanto preso em seu olhar.

— Está doendo, cadela? — estocou-a novamente. — É a mesma dor que eu senti. — Nova facada.

Ela não falava. No terceiro golpe, já não tinha mais vida. Preso ao ódio e ao prazer da vingança, Dimas sequer percebeu. Não queria deixar passar aquele momento de prazer com o qual tanto sonhara: ter Jaqueline em suas mãos para estuprá-la e depois matá-la. Sem se dar conta de que os olhos de Jaqueline não transbordavam mais vida, ele continuou a esfaquear, regozijando-se a cada vez que a faca penetrava em sua carne. Só parou quando o braço deu mostras de cansaço. Todo ensanguentado, saltou de cima de Jaqueline, dizendo para si mesmo:

— Agora só falta o menino.

Finalmente, Alícia conseguiu se libertar do sonho, gritando feito louca:

— Não! Dimas, não! Não, não...! Tobias, pare!

Despertou com Juliano sacudindo-a e chamando-a em desespero:

— Alícia, acorde! Acorde, meu bem, você está sonhando!

A muito custo, Alícia conseguiu fixar nele os olhos assustados. Olhou ao redor, procurando por Dimas, e sentou-se na cama desajeitadamente, como se estivesse ainda deitada nos escombros daquele terreno. Aos poucos, sua realidade foi retornando, o sonho entrando no campo da lembrança. Lembrou-se de tudo, de cada detalhe, cada particularidade da cena, das roupas, das fisionomias.

— Sonhei com ela — afirmou, ofegante. — Ou melhor, comigo mesma.

— Como assim?

— Fiz uma regressão espontânea... Você tinha razão. Você e meu pai. Lembra-se da conversa que eu lhe contei que tive com ele?

Alícia contou o sonho todo. Jaqueline era parte de seu passado, de uma encarnação que tivera no século XXI, em que ela acabara morta pelas mãos de alguém chamado Dimas, que ela reconheceu como Tobias. Jamais esqueceria aquele olhar.

— Meu pai acertou em cheio — prosseguiu ela. — Dessa vez, o que tive foi um sonho, uma visão imutável de algo que já aconteceu no *meu* passado. Não foi como das outras vezes, em que Jaqueline aparece viva. Sei que, nesse caso, acessei uma parte da minha memória sutil e revivi algo que realmente aconteceu a mim. É o meu passado, mas o futuro de Jaqueline naquela dimensão. Entendo agora por que estou em contato com ela — nem esperou Juliano perguntar e foi logo esclarecendo: — Para que Jaqueline tenha a chance de viver uma experiência diferente da que eu vivi. Eu já passei por isso na minha história. A dela pode ter seu curso alterado. Ela está tendo a oportunidade que eu não tive.

— Ou teve e não aproveitou. Quem garante que uma Alícia do futuro não tenha alertado você, quando era Jaqueline, e você simplesmente não acreditou?

— É verdade — reconheceu ela, preocupada. — O que você diz faz muito sentido. Jaqueline pode muito bem não acreditar em mim e ter o mesmo fim que eu tive. Mas eu vou tentar. Preciso alertá-la. O passado pode deixar de se repetir se um objeto refratário desviar o feixe de luz para outra trajetória. Por que não posso ser eu esse objeto?

— Pode. Mas pode ser que você não consiga e a luz, simplesmente, passe através dele.

— Mas vou tentar. Você não vê o que está em minhas mãos? A possibilidade de dar a alguém a opção de desviar seu destino a partir de uma vivência que eu tive, para que ela viva uma outra história que, mais tarde, se reunirá à minha e trará experiências diversas para enriquecer nossas consciências que, em substância, são uma só.

— Tudo bem, mas procure ficar calma.

— Tobias não vai se dar bem outra vez — acrescentou, com raiva. — Não posso permitir. Agora você entende por que não fui com a cara dele desde o começo? Ele não se esqueceu do que aconteceu entre nós. Voltou nesta vida para se vingar novamente.

— Será? Vingança faz parte do passado da humanidade. Seria Tobias uma exceção dentre os selecionados para continuar aqui? Ou está apenas tentando se reconciliar consigo mesmo, desfazendo o sofrimento de outras vidas?

— Não sei e não me interessa.

— Na verdade, você parece muito mais rancorosa do que ele — ela abriu a boca, hesitante. — Você disse que reconheceu Tobias, não foi?

— Foi.

— Você não acha que descobriu que foi ele quem matou Jaqueline para odiá-lo ainda mais, acha?

— Eu não o odeio... — objetou, de forma muito pouco convincente.

— Não é o que parece. Quem sabe você não teve a oportunidade de conhecer o passado para poder perdoá-lo? Agora
que você sabe que sua antipatia não é gratuita, pode muito
bem tentar superá-la. Isso não tornaria sua história diferente
daqui em diante? Não estaria alguém do passado influen-
ciando sua vida para alterá-la no futuro?

— Não havia pensado nisso.

— Pois acho que deveria pensar. Reflita sobre suas próprias
palavras. Você chegou a várias conclusões sozinha. Use os
mesmos argumentos para descobrir o que Jaqueline veio lhe
mostrar e que, na minha opinião, tem tudo a ver com Tobias.

Alícia não respondeu. O reconhecimento de Tobias como
Dimas, num primeiro momento, só fez aumentar a aversão
que ela sentia por ele e o desejo de afastá-lo de Denise. Juliano,
porém, estava certo. Talvez a forma de Jaqueline ajudar fosse
mostrando a ela, mesmo sem saber, que as animosidades tinham um motivo e deviam ser superadas.

— Quer saber, Alícia, tem algo muito sério em tudo isso —
tornou Juliano, com ar de preocupação.

— O quê?

— Essa sua obsessão pode estar contribuindo para sua dificuldade de engravidar. Seu pai já não disse que você tem
que relaxar? Como vai fazer isso se não tira essas ideias malucas da cabeça?

— Eu já tinha dificuldade muito antes de Tobias aparecer.

— Mas você não pode negar que a entrada dele em nossas
vidas só fez piorar a situação. Talvez sua alma guarde tanta
mágoa que esteja tornando difícil você acreditar que tem o
direito de ser mãe. Quem sabe Jaqueline não veio lhe mostrar
que o perdão é o caminho da liberdade?

Ele podia ter razão. Ainda se lembrara da sensação de liberdade que tivera quando se convenceu de que Bruna estava realmente morta. Alícia alisou o ventre, como se aca-
riciasse seu bebê invisível. Será que ela nunca conseguiria
engravidar?

CAPÍTULO 33

O celular de Lafayete não parava de tocar. Passava das quatro da tarde, e seu voo saía de Brasília às seis. Tinha que correr para o aeroporto se não quisesse perder o avião. Cézar ligava insistentemente. Mandou mensagem, e-mail, WhatsApp, tudo. Até que Lafayete, convencendo-se de que ele não desistiria, resolveu atender.

— Alô! — quase gritou ao telefone, quando ele tocou novamente. — Estou de saída para o aeroporto, Cézar.

— Você viu que a mensagem era urgente?

— Tá. O que foi?

— É a Sofia...

— O que tem ela? — retrucou Lafayete, o coração disparando de euforia.

— Sofreu um assalto e... foi baleada...

— Baleada? — repetiu, lutando para conter a ansiedade. — Ela está bem?

— Eu... Sinto muito... ela não resistiu.

— Ela morreu? — tornou ele, com assombro, sentindo uma espécie de alívio e espanto ao mesmo tempo.

— Infelizmente, sim.

— Já estou indo. Está quase na hora do meu voo.

O plano deu certo. O homem, finalmente, realizara o serviço. Lafayete queria saber detalhes, mas achou prudente aguardar até chegar ao Rio.

Enquanto isso, Cézar não sabia o que pensar. A polícia dissera que fora um roubo. Não fora difícil descobrir que Sofia acabara de comprar um relógio Rolex numa joalheria e, provavelmente, fora seguida pelo assaltante. A bolsa havia desaparecido, junto com o relógio.

Assim que o avião de Lafayete pousou no Santos Dumont, ele disparou pela saída. Como não levava bagagem, não precisou aguardar. O segurança teve que correr para acompanhá-lo, de tão rápidos eram seus passos. Ao passar pelo portão, diversos clarões estouraram diante de seus olhos, deixando-o praticamente cego. Toda a imprensa parecia saber do ocorrido, e vários flashes dispararam ao mesmo tempo, praticamente cegando-o. Repórteres surgiram de todos os lados, empurrando sobre seu rosto microfones dos mais variados tamanhos e formas, ostentando logotipos de tudo quanto era mídia.

— Deputado, já está sabendo do ocorrido com a sua esposa? — indagou uma repórter.

— Que atitudes o senhor pretende tomar? — era outro.

— Tem alguma razão especial para sua esposa ter sido assassinada?

— Dizem que foi um roubo. O senhor acredita nessa versão?

— Sem comentários — ele limitou-se a dizer, erguendo a mão para ocultar o rosto das câmeras.

O segurança foi abrindo caminho pela multidão, garantindo a passagem de Lafayete até o carro, onde Jonas o aguardava com a porta aberta.

— Doutor... — disse Jonas, dando a impressão de que bateria continência.

— Vamos embora. Depressa.

Ele entrou apressadamente, fazendo ar consternado, ensaiando algumas lágrimas. Da janela do carro, fez sinal para os repórteres, que se aglomeraram ao redor do veículo. Em um gesto estudado, enxugou os olhos e declarou com ar compungido:

— Senhores, por favor, mais tarde darei uma declaração. No momento, preciso ver minha mulher...

Calou-se, abaixando o rosto para engolir o choro. Os jornalistas silenciaram, em respeito à sua dor. Lafayete fez sinal para que Jonas desse partida. Minutos depois, ligou para Cézar.

— Acabei de chegar — anunciou. — Onde está o corpo?

Informado de que o corpo se encontrava no IML, foi para lá que Lafayete seguiu, ensaiando, mentalmente, as palavras de pesar que deveria pronunciar. Ao chegar, nova multidão de repórteres o esperava. Ele aguardou o segurança vir do carro de trás e saltou transtornado, entrando no edifício protegido por um cordão de isolamento policial. O reconhecimento do corpo foi rápido. Lafayete pediu uns instantes a sós com a esposa, chorando sobre seu corpo. Antes da derradeira despedida, aproximou o rosto do ouvido que já não ouvia e sussurrou apenas para ela:

— Você não queria me agradar? Pois essa foi a melhor coisa que você já fez por mim.

Em seguida, beijou-a nos lábios frios e descorados, fingindo profundo sofrimento. Secando lágrimas inexistentes com um lenço, virou as costas, hesitante, e saiu.

— Você está bem? — perguntou Cézar, que acabara de chegar.

Ele assentiu. Não havia quem não se comovesse com a dor de Lafayete. À saída, finalmente, deu uma declaração:

— Neste momento, gostaria que todos respeitassem a minha dor, a dor da minha família. Acabei de perder a única mulher que amei em toda a minha vida, minha companheira de todas as horas, mãe de meus filhos, esposa dedicada e amiga. É impossível mensurar o quanto isso dói em meu coração.

Vendo e ouvindo o deputado, Cézar quase acreditou na sua tristeza. Só quem o conhecia bem para saber que, em seu íntimo, rolavam lágrimas de felicidade e alívio.

— Venha comigo — ordenou a Cézar. — Temos muitos preparativos a tratar.

— Está bem.

Cézar entregou as chaves de seu carro ao segurança de Lafayete e entrou com ele no banco de trás, cumprimentando Jonas com um aceno de cabeça.

— Para casa — disse ao motorista e, sem se virar para Cézar, foi dando as instruções necessárias: — Providencie o retorno de meus filhos imediatamente. Não quero que saibam da notícia pelos jornais.

— Infelizmente, isso não será possível. As redes sociais divulgaram tudo, e eles já telefonaram para saber se era verdade.

— Droga! Bem, traga-os de volta.

— Já fiz isso. Eles devem chegar amanhã pela manhã.

— Ótimo. Não quero ser incomodado em casa. Preciso chorar a minha dor em paz. Quanto a você, procure Jaqueline e explique a ela que não poderei vê-la pelos próximos dias. Toda a imprensa estará de olho em mim e, até que a notícia esfrie, não posso dar bandeira.

— Dar bandeira...?

— É claro! Não ficaria nada bem se o povo me visse na casa da minha amante antes mesmo de o corpo da minha mulher esfriar na sepultura.

— Tem razão.

Silenciaram. Pela cabeça de Cézar, mil dúvidas se amontoavam. A mente de Lafayete também não sossegava. Pelo canto do olho, notava o ar cético do assessor. Ele desconfiava de algo, tinha certeza. Não era para menos, com as coisas que ele andava dizendo. Não tinham, contudo, como comprovar. Antes de embarcar, Lafayete telefonara a Jonas, que o colocara a par do incidente. Não havia nada que ligasse o assalto a ele.

— Não tive nada a ver com isso — anunciou ele, de repente.

— Não disse que tinha — respondeu Cézar, secamente.

— As bobagens que andei falando... Foram apenas loucuras de um homem apaixonado pela amante. Eu jamais faria mal à mãe dos meus filhos.

— Não duvido disso.

— Eu a amava.

— Eu sei.

— Você está desconfiado de mim — ele não respondeu. — Percebo em seu olhar.

— O que você queria, Lafayete? — reconheceu Cézar, sem conseguir se conter. — Depois de tudo o que você andou falando, Sofia aparece morta. Você tem que reconhecer que é, no mínimo, suspeito.

— Foi coincidência. Eu me apaixonei por Jaqueline, e Sofia estava me pressionando. A única coisa que queria era liberdade.

— Bem... Conseguiu.

— Não desse jeito! Não queria que minha mulher morresse! Você não entende? Jaqueline é minha fonte de deleite, mas Sofia era meu porto seguro. Agora não sei o que fazer sem ela.

— Tenho certeza de que, logo, logo, você vai descobrir.

— Você está sendo irônico. Não o culpo, mas você tem que acreditar em mim.

— Por que isso é tão importante?

— Porque você é meu assessor, meu homem de confiança, meu... irmão. Preciso que confie em mim.

Cézar limitou-se a encará-lo por alguns segundos, até que retrucou:

— Não se preocupe comigo. Não tenho nenhuma prova contra você.

— Por que fala em prova? Não tenho que provar minha inocência, nem para você, nem para ninguém. Eu não fiz nada.

— Exatamente. Por isso é que não deve se preocupar. Vamos esperar que Fábio saia do coma e esteja em condições de esclarecer alguma coisa. Ele pode ter visto o assassino.

— Fábio está vivo? — surpreendeu-se Lafayete, horrorizado.

— Você nem chegou a ler os jornais, não é mesmo? Fábio foi o único sobrevivente. Sofia e o motorista não tiveram a mesma sorte.

— Como ele está?

— Em coma, já disse. Sofreu uma cirurgia para extração da bala, que perfurou seu pulmão, mas os médicos estão esperançosos. Se sair do coma, vai se recuperar bem.

De forma imperceptível, Lafayete trocou olhares com Jonas pelo espelho retrovisor. O motorista se esquecera daquele pequeno detalhe.

— Mantenha-me informado sobre o estado de saúde dele — falou, quase mecanicamente.

— Pode deixar.

A conversa caiu no silêncio. Não havia mais o que dizer. A preocupação de Lafayete era imensa, partilhada por Jonas. De qualquer forma, Lafayete devia estar seguro. Ninguém poderia ligar aquele bandido ao nome dele. Não havia provas contra ele, sequer uma leve desconfiança. Para todos os efeitos, tudo não passara de um assalto.

Mesmo assim, Lafayete permitiu que um calafrio percorresse seu corpo como uma corrente elétrica. Se havia uma pessoa que sabia que ele havia sido o mandante daquele crime, jamais se sentiria seguro.

CAPÍTULO 34

O terror que Jaqueline sentia de Lafayete só fez aumentar após a notícia da morte de Sofia. Dois dias antes, ela havia tentado alertar a mulher, que não lhe dera ouvidos, e agora, ela estava morta. Somente o segurança sobrevivera, mas ele nada poderia provar contra Lafayete.

Os olhos de Jaqueline se encheram de lágrimas. Por que tantas pessoas morriam ao redor dela? Primeiro a mãe, depois Dimas, e agora, Sofia. Será que ela atraía a morte? Sentindo-se sufocar, correu para o terraço, debruçando-se sobre o guarda-corpo. Precisava ver gente, pessoas vivas que lhe dessem a certeza de que ela também vivia.

Subitamente, a visão do outro dia voltou à sua mente. Fora uma coisa realmente esquisita. Ela tomara um ônibus e fora à praia com Maurício. Já no fim da tarde, a praia mais vazia foi um convite à caminhada. O irmão corria à sua frente, entrando na água de vez em quando, com Jaqueline andando devagar mais atrás. Foi quando, de repente, ela a viu.

Era a mesma moça de seus sonhos e suas visões. Reconhecera-a quase imediatamente. E o mais estranho é que a moça parecia tê-la reconhecido também. Aproximaram-se, olhando-se mutuamente com ar de espanto. Bem próximas uma da outra, Jaqueline levou um susto. Olhou de um lado a outro mas, subitamente, parecia que todos haviam paralisado no tempo. Era como se apenas ela e a outra tivessem vida. Sem pensar, Jaqueline estendeu a mão e, para sua surpresa, seus dedos tocaram o rosto da outra.

A conversa que se iniciou permanecia nitidamente gravada em sua mente. Jaqueline achou mesmo que jamais a esqueceria. A moça se chamava Alícia e estava tão viva quanto ela. Ambas partilhavam os mesmo sonhos, as mesmas visões. Só que, ao contrário dela, Alícia dissera estar vivendo no ano 2219! Era uma loucura. Só podia ser uma alucinação, embora tão real que pudesse ser tocada. Ou, ao menos, era o que ela pensava, porque aquilo, decididamente, não podia ser real. O ano não era 2219, mas 2015. Jaqueline, com certeza, andava tomando sol demais.

Da mesma forma como surgira, a aparição desvanecera. Na verdade, fora mais como se Jaqueline tivesse piscado os olhos, mudando sua realidade. Ao fechá-los estava lá, e no milésimo de segundos que levara para abri-los, estava de volta à praia, com Maurício gritando a seu lado, a voz distorcida pelos gritos de Alícia, que pareciam ter viajado com ela:

— (Espere!)... Jaqueline... (Espere! Não se vá!)... Jaqueline! Jaqueline!

Ela virou o rosto e encarou Maurício, que a sacudia em pânico. Aos poucos, sua realidade entrou em foco. Ainda estava na praia, a mesma onde encontrara Alícia. Só que as pessoas haviam retornado, e o irmão gritava com ela:

— Você está bem, Jaque? O que aconteceu?

— Não aconteceu nada, por quê?

— Você ficou fora do ar. De olhos abertos, imóvel, fitando um ponto fixo na areia. O que foi que houve?

— Nada. Não se preocupe, já passou.

Mas não havia passado. Jaqueline ficara extremamente intrigada com aquela visão surreal. Alícia não lhe parecia assombração nem alucinação. Era palpável e conversara com ela. Ela não sabia explicar que fenômeno era aquele e nem queria. Ou estava ficando louca, ou via coisas além da imaginação.

Aquilo acontecera havia alguns dias. Desde então, não vira mais Alícia nem sonhara com ela. Jaqueline ainda pensava na estranheza de suas visões quando alguém, lá embaixo, acenou para ela. Levou um choque. Uma outra visão, bem mais desagradável do que Alícia, fez seu coração disparar de medo.

— Não — sussurrou para si mesma. — Dimas, não.

Ela fechou os olhos e abriu-os novamente. Lá estava ele. Desviou o rosto e tornou a olhar. Dimas continuava lá. Sem pensar nas consequências, Jaqueline desceu. Queria confrontar aquela aparição e pedir-lhe que dissesse a que veio ou que sumisse para sempre.

Saiu pela portaria em disparada, atravessando a rua em meio aos carros. Dimas, porém, havia sumido.

— O senhor viu um homem parado ali? — ela perguntou ao porteiro.

— Não, senhora, não vi ninguém. .

Um espírito some no ar quando quer. Dimas, na certa, prevendo que ela iria ao seu encontro, resolveu evaporar antes que ela o encontrasse. Mesmo assim, Jaqueline andou até a esquina, depois até a outra. Nada.

De volta ao prédio, Cézar a aguardava na portaria. Viu quando ela saiu em disparada, mas não teve tempo de alcançá-la.

— O que foi que houve? — Cézar quis saber. — Por que estava correndo na rua feito louca?

— Ah, Cézar, que bom que você chegou — ela choramingou, atirando-se em seus braços. — Acho que estou enlouquecendo.

— Vamos subir e você me conta tudo.

Já em casa, Cézar serviu-lhe um copo d'água, que ela sorveu lentamente. Depois levantou-se e foi para a cozinha.

— Preciso preparar o almoço. Daqui a pouco, Maurício chega da escola morrendo de fome.

— Tudo bem. Mas o que aconteceu? O que estava fazendo lá embaixo? Foi por causa de Sofia?

— Eu bem que avisei, não avisei? Sofia não acreditou em mim e agora está morta. Tenho certeza de que foi o doutor quem mandou matá-la.

— Foi um assalto.

— Você acredita mesmo nisso?

— Ao menos, por enquanto, essa é a versão oficial da polícia.

— Nós dois sabemos que não foi isso que aconteceu. O doutor Lafayete estava doido para se livrar da esposa e contratou alguém para matá-la.

— Escute aqui, Jaqueline — zangou ele, segurando-a com firmeza pelos punhos. — Nunca mais diga isso. Se tem amor à vida, esqueça tudo o que ouviu.

— Então, eu estou certa, não estou?

— Não foi o que eu disse. Só que há coisas com as quais é melhor não se envolver. Essa é uma delas. Você pode acabar provocando a ira de Lafayete, e você sabe do que ele é capaz. Ele não vai ficar nada satisfeito se descobrir que a amante desconfia que ele é um assassino.

Ela puxou as mãos, soltando-as de Cézar. Concentrou-se na comida, deixando o pensamento vagar através de suas dúvidas.

— Aconteceu uma coisa esquisita hoje — considerou ela. — Foi por isso que desci.

— O que foi?

— Vi o espírito de Dimas novamente.

— Isso não é possível.

— É claro que é. Acredito perfeitamente em espíritos e acho que você deveria acreditar também.

— Não é isso. É que duvido que Dimas esteja morto.

— Como assim?

— Com tanta coisa acontecendo, esqueci de lhe dizer. Andei investigando. No site do Tribunal de Justiça do Espírito Santo, não há nenhum processo criminal instaurado contra você. Tampouco existe inquérito policial em seu nome. Pedi a um colega capixaba que verificasse para mim, mas ele não apurou nada. E, o mais importante, é que nenhuma vítima foi registrada com o nome de Dimas Ricardo Ataliba de Souza. Sequer deu entrada no IML. Também não encontrei o nome dele no Cadastro Nacional de Falecidos nem em qualquer site de busca na internet.

— O quê? O que isso significa?

— Significa que Dimas não está morto. Ou, se está, seu corpo ainda não foi descoberto, o que é pouco provável, já que o mau cheiro teria atraído os vizinhos. Só o que não consegui foi saber se ele deu entrada em algum hospital. Isso, só mesmo ligando para todos, o que não é muito fácil.

— Meu Deus, Cézar, será possível?

— Você deve tomar muito cuidado. O que você vê não é o espírito de Dimas, mas o Dimas em carne e osso. Ele descobriu onde você está e quer vingança.

— Não pode ser. Eu enterrei a faca no coração dele. Vi o sangue escorrer, ele não estava respirando.

— A respiração dele devia estar fraca, mas ele não estava morto.

— Se isso é verdade, como ele me descobriu aqui?

— Não sei, mas também não creio que seja difícil. Uma garota sozinha no Rio, com uma criança, não tem muitos lugares para se esconder. Ou está na rua, ou na prostituição.

— E agora, o que vou fazer?

— Se você falar com Lafayete, ele logo arranja alguém para dar um susto no malandro.

— Não. Não quero ser duas vezes responsável pela morte de Dimas.

— Como ele não morreu nenhuma vez, você não é responsável por nada.

— Você me entendeu. Tenho medo de Lafayete e uma consciência a quem prestar contas. Se Dimas não morreu, ótimo. Que continue vivo. Apenas o quero longe de mim e de Maurício.

— De qualquer forma, tome cuidado. Não quero que nada lhe aconteça.

— Está preocupado comigo?

— É claro que estou.

— Pensei que não gostasse de mim.

— Não estou apaixonado, mas gosto de você.

Foi o instinto que moveu Jaqueline. Ela soltou a colher de pau, enxugou as mãos no pano de pratos e jogou os braços ao redor do pescoço dele. Imediatamente, todo o corpo de Cézar enrijeceu, dando a ela a impressão de que abraçava um bloco de gelo. Ela, ao contrário, sentiu um calor subindo-lhe pela espinha, de tal forma que virou o rosto para ele, buscando-lhe a boca com a sua. De forma delicada, porém, decidida, Cézar afastou-a dele, evitando o beijo sem nenhum disfarce.

— Cézar, eu... — ela começou a gaguejar. — Sinto muito. Mas é que eu o...

— Não diga nada — objetou ele, pondo o dedo sobre os lábios dela. — Não quero saber.

— Eu... eu... Não é possível que você não sinta nada por mim!

— Já disse que gosto de você, preocupo-me com você, mas não a amo como mulher. Não posso lhe dar o que você deseja.

— Por quê? Por acaso, você é gay?

— E se fosse? Você deixaria de gostar de mim?

— Não — confessou ela num sussurro, totalmente vencida pela paixão.

Dessa vez, foi ele quem a abraçou, procurando transmitir-lhe o sentimento da mais pura fraternidade.

— Esqueça-me — murmurou. — Não sou o homem certo para você.

Jaqueline deixou os braços caírem ao longo do corpo, sequer se virando quando ele passou por ela a caminho da porta. Sentia-se arrasada, frustrada, iludida. Ele era gay. Como é que ela não pensara nisso antes? Cézar disfarçava muito bem. Ela não era preconceituosa, contudo, recusava-se a acreditar que o homem por quem seu coração se desmanchava jamais sentiria desejo por ela.

Quando chegou lá embaixo, Cézar olhou para cima, para ver se Jaqueline não o observava do terraço. Ela não estava lá. Melhor. Ele não queria acabar com suas ilusões de um só golpe, mas ela não lhe deixara escolha. Era melhor sofrer agora do que alimentar uma fantasia cujo desfecho só poderia ser a decepção.

Assim que o carro dele sumiu no fim da rua, Dimas saiu de trás da árvore, sorrindo com malícia e desdém. Bem podia imaginar o que aqueles dois faziam sozinhos no apartamento. O janotinha se divertia com a vagabunda, crente que ninguém mais os observava. Quanta ilusão! Ele estava ali para mostrar-lhe que, apesar de tudo, ainda era ele quem mandava.

Dimas vira quando Jaqueline correra pela rua à sua procura, sem conseguir encontrá-lo. Agora não tinha mais dúvidas de que sua presença no Rio fora revelada. Logo, um carro encostou no meio-fio. Ele ainda deu uma última olhada para a cobertura de Jaqueline antes de entrar e sorrir para a pessoa sentada ao volante.

— Vamos embora — pediu. — Ela já sabe que a segui até aqui.

CAPÍTULO 35

A vida não transcorrera do jeito que ela sonhara. Nada do que desejara deu certo. A não ser o casamento com Reginaldo, os rumos que escolhera traçar pareciam amaldiçoados. Primeiro, o nascimento de Jaqueline. Depois, o casamento com Dimas, a traição, a rejeição e, por último, a morte.

Durante todo aquele tempo em que se encontrava no mundo dos espíritos, Rosemary seguiu os passos de Dimas, a quem atribuía parte da culpa pelo seu desencarne. A outra parte, a maior, mais significativa, pertencia a Jaqueline. Devia tê-la expulsado de casa logo que soubera que ela andava se insinuando para Dimas, contudo, o dever de mãe a obrigara a ficar com ela. Como se arrependia!

Após o desenlace, Rosemary praticamente se grudara a Dimas, na esperança de ajudá-lo a encontrar Jaqueline. Queria vingar-se por intermédio dele. Não adiantava nada acercar-se de Jaqueline, pois ela parecia não notar sua presença. Quando se aproximava, a filha lembrava-se dela, mas não a percebia a seu lado. Dimas seria seu instrumento, a força motriz de sua vingança. Se Jaqueline fora a maior responsável pelo fim de sua vida e pelo quase fim da vida de Dimas, nada mais justo do que os dois se unirem para se vingar, ainda que ele não soubesse.

Foi por intermédio dela que Dimas esbarrou com Lampião. Como Jaqueline vivia dizendo que gostaria de conhecer o Rio de Janeiro, Dimas, intuído por Rosemary, deduziu que fora para lá que ela havia fugido. Daí a levá-lo à zona de meretrício não foi difícil. Indagando aqui e ali, mais uma vez, Rosemary conduziu os passos de Dimas até Lampião, a quem se associou para engendrar seu plano de vingança.

Os olhos de Rosemary se desviaram da mulher morta à sua frente para fixar-se no horizonte, como se medisse a distância do percurso que transcorrera até que fosse parar ali. As lembranças a motivavam. Eram elas que alimentavam seu ódio.

Rosemary sabia que devia amar Jaqueline, contudo, o amor nunca veio. Já na gravidez, uma repulsa estrondosa quase a levou a cometer o aborto, que só não aconteceu devido à interferência de Reginaldo.

Vendo Jaqueline crescer, a aversão foi aumentando, de tal forma que ela era obrigada a evitar o contato com a filha. Falava com ela por monossílabos, quase não a olhava nos olhos, dava-lhe as costas e simplesmente balançava a cabeça quando ela lhe contava seus problemas. No princípio, Jaqueline não percebeu. Estranhava as atitudes frias, mas Reginaldo sempre interferia para confortá-la, alegando que tudo não passava de cansaço da mãe.

Quando Maurício nasceu, todas as atenções de Rosemary voltaram-se, exclusivamente, para ele. Não é que ele fosse exatamente seu preferido, mas era outra criança, alguém que lhe servia de desculpa para não precisar ocupar-se com a filha.

Depois veio a morte de Reginaldo. Feliz com o aniversário do filho temporão, Reginaldo se esmerava no preparo de sua primeira festinha, apesar de ela ter sido contra. O menino era ainda muito novinho e não entenderia nada da festa. Reginaldo, porém, deixou-se convencer pela insistência de Jaqueline. Não fosse por ela, ele também estaria vivo.

Pronta a decoração, Reginaldo saiu cedo para buscar o bolo. Em seguida, passaria na costureira para apanhar o vestido de

Jaqueline. Foi na volta da costureira que tudo aconteceu. Um motorista bêbado cruzou a avenida e se atravessou na contramão, batendo de frente no carro dele. A morte de Reginaldo foi instantânea, transformando a festa do filho em seu primeiro momento de luto. Tudo porque Jaqueline insistira em ter um vestido novo.

Dimas surgiu como um consolo. Apesar de viver a suas custas, Rosemary gostava dele. Enquanto ela se matava de trabalhar, Dimas se entregava à bebida e ao sexo fácil com sua própria filha. Lembrar-se desse detalhe lhe causava uma fúria descomunal, a tal ponto que ela cravava as unhas em seu corpo astral, na esperança de que a dor aliviasse o ódio.

Depois, vieram as surras, que ela suportava com medo e resignação, sentindo até um certo prazer todas as vezes em que ele espancava Jaqueline. Era um sentimento inexplicável. Após a morte de Reginaldo, a distância entre as duas se acentuara ainda mais. Rosemary cuidava de Jaqueline, de sua alimentação, dos estudos, e só. Nenhuma carícia, nenhum agrado, nem um sorriso. Nada.

À noite, quando sozinha no leito, Rosemary perguntava-se por que Deus levara o marido amado e lhe deixara uma filha imprestável, que ela era obrigada a suportar simplesmente porque nascera de seu ventre. Sem coragem de descontar nela suas frustrações, Rosemary viu em Dimas o executor que tanto esperava. Ele sim, ao contrário de Reginaldo, tinha o poder de disciplinar a menina. Só que a violência de Dimas alcançou também Maurício e, por mais que Rosemary quisesse, não conseguia evitar que o menino também apanhasse. Aos poucos, foi-se desinteressando dele também, embora não tivesse por ele nenhum tipo de aversão.

O dia de sua morte representou a gota d'água em sua difícil relação com Jaqueline. Rosemary não se cuidava como devia, mas não acreditava que essa tivesse sido a causa do infarto. Ela estava acima do peso, não se exercitava, fumava, tinha péssimos hábitos alimentares, colesterol e triglicerídeos altos. Mas o que a matara mesmo fora a forte emoção a que se submetera naquela noite funesta.

Rosemary havia chegado cansada do trabalho, cheirando a cigarro e suor. Encontrou Dimas adormecido na cama, o corpo seminu exposto por causa do calor. Há bastante tempo sem sexo, a visão do marido a excitou. Lentamente, ela se aproximou dele, acariciando seu corpo. Ele não custou a perceber o que estava acontecendo, embora julgasse que fosse um sonho. Ainda de olhos fechados, abriu um sorriso malicioso, gemendo baixinho de prazer. Ela o beijava quando ele sussurrou, transbordando de excitação:

— Isso, Jaqueline, assim...

— Jaqueline? — explodiu ela, substituindo a excitação pela fúria.

O grito foi tão agudo que Dimas se deu conta de que não estava sonhando. De um salto, empurrou Rosemary para fora da cama, esfregando o corpo como se quisesse limpá-lo do contato da mulher.

— O que você está fazendo? — questionou ele, entre o horror e a repulsa.

— O que acha que estou fazendo? — retrucou ela, a voz trêmula de raiva. — Nada que uma mulher não faça com seu marido.

Se ela cheirava a suor e cigarro, ele recendia a bebida. A combinação enjoou o próprio Dimas, que se afastou da mulher com cara de nojo.

— Deixe-me em paz — grunhiu ele, encaminhando-se para a porta.

— Aonde você vai? Procurá-la? Sei o que você faz com Jaqueline, Dimas, mas você não representa nada para ela. Eu sou sua mulher.

— Você não é mulher. Não é nem um décimo da mulher que sua filha se mostrou ser.

— Cachorro!

Pela primeira vez, ela partiu para cima dele, arranhando e mordendo. Ele a esbofeteou algumas vezes, segurando-a com violência pelos punhos.

— Tribufu — desdenhou. — Você é gorda, relaxada, asquerosa e cheira mal. Tenho nojo de você. Nunca mais ouse me tocar. Daqui por diante, a única mulher que merece o meu sexo é Jaqueline. Afaste-se de mim, bruaca velha.

A força com que ele a empurrou sobre a cama ocultou o estado de Rosemary quando caiu. As artérias semiobstruídas não deram conta de bombear sangue suficiente para o coração. O infarto foi praticamente fulminante. Ela ainda teve tempo de soltar uns gemidos grotescos, que ele interpretou como lamentos, antes de sair pela porta, cambaleando devido à bebedeira. Mas a última imagem na mente de Rosemary, aquela que ela levou para o lado espiritual, foi o rosto da filha contorcendo-se de prazer sob o corpo de Dimas. Junto a ela, um ódio incontrolável e agora livre dos pudores da maternidade.

Quando Dimas retornou, ainda mais alcoolizado, nem percebeu que Rosemary estava morta. Empurrou-a para o lado sem cerimônia e deitou-se, sequer imaginando que dividia a cama com um cadáver. Na manhã seguinte, quando a verdade apareceu, Dimas escondeu do mundo a pequena discussão que tiveram na noite anterior.

Agora, Rosemary via-se ali sozinha, sem amigos nem parentes, ninguém com quem contar. Nem os espíritos das sombras pareciam interessar-se por ela. Talvez estivesse preocupada demais com sua vingança pessoal para servir a seus propósitos. Ouvira mesmo um deles dizer que ela não passava de uma demente.

É claro que Rosemary sabia de tudo o que acontecia com Jaqueline. Desde que Dimas a encontrara, dividia-se entre os dois. Ao marido, até que conseguia ter acesso. A Jaqueline, contudo, suas intromissões pareciam não surtir efeito. Talvez ela não tivesse a sensibilidade necessária para detectar sua presença. Melhor assim, já que ela não tinha interesse em dar-se a perceber. Tinha medo de que Jaqueline recorresse a algum centro espírita que a afastasse justo no momento em que encontrara alguém capaz de ajudá-la.

Parecia que agora, finalmente, conseguira uma aliada.

Abrir os olhos no mundo astral foi como despertar após um acidente e se ver imobilizada em uma cama de hospital. Foi exatamente assim que Sofia se sentiu, com a única diferença de que a cama era, na verdade, o próprio chão gosmento de sangue. A princípio, ela custou a entender o que havia acontecido. Mas a memória, aos poucos, foi se conectando ao presente e evocou a lembrança daquela tarde fatídica. Olhou para o peito, onde a ferida ainda borbulhava de sangue, esparramando-se pela terra seca onde ela se encontrava deitada.

— Estarei morta? — indagou a si mesma, apertando a ferida no peito.

— Está — respondeu uma voz desconhecida.

Estranhamente, Sofia não se surpreendeu. Ao contrário, compreendeu tudo rapidamente. A leitura espírita que iniciara havia algum tempo a ajudara a entender e aceitar sua nova situação como mais uma etapa a ser vivida. Lembrou-se dos livros e dos ensinamentos que continham, constatando que tudo era mesmo verdade. Foi o que a ajudou.

Calmamente, resolveu se levantar. Para sua surpresa, as pernas obedeceram, colocando-a diante de uma mulher horrenda, desgrenhada, maltrapilha.

— Quem é você? — assustou-se. — Isso aqui é o inferno?

Rosemary soltou uma gargalhada, que soou sinistra aos ouvidos de Sofia, e retrucou de bom humor:

— Inferno? Essa é boa. Não, querida, aqui não é o inferno. É só um lugar comum da Terra.

Sofia olhou ao redor. O lugar em que se encontrava parecia um lixão sem qualquer tipo de aterro ou saneamento.

— Como foi que cheguei aqui?

— Eu a trouxe.

— Como?

— Trazendo, ué! Você não pesa nada agora. Qualquer um pode movê-la.

— E esse sangue? Como é que ainda estou sangrando?

— Sei lá. Mas não se preocupe. Com o tempo, isso passa. É só você se desligar da sangueira que ela vai embora. Ao menos, é o que acho, já que você não tem mais corpo físico. Isso aí só pode ser uma ilusão.

Sofia seguiu o olhar de Rosemary, que se deteve sobre a ferida sangrenta. Apesar do sangue, ela não sentia nenhuma dor.

— Você disse que estou morta, o que não duvido. Lembro-me vagamente de alguém disparando contra mim... E os outros? Também morreram?

— Seu motorista foi para o céu — ela apontou para cima, indicando que ele fora logo socorrido. — O outro está no hospital.

— Fábio está vivo? — ela assentiu. — Onde? Preciso vê-lo.

— Vá com calma, meu bem. Uma coisa de cada vez. Primeiro, você tem que se habituar a sua nova vida. Estou aqui para ajudá-la.

Sofia estudou a mulher cuidadosamente, objetando com delicadeza:

— Não me leve a mal, moça, mas você não parece em condições de ajudar ninguém.

— Meu nome é Rosemary.

— Muito prazer, Rosemary. Sou Sofia...

— Eu sei.

— Você sabe? Não me lembro de ter sido apresentada a você.

— Não foi. Mas eu a vi na casa de Jaqueline.

— Você conhece Jaqueline?

— Ela é minha filha.

Por instantes, Sofia perdeu a fala, pensando que a mulher estivesse ali para prejudicá-la.

— O que você quer comigo? — murmurou, presa de certo terror. — Não fiz mal nenhum a Jaqueline.

— Eu sei. Mas não gostaria de fazer?

— Não, não — objetou, temendo que Rosemary julgasse que ela representava algum perigo para a filha. — Na verdade, só posso desejar-lhe bem. Ela tentou me alertar...

— Ela foi a única responsável pela sua morte — cortou Rosemary, irritada. — Não precisa fingir, com medo de mim. Não estou aqui para defender Jaqueline de você. Na verdade, quero ajudá-la a vingar-se dela.

— Vingar-me de Jaqueline? Por que eu faria isso?

— Porque você morreu. Será possível?

— Você deve estar cometendo algum engano. Jaqueline não me matou. Foi um homem desconhecido, provavelmente, a mando de meu marido. Jaqueline, ao contrário, tentou me avisar.

— Isso não quer dizer nada. Não fosse o caso dela com seu marido, você ainda estaria viva, assim como eu, se ela não tivesse se oferecido para o meu marido também.

— Jaqueline tinha caso com o pai?

— Com o padrasto. Por causa dela, estou morta.

— Foi ela quem a assassinou? Sua própria mãe?!

— Não exatamente. Quero dizer, ela não puxou o gatilho nem nada, mas foi responsável pelo meu infarto.

— Você enfartou? Foi isso?

— Foi.

— E, por causa disso, você quer se vingar de sua filha?

— Nós duas podemos tramar uma vingança fabulosa, e temos um encarnado para executá-la para nós.

— Quem?

— Meu marido, oras. Sabia que Jaqueline tentou matá-lo? Depois que eu parti, ela tentou seduzi-lo e, como ele recusou, ela avançou sobre ele com uma faca. Ele só não morreu porque a faca não atravessou o coração e ele foi socorrido a tempo por um vizinho.

A história toda era muito esquisita. Sofia não sabia nada da vida de Jaqueline, não ia acreditando assim de cara numa desconhecida. E, mesmo que acreditasse, vingar-se não lhe parecia correto. Não era isso que pregavam os ensinamentos espíritas. Além do mais, não tinha nada com isso.

— Olhe, Rosemary, agradeço o que está tentando fazer por mim, mas não posso ajudá-la. A desavença entre você e Jaqueline não é problema meu.

— E o caso dela com seu marido? Você não foi procurá-la para tirá-la de seu caminho?

— Ofereci-lhe dinheiro, só isso. Não pretendia matar ninguém. Não sou assassina. E ela só fez me ajudar. Se eu a tivesse ouvido, teria me cuidado mais e talvez estivesse viva agora.

— Você é uma tonta mesmo, não é? Tudo bem, vá embora. Vire-se sozinha.

Fingindo aborrecimento, Rosemary rodou nos calcanhares e começou a se afastar, deixando Sofia apavorada. Não sabia para onde ir. Não sabia nem onde estava, nem como pedir ajuda. Sequer se lembrou de rezar, talvez porque o assédio de Rosemary a houvesse desviado de sua verdadeira condição de espírito, fazendo-a sentir-se ainda parte do mundo físico. Lamentavelmente, Rosemary era o único ser que se via por ali.

— Espere! — gritou ela, correndo atrás da outra. — Vou com você. Não quero ficar sozinha aqui.

Sorrindo de satisfação, Rosemary deu o braço a Sofia, conduzindo-a até um casebre abandonado, que ela resolvera ocupar para fugir dos desencarnados que vagavam por ali. Sofia assustou-se com a decadência do lugar, mas não resistiu. Ainda não se habituara a viver como espírito.

Com o pensamento ligado em Fábio, ela fechou os olhos ao se aproximar da parede mas, para sua surpresa, passou por ela e entrou.

CAPÍTULO 36

Fábio, finalmente, abriu os olhos no hospital. Ainda estava fraco, porém, consciente e lúcido. Sabia muito bem o que havia acontecido e decidiu que iria contar tudo à polícia. Lafayete não ia se safar daquele crime impunemente. Tateou ao redor da cama, em busca da campainha, e encontrou. Premiu o botão freneticamente, até que uma enfermeira apareceu.

— Sofia, como está? — foi sua primeira pergunta.

— Por favor, senhor, tente se acalmar — a enfermeira retrucou gentilmente. — O médico virá vê-lo.

— Você não está entendendo. Quero saber como Sofia está.

— Um momento, por favor. Não se altere, pois isso pode lhe fazer mal. O senhor passou por uma cirurgia muito delicada.

— Não me importo. Quero saber de Sofia!

— Pode deixar, enfermeira, que cuido disso — foi a voz do médico, chegando por detrás dela.

— Doutor, pelo amor de Deus, diga-me onde está Sofia — implorou ele.

— Quem é Sofia, posso saber?

— Minha... chefe. A mulher para quem trabalho, esposa do deputado Igor Lafayete.

A notícia estava em todos os jornais, logo, a morte de Sofia era um fato público. O médico hesitava em dar a notícia a

Fábio, com medo de agravar seu estado mas, diante da insistência, considerou que seria melhor falar a verdade, ou ele poderia sair da UTI para ir à procura dela.

— Tenha calma, meu filho. A esposa do deputado não sobreviveu.

Não foi propriamente um choque. Foi mais como uma tristeza. Fábio cerrou os olhos, mas as lágrimas transbordaram mesmo assim. Ele não falou mais, contudo, via-se que estava sofrendo. O médico deu-lhe um sedativo para acalmá-lo.

Quando tornou a abrir os olhos, não estava mais na UTI, porém, num quarto de hospital muito bem equipado. Um vulto a seu lado se movimentou logo que percebeu que ele havia acordado. Procurando colocar as imagens em foco, Fábio piscou várias vezes. Aos poucos, o vulto foi se delineando, até que a silhueta familiar não deixou dúvidas de que se encontrava diante do deputado em pessoa.

— Como está se sentindo? — indagou Lafayete, dando mostras de preocupação.

Fábio olhou dele para Cézar, que se postou a seu lado. Logo, a lembrança da frase quase inaudível que o assassino sussurrara ecoou em seus pensamentos: *Agradeço pelo relógio, em nome do doutor Lafayete.* Ele arregalou os olhos e ia erguendo o dedo acusador na direção dele, quando Lafayete falou com fingida serenidade:

— Estamos felizes que esteja bem, Fábio.

Na mesma hora, Fábio compreendeu por que o deputado, em pessoa, se dera ao trabalho de ir até o hospital: para ver o quanto sabia o insignificante, e agora perigoso, segurança de sua esposa.

— Sofia está morta — afirmou.

— E o motorista também — acrescentou Lafayete. — Você é a única esperança que temos de fazer o reconhecimento do assassino.

— Não vi o seu rosto — mentiu, olhando para Cézar de soslaio. — Ele atirou em mim pelas costas.

Não era verdade que Fábio não tinha visto o rosto do atirador. A verdade é que jamais se esqueceria daquele rosto.

Vira-o quando ele se aproximara do carro ao lado, fingindo que abria a mala. Acostumado à observação, Fábio gravara bem sua fisionomia. Só não entendia como pudera ser tão ingênuo a ponto de não perceber a armadilha.

— Foi uma tragédia, mas faremos de tudo para prender o responsável por esse crime bárbaro — garantiu Lafayete, fazendo ar compungido. — Não descansarei enquanto não colocar atrás das grades o assassino de minha esposa.

Fábio sabia que era mentira. Por pouco não o acusou ali mesmo. Mas não podia se descontrolar, ou seria o próximo da lista de Lafayete a morrer. Fingiria que não se lembrava de nada para agir com mais segurança. Não descansaria enquanto não levasse aquele homem à Justiça.

Quando, dias depois, teve alta do hospital, Fábio já sabia o que fazer. Aguardou pacientemente, até ter certeza de que não estava sendo vigiado. Durante todo o tempo em que permanecera internado, Lafayete o visitara diariamente, alegando preocupação com o homem que sempre cuidara bem de sua mulher. Fábio, contudo, estava certo de que aquilo era só uma desculpa para investigar o quanto ele sabia. Um sobrevivente era uma possível testemunha, e Lafayete cuidaria para que ele não estivesse em condições de testemunhar, fosse pela ignorância, fosse pela morte.

Mas Fábio era esperto. Fingiu que de nada sabia, implorando ao doutor que não deixasse aquele crime passar impunemente. Insistia na tese do latrocínio, falando disso com tanta propriedade que Lafayete se convenceu de que ele, realmente, acreditava que tudo não passara de um monstruoso roubo seguido de morte.

Lafayete sentia-se seguro. Não sabia que, além de ter ouvido o assassino pronunciar seu nome, Fábio sabia desenhar. E muito bem.

Na delegacia, Fábio exibia o desenho do assassino de Sofia e do motorista ao delegado de plantão. O delegado mandou chamar o investigador encarregado do caso, a quem mostrou o excelente retrato feito por Fábio.

— Reconhece o cara? — indagou o delegado Estêvão.

— Ele me parece familiar — respondeu o investigador Soares.

— Faça um cruzamento com o banco de dados da polícia. Quem sabe não aparece alguém?

— Certo.

— Não entendo por que o senhor não nos contou isso antes — sondou o delegado. — Quando tomamos o seu depoimento, ainda no hospital.

— Eu estava confuso, não me lembrava de quase nada. Aos poucos é que a memória foi voltando.

— Sei.

Soares voltou mais depressa do que o esperado. Trazia nas mãos o desenho e uma folha de papel com uma foto impressa.

— Nem foi preciso procurar no banco de dados — informou ele. — Deodoro o reconheceu assim que o viu. Chama-se Sebastião da Silva Aroeira, vulgo Tião Matador. Já foi preso várias vezes.

— Acusado de quais crimes?

— Dentre outros delitos menores, homicídio. Tentado e consumado. Saiu sob fiança.

— Como é que deixam um elemento desses solto?

— É uma droga. A gente prende, mas a lei manda soltar...

— Se já sabem quem é, vão prendê-lo, não vão? — Fábio quis saber.

— Vamos com calma — objetou o delegado. — Primeiro você vai me contar como foi que tudo aconteceu.

A narrativa só não deixou o delegado e o investigador estarrecidos porque ambos já estavam acostumados a todo tipo de crimes e criminosos. Fábio falava com tanta certeza e desenvoltura, que era praticamente impossível duvidar dele.

— Muito bem, senhor Fábio — falou Estêvão, ao final. — Parece que o senhor viu bem o ladrão. Já temos base para pedir um mandado.

— Tem mais uma coisa que não lhe contei, doutor.

Estêvão ergueu as sobrancelhas, surpreso.

— O que é? — interrogou. — Diga logo.

— Doutor, o que vou lhe revelar agora é extremante perigoso e complexo. Tião não agiu sozinho, mas a mando de uma pessoa muito importante e influente.

— Importante e influente? — repetiu o delegado. — Por acaso estamos falando de um parlamentar?

— O senhor é um homem muito perspicaz, doutor delegado. Estamos falando do deputado federal Igor Lafayete.

— Só podia ser! Quem poderia mandar matar a mulher de um deputado, senão o próprio deputado?

— E agora, doutor, o que vamos fazer? — tornou Soares, desanimado. — Isso, sim, é uma bomba.

— Calminha aí, Soares — tornou o delegado. E, virando-se para Fábio, acrescentou: — Você tem alguma prova disso?

— A única prova que tenho foi o que o ouvi dizer depois de atirar em nós — o olhar de curiosidade dos dois policiais o levou a repetir o que ouvira: — *Agradeço pelo relógio, em nome do doutor Lafayete.*

Soares soltou um assovio prolongado, daqueles que denotam espanto.

— Você tem certeza? — perguntou, estarrecido.

— Absoluta. Ele pensou que eu também estivesse morto.

— Sei — ele coçou a cabeça, fitando o delegado com ar de dúvida.

— Eu disse ao senhor que o mandante é uma pessoa influente e importante — lembrou Fábio.

— Importância é uma coisa — observou Soares. — Privilégio de foro é outra completamente diferente.

— Sem contar que não posso me basear apenas na sua palavra — continuou o delegado. — O senhor precisa me apresentar algum tipo de prova.

— Prenda o assassino e terá sua prova — afirmou Fábio.

— Quem dera que fosse tão fácil! — considerou o delegado.

— Sei que sou um mero segurança e não entendo bem dessas questões de direito, mas imagino que o processo para prender o doutor deva seguir uma burocracia bem mais complicada — disse Fábio. — E, embora ele não esteja envolvido em nenhum Mensalão, sei que possui algumas prerrogativas. Mas o que ele cometeu foi um crime comum, não um crime de responsabilidade.

— Aí é que está — esclareceu o delegado. — Para efeitos de averiguação e julgamento, dá no mesmo.

— Como assim?

— Veja bem, seu Fábio, acusar um deputado federal não é uma coisa assim tão simples. Para começar, tem a questão da prerrogativa de foro. Deputados federais e senadores só podem ser presos em caso de flagrante de crime inafiançável e, assim mesmo, depende de deliberação da Câmara ou do Senado. Em segundo lugar, são julgados pelo Supremo Tribunal Federal, ainda que acusados de crimes comuns, como nesta hipótese. Via de consequência, a instauração do inquérito policial deve ser determinada pelo próprio Supremo, à polícia federal. Seja qual for o ângulo sob o qual se analise a questão, nós estamos fora do caso. Vou ter que encerrar esse inquérito e remetê-lo à federal, que vai enviá-lo ao Supremo, que é quem vai decidir se abre ou não o inquérito. E como o senhor não tem provas, muito provavelmente, vai ser tudo arquivado.

— Não é possível — indignou-se Fábio. — E o executor do crime? Ele não tem prerrogativa nenhuma. Não pode ser preso agora?

— Poder, pode. Mas pode ser que também venha a ser julgado pelo Supremo.

— Por quê? — indignou-se. — Ele não tem prerrogativa alguma!

— Por causa de uma coisa chamada foro de atração. É que a competência especial por prerrogativa de função do doutor deputado deve atrair o julgamento do executor.

— Isso é um absurdo! Corre o risco de esse crime passar impune só porque o mandante é um deputado federal.

— Bom, é uma questão que o próprio Supremo irá decidir. E se serve de consolo, alguns ministros têm decidido pelo desmembramento do processo nos casos em que os corréus não possuem a prerrogativa de foro. Vamos fazer a nossa parte e torcer para que, pelo menos, se entenda que o executor deva ser julgado pela Justiça Comum.

— O doutor não vai ser preso, não é? — observou Fábio, desgostoso.

— Infelizmente, não. Pelo menos, até o trânsito em julgado da sentença.

— Isso é frustrante. Do jeito que a Justiça é lenta, pode ser que o deputado morra antes de ser punido.

— Não vamos nos antecipar — ponderou Estêvão, com ar pensativo. — Primeiro, vamos nos concentrar em Tião. Vamos fingir que não sabemos nada dessa história de deputado, até que consigamos provas que o liguem ao crime. Isso nos permitirá continuar com o inquérito aqui. Mais tarde, quando o deputado estiver sob a nossa mira, você poderá se lembrar do que ouviu. Só então é que os autos do inquérito serão remetidos à federal.

— Vai mandar prender o cara? — indagou Soares.

— Vou. O desenho é suficiente, ainda mais porque Tião já é conhecido da polícia.

Não demorou muito para que a prisão fosse efetivada com sucesso. Certo da impunidade, Tião não se deu nem ao trabalho de se esconder. Foi preso em sua própria casa na comunidade, enquanto transava com uma prostituta, em plena luz do dia.

Levado à delegacia, não disse nada. Soares o interrogou várias vezes, mas ele se recusou a falar. Em dado momento, a única coisa que pediu foi para usar o telefone. Quem compareceu foi um advogado. Embora Tião houvesse sido preso várias vezes, a fiança, mais uma vez, foi concedida, já que ainda não pesava sobre ele nenhuma condenação judicial.

Nada foi dito a respeito do deputado. Sequer foi insinuado que Tião estivesse agindo a mando de outra pessoa. As acusações que lhe foram feitas incluíam duplo latrocínio consumado e um tentado, com base apenas no desenho fornecido por Fábio.

Tião respirou com um certo alívio. Aparentemente, Fábio não ouvira o que ele dissera ao arrancar a bolsa de Sofia. Mesmo assim, o assassino estava receoso. Acreditava que Fábio estava inconsciente na hora e não poderia ter ouvido suas palavras, ditas tão baixinho que nem os mortos poderiam ouvir. Por isso, não se preocupava com o deputado. Preocupava-se apenas com ele mesmo. Se não havia nada contra o doutor Lafayete, contra ele pesava uma grave acusação, já que a pena por latrocínio, somada a seus outros crimes, podia levá-lo à cadeia por um longo período.

CAPÍTULO 37

Ao retirar seus pertences da delegacia, Tião nem desconfiava de que seu aparelho celular tinha sido grampeado com autorização da Justiça. O motivo de tal requerimento era a suspeita de que Tião não agira sozinho, sendo necessário descobrir o nome de seu comparsa.

— Não saia da cidade — avisou o delegado.

Naquele mesmo dia, Tião ligou para Jonas, que servira de intermediário entre ele e o deputado.

— Já disse para você nunca mais me ligar — censurou Jonas.

— Você disse, mas eu precisava. A polícia me prendeu.

— Prendeu? — inquietou-se o motorista. — Sob que acusação?

— Por enquanto, de latrocínio.

— Latrocínio? Como chegaram até você?

— O idiota do segurança, aquele que sobreviveu, fez um desenho da minha cara. Igualzinho!

— Não falaram nada sobre o doutor?

— Nadinha. Creio que nem desconfiam. Mas eu quero dinheiro para sumir.

— Você já ganhou o suficiente.

— Se fosse o suficiente, eu não estaria pedindo. Quero quinhentos mil.

— Quinhentos mil? Isso é uma fortuna!

— Se vire!

— Vou ver o que posso fazer, mas precisamos esperar o doutor voltar de Brasília.

— E quando será isso?

— Talvez, na sexta-feira.

— Escute aqui, cara! Ou você me dá mais dinheiro, ou coloco a boca no trombone e grito pra meio mundo ouvir o que o seu querido doutorzinho me pagou para fazer.

— Não seja estúpido. Acha que alguém acreditaria em você?

— Acha que não? Quer pagar para ver?

— Você roubou o relógio. Qualquer tentativa de chantagear o doutor vai parecer extorsão e ameaça. Você é que vai se dar mal.

— Veremos.

Desligou abruptamente, mordendo os lábios, de raiva. Aquilo não ia ficar assim. Ou o doutor lhe pagava, ou ia se ver com ele.

Monitorado por um computador na delegacia, Tião começava, bem mais cedo do imaginado, a entregar toda a história. Soares estava satisfeito. Não demoraria muito para reunirem provas contra o deputado. Na verdade, achava que conseguiriam sucesso muito antes do esperado.

O computador, porém, não era capaz de ler as reações de Tião. Ele estava furioso. Vira o deputado uma única vez, quando lhe dera as instruções, mas sabia onde ele morava. Depois disso, nem teve mais notícias dele. Todo o resto fora arranjado por Jonas. Era com ele que iria primeiro se entender.

No dia seguinte, Tião tornou a ligar para Jonas. Dessa vez, o motorista recusou-se a atender. Não pretendia dar ao assassino a oportunidade de seguir adiante com sua chantagem. Foi assim no outro dia e no próximo, bem como em todos os demais ao longo da semana. Até que Tião não aguentou mais.

Não podia esperar o deputado voltar de Brasília. Se Jonas não tomava nenhuma atitude, ele mesmo tomaria. Logo pela manhã, postou-se diante da casa do deputado, esperando o motorista sair. Não demorou muito, e o portão se abriu, dando passagem ao elegante Audi negro zero km. Tião não hesitou. De um salto, atravessou-se na frente do automóvel, impedindo sua passagem.

A freada brusca deveu-se mais ao susto do que ao desejo de evitar um acidente. Num primeiro momento, Jonas não reconheceu Tião. Se o tivesse reconhecido, teria aproveitado para passar com o carro por cima dele, alegando, posteriormente, que ele surgira do nada e se atirara na frente do veículo. Vontade não lhe faltava. Jonas acelerou ameaçadoramente, mas Tião não se intimidou. Cerrou os punhos e desferiu um golpe no capô do carro, devolvendo a ameaça.

— O que está pensando? — rugiu Tião, acercando-se da janela de Jonas. — Que vai me intimidar com um aceleradorzinho?

— Você perdeu o juízo? — rebateu com fúria. — Quer colocar todos nós em risco?

— Quero o meu dinheiro — falou secamente.

— Idiota. E se a polícia estiver seguindo você?

— Ninguém está me seguindo.

— Dê o fora daqui — ordenou Jonas. — Espere até que eu o procure.

— Já esperei demais. Quero meu dinheiro e quero agora.

— E onde acha que vou arranjar dinheiro para lhe dar agora? Pensa que sou rico?

— Não me interessa! Ligue para o doutorzinho e peça a ele.

— Já disse para você esperar. Se formos presos, além do dinheiro, você perde a liberdade. É isso o que quer?

— Tudo bem — concordou Tião, a contragosto. — Vou esperar até o fim desta noite. Nem um minuto a mais. Ou você me dá o dinheiro, ou entrego o doutor para a polícia. E não pense que ninguém vai acreditar em mim. Quero ver quando eu colocar um monte de pulgas atrás das orelhas do delegado.

— Está bem. Agora saia daqui antes que alguém o veja.

Nem bem Tião virou as costas, Jonas arrancou com o carro, guiando até o posto de gasolina mais próximo. Era dia de abastecer, calibrar pneus, conferir água e óleo. Tudo deveria estar impecável para quando Lafayete chegasse, no dia seguinte.

Jonas, contudo, não podia esperar até o outro dia. O doutor só chegaria no final da tarde, ultrapassando o prazo de ultimato que Tião lhe dera. Ele não queria, mas não via jeito. Precisava falar com o deputado ainda hoje. Assim que voltou para casa, estacionou o carro na garagem e, de dentro do veículo, ligou para Lafayete.

— O que você quer, Jonas? — indagou ele do outro lado da linha, entre a irritação e o medo.

— Infelizmente, estamos com um problema sério, doutor.

— O que foi que houve? — preocupou-se. — Espero que seja urgente.

— Se não fosse, eu não estaria ligando na véspera de sua volta. O problema é sério e se chama Tião. Ele está pedindo mais dinheiro.

Demorou alguns minutos até que Lafayete associasse o nome ao rosto. Quando, enfim, reconheceu de quem se tratava, quase explodiu de indignação:

— Quem esse idiota pensa que é? Já não lhe dei o suficiente?

— Ele tem me ligado todos os dias e hoje me abordou à saída da garagem — informou o motorista. — Diz que a polícia está na cola dele.

— Ele está sendo seguido?

— Não sei. A polícia está tentando reunir provas contra ele baseada no desenho que Fábio fez do assassino, mas todos pensam que ele é só um assaltante.

— Fábio o quê? Que história é essa?

— Foi o que ele disse: que Fábio desenhou o rosto dele.

— Era só o que me faltava. Por que eu não soube disso antes?

— Eu mesmo só soube outro dia, quando Tião me procurou. Pensei que poderia resolver tudo sozinho, mas o homem está desesperado.

— Estranho... Fábio não comentou nada comigo sobre se lembrar da cara do sujeito. Acha que ele sabe de mais alguma coisa?

— Duvido. Seu nome não surgiu nem uma vez. Por enquanto, o senhor está seguro.

— Inferno! — esbravejou. — Dê um jeito de esse Tião desaparecer. Se a única maneira de me ver livre dele é dando-lhe mais dinheiro, que seja.

— Ele está pedindo quinhentos mil reais.

— O quê? Ele ficou louco? Ninguém vale tudo isso.

— Para ele, vale. E foi categórico. Ou o senhor paga, ou ele abre o bico.

— Se eu soubesse que Sofia me sairia tão caro, teria eu mesmo dado cabo dela.

— O que é que eu faço, doutor? Pago o sujeito ou não pago?

— Você acha que alguém acreditaria na palavra dele? — considerou Lafayete. — Na palavra de um bandido contra a de um deputado?

— Acho que não vale a pena arriscar. A morte de dona Sofia ainda é recente, e uma acusação como essa faria pairar dúvidas sobre sua inocência.

— Que droga, Jonas! Ele está me pedindo uma fortuna. Não tenho esse dinheiro em caixa. Vou precisar acionar minha conta na Suíça.

— Se o senhor quiser, posso pensar em outra coisa.

— Que outra coisa?

— Posso dar um jeito nele para o senhor.

— Você quer dizer, matá-lo?

— Como devia ter matado dona Sofia quando o senhor pediu. Se eu tivesse feito o serviço, ao invés de contratarmos Tião, nada disso estaria acontecendo.

— Você acha que é capaz?

— Doutor, eu já fiz isso antes. Não vejo nenhum problema em apagar um bandido.

— Será que ninguém vai desconfiar? O homem mata minha mulher e, dias depois, aparece morto. No mínimo, vão pensar que foi vingança.

— O cara é um bandido! Deve ter um monte de outros bandidos atrás dele. E gente assim, o senhor sabe como é: tem vida curta. Não tem como a polícia associar o nome dele ao nosso.

— Muito bem — concordou Lafayete, após alguns segundos de ponderação. — Mas faça bem-feito. Não deixe pistas e certifique-se de que ele não tem nada que me incrimine.

— Além da palavra dele? Duvido.

— Ninguém pode, nem de longe, desconfiar que fui eu que mandei matar Sofia. Você entendeu, Jonas? Ninguém. As únicas pessoas que sabem são você e esse tal de Tião.

— Não se preocupe, doutor. Em breve, só quem irá saber serei eu. E de mim, o senhor pode ter certeza de que não virá nenhuma chantagem.

— Ótimo. Quero tudo acabado o quanto antes.

— Vou ter que agir rápido. Ele me deu um prazo até hoje à noite.

— É muito pouco tempo. Não quero que nada aconteça a ele enquanto eu estiver no Rio. Deixe para a outra semana. E não falhe.

— Pode confiar, doutor. Não vou falhar, como nunca antes falhei com o senhor.

Ao desligar, Jonas exibia um sorriso malicioso, carregado de euforia. Fazia muito tempo que não executava aquele tipo de serviço. Seria até bom, para matar as saudades e se manter em forma. Naquela noite, quando o celular tocou, ele atendeu com uma satisfação diabólica.

— Tudo certo — falou, sem aparentar emoção. — Você venceu. O doutor vai pagar.

— Eu sabia! — exultou. — Sabia que o homem não ia arriscar ter o nome manchado. Onde está a grana?

— Quanto a isso, você vai ter que esperar um pouco. Levantar quinhentos mil não é assim tão fácil.

— Eu disse até hoje à noite — rebateu, acabrunhado.

— Hoje à noite é impossível. O dinheiro vem da Suíça. Com a diferença de fuso horário e as burocracias do trâmite, vai levar alguns dias.

— Quantos dias? — tornou Tião, desconfiado.

— Até a próxima semana, no máximo.

— Você não está tentando me enrolar, está?

É claro que estava. Só que Jonas não permitiria que Tião soubesse disso. Com voz que denotava preocupação, ponderou:

— Você acha que eu colocaria em risco a reputação do doutor?

Fez-se um silêncio momentâneo, no qual Tião lutava entre a desconfiança e a ganância de se ver na posse daquela pequena fortuna. A ganância falou mais alto.

— Muito bem — concordou, por fim. — Aguardo o seu contato até, no máximo, terça-feira. Não falte.

— Não vou faltar. Não posso nem pensar em faltar.

Apesar de um tanto quanto desconfiado, Tião não conseguiu perceber o tom de sadismo nas palavras de Jonas; uma excitação maldisfarçada pela obediência. Jonas permitiu que Tião acreditasse que era ele quem dava as ordens quando, na verdade, ele fazia exatamente o que o motorista queria. O plano já estava todo arquitetado em sua cabeça. Não tinha como dar errado, como não ia dar.

Aquela, certamente, seria a última chantagem que Tião faria na vida.

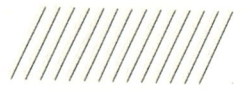

CAPÍTULO 38

As recentes descobertas deveriam transformar Alícia numa pessoa mais condescendente. No entanto, não era isso que acontecia. Por mais que Juliano tivesse razão, demonstrando-lhe que o conhecimento do passado só servia para aproximar as pessoas, ela não conseguia superar a aversão.

— Você vai acabar arrumando moda de voltar como gêmea xifópaga de Tobias — alertou ele.

— Xifópagos são univitelinos. Não nascem com sexos diferentes.

— Quem foi que disse que espírito tem sexo? Todos nós podemos reencarnar como homens ou como mulheres.

— Tudo bem, me convenceu. Não quero mais falar sobre isso.

Ouvindo o telefone tocar, ela se afastou. A voz e a imagem da mãe surgiram na tela assim que ela atendeu.

— Como vai, mamãe? — indagou ela, feliz por ter uma desculpa para encerrar o assunto.

— Será que você pode dar um pulinho aqui? Quero muito falar com você.

— Pode ser depois do expediente?

— Preferia que fosse antes. Por que não almoçamos juntas?

— Ok. Onde?

Eva passou o endereço, mal conseguindo segurar a ansiedade até o momento de encontrar-se com a filha. Para Alícia,
o assunto já era conhecido. Como sabia o quanto Eva detestava Tobias, só podia tê-la chamado para falar sobre ele.
Efetivamente, o assunto não era outro. Quando Alícia
chegou ao restaurante, notou o ar de nervosismo da mãe.
Sentou-se defronte a ela, pediu uma bebida gelada e en-
carou-a seriamente.

— Não me olhe desse jeito — censurou Eva. — Você não
sabe o que estou sentindo.

— Posso imaginar. Estou sentindo a mesma coisa.

— Você era apenas um bebê, não vivenciou todo aquele
drama. Eu, ao contrário...

— Por que não deixamos isso de lado, mãe? — ela se es-
forçou por dizer. — Denise está apaixonada por ele. Parece
que vão se casar.

— Nunca! Jamais permitirei que sua irmã estrague a vida
dela ao lado de um velho assassino.

— Não é bem assim. Ele não é assassino. Foi, inclusive,
inocentado pela Justiça.

— Pode até ser para a Justiça, mas não para a moral. Ele
tem uma dívida moral para conosco.

— Papai parece não pensar assim.

— Seu pai é um tolo sentimental.

— E você, mãe, o que é? Uma mulher amargurada, vingativa, presa a um passado que deveria esquecer. Você tem
duas filhas. Não é o suficiente?

Ao falar para Eva, Alícia falava para si mesma. As palavras
saíam de sua consciência, que não parava de refletir sobre o
assunto. Ao ouvir as queixas da mãe, que se espelhavam nas
suas, Alícia parecia ver a situação por outro ângulo. Eva se
deixara levar pela dor muito mais do que ela, demonstrando
mais fragilidade, mais angústia, mais revolta. A fraqueza da
mãe fez com que ela se sentisse obrigada a ser forte, para
transmitir essa força à Eva. Isso fez o raciocínio se aclarar,
pondo-a diante da situação como espectadora, não como a
vítima que, até então, insistia em parecer.

— Não posso permitir que se casem, não posso — insistiu Eva.

— Essa sua relutância está passando dos limites. Eu também não gosto de Tobias, mas nada posso fazer. Denise é adulta, tem o direito de escolher os rumos da própria vida. O que nos resta apenas é aceitar e apoiá-la em suas decisões.

— Mas ela está cometendo um erro!

— Você não sabe disso. E, mesmo que esteja, ela também tem o direito de errar.

— Não posso permitir essa loucura. Não com Denise.

O estado de Eva fez crescer um sem número de dúvidas na mente de Alícia. Reprovar o relacionamento de ambos era uma coisa, mas desesperar-se por causa dele era outra bem diferente. E Eva, decididamente, parecia uma mulher à beira do desespero.

— Tem mais alguma coisa nessa história que você não me contou? — indagou Alícia, desconfiada.

Ela não respondeu. Olhou para a filha com tanta angústia, que Alícia quase caiu para trás.

— Você ama Tobias! — constatou, indignada. — É isso, não é, mãe?

Os olhos de Eva explodiram em lágrimas. Não sabia como encarar a filha, agora que seu segredo fora exposto.

— Ama ou não ama? — insistiu Alícia. — Por favor, mãe, diga a verdade!

— Não sei, não sei! — desesperou-se. — Foi há tanto tempo! Tanta coisa aconteceu desde então!

— É por isso que você é contra o casamento. Não tem nada a ver com a cirurgia de separação nem com o fato de ele ser mais velho. O que você não quer é ver o homem que você ama casado com a sua filha... — ela parou de falar, subitamente presa de uma dúvida atroz: — Mamãe, eu sou filha de Tobias? Ou Denise?

— É claro que não! — protestou, ofendida. — Ele e eu jamais tivemos nenhum tipo de relação. E Denise nasceu depois que ele já havia partido para a Europa. Na verdade, eu me apaixonei por ele, mas nunca fui correspondida.

— Deve ter sido uma paixão avassaladora, para você ainda sentir algo por um homem que a rejeitou.

— E foi. Tobias era meu médico, foi quem acompanhou toda minha gravidez, mesmo depois de saber que eu o amava.

— Você se declarou?

Ela assentiu, prosseguindo com amargura:

— Deus sabe o quanto me arrependi! Ele me rejeitou, disse que não me amava. Foi horrível a humilhação. Depois, quando Bruna morreu, vi ali uma desculpa para odiá-lo.

— O que não deu muito certo, não é mesmo?

— Durante todos esses anos, pensei que sim. Cheguei mesmo a esquecer a existência de Tobias. Mas depois que ele voltou, tudo o que senti naquele tempo parece ter retornado junto com ele.

— Papai sabe disso?

— Ele nunca tocou no assunto, mas creio que sabe e me perdoou.

— É bem típico dele mesmo. Papai sempre a amou. E Tobias? Você acha que ele poderia amá-la em segredo, para não trair o melhor amigo?

— Acho que não. Se amava, soube esconder muito bem.

— Isso é uma bomba, mãe. Se explodir, vão voar estilhaços para todos os lados.

— Pensa que não sei? É por isso que tenho que impedir esse casamento. Denise merece coisa melhor.

— Não leve a mal o que vou lhe dizer, mas acho que você está tentando impedir esse casamento porque não vai conseguir ver o homem que ama casado com sua filha. Se você não o amasse, por mais que não concordasse, não ia tentar impedir. Se o faz, é porque o passado ainda não passou pelo seu coração. Ele está lá, escondido, porém, vivo.

— Ah, meu Deus, Alícia, o que vou fazer? Não quero que sua irmã sofra por um erro que é somente meu.

— Não creio que seja erro. Ninguém erra porque ama. O caso agora é tentar evitar que mais pessoas sofram desnecessariamente.

— Como?

— Vamos pensar o seguinte: Você tem algum interesse em ficar com Tobias?

— Deus me livre!

— O que está me dizendo, então, é que está disposta a renunciar a esse amor. É isso?

— Não sei se é bem assim.

— Pois eu só vejo duas soluções: ou você renuncia, ou conta a verdade. O que não faz sentido é essa guerra que você declarou a Tobias por algo que aconteceu há mais de vinte anos e que já ficou para trás.

— Não posso contar a verdade. Todos vão sofrer, principalmente Denise, que se verá forçada a escolher entre a mãe e o namorado. Não é justo com ela nem com seu pai, que me amou e foi fiel durante todos esses anos.

— Então, só lhe resta renunciar. Esquecer que amou ou ama Tobias e tentar vê-lo apenas como seu genro.

De olhos baixos, Eva chorava, pensando que a filha tinha razão em tudo o que dissera. Fora um conselho sábio e maduro. Com certeza, era a melhor solução. Mas o que estaria Alícia pensando de tudo aquilo? Afinal, era também sua filha, tinha conhecimento de que a mãe traíra o marido, ao menos em pensamento, e perdera a irmã gêmea pelas mãos de Tobias.

— E você? — tornou, preocupada. — Como se sente com relação a tudo isso?

— Confesso que, antes dessa conversa, estava muito mal. Mas agora, estou mais confiante com relação ao que devemos fazer.

— Que é...

— Nada. Não devemos fazer nada além de apoiar Denise. A ela cabe a escolha do seu futuro, não a nós. E se você não pretende revelar que amou ou ainda ama Tobias, o melhor a fazer é deixar de lado essa verdade, cuja revelação não fará bem a ninguém. Quanto a mim, metade da antipatia que sentia por ele se dissipou. A outra metade, aos poucos, irá sumindo.

A metade que ficou dizia respeito ao fato de que Tobias a havia assassinado numa outra vida. Dimas matara Jaqueline em uma de suas vidas passadas, crime que ela não podia impedir ou modificar na dimensão em que estava, mas que podia evitar na dimensão paralela em que a Jaqueline do século XXI vivia, transformando seu futuro e levando aquela dimensão numa direção diferente. A mãe, contudo, não precisava saber. Do contrário, ficaria ainda mais confusa, talvez transformando em ódio o amor impossível que ainda podia sentir.

CAPÍTULO 39

Naquela noite, Alícia fez uma oração especial, pedindo à grande luz do universo que se derramasse sobre sua mente, permitindo-lhe acessar, nos registros cósmicos universais, os arquivos que continham a história do seu espírito. Sem intenções outras que não fosse auxiliar a Jaqueline do presente, em estado de profundo relaxamento, Alícia conseguiu se conectar à fonte divina universal, buscando aquilo que desejava. Como numa tela de televisão, um nome, um local e uma data se delinearam em sua mente:

Jaqueline Figueira de Souza, Vila Velha, Espírito Santo, 17 de setembro de 1995.

A visão se esvaneceu ao mesmo tempo em que Alícia abriu os olhos. Era de manhã, o sol se insinuava pelas frestas da janela, tentando mostrar o dia maravilhoso que se aproximava. O corpo todo de Alícia parecia iluminado, leve, feliz, resultado da graça recebida na noite anterior.

Tentando não se deixar levar pela ansiedade, tomou café calmamente ao lado de Juliano, com quem partilhou o *sonho* que a colocara em contato com o passado de Jaqueline. Ou melhor, o seu passado.

— Vou trabalhar apenas à tarde, hoje — anunciou ela. — Tudo bem?

— Tudo bem, curiosa.

Ainda bem que Juliano a compreendia. Ele a beijou e saiu quase correndo, dando a ela a oportunidade de fazer suas pesquisas. Ela ligou o computador e digitou as informações tão bem gravadas em sua mente. Como não havia mais necessidade de cartórios e burocracia, ela logo achou o que procurava. As informações públicas sobre qualquer pessoa estavam reunidas em um único banco de dados, que concentrava todos os atos de sua vida civil e criminal, desde o nascimento até a morte, além de informações eventualmente veiculadas na imprensa ou qualquer outro tipo de mídia, desde que de conhecimento público. Tais registros vinham ocorrendo havia pouco mais de cem anos, sendo que os dados pretéritos já haviam sido digitalizados, para serem pesquisados por qualquer pessoa.

Ali havia de tudo: data de nascimento, casamento, morte, nome, sobrenome, estado civil, endereços de residências, instituições de ensino, empregos, profissões, atividades, imóveis vendidos e comprados e tudo o mais que já havia sido publicado sobre a pessoa. Rapidamente, a vida de Jaqueline surgiu diante de seus olhos. Um link remetia a uma notícia sobre o assassinato de uma jovem, no bairro de Vila Isabel, numa quinta-feira, 29 de outubro de 2015. Dizia que Jaqueline fora atacada pelo padrasto, Dimas Ricardo Ataliba de Souza, que a estuprou e esfaqueou até a morte. Preso, o homem acabou confessando o crime, relatando que o cometera por vingança, após quase ter sido morto a facadas pela enteada, ainda quando residiam em Vila Velha, Espírito Santo. A defunta deixara um irmão menor, de nome Maurício, que fora conduzido a um orfanato e depois adotado por Júlio Cézar Alves de Azevedo, amigo da vítima.

Um outro link revelava o caso de Jaqueline com um deputado federal de nome Igor Lafayete, exposto pelo segurança da mulher do deputado, assassinada a mando do marido em um pretenso assalto num famoso shopping da Barra da Tijuca. Uma notícia chocante, mas que não interferia em nada no destino de Jaqueline.

Muito interessante, a vida de Jaqueline, desvendada diante dos olhos de Alícia. Ela chegou a sentir um leve tremor, consciente, agora mais do que nunca, de que ela e Jaqueline eram, realmente, a mesma pessoa. Ler as notícias de antes era como reler fatos que faziam parte de sua própria história, muitos dos quais ela revivera em tênues lembranças.

— E agora, o que faço com tudo isso? — pensou e deu, ela mesma, a resposta: — Alerto Jaqueline.

Mas como seria isso possível? Jaqueline não aparecia quando ela queria, mas quando o universo assim desejava. Ela não conhecia meios de entrar em contato com seu outro eu. Viagens no tempo não eram possíveis ainda, salvo em corpo astral ou mental, que era, em última instância, o que ela e Jaqueline vinham fazendo. Ela, Alícia, viajava ao passado, enquanto Jaqueline vinha ao futuro. O momento em que as duas se cruzavam era um mistério sobre o qual nenhuma das duas tinha domínio. O jeito era esperar.

Uma voz lá dentro acendeu uma luzinha vermelha de alerta. Tudo aquilo não dizia respeito apenas a Jaqueline. Não lhe fora dado acesso àquelas informações apenas para prevenir a outra, mas também para dar um jeito na própria vida, principalmente, na dificuldade de relacionamento com Tobias.

Pensando nisso, resolveu agir. Apanhou o telefone e ligou para Tobias, marcando um encontro na hora do almoço. Ele estranhou o convite, mas não hesitou em aceitá-lo. Chegou pontualmente e esperou por ela cerca de quinze minutos. Sem saber se havia tomado a decisão certa, Alícia hesitava em comparecer.

— Não posso faltar — disse para si mesma. — Afinal, fui eu que o convidei.

Quando ela chegou ao barzinho, ele se levantou e puxou a cadeira para ela, cumprimentando-a com uma certa formalidade.

— Com vai, Alícia?

Alícia estudou-o com atenção, tentando identificar algum sinal de reconhecimento em seu semblante. Fixou-o com tanta insistência, que ele se sentiu incomodado.

— Algum problema? — perguntou, o rubor subindo-lhe pelo pescoço.

O enrubescimento não passou despercebido a Alícia. Talvez ele soubesse quem fora ela e o que havia feito.

— Você sabe quem sou? — perguntou, de chofre.

Ele não entendeu a pergunta, mas respondeu mesmo assim:

— Alícia? Irmã de Denise?

— Isso é óbvio — retrucou, mal-humorada. — Refiro-me ao passado.

— Não estou entendendo. Hoje ou ontem, você continua sendo a mesma pessoa: Alícia, irmã de Denise, filha de Celso e Eva, esposa de Juliano...

Pelo visto, ele nada sabia sobre sua outra vida. Ou então, fingia não saber. Ela tentou uma abordagem mais direta:

— O que você sabe sobre vidas passadas?

— Nada. Nem me interesso por isso.

— Acredita nelas?

— É claro. Quem não acredita?

— Hoje em dia, muito poucas pessoas. Os conhecimentos espirituais deixaram de ser ocultos, não são mais mistérios para ninguém. A mediunidade deixou de ser tratada como um fenômeno fantástico, para ser compreendida como um atributo natural de qualquer pessoa. Ninguém mais luta contra ela nem duvida de sua existência.

As explicações dela o deixaram mais confuso do que esclarecido. Mesmo sem entender o motivo pelo qual ela entrara naquele assunto, ele resolveu seguir adiante.

— Mediunidade sempre existiu, Alícia — afirmou ele. — E sempre foi própria de todo ser humano.

— Eu sei. Mas nem todos a tinham desenvolvida. Hoje, seu desenvolvimento é praticamente igual nas pessoas, embora de maneiras diversas. Uns veem mais, outros ouvem mais, e por aí vai. Mas não há quem, de uma forma ou de outra, não tenha vivido ao menos uma experiência mediúnica ao longo da vida. Mais do que viver, hoje, todo mundo sabe reconhecer um fenômeno mediúnico. Daí porque não se pode mais duvidar.

Mesmo os mais céticos não duvidam, porque eles mesmos já experienciaram alguma coisa, inclusive, o acesso aos registros de vidas passadas.

— Sinceramente, Alícia, não sei aonde você quer chegar com essa conversa. Não sei nada das minhas vidas passadas e nem quero saber.

— Por quê? Não acha interessante?

— Na verdade, não. Creio que o mais interessante é viver o presente. Não há nada que eu possa fazer pelo que já passou, mas posso cuidar para que eu faça melhor pelo meu presente e o meu futuro.

— Sim, claro.

— Não entendo o que você pretende com tudo isso. Por acaso, você sabe de alguma coisa de vidas passadas que me envolva? É por isso que me chamou aqui? Para me acusar de algo que eu fiz, sei lá, duzentos ou trezentos anos atrás?

Ela quase engasgou com o drinque que levava aos lábios. Realmente, falando assim, toda a história parecia sem importância.

— Não se trata de acusar, mas de compreender — tornou ela, embaraçada.

— Compreender o quê? Algum mal que eu tenha feito a você em uma outra vida? É por isso que você não gosta de mim? Pois se é isso, então, peço que me perdoe. Sinceramente, peço perdão por qualquer coisa de ruim que lhe possa ter feito. Hoje, sou outra pessoa. Se erro, é tentando acertar e procuro sempre assumir os meus erros.

Ela ficou desconcertada. Não esperava tanta sinceridade.

— Não me leve a mal, Tobias. É que eu tenho essas regressões espontâneas...

— Então é isso mesmo. Você descobriu que eu lhe fiz alguma coisa ruim, não foi? — ela assentiu, sem jeito. — Pois não quero saber, Alícia, não quero mesmo. Não me interessa. Já tenho culpas demais com que me ocupar nesta vida. Não preciso acrescentar outras, das quais nem me lembro. Guarde para você suas lembranças.

Sem conseguir ocultar a irritação, ele levantou o braço, pedindo a conta. O garçom a trouxe prontamente. Tobias pousou o indicador na maquininha que colheria sua digital, debitando o valor diretamente em sua conta bancária. Assim que a máquina deu o ok, ele se levantou.

— Por favor, Tobias, vamos conversar — pediu ela, atônita com a atitude dele.

— Você não quer conversar. Quer me acusar de alguma coisa, mas eu me recuso. Não quero saber, não preciso saber, não me interessa. Gosto muito de você, Alícia, eu acompanhei a sua gestação, fiz o seu parto, operei você e sua irmã. Mas isso não lhe dá o direito de tentar bagunçar a minha vida.

— Não é nada disso. Eu apenas queria entender algumas coisas.

— Não há o que entender. E quer um conselho? Trate de aproveitar o dia de hoje, pois quem vive apegado ao passado ou sonhando com o futuro passa em branco pelo presente.

Ele saiu, deixando-a sozinha, de boca aberta. Alícia esperou até que ele sumisse de vista para se levantar. Estava envergonhada e com raiva, sem saber o que sentia mais. Nunca deveria ter chamado Tobias para aquela conversa. Sua reação fora inesperada. Será que ele se irritara tanto porque sabia dos seus comprometimentos pretéritos? Se assim fosse, talvez houvesse algo muito mais sórdido que ele estivesse tentando, desesperadamente, esconder.

CAPÍTULO 40

Parecia que a cabeça de Tobias ia explodir. Aceitara o convite de Alícia crente que ela pretendia entender-se com ele, reconhecendo-o como o cunhado que seria muito em breve. Mas não. Tudo o que ela queria era fazer-lhe acusações, sabe-se lá de quê.

Era verdade o que ele dissera. Não tinha mesmo o menor interesse em vidas passadas. Fosse lá o que tivesse feito, ficara para trás. Fora outra pessoa que fizera, não ele. Ainda que o espírito fosse o mesmo, sua consciência estava voltada para a vida atual, não para o dia de ontem.

Devia ser algo bem sério, ou Alícia não teria se dado ao trabalho de convidá-lo para almoçar. Ele já possuía culpas suficientes na vida atual para rechear uma encarnação inteira. Não precisava reforçá-las com ingredientes deteriorados e ultrapassados, retirados de um passado adormecido em suas lembranças.

Por outro lado, talvez aquilo não passasse de um engodo, um subterfúgio para chegar à verdade do que acontecera quase trinta anos atrás. Alícia podia ter inventado aquela conversa fiada só para ver se ele contava alguma coisa do passado, mas daquela própria vida.

Em casa, ele tomou um comprimido e começou a se acalmar. Não podia deixar-se atingir daquele jeito. Que Alícia não gostava dele, não era nenhuma novidade. Podia esperar qualquer coisa que ela fizesse para atacá-lo. Até usar suas encarnações remotas.

Quando a dor de cabeça passou, apanhou o telefone e avisou, no laboratório, que não retornaria. Tomou um banho, ligou uma música baixinho e atirou-se na cama. Não queria pensar. Só queria dormir.

A dor de cabeça podia ter sumido, mas o som estridente da campainha invadiu seus ouvidos, levando suas têmporas a latejar novamente. Tobias abriu os olhos, contrariado, sentindo a falta de luz no ambiente. Quando conseguiu acordar por completo, virou o rosto para a mesinha de cabeceira, onde o relógio digital informava que já passava das nove horas.

— Minha Nossa Senhora! — exclamou, dando um salto da cama. — Dormi o dia inteiro!

Antes mesmo de abrir a porta, sabia quem estava ali, e seu coração se acalmou. Denise saltou em seu pescoço assim que o viu, beijando-o por toda a face, com ar de preocupação.

— Pelo amor de Deus, Tobias, quer me matar de susto?

— Como assim?

— Liguei para cá várias vezes, tentei o seu trabalho, o celular, e nada... Ninguém sabia de você. Achei que você tinha sumido ou, pior, que estivesse morto.

— Que exagero! Eu estava com dor de cabeça, tomei um comprimido e dormi. Só isso.

— Agora que o estou vendo em carne e osso, acredito.

— Que bom. Venha cá. Estou morrendo de saudades.

Abraçado a ela, Tobias a apertou mais do que normalmente o fazia.

— O que foi que aconteceu, meu amor? — perguntou ela, notando que havia algo errado.

— Por que não nos casamos logo? — retrucou ele, após alguns minutos de silêncio.

— Por que a pressa?

— Tenho medo de que algo aconteça e você não queira mais se casar comigo.

— Impossível. Nada no mundo me faria desistir de você.

— Tem certeza?

— Que bobagem é essa agora, Tobias? O que foi que aconteceu para você ficar assim?

— Nada. Coisas de velho apaixonado. E você é tão jovem...

— Sou uma jovem apaixonada. Isso nunca vai mudar.

— A experiência me ensinou a não usar a palavra nunca.

— Pois a experiência também devia ter lhe ensinado que nunca se aplica a certas coisas que são imutáveis. O amor é uma delas.

O amor podia ser abalado pela dúvida, a incerteza, a insegurança. Ele sabia disso; ela, não. Ainda alimentava as ilusões da juventude, pensando que nada seria capaz de modificar o que sentiam um pelo outro. E, mesmo que o amor permanecesse, havia coisas capazes de abalar a confiança de tal modo que se tornaria difícil reconquistá-la.

Havia um jeito de contornar aquela situação e evitar que Denise se decepcionasse com ele. Não podia permitir que ela perdesse a confiança nele. Precisava antecipar-se a Alícia ou quem quer que fosse. Que Celso o perdoasse mas, ao menos aquela parte da história, ele precisava revelar.

— Venha cá — chamou ele. — Sente-se aqui. Tenho algo importante a lhe contar.

O ar de gravidade dele dava mostras de que o assunto era sério. Sem questionar, Denise obedeceu. Sentou-se no sofá e esperou. Precisando ganhar tempo e coragem, Tobias pediu licença para ir ao banheiro. Quando voltou, rosto lavado, cabelo penteado, sentou-se ao lado dela, segurou-lhe a mão e começou a falar:

— Você sabe o que aconteceu com Alícia no passado, não sabe?

— Refere-se à morte de Bruna? — ele assentiu. — Mas não foram vocês mesmos que me contaram tudo?

— Não, Denise. Na verdade, não lhe contamos tudo.

— Não?

— Não. Há certas particularidades que preferimos omitir.

— Por quê? Que particularidades?

Ele a encarou, temeroso. Não sabia se tomara a decisão mais acertada. Agora, porém, não podia voltar atrás.

— Naquele tempo... — começou, hesitante.

Aos poucos, a voz foi se tornando mais firme, e a verdade acabou saindo de sua boca aos borbotões. No começo, Denise teve uma certa dificuldade em acompanhar a narrativa, porque ele não conseguia manter uma linha coerente de raciocínio. Depois, quando o tremor deu lugar à firmeza, toda a história se revelou de forma clara e surpreendente.

Denise ouviu tudo em silêncio, sem interrompê-lo uma única vez. Em alguns momentos, seus olhos se encheram de lágrimas, em outros, teve vontade de matá-lo. Ao final, estava mais confusa do que antes. Não sabia o que pensar, muito menos como agir.

— Eu jamais poderia imaginar uma coisa dessas — admitiu ela. — Por que papai não nos contou?

— Isso não é coisa que se saia contando por aí.

— Não é à toa que mamãe o odeia tanto.

— Sua mãe não sabe... — ele se calou, cada vez mais envergonhado.

Denise abriu a boca, indignada. Olhou-o com mágoa e se levantou vagarosamente, deixando-se cair na poltrona outra vez. Estava totalmente sem ação.

— O que vocês fizeram foi enganar todo mundo — afirmou.

— Não é bem assim...

— É bem assim, sim.

— Seu pai estava de acordo. A ideia foi dele.

— Ah, é! Isso muda muito as coisas — ironizou.

— Por favor, Denise, tente entender.

— Estou tentando, mas confesso que está difícil. Não teria sido muito melhor ter feito tudo às claras?

— Sua mãe jamais aceitaria.

— Como é que você sabe? Alguma vez, você perguntou a ela?

— Ela... — hesitou. — Ela estava apaixonada por mim.

— O quê?

— Seu pai e eu concordamos que, diante da situação, ela poderia alimentar ilusões desnecessárias.

— Espere aí. Está me dizendo que minha mãe foi apaixonada por você, que meu pai sabia e, ainda assim, levou adiante essa ideia absurda? É isso?

— Sim — foi um sussurro manchado de vergonha.

— Vocês são doentes ou o quê?

Ele fechou os olhos, remoendo o remorso e a humilhação. A história não fora bem assim, mas aquilo era o melhor que, naquele momento, ele podia fazer. Havia outras implicações que ele preferia não comentar, principalmente o fato de que Celso achava que ele e Eva haviam mesmo tido um caso e, ainda assim, os perdoara.

Mas Denise estava certa, totalmente certa. O que fizeram fora mesmo doentio, mas agora, não havia mais volta. Era algo impossível de se desfazer.

— Sei que o que fizemos foi errado. Mas nós éramos jovens na época, dois cientistas brilhantes, cheios de sonhos.

— Cheios de pesadelos, você quer dizer. Como puderam fazer uma coisa dessas? E meu pai, com sua própria mulher!

— Tente não nos julgar, Denise. Fizemos tudo por amor.

— Amor a quem? À minha mãe é que não foi. Muito menos a Alícia, menos ainda a Bruna. Só se foi amor a vocês mesmos e seus sonhos de grandeza.

— Não foi isso, eu juro...

— Não jure. Suas juras caem no vazio. Minha mãe, apaixonada por você. E você nunca me disse nada!

— Para que reviver o passado? Eu nunca a correspondi.

— Talvez porque eu seja filha dessa mulher. Agora compreendo por que ela é contra nosso casamento. Vocês a manipularam. Pobre mamãe, enganada pelos dois homens a quem ela julgou amar um dia.

— Nós não a enganamos. Queríamos que tudo desse certo, que ela fosse feliz.

— Pelo amor de Deus, Tobias, você não vê que isso é uma insanidade? Que não poderia dar certo, como não deu?

— Dar certo, deu. Alícia está aí...

— Sim, mas a que preço? Imagine só quando ela souber!

— Talvez ela já saiba.

— O quê?

— Alícia me convidou para almoçar hoje e veio com um papo muito estranho sobre vidas passadas. Acho que era um pretexto para me investigar, só que eu não deixei a conversa ir adiante.

— É por isso que você está me contando, não é? Por medo de que Alícia tenha descoberto o seu segredo e viesse me contar primeiro.

— Quis me antecipar a ela porque amo você e quero que confie em mim.

— Quanta generosidade!

— Não é generosidade; é amor.

— Fica difícil, neste momento, acreditar em você.

— Há pouco você disse que nada no mundo a faria desistir de mim.

— Eu estava enganada. Você tinha razão: nunca devemos usar a palavra *nunca*.

— Compreendo a sua frustração, mas você precisa entender.

— Não é frustração, Tobias. É revolta, raiva, decepção, medo, tudo ao mesmo tempo. Sem contar que estou me sentindo traída.

Tobias deu dois passos na direção dela, braços estendidos, pronto para estreitá-la e encerrar aquela discussão com um beijo. Denise, porém, se afastou dele com um certo horror.

— Denise, por favor... — suplicou ele.

— Não toque em mim! — ela recuou, com uma certa repugnância. — Não vou suportar que você me toque.

Mais que depressa, ela apanhou a bolsa, caminhando rumo à saída como se fugisse de um incêndio. Tobias seguiu-a até a porta. Não fazia sentido correr atrás dela pela rua. Precisava confiar no amor que ela dizia sentir por ele e esperar. Passado o choque da revelação, ela pensaria com mais serenidade e voltaria para ele.

Seus pensamentos se dividiam entre o medo de perder Denise e o medo de ver revelado, por inteiro, aquele terrível segredo.

CAPÍTULO 41

Havia coisas que não eram muito comuns no século em que Denise vivia. Atropelamento era uma delas, já que não havia mais motoristas humanos. Os carros eram todos automáticos, controlados por computador, e flutuavam alguns centímetros acima do chão, sempre dentro da velocidade permitida, respeitando todas as leis de trânsito. Mesmo assim, a imprudência de alguns pedestres podia, em raras ocasiões, provocar algum tipo de acidente, que não costumava ser fatal.

Os episódios catastróficos também eram incomuns. À medida que o ser humano desenvolvia o intelecto e, com ele, a compreensão de seus próprios processos cármicos, o sofrimento físico foi deixando de existir, substituído por escolhas mais produtivas, voltadas a atividades pessoais compatíveis com as inclinações individuais e, ao mesmo tempo, à preservação do bem comum.

Os hospitais, em menor número, atendiam mais os casos de nascimento e óbito, além de enfermidades menos graves provocadas pelos conflitos internos entre o *eu verdadeiro* e o *eu performático*. Muito raramente, surgiam casos um pouco mais graves, que demandassem algum tipo de cirurgia, normalmente, sem qualquer dano irreversível ao corpo somático, quase nunca levando os pacientes à morte.

As doenças aflitivas e fatais dos séculos precedentes haviam sido erradicadas. Aids, tuberculose, dengue, ebola, hepatite, pneumonia, câncer e outras de efeitos devastadores tornaram-se parte dos anais históricos da medicina. Amputações eram inexistentes. Erros médicos, uma lembrança nebulosa do passado.

Por mais que as doenças houvessem sido erradicadas, algumas dificuldades pessoais ainda persistiam. O ser humano encarnava não mais para sofrer, mas para se reencontrar consigo mesmo. O descrédito à obrigatoriedade de *expiação*, processo iniciado nos últimos anos do século XX, conduziu a humanidade à certeza de que a libertação da dor se encontrava não na *expiação* pelo sofrimento, mas na conscientização do que seriam os verdadeiros valores do espírito, tais como, amor, respeito e honestidade. As culpas renitentes levavam ainda a alguns processos doloridos de crescimento, embora a dor estivesse muito mais relacionada à mente e às emoções do que ao físico.

O mundo existe para que o ser humano aprenda o verdadeiro sentido da palavra amor. Para isso, é necessário desapegar-se das ilusões que o escravizam aos desejos. Somente após o domínio dessas ilusões é que a humanidade será verdadeiramente livre, pois a liberdade implica em desembaraço não apenas de prisões físicas, mas das prisões morais que enclausuram a razão.

A liberdade se inicia com a noção de que todo ser humano tem o direito de ir e vir sem ser impedido, de fazer suas próprias escolhas, de viver sua vida do jeito como bem entender. Mas isso tem um limite: o limite do respeito. Cada um só deve avançar até onde começa a invadir a liberdade alheia.

O segundo passo na conquista da liberdade é um pouco mais difícil: trata-se do desapego aos valores da matéria, que inclui pessoas, objetos e conceitos. O amor aos entes queridos não implica em recusa à aceitação da perda, seja ela pela morte ou pela distância. Ninguém pertence a ninguém, nem filhos, nem pais, nem amantes. Nem mesmo os animais.

As relações existem para o desenvolvimento do amor, não do apego nem da posse. Deixar ir é a maior prova de amor que se pode dar, independentemente da tristeza e da saudade, que são sentimentos próprios de quem ama. Desespero e negação, ao contrário, revelam imaturidade espiritual.

O mesmo se aplica aos objetos, como dinheiro e bens materiais. Perdê-los é uma ilusão tão grande quanto conquistá-los. As coisas materiais pertencem ao mundo e são utilizadas por concessão da ordem universal. Tanto é verdade que, quando o ser desencarna, elas ficam por aí, transferindo-se aos herdeiros e sucessores. Ninguém as carrega para a outra vida. Só o que se leva daqui são as atitudes. As ruins, para serem posteriormente transformadas. As boas, para servirem de exemplo à transformação daquelas.

Desapegar-se dos conceitos é tarefa ainda mais árdua, que requer exercício diário e disponibilidade para a apreensão de novos valores. Os pré-conceitos gerados pela sociedade infiltram-se na mente humana de tal forma que ultrapassam anos e séculos, até que consigam ser superados. O preconceito de qualquer espécie, de raça, cor, credo, condição social, econômica, opinião, sexo, sexualidade e outros ainda atira no caminho da humanidade os obstáculos mais difíceis de se vencer. Estar à frente deles representa um grande passo rumo à verdadeira libertação.

Por fim, o desapego mais difícil vem dos valores internos, dos vícios que envenenam a mente e o coração: ódio, inveja, ciúme, ambição, arrogância, egoísmo, orgulho contaminam a existência individual, atirando muitos no abismo da perfídia, da desonestidade e da corrupção. E muitos ainda estão cegos para suas próprias imperfeições! Enxergam no próximo todos os defeitos que eles mesmos possuem; criticam, julgam, acusam e condenam no outro o que, em verdade, a alma aponta em si mesma. Pretendem a modificação do mundo, mas não querem se modificar, esquecendo-se de que a energia que gravita ao redor do planeta é o resultado da soma da energia de cada um dos que aqui vivem.

Foi por esse caminho de libertação que a humanidade enveredou a partir do século XXI, levando para planetas em estado bastante primitivo os espíritos resistentes à mudança. A última chance de encarne na Terra foi dada a muitos, com o compromisso, muitas vezes frágil, de transformação interior. Poucos conseguiram, reduzindo o número de habitantes do planeta. Não foi preciso uma catástrofe gigantesca para exterminar a raça humana, ou parte dela. Pequenas catástrofes foram dando conta do recado, separando, aos poucos, os que deveriam partir dos que deveriam ficar. Em alguns anos, os últimos empedernidos desencarnaram, restando apenas os que adquiriram, por mérito próprio, o direito de permanecer neste mundo e continuar seu processo de desenvolvimento mental e emocional.

Toda forma de corrupção foi substituída por generosidade e empatia. Os governantes, finalmente imbuídos do verdadeiro espírito público, cuidavam de seus cidadãos, investindo em educação, saúde, moradia e transporte. O Estado assumiu o papel para o qual fora criado: de existir em função dos cidadãos, não o contrário. Os impostos eram justos; as leis, mínimas; a corrupção, inexistente. Acabara-se a exploração humana em razão da manutenção do Estado que, sem paternalismo nem protecionismo, conduzia seus cidadãos ao sucesso individual, cujos resultados revertiam para toda a sociedade.

As fronteiras deixaram de existir, ao menos em seu sentido de separação ou isolamento. Todos os países eram iguais, todos se ajudavam mutuamente, sendo livre o trânsito de visitantes entre uns e outros. Guerras eram coisa do passado. Qualquer divergência internacional se resolvia na diplomacia, sem resultados danosos para os indivíduos. Tudo isso só foi possível porque o respeito e o bom senso se tornaram valores inatos de toda e qualquer pessoa, desde a mais tenra idade.

Essa era a dimensão de Denise. Outras, seguindo sua própria história, conduziram a Terra ao caos generalizado, com predomínio da truculência sobre a razão. Seguirão assim até que os mestres encarregados da ordem universal façam operar os mecanismos de transformação. Essa ordem jamais é subvertida e atende ao grau de maturação dos indivíduos. Quanto mais as pessoas tomam consciência da necessidade de libertação, que as conduzirá à luz do amor pleno, mais o planeta purifica sua atmosfera astral. Os mestres conhecem o momento desse *salto quântico*, dessa mudança súbita de percepção; o ser humano, não. Daí a necessidade de cada um dar o melhor de si, pelo bem próprio e do planeta.

Como a modificação planetária não elevou a Terra à perfeição espiritual, o ser humano do século XXIII continuava ainda na busca de aprimoramento moral, enfrentando dificuldades na resolução de certos problemas emocionais. Isso envolvia a reconciliação com as culpas do passado, a fim de transformá-las em progresso futuro.

Não foi por outro motivo que Eva e Celso enfrentaram a dificuldade de gerar um bebê. Para Eva, era o sonho de toda uma vida, o desejo de se tornar mãe. Eva sempre adorou crianças, dedicando-se ao magistério até se aposentar. Depois que as filhas nasceram, sua realização estava completa. Denise imaginava como a mãe se sentiria ao descobrir a verdade devastadora que Tobias lhe revelara.

Talvez fosse melhor não dizer nada. Eva vivera feliz até agora. Por que estragar aquela felicidade com uma notícia que talvez não mudasse nada em sua vida? Não, aquilo era ilusão. Denise sabia que a mãe ficaria arrasada, e com razão. Quem gostava de ser enganado? Ninguém.

Ela também tinha muito a considerar. Não sabia se conseguiria conviver com Tobias depois de ouvir o que ele dissera. Ela o amava desesperadamente, o que só fazia aumentar seu conflito. E havia o pai. Tobias não agira sozinho, tivera a conivência de Celso, que se mantivera calado durante todos aqueles anos de convivência com a mãe.

Denise estava confusa, atordoada, sem saber se abria o jogo ou calava a verdade. Tentava aquilatar as consequências, avaliando qual dos males seria o menor. Andava tão cabisbaixa que a rua, de repente, tornou-se parte de seus pés.

Para andar, bastava acionar um após o outro, sem se preocupar com o caminho.

Com o pensamento longe, preso em seus problemas, Denise seguiu caminhando, em direção ao ponto de ônibus. Não prestava atenção à rua mas, como muitas pessoas haviam parado na esquina, ela parou também. O sinal estava aberto para os carros, fechado para os pedestres.

Era uma via expressa, de muito movimento. Denise nem percebia os veículos passando, voltada que estava para seus próprios pensamentos. De vez em quando, erguia os olhos e dava de cara com o vermelho do sinal de pedestres, indicando que ela devia esperar. Tudo bem. Não tinha pressa mesmo. Era até bom que se atrasasse para o trabalho. Assim não precisaria enfrentar suas próprias dúvidas.

Finalmente, a luz verde brilhou diante de seus olhos. Sem olhar para os lados, Denise tirou o pé da calçada e atravessou. Na mesma hora, uma sucessão de buzinas feriu seus ouvidos, deixando-a atônita, desorientada. Os carros desviavam dela como podiam, só não batendo uns nos outros graças à direção computadorizada. Mesmo assim, as súbitas mudanças de trajetória poderiam ocasionar alguma falha no sistema, levando os veículos a colidir.

— Saia daí, moça! — gritou um passageiro assustado.

Denise não saiu. Pensou em sair, mas não teve tempo. Apenas olhou para o sinal, vermelho para pedestres, compreendendo, então, que o verde que vira era o da rua transversal. No momento em que o homem falou, o carro automático se desviou dela, mas o que vinha atrás não teve tempo. Em uma pequena fração de segundos, o veículo se chocou contra ela, atirando seu corpo no asfalto. Denise só não foi atropelada uma segunda vez porque o carro de trás fez uma manobra para cima, erguendo-se do chão o suficiente para não lhe esmagar a cabeça.

Naquele dia, Denise ingressou nas estatísticas dos poucos acidentes ocorridos com automóveis.

CAPÍTULO 42

— Por favor, por favor... — repetia Alícia, falando alto no transe.

Juliano não conseguiu despertá-la. O telefone o fez. Após vários toques, ela abriu os olhos, ao mesmo tempo em que ele atendia:

— Alô — ele ouviu por alguns segundos, fitando Alícia com espanto. — Tudo bem. Onde? Hã, hã... Sei... Estamos indo para lá.

Desligou, ainda olhando para a mulher como se tivesse acabado de ouvir a notícia de que o mundo se acabara.

— O que foi que houve? — indagou Alícia, aflita.

— Era seu pai... — hesitou. — Denise sofreu um acidente.

— O quê?

— Ela está em cirurgia. Vamos.

Saíram desabalados. No carro, Alícia não parava de chorar, temendo pelo pior.

— Como isso foi acontecer?

— Não sei. Parece que ela foi atropelada, mas não sei os detalhes.

— Atropelada? — indignou-se. — Mas como? E eu, preo-cupada com Jaqueline...

— Você entrou em transe novamente. Encontrou-se com ela?

— Fui ao passado, acho. Consegui dar-lhe o aviso. Mas isso agora não importa. Estou preocupada é com Denise.

— Ela vai ficar bem, aposto. Não deve ter sido nada sério.

— Se ela está em cirurgia, foi sério.

Todos já estavam no hospital: Celso, Eva e Tobias. Alícia sentou-se ao lado da mãe, abraçando-a para dar-lhe conforto.

— Os médicos dizem que não é muito grave — soluçou Eva. — Mas nunca se sabe...

— Ela vai se sair bem — assegurou Celso. — Está em boas mãos.

— Foi o que você disse quando perdemos Bruna.

Sem conseguir evitar, Eva encarou Tobias, que desviou os olhos rapidamente.

— Tobias não teve culpa de nada — censurou Celso. — Nem antes, nem agora.

— O homem que estava no carro que a atropelou disse que ela atravessou a rua sem olhar. Num cruzamento super movimentado! Como ela pode não ter percebido? E tinha sinal de pedestre.

— Só ela poderá dizer.

— Ela estava distraída. O que a distraiu?

Novamente, ela lançou a Tobias um olhar perscrutador, de acusação. Dessa vez, ele devolveu o olhar, tentando não permitir que a culpa o destroçasse ainda mais. Já tinha muitas. Não queria juntar mais aquela a sua coleção.

— Fique com sua mãe — Celso pediu a Alícia, puxando Tobias pelo braço.

— Ela nunca vai me perdoar se algo acontecer a Denise — afirmou Tobias, debruçando-se na janela que dava para um pátio ensolarado e florido.

— Não vai acontecer nada a Denise. Mas Eva falou uma coisa certa: Por que Denise estava distraída? Você sabe?

— Imagino.

— Vocês discutiram, não foi?

— Mais ou menos. Contei a ela que Eva foi apaixonada por mim... E no que isso resultou...

O susto quase fez Celso engasgar. Olhando de soslaio para a mulher, considerou:

— Você fez muito mal. Devia ter falado comigo primeiro.

— Por quê? Não é você quem vive dizendo que chegou a hora de revelarmos a verdade? Foi o que fiz.

— É claro que quero contar a verdade. Aliás, ela já está aparecendo. Mas eu queria fazer isso com calma. Veja só no que deu a sua precipitação.

— Eu não me precipitei. Apenas me adiantei a Alícia. Acho que ela sabe ou está desconfiada. Eu só quis ser o primeiro a contar a Denise, antes que a irmã o fizesse.

Desconsolado, Celso passou a mão pelos cabelos, olhando para Alícia com uma certa admiração.

— Como você acha que ela descobriu? — indagou.

— Não faço a menor ideia. Mas você sabe o quanto Alícia é inteligente.

— Tem algo errado nessa história. O único jeito de ela descobrir seria alguém lhe contar. Eu não contei e, pelo visto, você também não.

— Existem outros meios, Celso. E bem mais seguros.

Celso suspirou profundamente, sentindo desabar sobre eles a ameaça da tragédia.

— E agora, Tobias, o que faremos?

— Nada. Vamos esperar.

— Esperar o quê? — rebateu ele, exibindo irritação e medo. — Que Denise morra e leve com ela o nosso segredo? Ou que acorde e conte tudo a Eva e Alícia?

— Deus me livre de ela morrer, Celso! Amo Denise, quero que ela me perdoe.

— Se a ama como diz, não devia ter contado, não devia.

— Agora é tarde. Fiz o que achei certo e o que pensei que você queria.

— Você... tem razão — gaguejou ele, ciente da incoerência de sua reação. — Mas é que estou com medo.

— Eu também, Celso, só que não aguento mais — Tobias desabafou. — A pressão está se tornando insustentável.

Tantos segredos, tantas culpas, tantas mentiras... A pretexto de protegermos a verdade, nos enredamos cada vez mais numa teia intrincada de mentiras. Eu até já passei a acreditar nas histórias que inventamos, de tal modo que fica difícil encontrar os episódios reais. Estamos no meio de invenções, de farsas, de subterfúgios e pretextos. Estamos perdidos, desnorteados, andando de um lado para outro como crianças brincando de cabra-cega. No fundo, o que ambos queremos é preservar a nós mesmos. Disso tudo, porém, me resta apenas uma única verdade: Eu amo Denise.

— Eu sei — concordou Celso, transtornado. — Durante muitos anos, acusei a mim mesmo, até que fui me dedicando aos estudos espirituais e consegui me perdoar. Ao menos, foi o que pensei; daí lutar pela revelação. Mas agora, vendo o resultado da verdade, estou com medo. Nunca senti tanto medo. Medo por mim, por você, por minhas filhas e minha mulher. O que será de nós?

— Literalmente, o que Deus quiser. Agora, sou obrigado a concordar com você. A verdade é o melhor, se não o único caminho. E creio que a vida está se encarregando de fazer cumprir a sua vontade, buscando meios de libertá-la. Uma vez solta, a verdade só vai em frente, como numa enxurrada. É impossível contê-la ou enclausurá-la. Estamos num caminho sem volta. O que nos resta é rezar e tentar administrar tudo isso da forma menos dolorosa possível.

— Você está mais do que certo, meu amigo — concordou, arrependido — Perdoe-me pelo meu momento de fraqueza.

— Não se trata de perdão nem de fraqueza. Trata-se do medo de perder, que nós dois temos. Já perdemos muito e tememos perder ainda mais.

— A perda agora envolve pessoas que amamos. E é exatamente por isso que não sei o que fazer. Antes, tinha tudo planejado, estava certo de meus passos. Mas agora, com Denise no hospital, já não sei de mais nada.

— Precisamos manter a clareza de nossos pensamentos. Talvez seja melhor eu me afastar por uns tempos, ao menos até que Denise consiga esfriar a cabeça. Depois, encontraremos um jeito de revelar tudo a todos de uma vez, evitando surpresas desagradáveis e resultados fatídicos como esse.

Depois que Tobias se foi, Celso permaneceu parado onde estava, sem ânimo de se aproximar de Eva e Alícia. Tinha medo de que seus olhos revelassem a verdade escondida por detrás de suas palavras. Olhava ora para a mulher, ora para a filha, imaginando como faria para contar tudo e qual seria a reação delas. Será que acabariam no hospital feito Denise?

Juliano e Alícia perceberam a conversa entre eles, imaginando o que poderia estar se passando. Pelos gestos do pai, Alícia tinha certeza de que ele sabia de alguma coisa. Foi com essa certeza que pediu licença e aproximou-se. O pai a fitou com ar enigmático e abriu os lábios, mas as palavras que planejara dizer despencaram de volta pela garganta.

Nada disso passou despercebido a Alícia. Podia até ser que a mãe não reparasse, já que permanecia quieta, entregue às orações. Mas ela não se deixaria enganar.

— Muito bem, pai, agora é comigo — falou ela, parando ao lado de Celso. — Você sabe o que aconteceu.

— Não sei.

— Sabe. Pensa que sou tonta? Vi você e Tobias conversando. Alguma coisa aconteceu entre ele e Denise para deixá-la nesse estado. O que foi?

— Nada.

— Tem a ver com o que descobri sobre o passado de Tobias?

Ela falava sobre a outra vida, em que Tobias fora Dimas, mas Celso pensava que ela se referia ao passado da vida atual, ao envolvimento dele e de Tobias no nascimento dela e de Bruna.

— O que foi, exatamente, que você descobriu? — indagou ele, cauteloso.

— Uma coisa muito interessante sobre uma vida passada. E acho que Tobias também tem conhecimento dela.

Foi com assombro que Celso ouviu a narrativa de Alícia. Não sabia nada sobre Dimas nem se interessou por ele. Vidas passadas são o que o nome diz: passadas. Não importam mais no presente, a não ser que as lembranças sejam ainda doloridas e as culpas, mal resolvidas.

— Você ainda não perdoou Tobias? — Celso quis saber, para disfarçar o alívio.

— Não sei. Acho que deveria, pois muito tempo se passou. Na verdade, quis conversar sobre isso com ele, para acertarmos nossas diferenças, mas ele me evitou. Foi grosseiro e se esquivou da conversa.

Porque ele, assim como eu, achou que você sabia de tudo "desta vida", Celso pensou, mas o que disse foi:

— Talvez Tobias não veja as coisas como você. Talvez não se importe com vidas passadas. Eu não me importo.

— Pois é. Eu também não deveria me importar.

— Esqueça isso, minha filha. Esse tal de Dimas não faz mais parte da personalidade de Tobias. Ele hoje é um homem bom.

— A bondade não impediu que você se irritasse com ele. Não adianta mentir, porque eu vi. Foi por isso que ele foi embora?

— Não sei. Ele deve ter lá os seus motivos.

Antes que ela pudesse perguntar quais seriam esses motivos, Celso se desvencilhou dela, indicando, com o queixo, a entrada do médico que cuidava de Denise.

— Então, doutor, como está minha filha? — ele perguntou, ansioso, abraçando Eva com cuidado.

— A cirurgia foi um sucesso. Sua filha passa bem e está descansando.

— Graças a Deus! — exclamou Eva, aliviada.

— E quando terá alta? — questionou Juliano.

— Dentro de poucos dias.

— Podemos vê-la? — era Alícia.

— Podem, um de cada vez.

Eva foi a primeira a entrar. Demorou alguns minutos orando e agradecendo a Deus por ter salvado sua menina. Depois que todos a viram, o médico os mandou para casa. Ninguém podia acompanhá-la na UTI.

— Tobias nem esperou para saber o resultado da cirurgia — Alícia cochichou ao ouvido do pai. — Acho que não está nem aí para Denise.

— As pessoas reagem à dor de maneiras diferentes — objetou Celso. — Ele está preocupado, tenho certeza.

— Acredito — ironizou. — E é por isso que resolvi, eu mesma, levar-lhe notícias de Denise.

— Como assim?

— Resolvi acabar com essa agonia de uma vez por todas. Tobias agora vai ter que me ouvir. Querendo ou não, ele vai ter que saber de Dimas e se acertar comigo. E aproveitando, conto que Denise está bem.

— Não faça isso, Alícia. Deixe que eu conto...

— Nada disso. Tenho um assunto a tratar com ele e nada vai me impedir. Mas não se preocupe. Não vai acontecer comigo o mesmo que com Denise. Vou tomar cuidado.

— Não! Alícia, espere!

Não houve tempo. Alícia atirou um beijo para o pai e entrou no primeiro táxi que surgiu.

— Não adianta, Celso — considerou Juliano, aproximando-se. — Você sabe como Alícia é teimosa. Também tentei dissuadi-la dessa ideia, mas ela não quis me ouvir. Antes de saber do acidente de Denise, teve outra visão daquelas.

O olhar de Celso era de angústia. Ele sacou o celular do bolso e digitou o número de Tobias. Ele não atendia. Mandou mensagens e deixou recado na caixa postal inúmeras vezes, pedindo que lhe retornasse com urgência. Tobias, porém, o ignorou. Apesar de apreensivo, não devia ter vontade de falar com ninguém.

— Que Deus nos ajude — implorou Celso, guardando o celular de volta no bolso.

CAPÍTULO 43

Seguindo pela estrada sinuosa e vazia, o carro de Lampião parecia o único movimento vivo a atravessar a madrugada. Seu mais novo companheiro emudecera, aparentemente maravilhado com tudo o que via, embora seus olhos chispassem quando a raiva se aproximava. O carro chegou ao seu destino. Lampião apagou os faróis e esperou até que o outro resolvesse dar sinal de vida.

— Então é aqui que a vagabunda se encontra com o amante? — indagou Dimas.

— É claro que é — respondeu Lampião, mal-humorado. — Já não tinha lhe dito?

— Mas só agora estou vendo o lugar. Que mansão, hein?

— Pois é. Como disse, o doutorzinho é cheio da grana.

— Será que conseguiremos extrair alguma coisa dele?

— O homem é rico. Ou nos paga, ou colocamos a foto deles no jornal.

— Que foto? Não temos foto nenhuma.

— Ainda não.

— Os dois nunca aparecem juntos. Posso saber como você pretende fotografá-los?

— Vou pensar em algo.

De cenho franzido, Dimas encarou Lampião. Não sabia ao certo se fizera bem em associar-se a ele, contudo, fora graças a ele que encontrara Jaqueline.

Viera para o Rio atrás de Jaqueline e Maurício. Por pouco não morrera daquela facada. Fora muita sorte a lâmina não ter atravessado seu coração. Sofreu uma cirurgia, ficou algum tempo internado e depois voltou para casa. À polícia, disse que fora vítima de uma tentativa de assalto. Surpreendera um homem em sua casa e se atracou com ele, sem perceber que tinha uma faca. Não vira o rosto dele, logo, não poderia reconhecê-lo.

O policial tomou nota. Mais um inquérito que não seria solucionado, dos muitos que a polícia tinha no arquivo. Roubos daquele tipo eram comuns, quase todos sem solução. Ainda assim, cumpriu seu dever.

Quando Dimas voltou para casa, iniciou seu projeto de vingança. Não foi difícil deduzir que Jaqueline fugira para o Rio de Janeiro, cidade que sempre sonhara conhecer. Logo que se sentiu bem para viajar, comprou uma passagem para o Rio, onde iniciou as buscas pela sobrinha. A cidade era imensa e populosa, com muitos locais onde Jaqueline poderia se esconder. O primeiro lugar que lhe veio à cabeça foi a zona do meretrício. Dimas não sabia, mas a ideia brotara graças à sugestão de Rosemary.

Dimas meteu um facão na cintura e partiu para o centro da cidade, passando então à zona portuária. Exibindo uma fotografia, pôs-se a perguntar aqui e ali, até que a foto foi parar nas mãos de uma concorrente. A mulher trabalhava para um cafetão com quem Lampião não se dava. Ela olhou Dimas de cima a baixo, imaginando por que ele a estaria procurando. Pelo sotaque, devia ser alguém da terra dela.

— O que quer com ela? — perguntou a moça, desconfiada.

— Sou amigo da família.

— Amigo, sei... — ela devolveu a foto a Dimas e informou, sem hesitação: — Ela está trabalhando para um cara chamado Lampião.

— Onde posso encontrar esse tal Lampião?

— Ele costuma ficar num bar lá na ladeira.

A mulher explicou onde ficava o tal bar, na ladeira do Morro da Conceição. Lá, Dimas encontrou Lampião, às gargalhadas numa rodinha de malandros, com um copo de cachaça na mão. Aproximou-se.

— Boa noite — cumprimentou. — Gostaria de falar com Lampião. É algum de vocês?

Lampião pousou o copo em cima da mesa, encarando Dimas com uma certa hostilidade.

— Quem quer saber? — tornou, cauteloso.

— Estou procurando a minha enteada. Soube que ela trabalha para um tal de Lampião.

Todos os olhares estavam voltados na direção de Dimas. Instintivamente, ele apertou o facão por debaixo da camisa, pronto para reagir a qualquer agressão.

— O tal de Lampião sou eu — anunciou, levantando-se com ar ameaçador. — E não foi à toa que ganhei esse apelido.

— Posso imaginar.

O apelido, na verdade, surgira após seu casamento com uma mulher chamada Maria Bonita, mas Dimas não precisava saber disso.

— Por que está procurando essa moça? — Lampião quis saber.

Dimas estudou-o com atenção, imaginando se poderia confiar naquele bando mal-encarado.

— Podemos ter uma conversa em particular? — sugeriu.

— Por que não? — concordou o outro. — Vamos mudar de mesa.

Sentaram-se a uma mesa um pouco mais distante, fora do alcance dos ouvidos curiosos. Dimas sacou a foto do bolso e mostrou-a a Lampião.

— Conhece-os? — perguntou. — O nome dela é Jaqueline.

Lampião não respondeu. Encarou o interlocutor com suspeita e retrucou:

— Por que a está procurando? O que foi que ela lhe fez?

— Digamos que temos contas a acertar.

— Se tem contas a acertar com ela, sugiro que procure um detetive — rebateu Lampião, fazendo menção de se levantar.

— Não sou informante.

— Tenha calma, compadre — tranquilizou Dimas. — Não vim aqui para tirar o seu ganha-pão.

— O que quer dizer?

— Sei bem o que ela faz para você. O mesmo tipo de coisa que já fez para mim.

— O quê...?

— Não é o que você está pensando, não fui cafetão dela. Mas ela... sabe como é... tinha lá uma quedinha por mim e implorava para passar as noites na minha cama, enquanto a mãe trabalhava no hospital.

— Se é assim — tornou, ainda mais intrigado —, por que ela fugiu de você?

— Quem foi que disse que ela fugiu de mim?

— E precisa dizer? Você a está procurando, diz que tem contas a acertar com ela. Se ela não está fugindo de você, então, você é um baita mentiroso.

— Não sou mentiroso. Estou atrás de Jaqueline porque ela tentou me matar — acabou revelando.

— Ora, ora. E por que será que ela fez isso?

— Porque é maluca. Então, sabe ou não onde ela está?

— Se lhe disser, o que ganho com isso? E antes que você diga, sua eterna gratidão não me interessa.

Dimas não possuía nada com que pudesse pagar a informação de Lampião. O jeito era apelar:

— O que você quer?

Com um palito enfiado na boca, Lampião sorriu sarcasticamente. Uma ideia súbita se delineara em sua mente, uma ideia que poderia torná-lo rico em muito pouco tempo.

— Quero sua ajuda — anunciou.

— Para quê?

— Para tirar dinheiro do grã-fino que está pagando por ela agora.

— Não entendi.

— Você não podia ter surgido em melhor hora. Jaqueline trabalha para um doutor muito rico e muito influente.

— Quem?

— Um tal de doutor Igor Lafayete. Conhece? — ele fez que não. — É deputado federal.

— Deputado federal? — repetiu atônito. — Você quer chantagear um político?

— E daí? O homem é importante e cheio da grana. Se pedirmos dinheiro para não divulgar o que sabemos, ele vai pagar.

— Isso me parece loucura. E por que você precisa de mim?

— Porque ele sabe quem eu sou. Imagine o que poderá acontecer comigo se ele descobrir que o estou chantageando. Agora, você, ele nunca viu. Se fizermos tudo direitinho, ele nunca vai nos associar um ao outro. Vai pensar que alguém descobriu.

— E o que ganho com isso?

— Dinheiro, ué! O que mais poderia ser?

— Quero Jaqueline e o irmãozinho dela.

— Por quê? Para se vingar? — ele não respondeu. — Esse negócio de vingança já era. Uma boa chantagem é que é o quente. Então, está dentro ou não?

— Depende. Se, depois de dividido o dinheiro, você me deixar pôr as mãos em Jaqueline, estou dentro. Se não, nada feito.

— Você quer matá-la?

— Isso é problema meu.

— Assassinato não é a minha praia, cara. Isso dá cana da grossa.

— Não pretendo me deixar apanhar.

— Sem contar que é um desperdício. Jaqueline é a gostosinha do pedaço.

— Há muitas mulheres gostosas dando sopa por aí. Se quiser, arranjo um monte para você. De onde venho, está assim de garotas — juntou os dedos, sinalizando quantidade — querendo uma passagem só de vinda para o Rio.

Lampião riu. Não seria má ideia ter um monte de garotas bonitas trabalhando para ele, mas não era o que pretendia. Queria sair daquela vida e o tal doutor lhe abriria as portas.

— Está certo — afirmou, dominado pela ganância. — Eu o ajudo e você me ajuda. Você fica à frente da chantagem, e depois que recebermos o dinheiro, Jaqueline e o pirralho são todos seus.

— Fechado.

O episódio transcorrera alguns meses antes. Agora, Lampião vivia atazanando-o para que ele desse logo início à chantagem. Dimas insistira para conhecer a vida de Jaqueline primeiro e vinha enrolando-o desde então. A verdade é que estava com medo.

— Fiz tudo o que você me pediu — queixou-se Lampião, cansado de esperar pela boa vontade de Dimas. — Você já está há muito tempo tomando conta da vida de Jaqueline. Agora é a minha vez.

— Calma. Você não quer estragar tudo, quer?

— Estragar o quê? Você ainda não fez nada. Não dá para estragar o que não existe.

— Eu ainda estou na fase do planejamento.

— E está planejando o quê, que nunca sai da sua cabeça?

— Não seja burro. Preciso descobrir como entrar na casa.

Foi com uma certa surpresa que Lampião encarou Dimas. Finalmente, ele dera uma ideia que poderia surtir algum efeito. O caminho era esse. Precisavam entrar na casa e fotografar os dois em plena orgia. Rindo intimamente, Lampião olhou pelo retrovisor. Um arrepio percorreu sua pele. Teve a impressão de ver uma mulher com aparência de louca rindo maleficamente. Impressionado, Lampião se benzeu e tornou a olhar. A visão havia desaparecido.

CAPÍTULO 44

Sentada no banco de trás, Rosemary vibrava a cada palavra de Dimas. Como seu marido era inteligente! Com a ajuda dela, logo, logo, Jaqueline estaria em suas mãos. Nas de ambos.

— Não estou gostando disso — sussurrou Sofia, sentada ao lado de Rosemary. — Jaqueline não é tão má quanto parece.

— Não, é pior. Pare de besteira e concentre-se na sua vingança.

— Mas não quero me vingar. Não de Jaqueline.

— Tudo bem. Você me ajuda com Jaqueline, e eu a ajudo com o doutor. Que tal?

— Nada feito. O que quero, na verdade, não é vingança, mas justiça. Igor tem que pagar pelo que ele fez.

— Deixe de ser idiota! Desde quando político rico vai para a cadeia?

— Mesmo assim. Não me parece certo.

— Jaqueline tentou matar meu marido.

— Não me leve a mal, mas não tenho nada com isso. Se quer saber a verdade, acho que nem acredito nessa história. Jaqueline não me parece esse tipo de pessoa. E você é mãe dela. Como pode querer o mal de sua própria filha?

— Nunca ouviu falar em inimigos? Pois Jaqueline e eu somos inimigas há muitas vidas. Depois que morri, lembrei de tudo.

— O que foi que ela lhe fez?

— Já me assassinou várias vezes.

— Você sempre foi a vítima?

— Sempre. Quero dizer, já matei ela também, mas foi diferente.

— Por quê?

— Porque eu tinha razão, e ela, não.

— Como é que você sabe? Vai ver, na cabeça dela, quem tinha razão era ela.

Rosemary fitou Sofia com assombro. Nunca havia pensado na coisa sob aquela perspectiva. De tão centrada em seu egoísmo, julgava-se a eterna vítima, sem se dar conta de que ela e Jaqueline se revezavam nas posições de agressor e agredido.

— Isso não vem ao caso — arrematou teimosamente. — Você está fugindo do assunto.

— Não estou, não. Na verdade, acho que tem tudo a ver.

— Você é nova nesse negócio de morte. Não tem experiência ainda. Quando estiver mais acostumada com a vida do lado de cá, vai ver que eu tenho razão.

— O que você diz não faz sentido algum.

— Faz, sim! — gritou. — E agora chega. Quero ouvir a conversa.

Sofia silenciou, enquanto Rosemary voltava a prestar atenção em Lampião e Dimas. Aproveitando-se de que a outra se distraíra, Sofia experimentou imaginar-se fora dali. Seus pensamentos voltaram-se para o marido que, àquela hora, devia estar se deliciando com Jaqueline.

Foi com imensa surpresa que, num piscar de olhos, Sofia viu-se ao lado deles. Já experimentara aquele tipo de viagem com Rosemary, mas era a primeira vez que tentava sozinha. Mais uma vez, os livros espíritas a ajudaram. Fixar o pensamento na pessoa ou no local desejado cria um elo energético que estabelece o magnetismo e, consequentemente, conduz aquele que pensou ao objeto de sua vontade, como a corrente elétrica que segue até a lâmpada quando acionado o interruptor.

Os dois estavam na cama, nus. Lafayete beijava Jaqueline com uma certa agressividade, mordendo-lhe os lábios e puxando-a pelos cabelos. Pela cara de Jaqueline, dava para perceber que ela não sentia nenhum prazer, ao contrário de Igor, que demonstrava sinais de crescente excitação.

A visão do marido com a amante causou em Sofia ânsias de vômito ou, ao menos, foi a sensação que ela teve. Virou-se para o lado, mas nada saiu de sua boca, salvo um grito transtornado e aflito.

— O que você está fazendo, Igor? Por que me matou?

Nenhum dos dois percebeu a presença dela. Ótimo, pensou. Assim ficaria mais livre para observar e pensar no que deveria fazer. Mas não foi capaz, principalmente quando Igor começou a bater em Jaqueline, que parecia acostumada à violência. De rosto voltado para a parede, Sofia experimentou lágrimas de revolta, não tanto pela traição do marido, mas pela forma como ele tratava a mulher subjugada. Agora invisível, tinha conhecimento de fatos dos quais apenas ouvira falar. Vendo-os pessoalmente, pareceram-lhe muito mais indigestos e desprezíveis. Sentiu pena de Jaqueline.

Quando ele se saciou, Jaqueline se preparou para se levantar, apalpando de leve a face dolorida. Tinha os olhos secos. As lágrimas, acostumadas ao destino, desistiram de cair.

— Aonde você vai? — indagou ele.

— Embora — foi a resposta rápida.

— Fique mais um pouco. Ainda não acabei.

Sem dizer nada, ela tornou a se deitar, rija como uma múmia recém-embalsamada.

— Queria que você gostasse de mim — confessou ele, alisando os cabelos dela.

— Como é que é? — surpreendeu-se.

— É o que você ouviu. Quero que você goste de mim, que sinta prazer ao meu lado.

— Não acha que isso é meio difícil, para não dizer, impossível?

— Por quê?

— Ainda pergunta? — tornou ela, atônita.

— Sei que não sou o homem mais carinhoso do mundo, mas gosto de você.

— Bela maneira de demonstrar — ironizou ela, tocando o pequeno hematoma do rosto.

— Isso não é nada — murmurou ele, acariciando a ferida dela.

— Não é nada porque não é em você que dói — ela retrucou, com raiva. — Ou será que pensa que gosto de apanhar?

Por uns instantes, ele limitou-se a olhá-la, fazendo-a tremer por dentro. Esperando uma reação violenta, ela se encolheu, preparando-se para a dor. Mas, ao invés de bater, ele passou os dedos pelos lábios dela, com uma doçura nada típica de Lafayete.

— Lamento se a fiz sofrer — desculpou-se, com sinceridade. — Não consigo me controlar...

— Tudo bem, doutor Lafayete — interveio ela, com irritação. — Já estou acostumada a seus rompantes. Mas temos um trato, só isso. O senhor tem o meu corpo quando quer e, em troca, sustenta a mim e ao meu irmão. É por ele que faço isso, para que Maurício tenha as oportunidades que eu não tive. O senhor sabe muito bem disso.

Havia tanta sinceridade na voz dela, que Sofia se emocionou. Era mãe, compreendia bem os sacrifícios que uma mulher era capaz de fazer pelos filhos. Jaqueline podia não ser mãe de Maurício, mas era como se fosse.

Tentando lembrar como Rosemary fazia para auscultar os pensamentos de Dimas, Sofia se aproximou de Jaqueline, colocando a mão sobre sua testa. Como ambas gravitavam na mesma faixa vibracional, não foi difícil conseguir e sugerir, ainda, o nome de Dimas, em quem Jaqueline, imediatamente, pensou.

O tratamento que Igor dispensava a ela fazia com que se lembrasse muito do padrasto. Tanto ele quanto o deputado gostavam de maltratá-la e de abusar dela. Ambos fingiam gostar dela, mas a ameaçavam e torturavam. Eram muito parecidos.

Gostaria de livrar-se do doutor assim como se livrara de Dimas. Não, da mesma forma, não. Dera uma facada em Dimas para se defender, para que ele não fizesse com Maurício o que fizera com ela durante anos. Mas não queria matá-lo, como não o matara. Saber que ele estava vivo era um alívio. O que ela queria mesmo era que não precisasse depender de ninguém, apenas do seu trabalho. Mas parece que o estigma do sexo a marcara quando nascera, de forma que ela nunca conseguira nada da vida além de abusos sexuais. E nunca sentira prazer. Nem sabia o que era isso.

Cada vez mais, ela gostava menos de Lafayete. Além de bruto, era também assassino. Tinha quase certeza de que ele era responsável pela morte de Sofia. Um homem perigoso, astuto, ardiloso. Daria tudo para colocá-lo na cadeia, mas não tinha provas.

Surpresa com o pensamento da menina, Sofia puxou a mão com pressa, desfazendo a sintonia mental. Jaqueline desviou o pensamento para o presente, imaginando como faria para ir embora, enquanto Sofia deixava a mansão com certa admiração pela outra. Entendia por que ela se vendia, sentia pena de sua necessidade financeira, da forma como o destino a colocara na vida. Acima de tudo, respeitava-a pela renúncia à própria felicidade em prol da chance de uma vida digna para o irmão.

— Sabia que você estava aí — ela ouviu a voz queixosa de Rosemary. — O que estava fazendo? Deliciando-se com o sexo do maridinho?

— Não diga besteiras! — horrorizou-se.

— Você não sabe como se faz, não é mesmo? Pois eu posso lhe ensinar. Aprendi com Dimas, quando ele transava com uma de suas vagabundas. Eu estava olhando, com raiva, até que, de repente, senti um negócio lá embaixo — apontou para a vagina — e, quando dei por mim, estava grudada na mulher, sentindo tudo o que ela sentia. Não é o máximo?

Não era o máximo. Era um escândalo. A simples ideia de participar do ato sexual do marido e da amante trouxe de volta a sensação de ânsia.

— Você é louca — afirmou.

— E você é uma idiota. Quer saber? Não preciso mais de você. Quem quer uma cúmplice que se choca com tudo?

Foi com alívio que Sofia viu Rosemary esvanecer no ar. Aos poucos, porém, o alívio se transformou em medo. Estava sozinha num mundo do qual pouco sabia. Olhando ao redor, não viu ninguém, imaginando para onde deveria se direcionar.

— Vou para o céu ou para o inferno? — perguntou, em voz alta. Ninguém respondeu. Não encontrara nenhuma luz, nenhum túnel, nenhum anjo à sua espera. Na verdade estava tão apegada ao ódio por ter sido assassinada que nem chegara a ver o espírito amigo a seu lado, pronto para encaminhá-la a um posto de tratamento no astral. Ao invés disso, sintonizou com Rosemary, já envolvida na história, permitindo-se levar por ela. Em meio a toda essa confusão, nem se lembrou de rezar.

Sem saber o que fazer, sentou-se na grama úmida para esperar.

CAPÍTULO 45

Aquele seria o tão esperado dia. Jonas devia estar apreensivo, mas o seu nervosismo vinha da ansiedade com que aguardava o momento de ter em suas mãos a vida de outro ser humano. Não é que sentisse prazer em matar. O prazer vinha do poder. Se fosse para, simplesmente, fazer pontaria e atirar, ele o faria, mas apenas para cumprir uma ordem. Contudo, não havia nada mais excitante do que ver o efeito que sua superioridade provocava naquele que estava prestes a lhe entregar a vida.

Precisou conter a euforia antes de telefonar. Caminhou de um lado a outro, respirando vagarosamente para se acalmar. Só depois que teve certeza de que conseguiria manter a voz sob controle foi que apanhou o celular e digitou o número de Tião.

— Tudo resolvido — anunciou ele, sem delongas. — Quando farei a entrega do pacote?

— Já está com a grana na mão? — duvidou Tião.

— Já. Onde quer que eu deixe o dinheiro? Tem que ser um lugar escondido. Não posso correr o risco de ser reconhecido em público.

— Desde quando você é famoso?

— Desde que me tornei motorista de um político influente.

— Tá bom, tá bom. Escolha você, então, o lugar.

— Ok. Vamos para Acari. E tem mais uma coisa. O doutor quer ter certeza de que você não tem nenhûma outra prova contra ele.

— Não tenho.

Depois de dar o endereço do ponto de encontro em Acari, Jonas desligou. Tinha ainda muita coisa a fazer antes das três da madrugada, horário marcado para a entrega. Dos fundos de uma gaveta da cômoda antiga, retirou a pistola semiautomática, lembrança da época em que fora policial militar, antes de ser expulso da corporação por ter matado um traficante logo após tê-lo dominado. Ele foi expulso, mas a pistola do traficante nunca foi recuperada.

Enquanto isso, na delegacia de polícia, Soares exibia o relatório recém-transcrito das conversas telefônicas entre o deputado e Jonas, e entre este e Tião.

— Isso vai ser uma bomba — disse o investigador.

— Se vai.

— Vamos ser massacrados por Brasília.

— Não vamos, não. As escutas são legais. Só foram grampeados os celulares de Tião e do motorista, suspeito de ser cúmplice no assalto que vitimou a mulher do deputado. Para todos os efeitos, tínhamos em mente que Jonas dera todas as dicas a Tião e dividiria com ele o produto do roubo. Foi uma surpresa para nós quando o nome do deputado Igor Lafayete surgiu nas investigações.

— Que vão ter que parar por aí.

— Não antes de efetuarmos a prisão de Tião e de Jonas. Eu sabia que, depois de solto, o meliante ia fugir. É uma droga não termos pessoal suficiente para seguir tantos bandidos.

— Mas a escuta vai nos levar direitinho até ele.

— Vai. E com provas para prendê-lo.

— E o deputado? O senhor acha que ele vai sair impune?

— É bem provável, não é, Soares? Mas nós vamos fazer a nossa parte. Vamos prender o assassino e fornecer elementos para que a polícia federal instaure o inquérito contra o deputado.

— Certo. Mas o que faremos com o depoimento do segurança de dona Sofia?

— Temos que omiti-lo, ao menos, por enquanto. Vou instruir Fábio para que conte o que ouviu somente na federal.

— Não vão achar estranho ele não ter falado nada antes?

— Ele levou um tiro, estava confuso. Só com o tempo é que a memória foi voltando.

— Faz sentido. Deixe tudo por minha conta, doutor.

Sofia acompanhou toda a conversa. Cansada de ficar sentada sozinha na grama, resolvera dar um pulo na delegacia para ver como andavam as investigações. Finalmente, a justiça começava a ser feita. Lamentava o fato de que Igor, dificilmente, seria punido, mas, ao menos, todos saberiam quem ele realmente é.

— Veio passear na cadeia?

Ela levou um susto. Virou-se abruptamente, dando de cara com Rosemary, que acabara de encontrá-la.

— Que susto você me deu!

— Por quê? Pensou que fosse um fantasma?

— Engraçadinha. É que não esperava vê-la por aqui.

— Eu andei pensando, sabe? Nas coisas que você me falou sobre ser mãe.

— Ah, andou, é? E no que pensou?

— Em tudo o que você me disse. No fato de eu ser mãe de Jaqueline.

— Finalmente, não é, Rosemary? Não importa quem começou com esse ódio. Importa quem vai terminar com ele.

— Não estou dizendo que esse ódio todo vai acabar assim, de uma hora para outra — ela estalou os dedos. — Eu só estou questionando se isso está me fazendo bem.

— É claro que não está!

— Gostaria muito de esquecer tudo isso, mas acho que não sou capaz.

— Você tem que tentar. Procure pensar em Jaqueline como sua filha de hoje, não como a inimiga do passado.

Aquela era, justamente, a dificuldade que Rosemary precisava superar. Não sabia se conseguiria e não queria mais falar sobre ela com Sofia. Resolveu mudar de assunto:

— O que está fazendo aqui?

— Estou pensando em acompanhar a polícia numa batida. Quer vir comigo?

— Não sei... Acho que não.

— Você já participou de alguma?

— Não.

— Pois então? Não acha que vai ser emocionante? Podemos assistir a tudo sem correr o risco de levar uma bala perdida.

— É mesmo. Pode ser interessante.

— Estou doida para ver aquele canalha do Igor atrás das grades.

— É a ele que vão prender?

— Não. É o assassino e Jonas, seu cúmplice. Mas já é um começo. Então? Vamos?

— Vamos.

Juntas, entraram no gabinete do delegado. Ainda faltava muito tempo para as três da madrugada, mas elas não queriam correr o risco de perder a investida. Por isso, resolveram acompanhar Estêvão aonde quer que ele fosse. Foram com ele até sua casa, esperaram-no comer, tomar banho e até descansar. Quando, enfim, ele retornou à delegacia, elas já não aguentavam mais de tanta ansiedade.

Os carros da polícia partiram em comboio, as sirenes apagadas e silenciosas para não chamar atenção. No banco de trás do veículo do delegado, os espíritos se apertavam entre dois policiais. Apesar da monotonia do trajeto, todos pareciam nervosos. Os carros entravam em ruas, viravam esquinas, davam voltas em praças, até que, finalmente, chegaram ao local indicado.

— É ali — Soares apontou para um edifício quase na esquina. — O número é esse.

— Estranho — falou o delegado, estacionando do outro lado da rua. — Será que Jonas seria burro a ponto de marcar um encontro dessa natureza em frente a um prédio residencial?

— Vai ver, ele pretende arrastar o cara para matá-lo em outro lugar.

Tudo parecia calmo. Nenhum carro à vista, ninguém pelas proximidades. Nada suspeito além da exagerada quietude. À medida que os minutos avançavam, o silêncio recrudescia. Nenhum movimento nas redondezas dava mostras de que alguém passaria por ali.

— Não acha que está tudo quieto demais? — estranhou Soares. — São quase três horas. Já não era para alguém ter aparecido?

— Mas que diabos! — gritou Estêvão, sem conseguir esconder a preocupação.

— O que foi?

— Tem alguém vigiando o Jonas?

— Não. Por quê, doutor? Em que está pensando?

— No que você disse há pouco. E se Jonas marcou esse encontro apenas para atrair Tião e forçá-lo a sair de casa sem desconfiança? E se, a essa hora, não o está seguindo para pegá-lo de surpresa e matá-lo no caminho?

— Será?

— Só pode ser isso. Já vai dar três horas, e ninguém apareceu.

— Eles podem estar atrasados.

— Podem. Mas minha intuição me diz que não é isso. Pegue o rádio, Soares. Ligue imediatamente para a DP e mande uma viatura, agora mesmo, para a casa de Jonas.

Soares obedeceu. Na mesma hora, ligou o carro e deu meia-volta, seguido pelos demais. Dessa vez, ligou a sirene. Todos ligaram, correndo pelas ruas o mais rápido que podiam. Pouco depois, um policial telefonou. Não havia ninguém na casa do motorista.

— E agora, doutor? — questionou Soares. — O que faremos?

— Deixe-me pensar — ele colocou a mão na testa e se decidiu: — Vamos à procura de Jonas.

— E eu vou embora — anunciou Rosemary. — Cansei.

— Espere! — gritou Sofia. — Acho que também vou. Não estou gostando mesmo disso aqui.

Juntas, esvaneceram, no exato momento em que a voz do policial surgiu novamente pelo rádio do carro. Recebera um chamado pelo rádio. O corpo de um homem acabara de ser encontrado em um valão perto da comunidade, ainda quente e sangrando.

CAPÍTULO 46

Jonas entrou em casa afoito, fechando a porta com toda pressa que a necessidade de silêncio exigia. Correu para a janela, afastou a cortina e olhou para fora. Aguardou alguns minutos, para ver se alguém o vira, e só se acalmou quando constatou que a rua continuava tão quieta quanto antes. Enxugando o suor da testa, sentou-se no sofá, apanhou o celular e ligou para Lafayete:

— Feito — anunciou simplesmente, assim que o deputado atendeu.

Jonas achava que nada poderia dar errado. O plano fora muito bem executado. Tião caíra na conversa dele, concordando em encontrá-lo num endereço qualquer em Acari.

Não fora difícil descobrir onde ele se escondia. Bastou segui-lo à distância. Tião não tinha carro. Seguir o ônibus que ele tomou não deu nenhum trabalho.

De madrugada, Tião desceu os últimos degraus da comunidade pensando em tudo o que faria com aquela pequena fortuna. Havia tantos sonhos que gostaria de realizar! Comprar um carro, um apartamento de frente para o mar, roupas de grife. Só não precisava de relógio. Tinha um Rolex novinho em folha. Caminhando despreocupadamente, indagou a si mesmo se o que pedira não fora pouco. Quinhentos mil seriam suficientes para comprar tudo o que merecia?

Rindo consigo mesmo, antegozando os prazeres que o deputado iria lhe proporcionar, Tião passou pelo valão que circundava a comunidade. Foi então que um vulto saltou das sombras. Com o susto, Tião levou a mão ao cinto, roçando de leve a coronha de seu revólver.

Não teve tempo de sacar a arma. Sem dizer nada nem fazer perguntas, Jonas apontou para ele a pistola e deu três disparos seguidos: dois no peito e um na cabeça. Um cachorro latiu ao longe, uma luz fraca se acendeu no portão de um barraco e alguém gritou baixinho. Mais que depressa, Jonas empurrou o corpo para dentro do valão, rodou nos calcanhares e afastou-se correndo, protegido pelas sombras da noite.

Fora um momento excitante. Só pelo olhar de surpresa de Tião já teria valido a pena matá-lo. O homem era mesmo um idiota. Saiu da favela confiante, achando que aquele seria seu dia de sorte. Nem de longe poderia imaginar que um simples e velho motorista seria capaz de dar cabo da vida dele sozinho e em poucos minutos.

Ainda se regozijava com a lembrança quando gritos estridentes de sirenes invadiram seu pequeno e bem cuidado apartamento. Jonas levou um susto. Não era possível que a polícia estivesse ali por causa dele. Devia ser coincidência.

Não era. Assim que o delegado chegou ao local onde o corpo do homem fora encontrado, o reconhecimento foi imediato. Não havia erro: o cadáver baleado era mesmo Tião. E o único suspeito só podia ser Jonas.

Para espanto de Jonas, os carros da polícia se posicionaram defronte a seu prédio, isolando todas as saídas possíveis. Estêvão dera ordens a seus homens para cercarem o edifício até às seis da manhã, quando poderia finalmente entrar e executar o mandado de prisão.

Não havia mais dúvidas de que a polícia estava ali por causa dele. Jonas sabia que o delegado não podia entrar em sua casa no meio da madrugada. Talvez ainda tivesse tempo de fugir, quem sabe, pelo telhado?

Decidido a escapar, Jonas passou a mão na arma e abriu a porta, correndo pelo corredor vazio. Alcançou as escadas e subiu os degraus de par em par, até chegar ao telhado. Ao escancarar a porta corta-fogo, uma surpresa. Dois policiais apontavam para ele suas armas, prontos para atirar.

— Vocês não podem me prender! — gritou ele. — Esta é a minha casa!

— Você está no telhado, tentando fugir — alertou o policial. — Que eu saiba, você não mora aqui.

— Sem contar que já está amanhecendo, idiota — rugiu o outro. — São seis horas da manhã.

Jonas não tinha como fugir. Desceu algemado, gritando que não havia feito nada, que não sabia do que estavam falando.

— Me soltem! — berrou ele. — Essa prisão é ilegal! Quero meu advogado!

Um dos policiais, irritado, deu uma coronhada na cabeça de Jonas, com força suficiente apenas para silenciá-lo.

— Vou denunciá-lo por isso! — esbravejou. — Pensa que isso vai ficar assim?

— Se eu fosse você, calaria a boca — avisou Estêvão. — Temos provas concretas que o ligam ao assassinato de Sebastião da Silva Aroeira, mais conhecido como Tião Matador.

— Isso é uma arbitrariedade! Não conheço nenhum Tião Matador!

— Podem levá-lo — ordenou o delegado. — Ele que se explique na delegacia.

Jonas saiu arrastado, gritando que era inocente. Em seu íntimo, um medo atroz se desenvolvia. E se alguma acusação recaísse sobre o deputado?

Na delegacia, Jonas ainda insistia que era inocente quando o delegado mandou que o conduzissem à sala de interrogatório. Durante cerca de meia hora, permaneceu sentado numa cadeira desconfortável, até que o investigador entrou, trazendo um computador.

— Muito bem, senhor Jonas. Não quer confessar o seu crime?

— Que crime? Não cometi crime algum.

— O senhor nega que matou o senhor Sebastião?

— É claro! Nem sei quem é esse sujeito.

— Tem certeza?

— Absoluta.

Olhando bem fundo em seus olhos, Soares acionou uma tecla do computador, de onde as vozes de Tião e Jonas se elevaram:

— *Escute aqui, cara! Ou você me dá mais dinheiro, ou coloco a boca no trombone e grito pra meio mundo ouvir o que o seu querido doutorzinho me pagou para fazer.*

— *Não seja estúpido. Acha que alguém acreditaria em você?*

— *Acha que não? Quer pagar para ver?*

— *Você roubou o relógio. Qualquer tentativa de chantagear o doutor vai parecer extorsão e ameaça. Você é que vai se dar mal.*

— *Veremos.*

Jonas encarou-o, atônito, o sangue congelando nas veias.

— Essa conversa é particular! — vociferou. — Vocês não tinham o direito...

— Tínhamos, sim — cortou Soares. — Tudo foi feito dentro da legalidade. As escutas foram autorizadas pela Justiça.

— E daí? Isso não prova nada.

— Não mesmo? E isso?

Soares avançou até outro ponto. Dessa vez, foram as vozes de Jonas e de Lafayete que surgiram no áudio:

— *Que droga, Jonas! Ele está me pedindo uma fortuna. Não tenho esse dinheiro em caixa. Vou precisar acionar minha conta na Suíça.*

— *Se o senhor quiser, posso pensar em outra coisa.*

— *Que outra coisa?*

— *Posso dar um jeito nele para o senhor.*

— *Você quer dizer, matá-lo?*

— *Como devia ter matado dona Sofia quando o senhor pediu. Se eu tivesse feito o serviço, ao invés de contratarmos Tião, nada disso estaria acontecendo.*

Diante do mutismo de Jonas, Soares foi mais à frente:

— *O cara é um bandido! Deve ter um monte de outros bandidos atrás dele. E gente assim, o senhor sabe como é: tem vida curta. Não tem como a polícia associar o nome dele ao nosso.*

— Muito bem. Mas faça bem-feito. Não deixe pistas e certifique-se de que ele não tem nada que me incrimine.

— Além da palavra dele? Duvido.

— Ninguém pode, nem de longe, desconfiar que fui eu que mandei matar Sofia. Você entendeu, Jonas? Ninguém. As únicas pessoas que sabem são você e esse tal de Tião.

Por alguns instantes, Soares pensou que Jonas fosse partir para cima dele ou desmaiar, tamanha a lividez que descoloriu o seu rosto.

— Satisfeito? — ele não respondeu. — E aposto que a balística vai comprovar que as balas que mataram Tião saíram da pistola apreendida em seu poder.

— Quero o meu advogado — disse Jonas laconicamente.

— Como quiser. Vai precisar mesmo.

Recolhendo o computador, Soares saiu, deixando Jonas sozinho por mais alguns minutos, pensando no que acabara de acontecer. Não entendia como tudo dera errado. Talvez fosse melhor ligar para o deputado. Afinal, as escutas o incriminavam também.

O que mais atormentava Jonas não era propriamente sua prisão, mas a decepção que Lafayete sentiria ao descobrir que ele falhara e que sua falha importaria em manchar o seu nome. Por mais que o deputado gozasse de imunidade parlamentar, as consequências nefastas do escândalo pairariam sobre ele por muito tempo.

Quando, finalmente, vieram buscá-lo, ele pediu para usar o telefone. Ao invés de ligar para o advogado, Jonas resolveu pedir ajuda a outra pessoa. Um pouco hesitante, ergueu o fone do gancho e discou o número de Cézar.

CAPÍTULO 47

Pelo resto da noite, Lafayete não conseguiu mais dormir. No dia seguinte, foi para a Câmara ainda pensando nas simples palavras de Jonas, confirmando a morte de Tião. Lafayete queria que aquele episódio acabasse de uma vez por todas. A coisa estava se complicando. Ao mandar matar Sofia, não sabia que outras pessoas teriam que ser assassinadas. O motorista dela também morrera, embora não estivesse nos planos matá-lo. Fábio fora ferido, e agora, o próprio assassino tivera que morrer. Havia mortes demais seguindo seu rastro. Era muito azar Fábio ter reconhecido o sujeito. Mais azar ainda, ter feito um desenho dele para a polícia. Só esperava que não precisasse mandar matar Fábio também.

Lafayete se preparava para sair para o almoço quando o celular tocou, indicando que a chamada era de seu assessor. Uma nuvem ensombreceu seus pensamentos, e ele atendeu com um certo receio:

— Alô?

— Você tem que voltar com urgência — anunciou Cézar. — Aconteceu uma coisa muito grave aqui.

— O que foi que houve?

— Jonas está preso. Atirou num cara nessa madrugada.

— Como é que é? — fingiu surpresa. — Atirou em quem?

— Não sei ainda.

— O cara morreu?

— Morreu na hora.

Menos mal, pensou.

— Sabem por que Jonas fez isso?

— Jonas não diz nada. Pediu para falar com um advogado e ligou para mim.

O mundo pareceu ruir. Lafayete conseguia antever o escândalo se aproximar. Confiava em sua imunidade parlamentar, mas, mesmo assim, imaginou como seria sua vida num presídio imundo e infecto, rodeado de marginais da pior espécie. Balançou a cabeça num frêmito, como se assim pudesse atirar o pesadelo para longe.

— Já estou indo — finalizou secamente.

Poucas horas depois, desembarcava no Rio de Janeiro. Foi uma sensação estranha, Jonas não estar ali para apanhá-lo. Ao invés dele, foi Cézar quem veio em sua direção. Alguns jornalistas tentaram assediá-lo, mas ele conseguiu repeli-los com um *nada a declarar*.

— Vamos direto para a delegacia — ordenou, sem nem cumprimentar o assessor.

— Claro.

Lafayete não disse uma única palavra, com medo de revelar a Cézar o que não devia. Na delegacia, saltou do carro sob um espocar de flashes e avançar de microfones.

— Deputado, o senhor faz ideia de por que o seu motorista foi preso? — questionou uma jornalista.

— Tem algo a ver com a morte da sua esposa? — acrescentou outro.

— Por favor, deixem-no passar.

Cézar tentava manter os repórteres afastados de Lafayete, o que era uma tarefa praticamente impossível. Por sorte, alguns policiais surgiram, formando um cordão de isolamento para que ele conseguisse passar, sendo imediatamente conduzido à presença do delegado. Estêvão cumprimentou-o formalmente, com a reverência que seu cargo exigia.

— Soube que meu motorista foi preso — Lafayete falou, sem rodeios. — Posso saber qual a acusação?

— Homicídio — o delegado foi direto. — Além de participação no assassinato de sua esposa.

— Como... como assim? — balbuciou, o suor frio ameaçando deslizar por suas faces.

O delegado olhava para ele com ar enigmático, tentando descobrir a melhor forma de dizer o que sabia sem provocar a ira do deputado. No momento em que ele clamasse pela sua imunidade, toda a conversa estaria encerrada. Ele sabia que não podia interrogá-lo oficialmente ali mas, enquanto o deputado conversasse com ele, seguiria adiante para ver o que conseguiria descobrir.

— Temos várias escutas telefônicas que incriminam seu motorista. Em uma delas, ele combina com o morto, um assassino conhecido pelo nome de Tião Matador, o pagamento de uma certa importância em troca de seu silêncio.

— Silêncio? — repetiu o deputado, agora, decididamente nervoso.

— Exatamente. Quinhentos mil reais para que ele não revelasse à polícia o nome do mandante do assassinato de dona Sofia que, no caso, seria o senhor.

— Eu?! — Lafayete fingiu indignação, dando um salto da cadeira. — Mas isso é um absurdo! Esse homem, com certeza, foi pago por alguém da oposição para me caluniar.

— Pode ser. Mas temos também escutas que revelam a conversa do seu motorista com o senhor, deputado. Uma delas, em especial, é muito interessante. Gostaria de ouvi-la?

A um sinal seu, Soares ligou o computador, de onde as vozes do deputado e de Jonas surgiram, nítidas:

— *Ele está pedindo quinhentos mil reais.*

— *O quê? Ele ficou louco? Ninguém vale tudo isso.*

— *Para ele, vale. E foi categórico. Ou o senhor paga, ou ele abre o bico.*

— *Se eu soubesse que Sofia me sairia tão caro, teria eu mesmo dado cabo dela.*

— O que é que eu faço, doutor? Pago o sujeito ou não pago?

— Você acha que alguém acreditaria na palavra dele? Na palavra de um bandido contra a de um deputado?

— Acho que não vale a pena arriscar. A morte de dona Sofia ainda é recente, e uma acusação como essa faria pairar dúvidas sobre sua inocência.

— Que droga, Jonas! Ele está me pedindo uma fortuna. Não tenho esse dinheiro em caixa. Vou precisar acionar minha conta na Suíça.

— Se o senhor quiser, posso pensar em outra coisa.

— Que outra coisa?

— Posso dar um jeito nele para o senhor.

— Você quer dizer, matá-lo?

— Como devia ter matado dona Sofia quando o senhor pediu. Se eu tivesse feito o serviço, ao invés de contratarmos Tião, nada disso estaria acontecendo.

— Você acha que é capaz?

— Doutor, eu já fiz isso antes. Não vejo nenhum problema em apagar um bandido.

— Será que ninguém vai desconfiar? O homem mata minha mulher e, dias depois, aparece morto. No mínimo, vão pensar que foi vingança.

— O cara é um bandido! Deve ter um monte de outros bandidos atrás dele. E gente assim, o senhor sabe como é: tem vida curta. Não tem como a polícia associar o nome dele ao nosso.

— Muito bem. Mas faça bem-feito. Não deixe pistas e certifique-se de que ele não tem nada que me incrimine.

— Além da palavra dele? Duvido.

— Ninguém pode, nem de longe, desconfiar que fui eu que mandei matar Sofia. Você entendeu, Jonas? Ninguém. As únicas pessoas que sabem são você e esse tal de Tião.

— É o suficiente? — perguntou o delegado, mandando Soares desligar.

As feições de Lafayete sofreram uma transformação indescritível. Primeiro, ele ficou lívido. Em seguida, um rubor coloriu suas faces. Agora parecia ter adquirido um tom roxo, que Estêvão não sabia se era de indignação ou raiva.

— Essa escuta não tem nenhum valor como prova — afirmou Lafayete, quase atropelando as palavras.

— Aí é que o senhor se engana. Todas as escutas foram legais. Tenho a autorização judicial aqui comigo, se o senhor quiser dar uma olhada.

— Você não pode grampear o meu telefone. Tenho imunidade parlamentar!

— Oh! Mas nós não grampeamos o seu telefone! Toda a conversa que o senhor ouviu veio do telefone de Jonas. Não tenho culpa se era o senhor quem estava do outro lado da linha do motorista.

— Idiota — ele estava começando a perder a compostura.

— Você não tem competência para me acusar. Nem nenhum juizinho de bosta, para me julgar. Só o Supremo...

— Só o Supremo Tribunal Federal é que pode julgar deputados federais, assim como, somente a polícia federal é que pode instaurar inquérito contra o senhor, a mando do Supremo. Sei de tudo isso, doutor. Mas não o estamos acusando de nada. Seu nome surgiu nas investigações por acaso.

— Quero falar com Jonas. Exijo vê-lo imediatamente.

— Pois não. Podia ter pedido antes. Soares, acompanhe o doutor até a cela do motorista.

— Isso não vai ficar assim — ameaçou. — Vou acabar com a sua carreira. Você não podia ter me envolvido na sua investigação. O que você fez foi ilegal.

— Quer dizer que o senhor manda matar sua mulher e outro cara, e quem cometeu a ilegalidade ful eu?

— Não gosto do seu tom, delegado. Essa arrogância vai ter um fim. O senhor vai ser expulso da polícia.

— Sou um delegado concursado, ao contrário do senhor, que só assumiu o poder porque iludiu metade do povo.

— Veja lá como fala comigo, rapaz! Posso mandar prendê-lo por desacato.

— Na minha delegacia? Tente.

— Delegado estúpido. Se pensa que serei preso, está muito enganado. Nada vai me acontecer, agora, com o senhor...

— Isso é uma ameaça?

— Um aviso. Cuidado.

— Minha profissão me ensinou a ser um homem cuidadoso. Mas não se preocupe. Se algo me acontecer, garanto que o senhor será o principal suspeito. E agora, Soares, leve o deputado até seu comparsa. Ah! E não se preocupe. Hoje mesmo vou mandar as peças do inquérito para a federal. Eles lá é que vão cuidar do senhor, como é de seu desejo, seguindo todos os trâmites legais, não duvido. Eles são muito competentes, sabia?

Lafayete rodou nos calcanhares, furioso, seguindo Soares até a área das celas. Estêvão respirou aliviado. Foi um embate duro, ele estava se arriscando a ser punido, mas que se dane! Fez o que era certo. Se o deputado ia ficar impune, não era mais problema dele.

De tão irritado, Estêvão não havia se dado conta da presença de Cézar, que testemunhara o incidente. Ele permanecera o tempo todo quieto, regozijando-se por dentro. Quando o delegado olhou para ele, Cézar levantou-se e estendeu-lhe a mão.

— Parabéns, doutor — elogiou, com sinceridade. — O senhor foi o único que conseguiu pôr um limite na prepotência de Lafayete. Agora ele está vendo que nem tudo ele pode.

Estêvão abriu a boca, perplexo. Nunca poderia imaginar que o assessor do deputado lhe daria razão. Mais um sinal de que o homem devia ser o próprio diabo encarnado.

— Rezemos para que a justiça seja feita — tornou ele.

— Já está sendo.

Era nisso que Cézar precisava acreditar. Com a desmoralização de Lafayete, talvez ele ganhasse sua liberdade. Não aguentava mais os desmandos do doutor nem suportava mais o desprezo que sentia por si mesmo, pela sua covardia. Aquilo tinha que ter um fim.

Lafayete não se demorou muito na visita a Jonas. Voltou mais carrancudo do que antes. Não se despediu de ninguém.

Gesticulou para Cézar, que o acompanhou de olhos baixos. Na saída da delegacia, a mesma chuva de repórteres, contidos pelos policiais de plantão.

— Idiotas — rugiu ele, logo que se viu seguro dentro do carro. — Isso não vai ficar assim. Não vai mesmo. Leve-me até meu advogado.

— Não sou seu motorista — Cézar ouviu-se dizer, como se aquela voz não lhe pertencesse.

— Como é que é? — bufou Lafayete, mal acreditando no que ouvia. — Você também vai se virar contra mim? Já se esqueceu do que posso fazer com você e sua família?

Era preciso ter calma. Faltavam apenas dois anos para que Cézar se libertasse do jugo de Lafayete, mas qualquer atitude precipitada daria a ele tempo de executar sua vingança. Em breve, Lafayete não seria mais seu chefe e, com sorte, esqueceria também que é seu irmão.

CAPÍTULO 48

O táxi parou diante do prédio em que Tobias morava poucos minutos após Alícia deixar o hospital. Ela pagou a corrida, saltou e olhou para cima, ainda em dúvida sobre se deveria ou não falar com ele. A dúvida durou poucos minutos. Era melhor acabar logo com aquilo.

Passou pelo saguão do edifício, em direção ao elevador. Não havia porteiro, porque era desnecessário. Em uma época em que assaltos, assassinatos, vandalismo ou tocaias de qualquer espécie haviam deixado de existir, ninguém precisava vigiar as portarias.

Foi com surpresa que Tobias abriu a porta. Ela era a última pessoa que ele esperava ver ali.

— O que você quer? — perguntou, com uma certa agressividade.

— Quero falar com você. Posso entrar?

Mesmo contrariado, Tobias lhe franqueou a entrada. Indicou-lhe o sofá, sentando-se ao lado dela.

— Como está Denise? — indagou ele, realmente interessado.

— A cirurgia foi um sucesso. Os médicos dizem que, em poucos dias, ela terá alta do hospital.

Embora ele não dissesse nada, era nítido o seu alívio. Os olhos dele, antes opacos, adquiriram um brilho manso, sinal de que a notícia lhe fizera bem.

— Graças a Deus — desabafou debilmente.

— Estranho você falar em Deus, não é, Tobias? Pensei que não acreditasse nele.

Ele a olhou, sentindo a raiva se insinuar em seu coração.

— Por que diz isso? Quem não acredita em Deus?

— Eu achava que, hoje em dia, ninguém, mas agora, tenho minhas dúvidas. Talvez alguns cientistas ainda pensem que podem tomar o lugar de Deus.

— Isso é bobagem. Deus não tem um lugar.

— Antigamente se achava que a ciência se contrapunha a Deus. Não é um absurdo?

— É claro que é. Deus governa o universo, mas não o faz de forma milagrosa, e sim dentro das leis da ciência que ele mesmo criou e permitiu ao homem desvendar ou desenvolver.

— Não matar é uma dessas leis?

— Aonde está querendo chegar com essa conversa, Alícia? Você não se deu ao trabalho de vir até aqui para filosofar sobre a existência de Deus.

— Sobre a existência de Deus, propriamente, não. Mas sobre as pessoas que ainda se julgam capazes de se sobrepor a Ele.

— Não estou entendendo.

— Eu sei o que você fez no passado — afirmou, categórica, referindo-se a Jaqueline e Dimas. — Meu pai diz que eu devia perdoá lo, que isso foi há muito tempo, mas eu não consigo.

— É para isso que está aqui? — retrucou, certo de que a afirmação dela dizia respeito a ele e Celso. — Para me perdoar? Ou para me acusar um pouco mais?

— Quero tentar perdoar. Não dá para continuar vivendo com esse sentimento ruim dentro de mim. Primeiro, tentei entender o porquê, mas agora, só o que quero é esquecer...

— Você devia perguntar o porquê a seu pai. A ideia foi dele. Eu apenas fiz o que ele pediu, em nome da nossa grande amizade.

De cabeça baixa, ele não pôde ver o olhar de espanto que se estampou no rosto dela. Será que estavam falando da mesma coisa?

— Ele me deu as razões dele — ela arriscou, para ver o que descobriria. — Quero ouvir as suas.

— Foi por amizade, já disse.

— Isso só não basta. Quero saber de tudo direitinho, mas por você. Você me deve isso, Tobias.

Ele parecia envergonhado, esquivando-se de responder. Alícia percebeu que havia muito mais naquela história do que ela realmente sabia. Não precisava voltar tanto no tempo para descobrir segredos escusos. Naquela própria vida, havia algo tenebroso que aquele homem fazia tudo para ocultar.

— A esterilidade de seu pai não tinha cura — ele revelou, quase matando-a de susto. — Ele não possui os genes no cromossomo Y capazes de determinar a produção de espermatozoides. É uma alteração genética para a qual, na época, ainda não havia cura.

— Você quer dizer que meu pai não produz espermatozoides? — constatou, tentando não parecer indignada.

— Não foi o que ele lhe disse? — ela assentiu, incentivando-o a continuar. — Seu pai fez vários espermogramas e, em todos, o que se observou foi a total ausência de espermatozoides.

— E aí...

— Era nisso que seu pai e eu trabalhávamos. Mesmo próximos da descoberta da cura, não conseguíamos avançar. Sua mãe queria filhos e seu pai não podia lhe dar. Com medo de que ela descobrisse a verdade sobre sua infertilidade irreversível, ele optou pela reprodução assistida.

— O certo seria recorrer a um banco de sêmen — tornou ela, fazendo parecer que conhecia toda a história.

— Seria. Mas seu pai nunca contou a Eva de sua infertilidade. Ela pensava que ele não produzia o número suficiente de espermatozoides, mas o bastante para tentar a fertilização *in vitro*, por meio de uma injeção de espermatozoides.

— Em outras palavras — ela logo entendeu, horrorizada —, vocês introduziram nela espermatozoides de um estranho, fazendo-a acreditar que eram de meu pai.

— Exatamente.

— E se não eram de um banco de sêmen, eram... — ela deixou a afirmação no ar, pois a constatação foi quase imediata. Só pelo olhar de Tobias, ela já sabia a resposta.

— Sua mãe era apaixonada por mim — acrescentou ele, como se se desculpasse. — Eu era o melhor amigo de seu pai. Ele confiava em mim.

— Você é meu pai? — escandalizou-se ela. — É esse o terrível segredo de vocês?

— Sim... — balbuciou ele, confuso com a reação de espanto dela.

— Não pode ser — objetou ela, virando a cabeça de um lado a outro. — Você, meu pai e de Bruna.

O modo como Alícia reagia era muito estranho. Ela agora agia como se estivesse ouvindo aquilo pela primeira vez. Foi então que ele compreendeu que ele acabara de lhe revelar um segredo do qual Celso nada havia falado.

— Você não sabia, não é mesmo? — constatou, aborrecido. — Jogou verde e eu caí direitinho.

— Foi você quem me contou tudo. Meu pai nunca me disse nada.

— Como pude ser tão estúpido? E você, tão ardilosa? Veio com essa história de passado só para ver se eu dizia alguma coisa.

— Não foi bem assim. Eu realmente sei algo de seu passado, só que de um passado bem mais remoto.

— De novo aquela história de vidas passadas? — ela assentiu.

— Que desperdício de energia, Alícia! Nada do que tenhamos feito em vidas passadas justifica o ódio do presente. Seja lá o que foi que lhe fiz, peço, mais uma vez, que você me perdoe. Assim como peço o seu perdão por nunca ter lhe contado que sou seu pai.

De repente, o envolvimento entre Dimas e Jaqueline pareceu sem importância. O que acontecia agora mexia diretamente com sua vida presente, com toda a história que ela agora vivia.

— Estou chocada, nem tanto por você ser meu pai — confessou ela —, mas com o fato de que vocês enganaram todo mundo.

— Foi um erro, eu sei, mas seu pai tinha medo de perder sua mãe. Ele sempre a amou.

— Ele a amou e não se importou de você amá-la também? — sondou ela, para certificar-se do que a mãe lhe dissera, que nunca fora correspondida por ele.

— Eu nunca a amei. Celso sabia disso e sempre confiou em mim.

— Confiava que você não o trairia com a mulher dele tanto quanto confiava na sua competência médica?

— Não misture as coisas, Alícia. Sua mãe teve problemas na gravidez...

— Que foram o resultado das drogas que vocês injetaram nela, não foi?

— Não é bem assim. Para que tudo desse certo, tivemos que usar uma medicação que estimulasse a ovulação, e não há provas de que tenham sido essas drogas que causaram a gravidez gemelar de xifópagas. O que aconteceu com você e Bruna foi uma fatalidade.

— Não acredito em fatalidades.

— Tem razão. Tudo acontece por um motivo. Já pensou que a razão de você e Bruna terem nascido ligadas pelo coração tenha alguma implicação espiritual? Logo pelo coração, onde sentimos o afeto?

— O afeto é sentido no cérebro.

— Mas é no coração que se manifesta. E Bruna transferia sangue do coração dela para o seu. Será que, espiritualmente falando, ela não desejava dar a vida a você? Quem sabe ela não escolheu passar por isso para se libertar de algum tipo de culpa?

A dúvida se estampou nos olhos de Alícia. Nunca havia visto o problema sob aquele enfoque. A teoria parecia interessante, fazia todo sentido. Não conhecia muito a história de Jaqueline, mas seria bem possível que ambas tivessem algum espírito mais empedernido acompanhando-as há muitas vidas. Seria isso?

— Gêmeos se ligam por excesso de amor ou de ódio — divagou ela. — No caso de xifópagos, somente pelo ódio, já que nenhum amor poderia causar tanto sofrimento.

— Exatamente. E mesmo que hoje já não escolhamos mais amadurecer pela dor, existem casos em que isso ainda acontece. Poucos, mas há.

— Sei que acontecem, mas alguém tem que ser o instrumento. Sempre tem alguém que se dispõe a isso, embora hoje seja praticamente inexistente. Mas você se dispôs. Por quê?

— Talvez eu tenha cometido algum erro. Talvez meu erro tenha sido programado por mim para fazer a vontade de Bruna. Talvez porque eu seja, realmente, incompetente. Então, por que não usar a minha incompetência para ajudar alguém?

— Isso não é ajudar. Você praticamente a matou.

— Se nada acontece ao acaso, a morte de Bruna já era esperada. Eu fui apenas a ferramenta que operou a vontade dela, que, em última instância, executou a vontade de Deus.

— Quer dizer então que você se julga o eleito de Deus para que se faça cumprir a vontade Dele?

— Todos somos eleitos de Deus, todos somos seus instrumentos, todos somos parte Dele. Cada um contribui com a ordem divina de acordo com o que já amadureceu espiritualmente. Você já pensou que eu também devo ter aprendido algo com meu erro? Acha que não sinto nada pela morte de Bruna, que também era minha filha?

Era um ponto de vista válido. Na verdade, a lógica do que Tobias dizia era quase inquestionável. Por que então ela não conseguia perdoá-lo? Porque ele estava envolvido em algum tipo de morte relacionado a ela em duas encarnações suas?

Quanto mais Tobias falava, mais refletia em suas próprias palavras. Só Deus sabia o quanto ele sofrera com tudo aquilo desde o início. Não queria ter cedido seu sêmen, mas Celso insistira. Devia ter se afastado depois disso, ao invés de continuar tratando de Eva, mesmo sabendo o que ela sentia por ele.

— Deixe o passado onde está — continuou ele. — Todos os passados. Concentre-se em viver o dia de hoje, procure ser feliz com seu marido.

— Sou feliz com Juliano. Meu problema não está relacionado a ele, mas a você.

— Será que você não pode me perdoar? Já lhe contei tudo, não há mais segredos entre nós.

— Eu não sei — desabafou, com sinceridade. — Tenho muito em que pensar.

— Então pense. Só não se precipite em suas atitudes. Sua mãe não sabe de nada e é bom que continue assim.

— Não vou contar nada, por enquanto. Quem tem que fazer isso é meu pai. E não pense que vou reconhecer você como pai, daqui por diante. Você continua sendo um estranho por quem minha irmã se apaixonou. Espere aí... — parou, chocada. — Minha irmã. Ela também é sua filha?

— É claro que não! Não sou nenhum degenerado. Poucos anos depois, seu pai conseguiu descobrir a cura da azoospermia, que é a ausência de espermatozoides. Não sabe que ele ganhou reconhecimento mundial por isso?

— É verdade.

— Ele foi o primeiro a experimentar a nova droga. Denise, com certeza, é filha dele.

— Ela também sabe disso?

— Sim.

— Foi por isso que saiu daqui tão abalada, não foi? E sofreu o acidente.

Ele não respondeu. Nem precisava. Alícia apanhou a bolsa e saiu sem se despedir, caminhando lentamente, como se carregasse chumbo nos ombros. Tobias não a impediu. Era melhor que ela se fosse. Ele também precisava pensar, concatenar as ideias, refletir sobre como agiria dali em diante.

Depois de fechar a porta, Tobias apanhou o celular, que registrava sete chamadas de Celso, provavelmente tentando alertá-lo da ida de Alícia a sua casa. Havia também uma mensagem, explicando a confusão que ele fizera com aquela história de passado, avisando-o de que a filha falava de um fato acontecido em uma outra vida, não na atual. Ao final da mensagem, ele pedia: *Por favor, não conte nada a ela.*

Ele deu um sorriso desanimado. Podia ligar de volta, mas achou melhor responder à mensagem. Sem saber como lhe dar a notícia, digitou simplesmente:

Tarde demais.

CAPÍTULO 49

Aflito por notícias, Celso ouviu o bipe do celular, anunciando a entrada de uma nova mensagem: *Tarde demais*. Depois, veio uma outra, que parecia prosseguimento da primeira: *Ela não sabe o que eu fiz depois*. Celso não resistiu. Ligou para Tobias, que continuou sem atender.

Sem saber o que fazer, ligou para Alícia também. Assim como Tobias, ela não atendeu. Mais tarde, foi à sua casa. Juliano o recebeu com a usual cordialidade.

— E Alícia, onde está? — indagou Celso.

— No banho.

— Ela não quer falar comigo, não é?

— Por favor, Celso, tente entender. Ela está magoada. Ela vinha superando bem todas essas revelações, mas saber que Tobias é pai dela foi um tremendo choque.

— Eu sei. E é por isso que preciso falar com ela.

Alícia entrou na sala pouco depois. Não lhe deu o costumeiro beijo nas faces. Ao invés disso, sentou-se numa poltrona mais afastada e o encarou.

— Não quero conversar com você — ela foi direta. — Não agora.

— Minha filha, por favor, deixe-me explicar — suplicou ele.

— Tobias mentiu? — ele meneou a cabeça. — Então, já está tudo mais do que explicado.

— Não é bem assim. Há coisas que você não sabe...

— Imagino. Mais segredos obscuros.

— Não era você que queria revolver o passado? — retrucou ele, com esperança. — Pois o passado veio à tona, da forma como você tanto desejou. Por que quer evitá-lo, agora que ele se deu a conhecer?

— Não quero evitá-lo. Quero apenas um tempo para digerir as coisas.

— Quanto tempo?

— Não sei.

De nada adiantaram as súplicas de Celso. Decidida a não tocar mais no assunto, Alícia permaneceu junto a ele, ostentando um ar glacial que o desestimulou. Ela fazia questão de demonstrar frieza. Desse dia em diante, por mais que Celso tentasse, Alícia não se abria. Falava com ele formalmente, como se falasse com um estranho a quem devia respeito. Nada de demonstrações de afeto nem sinais de compreensão ou perdão.

Para Celso, foi difícil esconder a situação de Eva, mas conseguiu, graças, em parte, ao silêncio de Alícia. Ela não falava com o pai nem com a mãe. Disposta a não magoar Eva ainda mais, optou por silenciar. Celso seguiu sem vê-la até o dia em que Denise teve alta do hospital. Ele e Eva compareceram logo cedo, a fim de levá-la para casa.

— Vou ficar com Alícia por uns tempos — anunciou Denise.

— Por favor, minha filha, venha para casa — ele quase implorou. — Lá, posso cuidar melhor de você.

— O que você pode fazer, eu também posso — objetou Alícia.

— Deixe-a ir — aconselhou Eva. — Melhor na casa de Alícia do que na de Tobias.

À simples menção daquele nome, Alícia sentiu um calafrio. Discretamente, olhou para Denise, que mantinha os olhos no chão, evitando encarar qualquer um deles.

— Vou passar em sua casa mais tarde, mãe — avisou Alícia.

— Para pegar umas roupas para Denise.

— É claro, minha filha. Vou separá-las para você.

— Ótimo. Então, vamos?

— Vamos.

De mãos dadas com a irmã, Denise saiu do hospital.

— Vou acompanhá-las até em casa — disse Celso.

— Não precisa — objetou Alícia. — Sei o quanto você deve estar ocupado no trabalho.

— Não... — ele começou a protestar.

— Alícia tem razão, pai — concordou Denise. — Não se preocupe comigo. Preocupe-se com o seu trabalho. Tchau.

Celso não tinha mais o que dizer. Ao lado de Eva, observou-as entrarem no carro de Alícia.

— Por que será que tenho a impressão de que elas queriam se livrar de você? — considerou Eva.

— Queriam? — ele tentou disfarçar. — Não creio. Elas não têm motivos para isso.

Da janela do carro, Denise percebia a frustração de Celso.

— Ele está arrasado — observou ela.

— Sei que está — concordou Alícia.

— Será que é certo o que estamos fazendo? Não devíamos falar com ele?

— Por enquanto, não me sinto com ânimo para conversar sobre isso com ele.

— Deve ter sido difícil descobrir que ele não é seu pai.

— Isso não tem nada a ver. Descobrir que Tobias é meu pai biológico não altera em nada o que sinto por eles. Meu pai é quem me criou, quem me deu amor. Tobias é um estranho para mim.

— Um estranho por quem estou apaixonada.

— Isso, sim, é um problema.

— Agora compreendo por que ele olhava tanto para você. Cheguei até a ficar com ciúmes.

— Ciúmes de mim? Ora, Denise, francamente!

— É verdade. Eu, achando que ele estava interessado em você, e ele admirando a filha que nunca pôde conhecer.

— Não sou filha dele — protestou, aborrecida. — Meu pai se chama Celso.

— Tudo isso é muito esquisito — retrucou ela, ignorando os protestos de Alícia. — Minha irmã, filha do meu namorado.

— Ele ainda é seu namorado? — surpreendeu-se.

— Não sei... Não deveria, mas eu o amo. Não sei o que fazer.

— Ele tem procurado você?

— Ele ligava todo dia para o hospital, para saber como eu estava, mas nunca pediu para falar comigo. Sempre falava com a enfermeira de plantão.

— Covarde.

— Ele está escabreado, Alícia, e com razão. Pudera, depois do que ele fez...

— Ele mentiu, Denise. Não tem medo de que ele a engane?

— Não. Tenho medo de não conseguir superar a mentira.

Seguiram sem se falar, cada qual embrenhada nos próprios pensamentos. Mais tarde, acomodada no quarto de hóspedes, Denise pensava em Tobias. Queria falar com ele e não queria. Os dias foram se passando, e nada de ele a procurar. Cada vez que o telefone tocava, ela se sobressaltava, achando que poderia ser ele. Nunca era. O celular dela também se mantinha quieto, compactuando com o silêncio dele.

Alícia, por outro lado, dava graças a Deus por ele não aparecer nem ligar. Quanto mais ausente ele se demonstrava, mais Denise perceberia que o amor dele não era de verdade. Sabia que confundia os sentimentos, fazendo refletir sobre a irmã a antipatia que sentia por Tobias, mas não podia evitar. Seu pai biológico era diferente do pai que a criara e, o que era pior, era responsável pela morte de sua outra irmã.

Pensar em Bruna lhe trouxe ainda mais dúvidas. Ela podia não gostar de Tobias, mas tinha que reconhecer a veracidade das palavras dele. Ela e Bruna, provavelmente, haviam sido inimigas mortais em outras vidas, optando por nascerem xifópagas para ver se conseguiam superar as adversidades.

Ainda com esse pensamento, adormeceu. Era tarde da noite, quase de madrugada, quando seus olhos se fecharam, despertando em sua mente as lembranças que atendiam ao chamado dos sonhos.

Ela vinha caminhando por um imenso gramado, de um verde tão vivo, que mais parecia um tapete novo e felpudo. Ao longe, uma espécie de cortina branca esvoaçava ao vento, atraindo seus passos. À medida que se aproximava, notou um jardim cultivado num círculo, como uma ilha de flores em meio a um mar de grama. A cortina esvoaçante não era cortina, mas um tecido finíssimo, cor de pérola, suavemente ondulado pelo sopro ameno da brisa. O tecido fazia parte de um vestido muito simples, mas que emitia raios perolados cada vez que o sol incidia sobre ele.

Já bem próxima do maravilhoso jardim, parou admirada. O vestido foi ganhando forma, as pontas esvoaçantes se juntaram, delineando a silhueta de uma mulher abaixada, de costas para ela, colhendo flores coloridas e perfumadas. Antes que Alícia tivesse tempo de perguntar onde estava e quem era ela, a moça se virou, exibindo um rosto bem delineado, bonito pela quantidade de luz que emanava dele. Não era propriamente uma luz, mas uma aura cristalina que pairava ao redor dela.

A moça sorriu. Com um punhado de flores nas mãos, levantou-se, estendendo-as para Alícia.

— Pegue — estimulou. — Colhi para você.

Alícia pegou. Eram flores que ela nunca havia visto, tão lindas que pareciam feitas à mão.

— Obrigada — agradeceu. — Mas quem é você? Que lugar é esse?

— Você não se lembra mais de mim? Fala tanto no meu nome e não sabe quem eu sou?

O rosto da moça não lhe era totalmente estranho. Havia, em seu sorriso, uma familiaridade que ela não sabia bem precisar.

— Você não é Jaqueline — observou.

— Muito esperta.

— Sei que a conheço — afirmou. — Mas de onde?

— Venha aqui.

Alícia foi. Chegando em frente dela, a moça mexeu no que parecia ser um bolso interno do vestido, dele retirando um espelho pequeno, todo trabalhado em prata. Ainda sorrindo, ela ergueu o espelho bem diante dos olhos de Alícia. A imagem nele refletida lhe causou uma espécie de choque. Ela olhou do espelho para a moça e, em ambos os casos, o que via era sua própria imagem.

— Bruna! — exclamou. — É você mesma?

— É claro que sou.

— Como não percebi antes? Você é igualzinha a mim.

— Somos gêmeas, lembra-se?

— Mas você morreu ainda bebê. Como pode ter crescido e ficado com a minha cara?

— Você sabe que eu não morri. Posso ter desencarnado ainda bebê, mas meu espírito já viveu muitas vidas, assim como o seu. E você faz ideia de quantas vidas desperdiçamos, insistindo em um ódio que não tinha razão de ser? — ela meneou a cabeça. — Muitas. E foi por isso que nós duas resolvemos reencarnar como xifópagas, para ver se dávamos um jeito em tanta animosidade.

— Mas você morreu logo. Nem tivemos a chance de nos conhecer.

— Quando soube de mim, o que você sentiu?

Ela pensou por alguns minutos, até que respondeu:

— Pena, pesar e... um inexplicável amor.

— Então deu certo, viu?

— Você morreu para que eu vivesse. Por quê?

— Porque queria provar a mim mesma que sou capaz de renunciar em nome do amor. Em nossa última encarnação, deixei primeiro a vida física, mas continuei presa ao seu magnetismo. Eu a odiava, considerando-a culpada por todo o meu infortúnio. Aos poucos, comecei a perceber que meu ódio não passava de ilusão e pensei em mudar. Contudo, quando nos reencontramos no mundo espiritual, senti que fraquejava. Tinha medo de que, outra vez na matéria, livre das lembranças, todo o meu ódio retornasse. Mas eu já estava cansada. Não queria mais odiar você. Foi então que tive a ideia de reencarnar grudada em você, como uma forma de dizer a mim mesma que eu sou capaz de amar e de renunciar em nome desse amor. Do meu coração, partiu o sangue que a alimentou durante um breve período de tempo, até que a separação me trouxe de volta e deu a você a vida. Era o que eu queria e você aceitou.

— Mas por que Tobias?

— Alguém tinha que fazê-lo, não tinha? E como ele bem observou, ele foi o instrumento mais adequado na época. É por isso que venho pedir-lhe para não o odiar. Tobias sofreu muito com tudo isso. Ele não teve escolha.

— Me desculpe, Bruna, mas acho que a gente sempre tem uma escolha.

— É verdade. Mas nem sempre se escolhe entre um bem e um mal. Às vezes, podemos optar entre dois bens ou dois males. Quando isso acontece, o que você escolhe?

— O bem maior ou o menor mal.

— Viu só aonde quero chegar?

— Tudo bem, entendi. Tobias escolheu o menor mal. E qual era a outra opção?

— Isso, você vai ter que esperar ele dizer. Eu não tenho esse direito.

— Por que está me contando isso agora?

— Tudo tem um tempo de maturação. Nem antes, nem depois, mas cada coisa há de vir no momento certo. Se você colher a fruta antes, vai comê-la verde e terá dor de barriga. Se colher depois, vai comê-la estragada e qual será o resultado? Dor de barriga também.

— Certo, Bruna estou entendendo. Você quer que eu perdoe Tobias, não quer?

— Quero que você esqueça o passado. Passou, não volta mais. Aproveite o presente, não perca tempo sofrendo por coisas sobre as quais você não tem domínio algum e não pode modificar. Tobias nem se lembra de Dimas. Você o está punindo por algo que ele desconhece.

— Mais ou menos. No fundo, a alma sabe.

— Tudo isso está registrado em suas lembranças remotas. Ele não precisa delas para prosseguir sua jornada. E você também não.

— Se não precisasse, não me recordaria. Não é verdade que tudo tem um motivo?

— E qual acha que é o seu motivo?

— Perdoar? — sugeriu, a contragosto.

— Como você mesma disse, a alma sabe. Perdoe. Afinal, você também não foi nenhuma santinha.

— Vou pensar.

— Você já teve muito tempo para pensar. Faça isso por mim. Não, faça por você mesma, mas porque gosta de mim. Você gosta de mim, não gosta?

— Você sabe que sim. Sinto uma ligação muito estreita com você.

— Nós sempre fomos muito próximas mesmo. Infelizmente, nem sempre como amigas. Na maioria das vezes, como inimigas. Até que, na nossa última encarnação, resolvi ser sua mãe.

— Você foi minha mãe? — surpreendeu-se.

— Fui mãe de Jaqueline.

— Então é isso. Está explicado.

— Muitas coisas ainda carecem de explicação, mas não são necessárias nesse momento. Você não precisa se preocupar com o passado. Esqueça, perdoe, viva.

— Vou tentar. Prometo.

Bruna segurou a mão de Alícia, a mesma em que ela segurava as flores.

— Lembre-se de que dar flores é um gesto carinhoso de pedir perdão e uma grande prova de amor.

— É verdade...

Com um beijo suave, Bruna começou a esvanecer, aos poucos reduzindo o brilho de pérola que a envolvia. Alícia olhava fascinada. Nunca vira coisa tão bonita. Subitamente, a imagem de Bruna parou de sumir, mantendo-se em uma aura diáfana e brilhante.

— Mais uma coisa — falou apressada, como se, de repente, se lembrasse de algo que não poderia ser esquecido. — Diga a papai que não teria adiantado nada.

Só então ela se foi.

CAPÍTULO 50

O sonho da noite anterior trouxe-lhe tanto bem-estar que Alícia adormeceu de novo, sonhando com mais flores e jardins, embora não mais com Bruna. Como era sábado, acordou um pouco mais tarde, correndo ao quarto de Denise. A irmã não estava na cama, mas sentada na varanda, tomando café ao lado de Juliano.

— Bom dia, minha querida — cumprimentou ele, puxando a cadeira para ela se sentar.

— Que horas são?

— Quase dez horas.

— Vocês acordaram agora também?

— Também. E fui eu que fiz o café — anunciou Juliano. — Por isso, trate de comer tudo.

Ele estava de bom humor, assim como Denise. Ela se sentou em uma cadeira de frente para a porta da varanda, de onde podia ver todo o interior da sala.

— O que é aquilo? — indagou surpresa, apontando para dois buquês de flores cuidadosamente arrumados em duas jarras de cristal.

— São flores — respondeu Juliano.

— Eu sei que são flores, engraçadinho. Mas quem as mandou?

— Um buquê é para mim — esclareceu Denise. — O outro é para você.

O buquê destinado a Denise era de flores vermelhas e rosas, enquanto o de Alícia continha flores brancas e amarelas. Curiosa, Alícia se levantou e retirou o cartão pregado no buquê que lhe pertencia.

"Espero que, um dia, você consiga me perdoar. Se não o fizer, compreendo e jamais lhe cobrarei nada. Você tem razão. Mas vou viver até o fim dos meus dias aguardando o seu perdão. — Tobias".

— É de Tobias... — falou o que todos já sabiam.
— É claro que é — confirmou Denise. — Também recebi um. Quer ver?
— Na verdade, não. Dá para imaginar o que está escrito.
— Ele me pede perdão...
— E diz que compreende se você não o perdoar e que vai viver até o fim de seus dias aguardando o seu perdão, e blá-blá-blá — ironizou.

Com um leve sorriso, Denise sacou o cartãozinho de dentro do envelope e leu em voz alta:
— *Minha querida, perdoe-me. Sei que errei, mas pensei que fazia o certo. Entre erros e acertos, uma única certeza me resta: a de que você foi a melhor coisa que aconteceu na minha vida. Amo você mais do que tudo. Volte para mim.*
— Que coisa mais piegas — desdenhou Alícia. — E desesperada também. Você vai perdoá-lo?
— Acho que as duas deviam perdoar — aconselhou Juliano.
— Como ele mesmo diz, pensou que fazia o certo. Quem de nós nunca fez uma besteira?
— Assim? — indignou-se Alícia. — Enganando todo mundo?
— Dar flores é sinal de amor e a melhor maneira de pedir perdão — observou Denise. — Você não acha?

As palavras soaram familiares aos ouvidos de Alícia. Onde foi mesmo que as ouvira? Tentando identificar de onde vinha aquela familiaridade, lembrou-se do sonho.

— Estranho você dizer isso — comentou ela. — Tive um sonho em que alguém me dizia a mesma coisa, quase com as mesmas palavras.

— Um sonho? — Juliano se preocupou. — Foi com Jaqueline?

— Quem é Jaqueline? — Denise quis saber.

— Alguém com quem sua irmã sempre sonha.

— Não, dessa vez não foi com Jaqueline — Alícia esclareceu. — Foi com Bruna.

— Nossa irmã? Como é que você sabe que era ela?

— Ela era igualzinha a mim.

— O que foi que ela disse? — interessou-se o marido.

— Não me lembro direito. Tinha a ver com flores, amor e perdão. E acho que ela falou que foi minha mãe em outra vida.

— Sua mãe? — tornou Denise. — Em que vida?

— Na vida em que eu me chamava Jaqueline — explicou Alícia.

— Jaqueline? A do outro sonho? Agora mesmo é que não estou entendendo nada.

— Durante muito tempo, achei que Jaqueline era minha irmã. Quando descobri que eu tive uma gêmea que morreu, pensei que fosse ela. Depois, descobri que não. A gêmea era Bruna, e Jaqueline, eu mesma.

— Explique-me isso, por favor.

Alícia explicou. Denise ouviu a tudo atentamente, sem duvidar de uma palavra sequer.

— Por que nunca me contou isso? — perguntou Denise. — Eu poderia ter ajudado.

— Não queria influenciá-la.

— Influenciar-me? Como assim?

— É que Dimas foi Tobias.

O olhar de espanto de Denise causou mal-estar em Alícia. Por mais que não gostasse de Tobias, não queria que Denise terminasse com ele por causa dos problemas dela.

— Veja só a chance que a vida está lhe dando, Alícia! — exclamou Denise, realmente entusiasmada. — Se você sabe de tudo, tem que perdoar. É a oportunidade que vocês dois estão tendo de terminar com uma inimizade. Você e Bruna já tiveram sua chance e acho que conseguiram. Agora só falta Tobias.

— Você não ficou chocada?

— É claro que não! Quantas pessoas você conhece que têm a chance de, conscientemente, dissolver desavenças do passado? A maioria de nós não se lembra de nada, por razões óbvias. Mas você, não. Deus lhe mostrou o porquê da sua antipatia por Tobias. Não fosse por isso, você permaneceria na ignorância e não se esforçaria para aceitá-lo. Mas agora que você já sabe, dá até para compreender por que ele aceitou ser seu pai biológico. Você não entende, Alícia? Tudo agora se encaixa. Você só soube disso para que pudesse perdoá-lo, tanto por ele ter mentido para você, quanto por tê-la assassinado no passado.

Quem estava em choque era Alícia. Jamais poderia esperar aquela reação da irmã. Pensou mesmo que ela fosse odiar Tobias, que nunca mais quisesse falar com ele. Havia muito sentido no que a irmã dizia. É claro que ela devia perdoar, mas agora, tudo se tornara mais difícil.

— Perdoá-lo pelo crime do pretérito, eu já estava conseguindo — confessou Alícia. — Até saber que ele é meu pai verdadeiro.

— Não use isso como desculpa — objetou Juliano, veemente. — Você não gosta de Tobias, e agora que sabe que ele é seu pai, apegou-se a isso como justificativa para não o perdoar.

— Deixe de bobagem, minha irmã — acrescentou Denise.

— Tudo isso é passado. Em outra vida ou nessa, o que foi já passou. Ninguém deve se apegar ao passado nem se preocupar com ele. Essa história de reviver vidas passadas é um grande desperdício de energia, que poderia ser direcionada para coisas mais úteis.

— Você acha que é bobagem, é? — Alícia irritou-se. — Se fosse bobagem, Deus não permitiria que eu tivesse acesso ao passado.

— É por isso que lhe digo que é uma oportunidade única. Ninguém tem que ficar se prendendo ao passado, mas se você descobriu, isso só tem um motivo: perdoar. Não serve para mais nada. Perdoe Tobias e jogue o resto de volta na gaveta das lembranças. Daqui para a frente, concentre-se em realizar o seu maior sonho, que é ser mãe. É com isso que você deveria se ocupar, porque seu filho é a esperança do futuro. Deixe de lado o que já foi e preocupe-se com o que será.

— No fundo, você tem razão — divagou Alícia. — Talvez eu esteja insistindo apenas para não ferir o meu orgulho.

— Agora você está começando a ser sincera — notou Juliano. — E se você já detectou qual é o problema que a impede de perdoar, fica mais fácil de resolvê-lo. É o orgulho que impõe a barreira do perdão. Você é uma pessoa boa, ninguém duvida, mas tem dificuldade de perdoar. Será que Tobias não está lhe dando a chance de vencer essa barreira e aprender a perdoar?

— Juliano chegou ao fundo da questão — acrescentou Denise. — Desde criança, você tem dificuldade de perdoar. E tudo por quê? Por causa do orgulho. Mas orgulho não leva a nada além de sofrimento. Por ele, fazemos coisas das quais nos arrependemos depois e sofremos pelas nossas ilusões. Você não vai se diminuir se perdoar. Ao contrário, dará mostras da grandeza do seu caráter. Você não é uma pessoa vingativa nem rancorosa, Alícia. Por que se envenenar com seu próprio orgulho?

— Tem razão — admitiu ela, após uma rápida reflexão. — Os dois têm. No fundo, eu já sabia dessa minha dificuldade, e agora, ouvindo vocês falarem, chego à conclusão de que foi isso mesmo que Jaqueline veio me ensinar: o perdão. Acho mesmo que já estou começando a perdoar. Insistir no ódio cansa a mente e o coração.

— Muito bem — elogiou Juliano. — É assim que gosto de ouvir você falar.

— Mas e você? — Alícia dirigiu-se a Denise. — Também vai conseguir perdoar?

— Já perdoei. Depois que fui atropelada, refleti sobre muitas coisas e cheguei à conclusão de que, se a vida estava me dando uma nova chance de viver, não era para fazê-lo com mágoa no coração.

— Mesmo que Tobias não a tenha acompanhado no hospital?

— Ele não foi porque achou que sua presença incomodaria a mim, a você e a mamãe. Mas ligava todos os dias. E me mandou flores.

Ela finalizou, embevecida, apertando de encontro ao peito o cartãozinho que Tobias lhe escrevera. Denise tinha enorme facilidade de perdoar, coisa que Alícia ainda estava tentando aprender. Por mais que a mente insistisse que o perdão era o caminho, o impulso do orgulho freava seu coração.

— Denise tem razão — concordou Juliano. — Perdoar é o certo para ambas. Mas vocês só estão se esquecendo de uma coisa.

— O quê? — as duas perguntaram, quase ao mesmo tempo.

— E Celso? Também não merece perdão?

— Tenho falado com ele todos os dias — contou Denise.

— E você, Alícia?

O silêncio de Alícia substituiu a resposta. Somente quando começou a se sentir mal com o olhar de expectativa dos dois foi que desabafou:

— O que papai fez foi terrível. Enganou a todas nós.

— É verdade — concordou Juliano. — Mas por que perdoar Tobias, e não o seu pai?

— Tobias é um estranho. Meu pai é meu pai.

— Tobias é seu pai biológico — lembrou Juliano. — Será válido usar dois pesos e duas medidas? Por que um é digno de perdão, enquanto o outro só merece o desprezo?

— Ele está certo, mais uma vez — considerou Denise. — Papai não devia ter nos enganado, mas também achou que fazia o certo.

— Sim, mas o que era o certo na visão dele? Tenho minha própria teoria sobre o motivo que o levou a fazer isso.

— Que teoria? — tornou Denise, curiosa.

— Acho que papai tinha vergonha do fracasso — esclareceu ela. — Um homem que curou tanta gente e não conseguiu curar a si mesmo.

— Será?

— Só ele poderá lhes dizer — comentou Juliano.

— Exatamente. E mamãe precisa saber. Não é justo que ela viva o resto da vida acreditando em uma mentira.

— Uma mentira que não mudará nada em sua vida.

— Ainda assim, uma mentira. Ser feliz na ignorância não é desculpa para continuar mentindo.

— Desculpe-me, Denise, mas acho que, dessa vez, Alícia tem razão — ponderou Juliano. — Acho que Eva precisa saber, mas quem tem que contar não são vocês, e sim, Celso.

Alícia olhou-o agradecida. Era a primeira vez, desde que Tobias surgira em suas vidas, que ele lhe dava razão em alguma coisa.

— Concordo com Juliano — disse ela. — Nós não temos que falar nada. Quem tem contar é papai.

— Será que eu sou mesmo filha dele? — questionou Denise. — De Tobias, sei que não sou, mas não serei de outra pessoa?

— Pelo que eu entendi, quando você foi concebida, papai já havia descoberto a cura para a azoospermia. Ele mesmo foi seu primeiro paciente.

— É verdade. Não duvide disso. Seu pai não mentiria, e toda a imprensa da época noticiou a descoberta. Ele ficou famoso por isso — Juliano fez uma pausa, observando as duas. — Não duvidem de que Celso ama vocês. Isso é inquestionável. E ninguém é perfeito. Por que acham que só ele tem que ser?

Alícia não estava mais ouvindo. Na verdade, olhando as flores, descortinava na mente o sonho da noite passada, tentando relembrar as exatas palavras de Bruna. Ela também dissera algo do pai, só que ela não conseguia se lembrar. Por mais que se esforçasse, a memória não encontrava aquela passagem do sonho. Seria, por acaso, mais um mistério que ela teria que desvendar?

CAPÍTULO 51

Celso não sabia mais como contornar a pressão. Devia ter adivinhado que, mais dia, menos dia, a verdade tentaria atropelá-lo. As filhas já sabiam de tudo. Agora, só faltava a mulher. O medo da reação de Eva o fazia hesitar diante da revelação. Mas ele precisava contar. Não podia mais esconder aquele segredo que, por quase trinta anos, o assombrava diuturnamente.

O telefonema de Alícia o deixara preocupado, ao mesmo tempo em que, esperançoso. Se a filha ligara, talvez estivesse aceitando a ideia de perdoá-lo. Ou então, iria acusá-lo de mais coisas, fazendo-o sentir-se pior do que já se sentia.

— Você não vem para casa? — ele ouviu Eva dizer, ao celular. Olhou para a tela do aparelho, onde a imagem da mulher o fitava, preocupada. — Vem ou não vem?

— Agora, não. Vou dar uma passada na casa de Alícia primeiro.

— Por quê?

— Ela quer falar comigo.

— Sobre o quê?

— Não sei.

— Ela anda esquisita. Não vem aqui e você não vai à casa dela. Será que tem alguma coisa a ver com a morte de Bruna? Pensei que ela havia superado isso.

— Eu também. Mas não se preocupe. Não deve ser nada sério.

Desligou, pensando mesmo se não seria, e fez sinal para o primeiro táxi que apareceu. Após falar o endereço para que o computador de bordo o registrasse, recostou-se no banco e suspirou profundamente. Precisava ter coragem.

Ao entrar na sala de Alícia, a primeira coisa que viu foram as flores sobre o aparador, logo deduzindo que eram de Tobias.

— Como vai, pai? — cumprimentou Alícia, beijando-o de leve no rosto.

O beijo era sinal de que pelo menos a raiva devia ter passado.

— Com muita saudade de vocês e preocupado com Denise — respondeu.

— Denise está bem. Nem parece que foi atropelada.

— E Juliano?

— Ainda não voltou do trabalho.

— Você podia ter me dado notícias — queixou-se ele. — Telefonei várias vezes.

— Pensei que a própria Denise o mantivesse informado. E mamãe vem sempre aqui.

— Eu sei. Com Denise, falo regularmente, apesar de não poder vê-la. Mas você tem me evitado, e sua mãe, é claro, já percebeu. Ela pensa que ainda é por causa de Bruna.

Denise entrou em seguida, caminhando devagar, mas sem aparentar dor. Ele correu ao seu encontro, segurando seus braços como se ela estivesse prestes a cair.

— Estou bem, pai, sério — afirmou ela, deixando-se abraçar.

— Finalmente posso vê-la. Você não imagina a minha preocupação.

— Imagino sim. Mas, como vê, estou ótima.

Ainda abraçando-a, Celso a conduziu até o sofá, sentando-se ao lado dela. Do aparador, as flores exalavam um perfume suave, que Celso recebeu como um bálsamo para suas aflições. Aquele perfume foi capaz de amenizar sua angústia e desacelerar seus batimentos cardíacos. Ele ficou ali, absorvendo a energia revitalizante das flores, até que se sentiu revigorado em sua coragem.

— Está com raiva de mim? — perguntou calmamente a Alícia.

— Não — foi a resposta imediata.

— Então, por que tem me evitado?

— Precisava refletir.

— Refletiu?

— Sim.

— E a que conclusão chegou?

— No princípio foi difícil, não posso negar — confessou Alícia. — Mas agora, acho que consegui entender.

— Conseguiu?

— Você, um cientista jovem e idealista, apaixonado pela mulher, fez de tudo para lhe dar um filho. Como não podia, lançou mão da única pessoa em quem confiava para ceder-lhe o espermatozoide: seu melhor amigo.

— Foi isso mesmo — ele assumiu, envergonhado. — Se eu procurasse um banco de esperma, sua mãe saberia que eu é que era infértil.

— E daí, pai? — redarguiu Denise. — Que mal há nisso?

— Mal, não há. Mas sua mãe queria que os filhos tivessem os nossos genes.

— Isso é uma grande bobagem — censurou Alícia. — Hoje em dia, todo mundo que não pode ter filhos adota uma criança ou recorre à reprodução assistida. Não tem nada demais.

— Para sua mãe, tinha. Ela queria porque queria que nossos filhos se parecessem conosco. E Tobias é parecido comigo.

— Isso não é motivo — contrapôs Denise. — Os bancos de sêmen possuem cadastro das características físicas do doador.

— Mas não conhecem seus antepassados. No caso de Tobias, tudo foi muito bem estudado para reduzir as chances de termos um filho com a genética muito diferente da minha.

— Ainda assim, não é motivo. O atavismo poderia explicar muitas coisas.

Durante alguns minutos, um silêncio perturbador se estabeleceu entre eles. Denise e Alícia olhavam para Celso com ar cético, aumentando, cada vez mais, seu constrangimento. Quando, por fim, olhou de uma para outra, Alícia firmou nele um olhar que pretendia não ser acusador, mas que não conseguiu disfarçar, e disparou:

— A verdade é que você não queria se expor. Não queria que todos soubessem que o grande geneticista Celso Vieira da Cunha não fora capaz de descobrir a cura para sua própria esterilidade.

Ele abaixou os olhos, sentindo as lágrimas aquecerem seus olhos. Não fora capaz de revelar esse segredo nem a Tobias.

— Foi isso, pai? — Denise questionou, embora de forma mais branda. — Se foi, pode dizer.

Ele não queria, mas não podia mais guardar aquele segredo. Era mais um dos muitos que devia revelar.

— Não me arrependo do que fiz — disse ele. — Arrependo-me apenas de ter feito tudo às escondidas. Eu não devia ter escondido nada nem de Eva, nem de vocês. Devia ter-lhe contado a verdade sobre a minha esterilidade e consultado-a sobre a ideia de usarmos o sêmen de Tobias. Devia ter revelado tudo a vocês desde o princípio.

— E por que não o fez?

— Deixei-me levar pelo orgulho — assumiu, com dificuldade. — Onde ficaria a minha credibilidade se todos soubessem que eu não podia curar a mim mesmo, em primeiro lugar?

— Que orgulho mais besta, pai — contestou Denise. — Você é só um cientista; não é Deus.

— Compreendo isso agora.

— Compreende porque já descobriu a cura, não foi? — questionou Alícia. — Você é o pai de Denise.

— Sou. Do contrário, jamais permitiria que ela e Tobias se aproximassem.

— Fui seu primeiro experimento? — tornou Denise.

— Não é bem assim... — ele tentou protestar.

— Fui ou não fui?

— Foi — admitiu, relutante. — Foi através de você que tive certeza de que havia descoberto a cura.

— Ainda bem que fiz uma coisa boa — rebateu ela, demonstrando, com seu bom humor, que não estava aborrecida. — Fui a número um da cura.

— Não pense que você foi só um experimento. Eu queria muito ter filhos. Você foi uma experiência bem-sucedida e maravilhosa. Foi o meu milagre particular.

— Não duvido — afirmou Denise.

— Nem eu — concordou Alícia. — Seu amor por Denise é inquestionável.

— E por você também — completou Celso.

— Sei disso. Mas gostaria de entender por que Tobias aceitou participar dessa farsa.

— Tobias sempre foi meu amigo. Faria tudo que eu lhe pedisse.

— Por quê? — era Denise.

— Por amizade, já disse.

— Isso não convence muito — duvidou Alícia. — Você lhe deu dinheiro?

— Meu Deus, não! Tobias jamais aceitaria dinheiro de mim ou de qualquer outra pessoa. O que vocês pensam que somos? Mercenários?

— Só estamos tentando alcançar a verdade.

— A verdade é essa que vocês já sabem: sua mãe queria filhos; eu era estéril e recorri a Tobias para ceder seu sêmen, por medo e vergonha de ser ridicularizado pela comunidade científica. Nasceram Alícia e Bruna, gêmeas xifópagas, separadas pouco depois do nascimento. Bruna não resistiu, mas Alícia, sim, ambas filhas biológicas de Tobias. Depois, quando descobri a cura da azoospermia, fiz meu primeiro teste em Eva, que engravidou de Denise. Essa é toda a verdade.

— Isso ainda não explica a participação de Tobias — insistiu Denise. — Já sabemos que mamãe foi apaixonada por ele e que você sabia. O que não sabemos é por que você escolheu justo esse homem para ser pai de sua filha.

Celso fechou os olhos, lutando contra a vergonha. Anos depois, ao visualizar o passado, via como fora injusto e se aproveitara de Tobias.

— Na verdade... — gaguejou — Tobias se sentia em dívida comigo.

— Como assim? — indagou Alícia.

— Eu o ajudei em vários momentos, inclusive dando-lhe a maior oportunidade de sua vida, que era trabalhar comigo. Quando descobri que Eva o amava, fiz uma espécie de chantagem com ele. Disse que não acreditava que eles não haviam tido um caso. Ele jurou várias vezes que nada havia acontecido, mas eu fingi não acreditar. Foi então que pedi a ele para ser o doador. Ele não quis, claro, mas eu insisti. Disse que ele me devia isso. E ele, por se sentir mesmo em débito comigo, concordou.

— Papai! — horrorizou-se Denise. — Você o chantageou!

— Não pense que não me envergonho do que fiz. Dia após dia, peço perdão à alma de Tobias.

— Você devia desculpar-se pessoalmente. Não é justo deixá-lo acreditando nessa mentira.

— Ele tem a consciência tranquila. Sabe que nunca correspondeu aos desejos e sentimentos de Eva.

— Mas ele pensa que você não acredita nele — contrapôs Alícia. — Não imagina como ele deve se sentir, achando que o amigo o julga um traidor, mesmo que ele não o seja?

— Sei que o que fiz foi horrível, mas estou arrependido. No momento certo, pretendo lhe dizer isso.

— E qual será o momento certo? — Denise quis saber.

— Quando me sentir mais fortalecido para falar. Por enquanto, ainda estou tentando ganhar coragem.

— E isso inclui contar a mamãe que Tobias é meu pai biológico? — questionou Alícia, mas ele não respondeu.

— Você jamais deveria ter permitido que eu me aproximasse de Tobias — Denise declarou. — Se sabia que mamãe foi apaixonada por ele, por que não me avisou? Eu o teria evitado.

— Pensei que aquilo estivesse superado e que sua mãe não se importaria.

— É claro que ela iria se importar! — tornou Alícia. — Que mãe gostaria de ver a filha envolvida com um cara por quem já foi apaixonada?

— Acho que, no fundo, você me usou para mostrar a ela que Tobias nunca a amou — afirmou Denise, como se só agora aquela ideia lhe passasse pela cabeça. — Foi isso, não foi?

— Não sei — admitiu ele. — Pode ter sido... Por favor, minha filha, perdoe-me. A última coisa que eu queria era magoar você.

— As coisas nem sempre saem como planejamos. Não dá para a gente confiar que o outro vai seguir à risca o nosso plano. As pessoas têm vontade própria.

— Sei que cometi muitos erros, um atrás do outro... Mas se tivesse que fazer, faria tudo de novo, embora de outra maneira. Vocês duas são meus maiores tesouros.

— Não duvidamos disso — falou Alícia. — Mas o problema agora é o relacionamento de Tobias e Denise.

— E agora me diga, pai — completou Denise. — Como é que eu vou fazer para aceitar Tobias de volta e ainda encarar a mamãe?

— Sua mãe não gosta mais dele — afirmou, convicto.

— Será mesmo? — questionou Alícia. — Será que ela não guarda nenhum tipo de mágoa?

— Eva já viveu a vida dela... — murmurou ele. — Você tem ainda muito que viver, Denise. Sua mãe vai entender e aceitar.

— Você acha que eu devo continuar com Tobias mesmo assim? — ele assentiu. — Será que isso é o certo?

— O que é certo, afinal? Abdicar da felicidade para não ferir outra pessoa? Acho que nem sua mãe gostaria disso. Quando ela perceber que vocês realmente se amam, estou certo de que não procurará mais intervir. Pense bem, Denise. Todos nós temos muito em que pensar antes de tomarmos qualquer decisão.

— Estamos todos enredados numa trama urdida pelo destino com um certo requinte de humor ácido — disse Denise.

— Não acho nada engraçado — objetou Alícia. — Concordo que estamos todos ligados nessa trama, mas chegou a hora de cada um puxar o fio que lhe pertence. Só assim conseguiremos desatar tantos nós.

— Você está certa. Vou fazer como me pedem — revelou Celso, após alguns minutos de reflexão. — Preciso me livrar desse peso. Vou contar tudo a Eva. Acho que o momento é agora. Deus há de me dar forças e coragem.

— Vai fazer isso mesmo? — sondou Denise.

— Vou. Está decidido. Quero que voltemos a ser uma família unida. Vocês são mais importantes do que tudo para mim. Quero que me perdoem.

— Da minha parte, já está perdoado — falou Denise, imediatamente.

— Da minha, também — acrescentou Alícia, demorando um pouco mais. Estava se esforçando.

Celso abriu os braços, onde as duas se aninharam como faziam quando crianças. Precisavam confiar na força do amor e do perdão. Acima de tudo, precisavam enfrentar suas próprias escolhas e assumir as consequências que delas advieram. Celso, mais do que ninguém, sabia o quanto isso era importante. Para ele, para as filhas e para Eva também.

CAPÍTULO 52

A prisão de Jonas e as consequências que daí advieram deu um pouco de descanso a Jaqueline. Preocupado com seu futuro, Lafayete deixou-a em paz por alguns dias.

— Eu sabia que tinha sido ele — afirmou ela, acompanhando os mergulhos de Maurício na piscina.

— O problema é ele ser condenado — admitiu Cézar. — Ele é um político influente.

— Por que não o deixa agora?

— Você sabe.

Ela apenas assentiu. Consultou o relógio e mudou de assunto:

— Está quase na hora da academia.

— Você não devia ir. Dimas, em carne e osso, anda rondando por aí.

— É por isso que você vai me fazer o favor de ficar aqui cuidando do Maurício. Não vai?

— Se é o que quer...

— Apesar de Dimas andar sumido, acho que seria uma boa ideia — fez uma pausa e prosseguiu: — Por que será que ele sumiu?

— Duvido que ele tenha mesmo sumido. Um bandido feito ele só pode estar aprontando alguma.

— Ele não é, propriamente, bandido. Só está com raiva de mim.

— Um homem que estupra a sobrinha e enteada é o quê?

Ela não respondeu. Consultou o relógio novamente e se levantou:

— Já estou indo. Está na hora.

— Tome cuidado.

— Tomarei. E nada de pizza!

— Quanto a isso, não posso prometer nada.

De dentro da piscina, Maurício riu. Gostava de Cézar.

— Até logo, mana.

— Juízo, hein!

Atirando um beijo para o irmão, ela se foi. Saiu à rua com cuidado, olhando para os lados, certificando-se de que Dimas não estava nas proximidades. Como não o viu, sentiu-se segura para sair.

Quando voltou para casa, logo ouviu a algazarra vinda do terraço. Fazia muito calor, o tempo seco elevava a temperatura ainda mais. É claro que Maurício convencera Cézar a entrar na água.

— A farra está boa, não é? — constatou ela, vendo que Maurício dava um caldo em Cézar.

— Oi, mana! Venha dar um mergulho. A água está uma delícia!

— Imagino. Mas não, obrigada. Acabei de chegar da academia. Vou tomar um banho e preparar o jantar.

Assim que ela entrou na cozinha, de volta do banho, Cézar já a aguardava, envolto em uma toalha da cintura para baixo. Ela o olhou discretamente, estudando seu corpo bem-feito, seus músculos bem torneados, sua pele bronzeada, arrepiada pela brisa da noite.

— Está com frio? — indagou ela, para disfarçar o motivo pelo qual o olhava tanto.

— Não. É só porque acabei de sair da água.

— Você e Maurício estão se dando muito bem mesmo. Fico feliz.

— Eu também. Mas, depois que você saiu, fiquei pensando... Não acho certo você frequentar uma academia noturna com Dimas rondando por aí.

— De novo com essa história?

— Você tem o dia todo livre. Por que não o aproveita?

— Porque, de dia, tenho que cuidar do apartamento, da roupa, da comida, de Maurício... Esqueceu-se de que não tenho empregada?

— Sua situação pode mudar. Você sabe disso, não sabe?

— Sei que tudo vai mudar. Principalmente agora, que Lafayete foi desmascarado. Mas não se preocupe. Eu também vou mudar.

— Como assim?

— Agora que sei que Dimas está vivo, pretendo arranjar um emprego honesto e deixar Lafayete. A primeira coisa que preciso fazer é um bom curso de inglês.

— Essa é uma ideia excelente!

— Quero me preparar para conseguir uma coisa melhor, sabe? Você acha que tenho capacidade?

— É claro que tem! Você é inteligente, simpática, tem boa aparência. Dominando outra língua, vai ser mais fácil.

— É o que espero.

— Mas você tem que ser rápida.

— Por quê?

— Porque Lafayete está planejando levá-la com ele para Brasília.

— O quê?! — surpreendeu-se. — Não posso. E Maurício?

— Ele pretende mandar Maurício estudar na Europa, onde os filhos dele estudam.

— Nunca! Jamais me separarei de meu irmão.

— Se você não for, o trato estará desfeito.

— É impressão minha, ou você está adorando essa novidade? Quer se ver livre de mim?

— É impressão sua. Também não gostaria que você fosse, mas, ao menos, sei que estaria segura, longe de Dimas.

— Você se preocupa demais com Dimas. Ele não vai me matar.

— Como é que você sabe? O cara é perigoso.

— Mais do que Lafayete? — ele não respondeu. — Você não tem medo de Lafayete me matar de pancada?

— Tenho esse receio sempre que você está com ele — admitiu, bem baixinho.

— Contudo, não faz nada.

— Você sabe que não posso.

— Deixe isso para lá. Não tenho o direito de lhe fazer cobranças. Nós não somos nada um do outro.

— Somos amigos.

Ela suspirou, como se lembrar de que só o que havia entre ambos era amizade a deixasse decepcionada.

— É, somos amigos — repetiu, ao mesmo tempo em que pensava: *Preciso esquecer você.*

— Não quero que nada de mau lhe aconteça.

Seguiu-se um mutismo desconcertante. Cézar evitava encarar Jaqueline que, por sua vez, o olhava de soslaio.

— O jantar está pronto? — a vozinha de Maurício, que veio da piscina pingando água por toda cozinha, desfez o silêncio e o mal-estar.

— Quase — disse Jaqueline, saindo da momentânea inércia e colocando água no fogo para fazer um macarrão rápido. — Vá tomar seu banho. Está molhando tudo.

— Por que vocês estão discutindo?

— Não estamos discutindo.

— Conheço você, Jaque. Sei quando está aborrecida.

— Não estou aborrecida — garantiu ela, conduzindo-o na direção do quarto. — Mas vou ficar, se você não tomar logo esse banho. E o que é isso no joelho?

Só então ela reparou o corte no joelho de Maurício.

— Levei um tombo quando saí da piscina. Não foi nada.

— Vamos limpar isso daí e colocar um bandeide.

Jaqueline saiu com Maurício em direção ao quarto dele. Limpou o sangue e esterilizou o machucado.

— Agora, entre no banho — acrescentou. — Quando sair, coloco o bandeide.

Depois que ele abriu o chuveiro e entrou debaixo d'água, Jaqueline voltou para a cozinha, mas não encontrou Cézar. Ele se fora sem ao menos se despedir. Jaqueline tentou, mas não conseguiu evitar a tristeza. Quanto mais Cézar a rejeitava, mais ela o amava. Era algo além de suas forças, um sentimento que ela não podia controlar.

Naquela noite, foi dormir com Cézar ameaçando tomar conta de seus sonhos, mas sua imagem não surgiu uma única vez. Ao contrário, parecia que sua mente se encontrava vazia. Foi assim até tarde da noite, quando, subitamente, sentiu que era arrancada do leito. Sem resistir, deixou-se levar por uma força invisível e poderosa, que a conduziu até a praia, no mesmo local onde antes havia encontrado a mulher chamada Alícia.

— Você de novo por aqui? — perguntou ela, sem se surpreender.

— Fiz de tudo para encontrá-la — falou Alícia. — Relaxamento, mentalização, reza, concentração, tudo o que você possa imaginar.

— Não estou entendendo nada — estranhou Jaqueline.

— Enfim, nem sei qual dessas técnicas deu certo, ou, talvez, nenhuma delas, mas o fato é que consegui chegar até aqui. Meu corpo mental, pelo menos.

— Você só fala por enigmas. Mas afinal, de onde foi que você veio?

— Daqui mesmo, só que de outro tempo.

— De novo aquela história de dois mil duzentos e pouco?

— Não é história. Eu estou vivendo no ano 2219. Mais de duzentos à sua frente.

— Isso é um sonho maluco mesmo. Como em sonho vale tudo, posso perguntar o que você quer sem medo das consequências.

— Aí é que está. Há consequências, e é sobre isso que quero alertá-la.

— De quê?

— Dimas. Ele vai matar você.

— Como é que é? Como pode saber disso? Nós duas nem nos conhecemos.

— Você e eu somos a mesma pessoa.

— Como assim? Que absurdo é esse?

— Sei que você andou sonhando comigo também. Não sente uma familiaridade ao me ver? — ela assentiu, em dúvida.

— Não acha isso estranho?

— Estranho é, mas daí a sermos a mesma pessoa, vai uma grande diferença.

— Não é que sejamos a mesma pessoa. Somos como fagulhas da mesma centelha divina, momentaneamente separadas para adquirir várias experiências ao mesmo tempo. Eu já vivi a sua vida, mas na minha dimensão. Lembrei-me de meu passado, onde, quando era Jaqueline, fui assassinada por Dimas.

— Essa é a coisa mais louca que já ouvi. Estamos vivendo algo do tipo: *eu sou você amanhã?*

Alícia não conhecia a antiga propaganda da vodca Orloff, mas entendeu bem o significado da frase.

— É mais ou menos isso — concordou. — Pode-se dizer que eu sou você amanhã.

— E eu fui você ontem? — completou Jaqueline.

— Exatamente.

— Que coisa mais louca. Você fez algum tipo de viagem no tempo?

— Não. Isso ainda não é possível na prática, ao menos em corpo físico. Mas os corpos sutis não têm as mesmas limitações, e é com eles que viajamos. Nossa matéria continua no nosso tempo, mas nós duas avançamos ou retroagimos em corpo mental, como agora.

— Não sei se acredito nisso.

— Já ouviu falar em premonição?

— É claro.

— De onde você acha que surge a premonição?

— Sei lá.

— De algo que já aconteceu em outro tempo e alguém conseguiu ver.

— Até aí, tudo bem. Mas como é que você está tentando mudar o passado? Não dizem que isso é impossível?

— Não estou mudando o passado. Estou tentando modificar o seu presente. O meu passado já passou, não tem mais jeito. Mas para você, ainda não aconteceu. E isso porque vivemos em dimensões diferentes. O passado de uma dimensão pode ser o presente ou futuro de outra, e vice-versa, mas o que já aconteceu na dimensão em que se vive não se pode mais modificar. Apenas o presente e o futuro são mutáveis.

— Sei. E você quer mudar o meu futuro. É isso?

— Quero tentar. Se você permitir que a sua vida transcorra simetricamente à minha, você vai ser assassinada, tal qual eu fui em outra vida. Mas, se acreditar em mim, sua escolha pode determinar um novo futuro para você. Sua dimensão não será mais paralela à minha, mas tomará um novo rumo a partir de então.

— E isso não modifica a história?

— Não, porque, na sua dimensão, a história ainda não aconteceu e pode vir a acontecer de várias formas. Deus seria muito sem imaginação se pusesse infinitas dimensões, em infinitos universos, para que toda a história se repetisse de forma idêntica, indefinidamente.

— Acho que estou entendendo. Só não sei se acredito. Parece fantástico demais.

— Tudo bem, é difícil mesmo. Mas por favor, acredite quando digo que Dimas irá matar você.

— Quando? Onde?

— No dia 29 desse mês, à noite, quando você sair para a academia. Ele a levará a um terreno baldio, onde a estuprará e a matará em seguida.

Jaqueline sentiu um arrepio, mas não se convenceu totalmente. Na certa, a mente dela estava misturando as coisas, fazendo refletir no sonho o alerta de Cézar, juntamente com seus receios e a lembrança dos lugares por onde passava.

— Isso é muita piração — disse, mais para si mesma do que para Alícia.

— Não é. Por favor, Jaqueline, confie em mim. Não saia mais à noite sozinha. Por favor, por favor...

A voz de Alícia foi sumindo. Um ruído na porta do quarto a fez despertar. Ainda zonza de sono, mal se lembrando do sonho que acabara de ter, Jaqueline acendeu a luz do abajur, quase desmaiando de susto ao dar de cara com um vulto negro parado ao lado de sua cama.

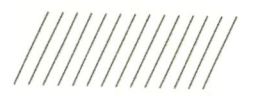

CAPÍTULO 53

Nada justifica a prática de qualquer crime, e quem quer que o cometa deve sujeitar-se à lei e à Justiça. Rico ou pobre, feio ou bonito, culto ou ignorante, cada um há de ser responsabilizado pelas suas atitudes, iniciando-se pelo próprio plano material. A justiça dos homens é falha e pode deixar livre o autor de um delito, mas a vida, que executa a obra divina e, por isso mesmo, é sempre justa, não permite que nada passe impunemente. Nada se oculta aos olhos de Deus.

Esse foi o pensamento que aflorou na mente de Jaqueline ao dar de cara com Lafayete, livre como quem não guarda na consciência a culpa sobre nenhum crime. A prisão de Jonas não o intimidou. Consciente da imunidade, sabia que nada lhe aconteceria. Apareceu todo vestido de preto, como o criminoso que era, buscando a camuflagem das sombras.

— O que está fazendo aqui? — indagou ela assustada, após se certificar de que não era um ladrão.

— Preciso de você — respondeu Lafayete, já se despindo. — Não pude esperar até o fim da semana.

— Como foi que entrou?

— Cézar abriu para mim.

— Cézar? — surpreendeu-se. — Desde quando ele tem a chave do meu apartamento?

— Isso não importa.

Sem lhe dar a chance de dizer qualquer outra coisa, Lafayete atirou-se sobre ela. Jaqueline não resistiu. Em silêncio, engolindo as lágrimas, permitiu que ele a dominasse. Para espanto seu, ele não bateu nela uma única vez. Foi agressivo, um pouco rude, mas nada violento. Quando terminou, virou de barriga para cima, arfando como quem acaba de disputar uma prova de corrida.

— Acho que estou ficando velho — observou. — Ainda não tinha reparado no quanto tudo me cansa.

— Não sabia que Cézar tinha a chave do meu apartamento — disse ela, ainda incomodada com o fato.

— Em primeiro lugar, o apartamento não é seu; é meu. Em segundo lugar, Cézar tem a chave porque eu mandei que guardasse uma cópia com ele, exatamente para ocasiões como essa. Ele não lhe contou?

Ela engoliu a raiva. Quando falou, sua voz soou quase normal:

— O senhor não devia estar em Brasília?

— Sou um viúvo agora. Quem vai estranhar que eu sinta vontade de estar na casa que dividi com minha amada esposa por tantos anos?

— Sei — falou secamente.

— Não acredita? — ela não respondeu. — Pois devia. Não fica bem para uma amante desconfiar de seu protetor. Isso pode ser bastante desagradável.

Havia uma ameaça velada nas palavras dele, que Jaqueline não deixou passar despercebida. O medo percorreu suas veias, fazendo gelar seu sangue e estremecer sua voz:

— Por que está dizendo isso?

— Por nada. E agora, por que não me prepara algo para comer? Estou com fome.

— Já são quase cinco da manhã — protestou. — Vai acordar Maurício.

— E daí? É bom que ele se acostume comigo. Em breve, será da família.

— Como assim? O que o senhor quer dizer com isso?

— Estive pensando, Jaqueline, e resolvi me casar com você. Não agora, é claro; preciso cumprir as formalidades do luto. Mas daqui a um ano, mais ou menos. Nada mais natural que eu refaça minha vida e eleja uma linda e jovem esposa como companheira. Maurício será meu cunhado.

— O senhor só pode estar brincando.

A ideia a horrorizava mais do que as surras que ele lhe dava. Casar-se com aquele monstro assassino era a última coisa que ela desejava.

— No princípio, rejeitei essa ideia — prosseguiu ele, ignorando a reação dela. — Mas depois, acabei me convencendo de que é o melhor. Assim não preciso mais me esconder e posso assumir a mulher que amo oficialmente, como minha esposa. Não é maravilhoso?

— Acha isso prudente? Quer dizer, diante de tudo o que está acontecendo...

— E o que está acontecendo?

— O senhor sabe. Os jornais noticiaram, e as redes sociais estão explorando bem o assunto.

— Se está se referindo à acusação de que fui eu que mandei matar minha esposa, esqueça. Nada vai me acontecer.

— Mas foi mesmo o senhor que mandou matá-la?

A pergunta saiu sem querer. Ela pensou que Lafayete reagiria com violência, mas ele simplesmente não respondeu. Levantou o queixo dela e, em tom de benevolência, esclareceu:

— Daqui a um ano, tudo terá caído no esquecimento, como sempre acontece. Será o tempo necessário para você aprender boas maneiras, a se comportar como a dama que deverá ser. E já está na hora de você parar de me chamar de senhor. De agora em diante, sou apenas Lafayete para você.

— Está bem. Como quiser.

— Você é uma menina obediente. E agora, vamos comemorar. Trouxe champanhe.

— Por que acha que vou aceitar me casar com você? — ela contrapôs, não sem irritação.

Apesar do espanto, ele nada demonstrou. Limitou-se a fitá-la friamente, como se ela tivesse dito uma insignificância qualquer.

— E por que não aceitaria? — retrucou, sem qualquer emoção.
— Você e seu irmãozinho não têm onde cair mortos. Ou será que você tem mais alguém além de mim?
— É claro que não — defendeu-se ela. — Mas casamento implica em amor. E nós não nos amamos.
— Casamento é conveniência. Nesse momento, é conveniente tanto para mim quanto para você.
— Não sei se concordo com isso. Vai fazer com que acreditem que você é um assassino.
— Escute aqui, Jaqueline — ele deu mostras de irritação.
— Não se envolva com essa história de assassinato nem se deixe impressionar pela imprensa marrom. Jornalista é tudo igual, só o que quer é vender jornal.
— Você ainda não me respondeu se foi o responsável pela morte de dona Sofia.

Ele se manteve em silêncio por alguns minutos, estudando-a com ar cauteloso. Quando falou, parecia firme e convicto, embora ela soubesse que o que ele dizia era mentira:

— Não. E se você pretende manter seu irmão numa boa escola, não toque mais nesse assunto. Ou se casa comigo, ou perde tudo. Acho que você não tem escolha.

Jaqueline quis dizer que sempre havia uma escolha, mas achou melhor se calar. Precisava ganhar tempo para ajeitar sua vida com calma. Não podia simplesmente largar tudo e arriscar o bem-estar de Maurício.

— Vou preparar sua comida — anunciou ela, vestindo um roupão e seguindo para a cozinha.

Fez tudo no máximo de silêncio que pôde. Com a porta do quarto fechada, Maurício não acordou. Era o que ela queria e, no fundo, o que Lafayete queria também. Não tinha mesmo intenção de confraternizar com o irmão dela.

Depois de comer, Lafayete saiu, deixando em Jaqueline uma horrível sensação de inutilidade. Era, de fato, uma inútil, suas atitudes eram inúteis, seus pensamentos, inúteis também. Estava chateada. Não queria se casar e queria que Cézar estivesse ali. Ele podia, ao menos, ter-lhe dito que possuía a chave de sua cobertura.

Quanto mais pensava nisso, mais percebia que sempre arranjava um motivo para pensar em Cézar. Era um desperdício de energia, já que Cézar nem devia lembrar que ela existia.

Nem bem o relógio bateu cinco da manhã, a campainha soou rapidamente, quase como se a pessoa do lado de fora sentisse medo de apertá-la. Era Cézar.

— Você não tem a chave? — perguntou ela, sarcástica. — Por que precisa tocar a campainha?

— Sinto muito, Jaqueline. Eu devia ter-lhe contado.

— Devia mesmo. Teria evitado que eu quase morresse de susto.

— Eu só tenho a chave porque Lafayete mandou. Jamais a usaria para entrar em sua casa sem o seu consentimento.

— Mas ele pode, não é mesmo? Ah! Eu havia me esquecido. Não é a minha casa. O doutor fez questão de me lembrar que o apartamento é dele, não meu. Só faltou dizer que podia entrar e sair à hora em que bem entendesse. E o pior é que pode mesmo...

— Lamento se ele a assustou.

— Se eu tivesse uma arma, teria atirado nele. Pensei que fosse um bandido. Mas não foi isso que me irritou. Foi o fato de você não ter me prevenido de que isso poderia acontecer.

— Sinto muito...

— Já sei que você sente muito, mas isso não resolve. Não quero esse homem invadindo a minha vida.

— Você sabe que ele tem planos para você.

— Ele quer se casar comigo! — ela gritou. — Não se contenta mais em ser meu amante. Quer ser meu marido! — vendo que ele não dizia nada, ela constatou, atônita: — Você sabia!

— Não, Jaqueline, eu juro. Só soube ontem à noite, quando ele mandou que o trouxesse aqui.

— Você subiu com ele?

— Tive que subir. Não queria que o porteiro o reconhecesse, ainda mais agora, com o escândalo que paira sobre o nome dele.

— Foi por isso que ele veio todo de preto? Para não ser reconhecido?

— Exatamente. Abri a porta para ele e depois fui embora — ela não disse nada, e ele prosseguiu: — Bom, foi por isso que vim até aqui. Precisava me explicar.

— Já se explicou. Pode ir.

Para desgosto de Jaqueline, ele obedeceu, deixando-a à beira das lágrimas. Mais um pouco de olheiras não lhe fariam mal. A noite maldormida deixara profundas marcas ao redor dos olhos, não só pela desagradável surpresa de Lafayete, mas pela sujeira que sentia invadir o seu corpo todo. Ela se vendia a um assassino. Até que ponto aquilo não ultrajava ainda mais sua dignidade?

CAPÍTULO 54

Ao passar pela portaria do prédio, Jaqueline teve a impressão de ter visto, refletida no vidro, a imagem de Dimas. Virou-se rapidamente, mas a figura esvaneceu num átimo, deixando nela a dúvida sobre se não estaria vendo coisas. Vivo ou morto, Dimas era seu fantasma.

A visão evocou o sonho de algumas noites atrás. Agora se lembrava. A moça chamada Alícia a alertara sobre uma possível emboscada de Dimas. Quando fora mesmo que ela dissera que aconteceria? Não, ela não dissera. Só sabia que seria numa noite, a caminho da academia.

Na certa, tivera aquele sonho devido aos avisos de Cézar. Sim, só podia ser isso. Cézar estava tão preocupado com Dimas, que deixou nela aquela apreensão. Como Alícia era uma personagem intrigante, que sempre aparecia em sonhos estranhos, ela acabou misturando as coisas, colocando Alícia e Dimas na mesma situação.

O encontro que tivera com Alícia não podia ser outra coisa além de um sonho maluco. Agora se lembrava de que Alícia lhe dissera que era ela, mas numa outra dimensão, que vivia o seu futuro. Talvez fosse melhor ela parar de ver filmes de ficção científica com Maurício. Do jeito que andava tão cheia de preocupações, nada mais natural do que a mente criar um subterfúgio extraordinário para explicar suas alucinações.

Nem bem ela entrou no prédio, Dimas se levantou, saindo de trás do carro estacionado no meio-fio. Por pouco ela não o vira. Uma buzina soou ao lado dele com estridência. Dimas deu um pulo, embora já soubesse quem era.

— O que está fazendo aqui? — indagou Lampião, irritado.

— Vigiando — respondeu Dimas calmamente, debruçando-se na janela do carona.

— Você devia estar era chantageando.

— Não posso fazer isso ainda. Preciso de elementos para...

— Você não precisa de elemento algum. Está é me enrolando. Você só está interessado em pegar a garota.

— E daí? Tenho meus motivos.

— Parece que você se esqueceu do nosso trato. Preciso de mais dinheiro.

— Não deixe que ele o convença — vociferou Rosemary, ao lado dele. — Temos que cuidar de Jaqueline primeiro.

Dimas mal registrou a presença do espírito, talvez porque o desejo de atacar a enteada fosse seu único objetivo. Rosemary não lhe sugeria nada que ele já não desejasse.

— Estou perdendo a paciência — prosseguiu Lampião.

— E daí? — desafiou Dimas. — Vai fazer o quê?

— Não se esqueça de que você só a encontrou porque eu lhe disse onde ela estava. Você está me devendo.

— E se eu não pagar? Vai me matar? Para ela, já estou morto — ironizou.

— Então, ninguém vai sentir a sua falta, não é mesmo?

Lampião acelerou o carro, quase derrubando Dimas no chão. Seria impressão ou havia ali uma ameaça velada? Lampião pretendia mesmo dar cabo dele, caso não cumprisse sua parte no trato?

— Ele quer matar você — afirmou Rosemary. — Você tem que se livrar dele primeiro.

— Idiota — rosnou Dimas. — Fazendo ameaças... Ele não me conhece, não sabe do que sou capaz.

— É isso mesmo. Dê cabo dele.

— Ninguém vai sentir a minha falta... — repetiu, com desdém.

— Quem ele pensa que é? Alguém importante? O próprio

doutor deputado, cuja ausência todo mundo perceberia? Ele vai ver só uma coisa.

— Isso! Assim é que se fala!

Se Rosemary parasse para se ver e ouvir, questionaria todo o seu comportamento. Quando encarnada, podia não ter sido uma pessoa das mais iluminadas, mas era decente. Ao menos, nunca pensara em cometer nenhum crime. Livre da matéria, julgava-se acima da lei e, portanto, inacessível à Justiça dos homens. Nem se apercebia de que, muito mais grave do que as leis humanas, são as leis da natureza, estabelecidas por Deus e, portanto, inderrogáveis. Não é porque vive em espírito que o ser desencarnado tem liberdade de fazer o que quer.

Agora julgando-se fora do alcance de qualquer tipo de consequência, Rosemary dava livre curso a seus instintos mais primitivos. A matéria física e a maternidade haviam arrefecido um pouco a chama da vingança, já que os deveres de mãe funcionavam como uma espécie de freio para o seu ódio, levando-a a questionar seus sentimentos e tentar impor, ainda que de forma racional, a aceitação daquela que recebera como filha.

Contudo, o desenlace libertara todo o ódio que alimentava há muitos séculos, fazendo renascer a ideia de um revide que achava ser de seu direito. A lembrança da maternidade havia sumido, junto com os deveres que toda mãe deve ter com seus filhos. Mas Jaqueline não era, propriamente, sua filha. Agora se lembrava. Fora empurrada para ela, de forma quase compulsória, para que elas experimentassem o amor em família, na tentativa de desfazer inúmeras desavenças. Rosemary agora não tinha mais motivos para fingir. Podia assumir, para si e para o mundo, que era uma pessoa cruel e que odiava Jaqueline.

E pensar que Sofia quase a convencera. Por uns instantes, deixara-se impressionar pela sua fala macia, uma sentimentaloide do astral. Sofia veio com aquela conversa mole de mãe e filha, de perdão, de deveres, e ela se deixou levar, envolvida pela pieguice barata da outra. Chegou mesmo a considerar a inutilidade da vingança. Não fosse a certeza de que Dimas ainda cobiçava Jaqueline mais do que sempre a desejou, teria dado ouvidos a Sofia e estaria agora a caminho de algum reformatório invisível.

Decididamente, não era o que ela queria. Queria que Dimas vingasse sua morte e, para isso, ele precisava ser rápido. Não podia dar a Lampião a chance de agir primeiro.

Dimas pegou um ônibus para a Praça Mauá, onde Lampião deveria estar àquela hora. Procurou-o pelas redondezas, indo encontrá-lo onde já imaginava que ele estaria: no mesmo bar de sempre, na ladeira do Morro da Conceição. *Ótimo*, pensou. O sol já se punha, e logo Lampião percorreria os pontos de suas meninas, onde permaneceria até altas horas da madrugada.

Sem ser visto, Dimas foi para a casa do cafetão, uma quitinete minúscula ali mesmo pela Saúde. Esperou até que o movimento diminuísse para sair de seu esconderijo nas sombras, tomando cuidado para que ninguém o visse. Quando se sentiu confiante, entrou no edifício decadente, indo direto até o apartamento de Lampião. Sem dificuldade, forçou a porta e entrou, pondo-se à espera dentro do banheiro.

Já quase adormecia quando ouviu um ruído na porta. De um salto, Dimas ocultou-se atrás da porta do banheiro. Do lado de fora, Lampião tirou a chave do bolso e enfiou na fechadura, surpreendendo-se ao perceber que ela não estava trancada.

— Tenho certeza de que tranquei a porta — disse para si mesmo.

Precavido, sacou o velho revólver da cintura, rodou a maçaneta e empurrou a porta lentamente, à espera de que algum elemento saltasse sobre ele. Nada aconteceu. Ainda hesitante, deu um passo para o lado de dentro, tateando a parede em busca do interruptor.

De seu esconderijo, Dimas viu o vulto de Lampião contra a luz do corredor, logo percebendo que ele carregava uma arma. Uma gota de suor pingou de seu rosto. Devia ter previsto que o outro estaria armado. Pensou em desistir, mas não podia.

Como explicar a Lampião sua presença ali? Esconder-se indefinidamente também era impossível. Tão logo Lampião passasse pelo banheiro, ele seria descoberto.

Sendo o apartamento tão pequeno, é claro que Lampião sabia, ou, ao menos, imaginava, que o invasor estaria escondido no banheiro. Era o único lugar que ele não podia ver da porta da sala. Ambos os homens sentiam medo; Dimas, mais do que Lampião. A vantagem da arma de fogo sobre a faca era muito grande. Se quisesse sair vivo dali, Dimas tinha que ser mais rápido.

Não podia mais contar com o elemento surpresa, já que Lampião claramente sabia onde ele estava escondido. Pisando de mansinho, Lampião foi se aproximando da porta do banheiro, temendo que o invasor, também armado, lhe desse um tiro. A luz do aposento havia inundado o ambiente, projetando-se pela abertura da porta, desvendando apenas uma parte do interior do banheiro. O invasor só podia estar escondido atrás da porta.

Dimas maldizia a si mesmo. Péssima ideia, emboscar o inimigo em sua própria casa, onde não havia como arquitetar uma emboscada. Onde estava com a cabeça? Deixar a porta destrancada fora a maior mancada. É lógico que ele iria desconfiar. E por que não imaginou que ele poderia estar armado?

— Vá embora, Dimas — suplicou o espírito de Rosemary, que acompanhava tudo sem poder intervir. — Vir aqui foi um erro.

Não tenho como ir embora, Dimas respondeu a seu próprio pensamento. *O jeito é enfrentar o bicho.*

— Ele vai matar você — ela choramingou. — Não quero que você morra...

Lampião estava próximo demais, quase chegando ao banheiro. Dimas podia sentir sua respiração ofegante, assim como Lampião, se não estivesse tão apavorado, teria sentido a dele. Mesmo assim, avançou. Posicionado defronte ao vão da porta, Lampião espiou. Refletido no espelho acima da pia, a imagem de Dimas, escondido atrás da porta semiaberta, se fez nítida. Era agora ou nunca.

Ao mesmo tempo em que Lampião tentava dar a volta na porta, Dimas a empurrou em cima dele com violência. Por uns instantes, pensou que seria fácil apanhá-lo. Atordoado, Lampião desabou no chão, batendo com a cabeça na parede de ladrilhos. Dimas saltou sobre ele, a faca buscando sua garganta. Lampião reagiu. Dimas não esperava que ele ainda mantivesse a arma na mão, mas ele conseguira segurá-la. Na mesma hora, virou-a para o agressor, que não teve alternativa, senão soltar a faca e segurar o revólver.

Iniciou-se então uma luta pela sobrevivência. Atracados, Dimas e Lampião brigavam pela posse não da arma, mas do gatilho. Quem controlasse o gatilho, naquele momento, controlaria a vida. A arma oscilava, ora encostando no peito de um, ora no de outro, ora no de ninguém. E a pressão de ambos sobre o gatilho seguia o rumo da arma. Dimas ainda pensou em usar a faca, mas ela havia voado para longe.

Foi quando o revólver se decidiu, e o gatilho se destravou perante a mão do mais forte. No corpo a corpo que se seguiu, a arma encostou no peito dele, enquanto o outro, com a maior força possível, vencendo a resistência do inimigo, conseguiu, finalmente, pressionar o gatilho. A arma disparou um único tiro, porém, fatal.

Dimas e Lampião se olharam com espanto, mal acreditando que um acabara de vencer, enquanto o outro sentia a vida se esvair. De olhos arregalados, um acompanhou o outro desfalecer, ambos surpresos com o final inesperado. Cada um jurara a si mesmo que não iria morrer.

Não houve mais tempo para espanto nem dúvida. A arma escapuliu da mão dele e caiu sobre o piso do banheiro antes mesmo que o corpo sem vida tocasse o chão.

CAPÍTULO 55

Quando Dimas resolveu que mataria Lampião, esqueceu-se de levar em conta as possibilidades de reação do outro. Pensava mesmo que tudo sairia como ele planejara, esquecendo-se de que Lampião era um malandro inteligente e malicioso, conhecedor das manhas dos marginais. Já se livrara de poucas e boas graças a sua astúcia. Não seria agora que se deixaria apanhar, e logo por um caipira ignorante e burro.

Os dois homens, naquele momento, lutavam pela vida, cada qual apostando em sua vitória, pois perder, naquele jogo, significava a morte. Mesmo assim, ambos temiam pelo pior. Ao mesmo tempo em que acreditavam que iriam vencer, não subestimavam a possibilidade iminente de morrer. Para Dimas, o que ficou foi a certeza de que julgara mal o inimigo e supervalorizara a si mesmo. A Lampião, restou a surpresa de que o caipira estúpido era também um homem audacioso e forte. O jogo seguiu empatado pelo que pareceu, a ambos, um sem fim de horas, mas que levou poucos minutos para alcançar seu desfecho.

Quando a arma disparou, o olhar de espanto dos dois foi genuíno, revelando a surpresa diante da vida e da morte. Logo que o gatilho se resolveu e a bala se projetou do cano do revólver com velocidade incrível, a situação ficou resolvida.

Ninguém podia evitar o desfecho nem se desviar do destino, que ali fora selado sem chance de desistência ou arrependimento.

O estampido quase o deixou surdo. Imediatamente após o disparo, o sangue jorrou aos borbotões, empapando a camisa de Dimas e exalando um cheiro acre de morte. Por uma última vez, os olhares dos dois homens se cruzaram, a boca seca de ambos tentando falar o indizível. O revólver escapuliu das mãos deles, caindo no chão segundos antes de o corpo morto de Lampião desabar sobre os azulejos brancos, espalhando sangue ao seu redor.

Dimas arfava, exausto e surpreso. Puxou a camisa, que respingava suor e sangue, incomodado com aquela coisa viscosa que se grudava em sua pele. Não tinha tempo para pensar nisso. Precisava fugir dali o mais rapidamente possível. Apanhou o revólver e a faca, enfiando-os na cintura, passou por cima do cadáver ensanguentado e correu.

Na rua, desacelerou o passo, para não chamar a atenção. Estranhou a quietude da noite. Ninguém parecia ter ouvido o tiro nem percebido a briga. Ou então, o que era mais provável, ninguém se importava. Mesmo assim, era melhor ele sumir por uns tempos. Os comparsas de Lampião podiam desconfiar dele e empreender uma vingança. Não pretendia ser tocaiado por nenhum malandro enquanto caminhasse pelas ruas escuras do porto.

Achou melhor fugir para o lado oposto. Andou até a Praça XV, onde apanhou um ônibus para a Pavuna. Lá, caminhou a esmo, sem saber para onde ir, obrigado a dormir ao relento. No dia seguinte, indagando aqui e ali, conseguiu alugar um barraco baratinho na comunidade, onde pretendia permanecer escondido até que as coisas se acalmassem. Aí então, estaria livre para cuidar de Jaqueline.

Fazia mesmo algum tempo que Dimas andava sumido. O medo que Jaqueline sentira no princípio, ao iniciarem as visões do padrasto, cedera lugar a uma certa segurança, ante o desaparecimento dele. Até que, numa noite, pensara tê-lo visto à saída do prédio. Fora muito rápido, mas o suficiente para deixá-la preocupada novamente.

Esse fato, aliado aos avisos de Cézar, trouxe de volta a velha paranoia. A cada dia, ao sair de casa, Jaqueline olhava para os lados para ver se avistava algum sinal Dimas. Nada. Aos poucos, a preocupação foi relaxando, até que ela começou a se sentir segura e confiante novamente.

— Vai ver que ele desistiu — dizia a si mesma, porque era no que queria acreditar.

Havia ocasiões em que sonhava com ele, como naquela noite. Jaqueline se remexia na cama, sentindo o suor escorrer de seu rosto como se estivesse deitada sobre uma fornalha que acabara de ser acesa. Vozes se misturavam em sua cabeça, ora acusando-a, ora ameaçando-a, ora tentando acalmá-la.

— Está doendo, cadela? É a mesma dor que eu senti.

Parecia a voz de Dimas, mas Dimas estava morto. Ou será que não estava?

— Você tem que pagar! — gritou outra voz, estranhamente familiar.

A voz tomou forma, virando para ela o rosto furioso. Estava diante das feições desfiguradas da mãe. Depois, pareceu-lhe que Sofia tentava intervir, pondo-se a seu lado para defendê-la:

— Deixe-a em paz, Rosemary. Você é a mãe dela.

Por último, em sua mente reverberaram as palavras de Alícia, que vinha de além-mundo para alertá-la novamente:

— Tenha cuidado com Dimas. Não vá à academia...

— Vagabunda...! — alguém gritou, de forma esganiçada.

— Você vai me pagar! Vai me pagar...! Vai me pagar...!

O suor invadiu os olhos de Jaqueline, levando-a a dar um salto da cama, assustada com a sucessão de vozes. Parecia que todos os fantasmas de seu passado resolveram atormentá-la ao mesmo tempo: Dimas, Sofia, a mãe... e Alícia, embora esta fosse a única que não pertencia ao passado. Quanto a Alícia, seus alertas não eram novidade. Inusitado mesmo foi a defesa de Sofia.

— Só em sonho mesmo — disse em voz alta. — Imagine se dona Sofia ia me defender.

Do lado invisível, Sofia encarou Rosemary, que dava gargalhadas sinistras.

— Você está parecendo uma louca — provocou. — E das mais dementadas.

— E você é uma idiota! — rebateu Rosemary, com fúria. — A vagabunda rouba seu marido e sua vida, e você ainda a defende. É muito trouxa mesmo.

— Jaqueline é uma boa pessoa. Agora, desencarnada, é que posso ver isso.

— Boa... — desdenhou. — Tão boa quanto uma facada no peito.

— Pensei que você já houvesse superado isso, mas lá vem você de novo com essa história. Esqueça, Rosemary. Você é mãe dela. Devia se envergonhar do que está fazendo.

— Eu não queria ser mãe dela. Fui obrigada.

— E daí? Obrigada ou não, a verdade é que foi. Não dá para mudar isso. E olhe o que está fazendo agora com sua própria filha!

— Eu não fiz nada — defendeu-se.

— Você a está aterrorizando. Fica jogando a imagem de Dimas na cabeça dela.

— O que você tem com isso? A filha é minha, faço o que quiser.

— Agora ela é sua filha, é? Para lhe fazer mal você quer ser mãe dela, mas para amá-la, ela não serve?

Nesse momento, Maurício entrou na cozinha, onde Jaqueline preparava o café.

— Oi, mana — cumprimentou ele, abraçando-a pela cintura.

— O que foi que houve, meu bem? — tornou ela. — Está assustado?

— Tive um pesadelo. Sonhei que Dimas queria matar você. Isso não vai acontecer, vai?

— É claro que não, bobo. Foi só um sonho. Eu não posso morrer, lembra? Deus me deu a incumbência de cuidar de você.

O olhar que Rosemary lançou a Sofia foi de espanto e surpresa. Não via os dois assim juntos havia muito tempo. Até se esquecera do quanto gostava de Maurício.

— Então? — perguntou Sofia. — Vai querer fazer mal a seu filho também? Quem sabe deixá-lo órfão para crescer num orfanato ou na rua e se tornar trombadinha ou traficante?

Rosemary sentiu raiva e vergonha. Junto, veio o medo de que o filho se tornasse um bandido. Afinal, era graças a Jaqueline que o menino não se perdera nem se tornara um marginal. Contudo, não queria mais ouvir as palavras de Sofia. Da outra vez, ela quase a convencera. Não lhe daria a chance de fazê-lo novamente. Sem ter o que argumentar, ela lançou à outra um olhar de desprezo e falou secamente:

— Cale a boca.

Sem esperar resposta, Rosemary sumiu, deixando o ambiente mais calmo e repousante. Jaqueline sentiu a súbita mudança energética, embora não soubesse definir o alívio repentino. Assim que Maurício saiu para a escola, resolveu sair também. Queria, pela última vez, certificar-se de que Dimas havia realmente sumido.

Trocou de roupa e desceu, pondo-se a caminhar de um lado a outro. Atravessou a rua, foi até uma esquina, voltou, caminhou até a outra, passando por um terreno baldio cercado por um muro esburacado e um portão de madeira arrebentado. Sem se deter, ela passou adiante, até que a lembrança do sonho fez com que recordasse a advertência de Alícia, que falara algo sobre um terreno abandonado.

Jaqueline balançou a cabeça e seguiu adiante, mas uma estranha sensação de perigo não permitiu que prosseguisse. Mais à frente, estacou. Ainda em dúvida, virou para a direção de onde viera, fitando o muro em ruínas. Mesmo achando que era besteira, voltou. Foi ladeando o muro, tentando espiar pelos buracos, sentindo a pele toda se arrepiar ao ver o lado de dentro: Uma depressão na terra, cheia de mato, pedras e lixo. O reconhecimento foi tão forte que parecia que ela via a cena descrita por Alícia. Assustada, virou o rosto e se afastou às pressas.

Uma sensação estranha de perigo iminente a acompanhou durante todo o percurso de volta.

Pouco depois de fechar a porta do apartamento, ainda ofegante da corrida de volta à segurança, ouviu o toque da campainha. Deu meia-volta e olhou pelo olho mágico, apesar de saber quem era. Abriu a porta para Cézar, que entrou apressado, carregando um jornal debaixo do braço.

— Já viu isso? — indagou ele, sacudindo o jornal na frente dela.

Jaqueline apanhou o periódico e leu em voz alta:

— *Encontrado, na tarde de ontem, o corpo de Joaquim José de Barros Ferreira, famoso cafetão que atuava nas ruas da zona portuária da cidade, mais conhecido como Lampião. Os vizinhos, atraídos pelo mau cheiro, entraram em seu apartamento, cuja porta se encontrava destrancada, e encontraram o corpo no banheiro, já em avançado estado de decomposição. A polícia não tem suspeitos...*

Ela soltou o jornal e encarou Cézar, perplexa.

— Que horror! — exclamou, realmente impressionada. — Lafayete já sabe disso?

— Já, e não deu a mínima. Para ele, foi até melhor, visto que não precisa mais pagar o infeliz.

— Será que... — calou-se, receosa.

— ...Foi ele quem mandou apagar o cara? — completou Cézar. — Não creio. Isso talvez acontecesse se ele estivesse sendo chantageado, o que não é o caso.

— E se estava? Você não sabe se Lampião estava chantageando o deputado.

— Eu saberia. Lafayete teria me dito.

Não fazia muito sentido, mas a notícia da morte de Lampião trouxe com ela um indefinível desassossego. Não havia motivo aparente, mas uma sensação de perigo causou-lhe medo, como se, de alguma forma, a morte de Lampião estivesse ligada ao desaparecimento de Dimas. Mas como, se eles nem se conheciam?

— O que você tem? — indagou Cézar, notando a palidez repentina de Jaqueline.

— Não sei dizer. Uma impressão ruim, um mau agouro. Cézar, estou com medo.

— Medo de quê?

— Não sei explicar. Uma sensação esquisita, um medo de que Dimas nos faça algum mal.

— Dimas? Por que foi se lembrar de Dimas justo agora? Ele e Lampião, por acaso, se conheciam?

— Que eu saiba, não.

— Você o viu?

— Na outra noite, pensei tê-lo visto, mas acho que foi impressão.

— Viu só? Eu bem que avisei. Você tem que se cuidar, Jaqueline. Esse cara é perigoso.

— O que eu posso fazer?

— Talvez seja melhor falar com Lafayete. Ele logo arranjaria alguém para dar um sumiço no espertinho.

— Já disse que não quero que ele morra.

— Eu não estava falando desse tipo de sumiço. Pensei em algo mais simples, como ele ser expulso da cidade. Quem sabe ele não volta para Vila Velha?

— Ah, Cézar, estou com tanto medo!

Ao dizer isso, Jaqueline se aproximou dele, encostando a cabeça em seu peito. O perfume de seus cabelos subiu até as narinas de Cézar, que os alisou docemente. Sentindo as mãos dele sobre sua cabeça, Jaqueline deu vazão ao desejo. Sabia que não deveria, mas não conseguia se conter. Ela amava Cézar, não podia mentir para si mesma. Por que ele tinha que ser gay?

Mesmo sabendo disso, ela não resistiu. Aos poucos virando a cabeça, seus lábios encontraram os de Cézar. Estimulada pela passividade dele que, até então, não a rejeitara, Jaqueline investiu mais, beijando-o com uma sofreguidão desesperada e procurando tocar em suas partes íntimas. Cézar deu um pulo. Limpando os lábios, disparou:

— O que está fazendo? Ficou louca?

— Cézar, eu... Me perdoe... Pensei que você estava gostando. Mas você estava gostando, não estava? Senti a resposta do seu corpo.

— Não se iluda, Jaqueline — contestou ele, as faces e a voz endurecidas. — Não é como você está pensando. Não sinto nada por você.

— Não é verdade. Diga que você está mentindo.

Ela tentou abraçá-lo, mas ele segurou seus braços, mantendo-a à distância.

— Não faça isso. Pelo bem de nós dois, pare!

— Por quê? Você sabe o quanto o amo.

— É um amor impossível. Gosto muito de você, mas não como mulher.

— É mentira. Você não pode ser gay...

Ele arregalou os olhos, fitando-a com uma expressão indefinível. Aos poucos, afrouxou as mãos, que deslizaram sobre seus braços. Ela o olhava com ansiedade, tentando ler os seus gestos e reconhecer algum sinal de atração. Não percebeu nada. O que viu nos olhos dele foi uma espécie de angústia indizível, que se transfigurou numa indiferença casual, sem sentido.

— Sinto muito — disse ele, em tom quase inaudível.

Depois disso, não houve mais nada. Cézar rodou nos calcanhares e saiu calmamente, como se nada tivesse acontecido.

CAPÍTULO 56

Não foi com a habitual espontaneidade que Jaqueline recebeu Cézar. Ao contrário, mostrava uma formalidade excessiva, totalmente artificial. Bem se via que não estava à vontade naquele novo papel de mulher de cerimônias.

— Vai a algum lugar? — indagou Cézar, vendo-a de roupa de ginástica.

— Vou à academia — respondeu ela, em tom de desafio.

— Acha que devia?

— Por que não?

— Talvez porque haja um assassino psicopata solto por aí, atrás de você.

— Sem exageros, Cézar. Dimas sumiu.

— Ué! Não foi você quem disse que tinha um mau agouro? Que estava com medo? Onde foi parar aquele medo todo?

— Eu andei pensando e cheguei à conclusão de que não posso parar a minha vida por causa de Dimas. Já estou cheia dessa paranoia. Vou à academia e pronto.

Não era bem verdade. Ela ainda sentia medo, mas fazia aquilo só para contrariar as recomendações de Cézar, pensando que, assim, conseguiria prender a atenção dele. Já ia saindo quando Cézar a puxou pelo braço.

— Você está se arriscando — ponderou. — Sabe que Dimas é perigoso.

— Não sei por que você se importa — retrucou ela, com uma certa ironia. — Você nem gosta de mim.

— Isso não é verdade.

— Foi o que você disse.

— Não foi, não. Disse que não gosto de você como mulher, o que é bem diferente.

Ela ia contestar, mas Maurício entrou correndo, abraçando-a pela cintura.

— Jaqueline, Jaqueline! — chamou, quase em lágrimas.

— Ei! — fez ela. — O que foi, rapazinho? Você não estava dormindo?

— Tive um sonho horrível. Sonhei que Dimas pegava você.

— Bobagem — protestou ela. — Foi só um pesadelo, porque você sabe que Dimas andou rondando a nossa casa.

— Mas foi tão real!

— Todos os sonhos são. Mas é isso o que eles são: sonhos. Não são de verdade. Apenas parecem — ela o beijou na testa e acrescentou: — Está com fome?

— Estou. O que tem para o jantar?

— Estrogonofe com batatas fritas.

— Oba! Minha comida predileta!

— Janta conosco, Cézar? — ela convidou.

— Eu posso?

— Claro. É só me esperar voltar.

— Voltar de onde? — Maurício quis saber.

— Da academia — disse Cézar, encarando-a com ar de repreensão.

— Academia? — repetiu Maurício, apavorado. — Não vá, mana. Dimas vai pegar você.

Um arrepio se cravou em sua nuca, mas ela não se deixou vencer. Fingindo que tudo estava bem, segurou o queixo do irmão e contestou:

— Tolinho. Não vai, não.

— Por favor, não vá. Só hoje. Cézar vai jantar com a gente.

— Cézar vai cuidar de você um minuto, não é, Cézar? Volto logo.

— Concordo com Maurício que você não devia sair — objetou Cézar.

— Dimas desapareceu. Acho que voltou para casa.

— Eu não teria tanta certeza.

— Nem eu — concordou Maurício. — Tem o meu sonho...

— Vamos parar de bobagem, pessoal? Eu não vou demorar, tá?

Não adiantava discutir. Jaqueline estava decidida a manter Cézar por perto, utilizando-se de todos os artifícios de que pudesse dispor para alcançar aquele objetivo, ainda que eles revelassem uma forma de manipulação perigosa e egoísta.

— Por favor, mana — suplicou Maurício. — Não pode fazer o que estou pedindo?

— Não vai me acontecer nada, eu prometo. Vá ver televisão com Cézar. Voltarei tão depressa que nem vai dar tempo de vocês sentirem a minha ausência.

Com um último beijo, ela saiu, apesar do mau pressentimento que ainda arrepiava sua pele. Não podia ser nada. Seria possível que Dimas resolveria atacá-la justo naquele dia?

A seu lado, os espíritos de Sofia e Rosemary a acompanhavam, invisíveis. Ao mesmo tempo em que a primeira tentava intuir-lhe o perigo a que estava, deliberadamente, se submetendo, a outra fazia de tudo para incentivá-la a prosseguir.

— Se não quer ajudar, vá embora — sugeriu Sofia, preocupada.

— Posso saber o que você pretende fazer? Por acaso, vai dar um murro na cara do Dimas?

— Não sei. Na hora, vou ver.

Jaqueline se aproximava da esquina com os dois espíritos atrás. Imagens do sonho perambulavam em sua mente, enquanto a voz de Alícia ecoava em seus pensamentos. Ao longe, avistou o muro do terreno baldio, encoberto pelas sombras. Ela olhou para cima, procurando o poste de luz, maldizendo a prefeitura ao constatar que a lâmpada estava queimada.

Ao se aproximar do terreno, a advertência de Alícia estourou como uma bomba que despenca sobre o alvo. Um pânico incontrolável fez tremer suas pernas, levando seu coração a bombear mais sangue e a respiração a sair ofegante. Medo. Era só o que sentia naquele momento. Presa de um terror quase paralisante, como um parasita que, aos poucos, devora a carne, Jaqueline parou diante do terreno baldio, a poucos passos do portão arrebentado.

O pavor já a havia consumido por completo. Ela não estava sozinha. Mesmo sem se virar, sabia que havia mais alguém com ela. Seu peito subia e descia freneticamente. O excesso de adrenalina fez aumentar sua respiração, ao mesmo tempo em que seu coração disparou de tal modo que parecia querer abandonar o peito em desabalada fuga. Ela tremia da cabeça aos pés, sentindo o suor encharcar sua camisa como se tentasse lavar o temor.

Ela não queria, mas uma força incontrolável e desgovernada tomou conta de seu corpo, virando-o vagarosamente para trás. Uma última olhada para a frente a fez certificar-se de que ninguém vinha em sua direção. Atrás dela, ninguém viria além daquele que estava prestes a se transformar no agressor. Finalmente, as pernas seguiram o tronco, e ela se viu voltada para trás. As pupilas se dilataram num último toque de pânico, quando viu a pessoa que ela, o tempo todo, sabia que estaria ali.

Dimas não lhe deu tempo de gritar ou correr. Enfiou as unhas sujas em sua pele macia, apertando seu braço, ao mesmo tempo em que ordenava com secura:

— Ande.

Apesar do medo, ela tentou reagir. Dimas, porém, desferiu em suas costelas um soco tão violento que o ar, já escasso, praticamente faltou. A dor fez seu corpo curvar. Ela só não caiu porque ele a susteve.

— Endireite-se — ordenou.

Ela ergueu o corpo, mas pôs-se a se debater, provocando ainda mais a sua ira. Ele a agarrou com violência, sem perceber o desespero do espírito a seu lado, que tentava, inutilmente, levantar os dedos que se fechavam ao redor do braço de Jaqueline.

— Solte-a, seu monstro! — gritava Sofia. — Deixe-a em paz, seu bruto, covarde!

— Não vê que isso não adianta nada? — avisou Rosemary. — Que ele não sente a sua presença?

— Ele vai matá-la.

Rosemary deu de ombros. Oscilando entre a satisfação e o medo, retrucou friamente:

— Não posso fazer nada.

— Talvez possa — suplicou Sofia, em pânico.

— Fazer o quê? Não posso segurar a mão dele.

— Pode tentar falar com ele. Por favor, ela é sua filha! — vendo que a outra não se mexia, implorou: — Faça alguma coisa, Rosemary! Ele vai matá-la!

Rosemary parecia paralisada, acompanhando-os como se um repentino fascínio a houvesse tirado do mundo real. Queria impedir mas não queria, dizendo a si mesma que não tinha condições de ajudar. Tentava convencer-se disso quando os gritos de Sofia quase explodiram seus tímpanos astrais:

— Você não está vendo o que vai acontecer? Ele vai matar sua filha! É isso o que você quer? Que ela venha para o lado de cá acusando você de ter colaborado com a morte dela?

— Não estou colaborando com nada! — objetou, irritada.

— Sua energia de ódio e vingança está alimentando Dimas. Não percebe?

— Não posso ser responsabilizada pelas atitudes de Dimas.

— E pela sua omissão? Não é responsável?

A vozinha fraca de Jaqueline interrompeu o diálogo do invisível:

— Dimas... Você não está morto?

— Eu pareço morto, cadela?

— O que você quer?

— Não imagina? — ela meneou a cabeça. — Vingança.

Dimas empurrou o portão quebrado e entrou no terreno coberto de mato e lixo. O medo triplicou em suas veias. Por dentro, o lugar era ainda mais aterrorizante. Mesmo não havendo ninguém nas proximidades que pudesse ouvi-la, Jaqueline gritou. Na mesma hora, uma dor aguda se insinuou na altura do fígado, por onde um fiozinho de sangue começou a escorrer lentamente, manchando de vermelho sua camiseta empapada de suor.

— O que vai fazer comigo? — ela choramingou.

— Nada. Se você não gritar, vai terminar logo. Se gritar, corto seu corpo aos pouquinhos.

— Terminar o quê?

— Você vai ver.

A gargalhada dele foi diabólica. Tudo se sucedia, praticamente, como Alícia dissera.

— Socorro!

Seu grito foi silenciado pelo murro que ele desferiu em sua boca. Com a mandíbula aparentemente quebrada, ela não se arriscou a gritar novamente.

— Cale a boca! — esbravejou Dimas.

— Mate-me logo — ela suplicou aos sussurros. — Acabe com isso de uma vez.

— Por que a pressa? Antes, vamos nos divertir, como nos velhos tempos.

Certa de sua impotência, Sofia chorava. Pela última vez, tentou chamar Rosemary à razão. Ela e Dimas possuíam uma afinidade energética muito grande. Podia ser que ele captasse o pedido dela e poupasse Jaqueline da morte. Rosemary, porém, não estava mais ali. Em completo silêncio, havia desaparecido.

— Não quero morrer — suplicou Jaqueline.

— Decida-se, vagabunda. Quer que a mate logo ou não quer?

Ele a empurrou no chão com violência. Ela caiu, sentindo nas costas a dor de ossos se quebrando, juntamente com os arranhões provocados pela aspereza da terra.

— Dimas, por favor... deixe-me ir. Não direi nada a ninguém. Eu juro...

— Vou deixar. E é claro que você não vai dizer nada a ninguém. Mortos não falam.

Ela fechou os olhos e chorou quando sentiu que ele batia com a cabeça dela contra as pedras. Daquele momento em diante, não viu mais nada. Podia ser que Dimas houvesse enterrado a faca em seu corpo, podia ser que não. De qualquer forma, não sentia dor. Uma paz absurda amansou seus tremores, levando-a a ceder à tentação de dormir... ou morrer.

Seu cérebro se fechou para os acontecimentos, e a última coisa de que mais tarde se lembraria foi de sentir o corpo de Dimas deitando-se sobre o seu.

CAPÍTULO 57

A demora de Celso em voltar para casa deixava Eva angustiada. Alguma coisa havia acontecido para que as filhas o evitassem. Sempre que ela tentava tocar no assunto, Alícia disfarçava, e Denise fingia dormir ou pretextava cansaço. Nenhuma das duas lhe explicava por que o pai nunca ia visitar a filha convalescente, o que seria natural. Na cabeça de Eva, só podia haver um motivo: Tobias.

Fazia muitos anos que ela não pensava em Tobias. Achava mesmo que o esquecera, até que ele surgira em sua casa de repente. Justificando para si mesma que o odiava por considerá-lo responsável pela morte de Bruna, Eva alimentava a raiva que decorria da rejeição.

Depois, quando ele se aproximou de Denise e ela correspondeu, foi como se o mundo perdesse a cor, tornando-se cinzento, sem alegria nem esperança. Sua filha estava apaixonada pelo homem que ela ainda amava, mas que jurara não amar.

A imagem de Tobias passeou pela sala, bem diante de seus olhos. Não do Tobias de hoje, velho e carrancudo, mas daquele outro, jovem e sonhador, por quem se apaixonara um dia, muitos anos atrás, quase em outra vida.

Foi numa viagem que ela revelou seu amor. Celso havia sido convidado como palestrante em um congresso sobre os novos métodos de fertilização *in vitro* e resolveu levá-la para um passeio em Lisboa, onde se realizaria o encontro. Naquela época já apaixonada por Tobias, Eva viu ali a oportunidade que tanto queria de estar ainda mais próxima a ele.

Na primeira noite, logo após o término das palestras, os participantes se reuniram no salão do hotel para um coquetel oferecido pela equipe de produção do evento. Eva havia levado seu vestido mais bonito, que a deixava linda e sensual como uma diva. Fez um penteado elegante, perfumou-se, colocou suas joias mais bonitas e usou uma maquiagem que lhe realçava a beleza dos olhos. Tudo para impressionar Tobias.

Ao adentrar o salão onde se realizava o coquetel, notou os olhares que se voltavam para ela. De braços dados com Celso, procurava por Tobias discretamente.

— Você está um deslumbre — dissera Celso, orgulhoso por ver como todos a admiravam.

O sorriso que ela lhe deu não foi de gratidão, mas uma forma rápida de livrar-se da atenção dele. Ela quase tropeçou e caiu quando viu que Tobias se aproximava. Foi preciso muito esforço para manter as pernas no lugar, já que elas insistiam em amolecer, de tão trêmulas estavam.

— Oi, Celso — cumprimentou ele. — Que bom que chegaram.

A Eva, ele lançou apenas um sorriso simpático, porém, formal, frio, sem qualquer emoção. Foi uma decepção, pois o que ela esperava era que ele elogiasse sua beleza. Tobias, contudo, evitava até mesmo olhar na direção dela. Na cabeça de Eva, ele fazia isso para não demonstrar o que sentia por ela, ao passo que o que ele realmente pretendia era mostrar-lhe que não estava interessado.

O salão foi se esvaziando, até que sobraram uns poucos cientistas, ainda presos em discussões que não despertavam nela qualquer interesse. Na verdade, nada que não fosse Tobias lhe interessava.

— É melhor eu ir dormir — avisou Tobias, bocejando. — Passei um pouco da conta na bebida.

— Acho uma excelente ideia — concordou Eva. — Está tarde, e estou cansada. Vamos subir também, Celso?

— Vou ficar um pouco mais — contrapôs o marido. — Se você não se importar, querida.

É claro que ela não se importava. Sentiu mesmo vontade de beijá-lo e gritar que demorasse o quanto quisesse, que lhe era grata por deixá-la livre. No entanto, não foi isso que disse.

— Tudo bem, se é o que você quer. Só que eu não aguento mais. Meus pés estão me matando.

— Mulheres — gracejou Celso. — O mundo evolui, elas estão cada vez mais inteligentes, mandam em tudo, mas ainda continuam sofrendo por causa da beleza.

— Isso não vai mudar nunca — admitiu ela, forçando-se a manter um tom espirituoso.

— Pode acompanhá-la até o quarto, Tobias?

— É claro.

Tobias aceitou a incumbência, embora muito a contragosto. Desde que vira Eva chegar, percebera que ela não tirava os olhos dele. Não sabia como Celso não notara.

— Boa noite, então, querido. E não me acorde quando entrar.

Ela o beijou rapidamente nos lábios, temendo que ele percebesse o tremor que agitava os seus. Seguiu ao lado de Tobias, que se mantinha afastado e procurava não falar muito. Sozinhos no elevador, ela tentou puxar assunto:

— A noite foi ótima, não foi?

— Maravilhosa. Celso é um gênio. Notou como as pessoas ficaram impressionadas com as ideias dele?

— É verdade.

— Tenho muito orgulho de trabalhar com ele. Celso é a melhor pessoa que já conheci.

— Tem razão.

— Ele foi o único a acreditar em mim, sabe? Nunca fui brilhante feito ele, mas Celso me deu uma chance, convidou-me para ser seu colega.

Ele não parava de falar em Celso. Seria proposital? Eva achava que sim. Ele estava tentando justificar por que não podia ficar com ela. Em nome da amizade, ele estava disposto a abrir mão de seus desejos e esquecê-la. Ao menos, era nisso que Eva acreditava.

O elevador parou no quinto andar, onde ficavam os quartos de ambos. Tobias acompanhou Eva até sua suíte, seguindo para a dele, que ficava duas portas depois. Despediu-se com um boa-noite formal, sem qualquer tom de insinuação nas entrelinhas. Eva não teve jeito, senão entrar em seu quarto e preparar-se para dormir.

Mas não pôde. Quanto mais tentava conciliar o sono, mais este se afastava, deixando em seu lugar a lembrança de Tobias. Eva estava enfeitiçada, não conseguia parar de pensar nele. Dali a pouco, Celso retornaria da festa e ela perderia a chance de se declarar, de fazê-lo entender que nada nem ninguém poderia contrapor-se ao seu amor.

Precisava dizer-lhe isso. Saiu da cama, vestiu o penhoar e seguiu para o quarto de Tobias. Bateu na porta uma, duas, três vezes. Somente na quarta ele abriu, esfregando os olhos assustados.

— Eva! — exclamou, entre surpreso e preocupado. — O que foi que houve? Está tudo bem com Celso?

— Celso ainda não voltou.

— Ora, não se preocupe. Tenho certeza de que ele está bem. Deve estar bebendo e trocando ideias com os amigos.

— Não estou preocupada com Celso. Estou preocupada conosco.

— Conosco? Como assim?

— Não dá mais pra gente esconder o que sente — desabafou ela, quase sem conseguir respirar. — Eu o amo, Tobias, sempre o amei.

De tão aturdido, ele não ofereceu resistência quando ela o empurrou para dentro do quarto, atirando-se sobre ele na cama. Com uma fúria da qual ele não a julgava capaz, Eva pôs-se a beijá-lo e a sussurrar palavras de amor.

— Eva, por favor... — ele tentou objetar.

— Não se preocupe — insistiu ela, tentando silenciá-lo com sua própria boca. — Celso vai ter que entender.

— É você quem não está entendendo, Eva. Eu não a amo.

— Não precisa fingir, querido. Sei o quanto você gosta de Celso, mas não podemos abrir mão da nossa felicidade por causa dele.

— Pare, Eva, por Deus! Você está se enganando. Quando digo que não a amo, é porque não a amo mesmo. Não é porque Celso é meu amigo. É porque não sinto nada por você.

Ela estacou, perplexa. Não podia acreditar no que estava ouvindo. Não era verdade, não podia ser.

— Não acredito! — gritou ela. — Você está é com medo de Celso.

— Por favor, fale baixo. Assim, vai acordar o hotel inteiro.

— Que se dane! Ninguém tem nada com a nossa vida, com o nosso amor.

— Que amor? Eu não a amo, Eva, será que você não entende? Quantas vezes terei que repetir? Eu não a amo.

— Pare, pare! — suplicou ela, agora em prantos. — Diga que não é verdade. Você só está com medo de Celso. Ou não quer magoá-lo. É isso, não é? Sua amizade por Celso o impede de magoá-lo.

— É verdade, mas não é por isso que a evito. É porque, realmente, não amo você.

— Por quê? Por acaso, me acha feia?

— Você é linda, inteligente, perfeita. Mas eu não a amo. Não sinto nada por você além de respeito pela mulher de meu melhor amigo.

— E se Celso não fosse seu amigo?

Ele pensou por alguns momentos antes de responder com frieza:

— Então, meu sentimento por você seria praticamente nulo.

A verdade a atropelou com violência. Muito mais do que ele não a amar, o que mais doeu foi a indiferença com que o disse.

— Mas... Pensei que você me amasse tanto quanto eu o amo.

— Não sei o que fiz para levá-la a acreditar nisso, mas peço que me perdoe se foi culpa minha. Jamais tive a intenção de alimentar em você qualquer tipo de ilusão.

O choque da revelação a trouxe de volta à realidade. Ela ouvia a voz dele sem conseguir entender como aquilo podia estar acontecendo. Parecia que ele falava de outra dimensão, onde era apenas um estranho. Só que as palavras vinham do homem diante dela, que repetia, incessantemente, o quanto não a amava.

— Por favor, não diga mais nada — cortou ela, rubra de vergonha. — Eu... lamento pelo constrangimento que lhe causei.

— Sou eu que lamento a confusão. Não queria que você me interpretasse mal.

— Você não fez nada. Eu é que fui burra, ingênua, infantil. Acreditei numa ilusão criada pelo meu próprio desejo. E agora, como vou encarar meu marido?

— Você disse alguma coisa a ele? — horrorizou-se.

— Não. Mas você não vai dizer?

— De minha parte, você tem a promessa de que jamais direi qualquer coisa. Não tenho interesse em destruir seu casamento só porque você se deixou levar por uma fantasia. Volte para seu marido. Ele a ama muito mais do que eu jamais poderia amar qualquer mulher.

— Fui infiel, beijei outro homem, atirei-me em seus braços, tentei seduzi-lo para que dormisse comigo.

— Nada aconteceu, Eva. Tudo não passou de um engano. Nenhum mal foi feito, você não levou avante essa loucura.

— Porque você me impediu.

— Isso não importa. Você não ama Celso?

— Amo — respondeu, sem muita convicção.

— Você ama, tenho certeza. Só está confusa por minha causa. Mas isso vai passar. Volte para seu quarto e aja como se nada tivesse acontecido, como se tudo não passasse de um sonho que nunca mais se repetirá.

— É assim que tem que ser?

— É assim que será, porque...

— Já sei. Você não me ama.

— Não fique magoada. Como eu disse, logo, logo, tudo isso vai passar.

Mas não passou. Eva saiu do quarto de Tobias arrasada, sentindo o peso da humilhação por ter sido rejeitada. Retornou à sua suíte, aliviada porque Celso ainda não havia voltado.

Tirou o penhoar, deitou-se e apagou a luz. Logo em seguida, a porta se abriu silenciosamente. Celso entrou com cuidado e foi para o banheiro. Pouco depois, de banho tomado, deitou-se ao lado dela.

— Ah, minha querida — sussurrou, alisando os cabelos dela. — Como amo você.

Virada para o outro lado, Eva conseguiu evitar que Celso visse seus olhos. O mais difícil foi conter o peito, açoitado pelos soluços. Foi preciso muito esforço para engoli-los sem emitir qualquer ruído nem sacudir o corpo. Não conseguiu. As lágrimas se atiraram por seus olhos, atropelando-se na queda pelas faces. O pranto a consumiu, levando o peito a arquejar, sufocado pela dor.

— Não fique assim, querida — confortou ele. — Tudo vai acabar bem.

— Ah, Celso, você não sabe... não sabe o que eu fiz...

— Não me interessa. Nós vamos conseguir. Vamos ter o nosso bebê.

As lágrimas se multiplicaram, despencando em uma queda quase suicida. Celso pensava que o seu desespero vinha da vontade de ter filhos! Nem desconfiava que ela, por pouco, não o traíra. A dor da rejeição cedeu lugar ao remorso. Nunca mais, Eva olharia para outro homem da forma como olhara para Tobias. Não era justo com Celso, que era um marido bom e a amava.

Efetivamente, daquele dia em diante, Eva passou a evitar Tobias. Quis recusar quando Celso a colocou nas mãos dele para que acompanhasse sua gravidez, mas não podia fazê-lo sem levantar suspeitas. Depois da cirurgia malsucedida de separação das gêmeas, Eva viu ali a desculpa que tanto esperava para odiá-lo. E foi o que fez dali para a frente. Todo o amor que ela, um dia, sentira por ele, fez transformar em ódio pela morte de sua filha. Um ódio que, agora, não podia mais enfrentar.

CAPÍTULO 58

A porta se abriu em silêncio, deixando entrever a sala escura e abafada. Celso deu dois passos à frente, entrando no ambiente sufocante. Foi até a janela e a abriu, permitindo que o ar fresco da noite purificasse o ambiente. Inspirou várias vezes, satisfeito com o suave aroma de maresia que vinha do mar à distância. Por alguns momentos, permitiu-se apenas sentir o presente da natureza, orando para que Deus lhe desse forças para fazer o que tinha que ser feito.

Com esse pensamento, suspirou demoradamente e se virou. Foi quando viu Eva adormecida no sofá. Parou, olhando-a com uma ternura ainda maior do que a que sentira quando se casara com ela, e mais medo de perdê-la do que na noite em que descobrira que ela se apaixonara por Tobias.

Foi num congresso a que fora em Lisboa. Convidado como palestrante, abrira o ciclo de palestras falando sobre a infertilidade masculina e a fertilização *in vitro*, um assunto vastamente debatido ao longo dos anos, com avanços em algumas áreas e estagnação em outras.

Ao final da palestra, os participantes se reuniram no salão nobre do hotel para um coquetel de boas-vindas. Eva havia se ausentado pouco antes do fim da palestra, de forma que ele teve que subir para buscá-la no quarto. Ele nunca a havia visto mais bonita do que naquela noite. Vestia um vestido verde-água, cintilante em alguns pontos esparsos, como estrelas verdes piscando embaixo d'água. No pescoço, um colar de minúsculos diamantes, intercalados de esmeraldas, chamava a atenção para seu colo bem-feito.

— Nossa! Você caprichou mesmo — avaliou ele. — Vai ser a mulher mais bonita da festa.

Eva sorriu, oferecendo-lhe o braço, que ele tomou gentilmente. Ao entrarem no salão, foi com orgulho que ele notou os olhares, tanto masculinos quanto femininos, que se voltavam na direção deles. Eva chamava a atenção. Era, provavelmente, a mulher mais linda que já pisara aqueles salões.

— Você está um deslumbre — elogiou, esperando um sorriso de retribuição.

O sorriso veio, mas não da forma com ele desejava. Parecia que ela lhe sorria com uma impaciência malcontida, como se lhe desse apenas algum tipo de prêmio de consolação. Ela olhava para todos os lados com um nervosismo que procurava ocultar, só que ele, que a conhecia há tanto tempo, não se deixou enganar pelo seu disfarce mal encenado.

No momento em que Tobias se aproximou, a fisionomia de Eva sofreu uma transformação inacreditável. A aflição cedeu lugar a um excitamento dissimulado, os olhos adquiriram um brilho intenso, quase como se estivessem sob o efeito hipnótico de alguma droga alucinógena. Ela, realmente, parecia fascinada com a presença de Tobias.

O amigo, por sua vez, não deu mostras de que sabia ser o centro das atenções de Eva. Ao contrário, cumprimentou-a o mais friamente que conseguiu sem ser grosseiro. Durante o resto da noite, Eva acompanhou-o a quase todos os lugares em que Tobias também estava, dando desculpas de cansaço todas as vezes em que o colega se ausentava. Voltava para a mesa e lá permanecia, bebendo champanhe até que Tobias surgisse, para então aproximar-se novamente. Não era possível que Tobias não percebesse, porque ele percebia.

Uma dúvida começou a incomodá-lo, enterrando um espinho de inquietude cada vez mais fundo em seu coração.

Será que Tobias correspondia ao interesse de Eva e apenas fingia não se interessar? A dúvida foi consumindo-o aos poucos, levando-o a vigiar cada passo que um ou outro dava para longe dele. Em nenhum momento Tobias se aproximou de Eva. Sequer olhou para ela. Seria um disfarce ou ele a estaria evitando? Que ele não tivesse percebido, era difícil, porque até mesmo os colegas cientistas pareciam ter notado, pela forma desconfortável como olhavam de um para outro.

Disposto a desfazer aquela dúvida, Celso esperou. À medida que o salão ia se esvaziando, ele insistia em permanecer, só para ver como Eva faria para livrar-se dele e ficar a sós com Tobias. Se é que isso iria mesmo acontecer. E aconteceu. Já era tarde da noite quando Tobias, finalmente, resolveu se recolher.

— É melhor eu ir dormir — disse Tobias, entre um bocejo e outro. — Passei um pouco da conta na bebida.

Celso quase podia ouvir o coração de Eva pulando dentro do peito. Por uma fração de segundos, ela não soube o que fazer, até que ele tornou a encher sua taça de champanhe, num sinal de que pretendia ainda ficar. O resultado foi o que ele esperava. Eva sabia que ele gostaria de terminar seu champanhe primeiro, mas não parecia disposta a esperar. Foi com ansiedade que disse:

— Acho uma excelente ideia. Está tarde, e estou cansada. Vamos subir também, Celso?

É claro que ele não ia subir. Não naquele momento. A alegria dela chegava à beira do frenesi. Se ele tinha alguma dúvida de que ela estava apaixonada por Tobias, agora, só de olhar para ela, já não tinha mais nenhuma. Restava saber se ele a correspondia e se já haviam chegado ao ponto sem retorno da traição.

Após alguns gracejos cuidadosamente elaborados, Eva e Tobias seguiram lado a lado em direção ao elevador. De onde estava, Celso não podia mais vê-los, mas aguardou o tempo suficiente para que eles deixassem o saguão. Tentando não deixar transparecer sua própria ansiedade, Celso ainda aguardou alguns minutos, deu um último gole no champanhe e se despediu:

— Sabem de uma coisa? Acho que também estou cansado. Meus pés não estão me matando, mas o sono está. Boa noite, amigos.

Foi preciso muito controle para não correr. O elevador da direita encontrava-se no quinto andar, onde ficavam os quartos de ambos, mas o da esquerda permanecia parado no térreo. Celso apertou o botão do sexto andar, sem conseguir conter a ansiedade.

A porta do elevador se abriu com um *tlim* dissonante, e Celso saltou às pressas, correndo pelo corredor vazio em direção às escadas. Não queria ser surpreendido saindo do elevador, por isso, foi até o sexto andar e desceu. Queria chegar de mansinho, sem ser notado. Pela escada, poderia observá-los e ouvi-los sem ser visto.

O corredor do quinto andar também estava vazio. Pé ante pé, Celso aproximou-se do quarto de Tobias e colou o ouvido à porta. Nenhum ruído vinha do lado de dentro. Correu a seu próprio quarto e escutou. Nada também. Será que se enganara? Suspirando de alívio, ia introduzindo o cartão-chave na fechadura quando sentiu que a maçaneta era mexida pelo lado de dentro. Celso pensou e agiu rapidamente. Como uma bala recém-lançada, disparou pelo corredor, alcançando o vão da escada no exato momento em que ela saía. Escancarou a porta de incêndio, aparando-a pouco antes de ela bater na parede e fazer um estrondo.

Teve medo até de espiar. Se o fizesse, corria o risco de dar de cara com Eva, já que o quarto de Tobias ficava perto das escadas. Segurando a respiração, conseguiu ouvir um som abafado de batidas na porta. Alguns segundos depois, ela se abriu. Vozes muito abafadas chegaram até ele, de forma tão indistinta que era impossível entender o que diziam. Mais um pouco, e elas silenciaram, substituídas pelo som de uma porta se fechando.

Ganhando coragem, Celso espiou. O corredor estava vazio novamente, assim como, imaginava, seu próprio quarto.

Passos abafados pela fofura do tapete, Celso se aproximou, mais uma vez encostando o ouvido à porta. Dessa vez, as vozes chegaram mais nítidas, permitindo-lhe ouvir quase toda a conversa. Em alguns momentos, elas se transformavam em sussurros, às vezes, silenciavam, enchendo seu coração de ciúmes ante a ideia de que eles estariam se amando.

Assassinatos eram, praticamente, coisa do passado. Sempre que havia um crime, o fato se tornava manchete nos jornais. Latrocínio, tráfico, homicídio, estupro, sequestro, estelionato e outros delitos dolosos e violentos, havia muito, deixaram de existir. Os crimes passionais, contudo, ainda ocorriam. Em menor frequência, é verdade, pois as pessoas já haviam atingido maturidade suficiente para resolver seus problemas com uma conversa franca. Mas o choque do momento ainda levava uns poucos a perder a cabeça e matar, para depois cair num arrependimento profundo, principalmente porque o ato não podia mais ser desfeito. Nesses casos, o julgamento conduzia o criminoso à prisão, onde permanecia alguns anos trabalhando, estudando e com acompanhamento psicológico e espiritual. Ao saírem da cadeia, os criminosos estavam reabilitados, arrependidos e prontos para reiniciar suas vidas, embora o remorso não pudesse ser curado por nenhuma terapia da Terra.

Havia poucas celas em poucos presídios, porque ambos eram praticamente desnecessários. Seria ele uma exceção naquela realidade? Sua vida seria arruinada, sua carreira, destruída, seu nome, atirado na lama? Pior do que tudo, perderia Eva para sempre? Não. Precisava manter a calma e se controlar.

Quanto mais ouvia partes da conversa, mais se convencia de que nada daquilo seria necessário. Eva procurava seduzir Tobias, mas este a repudiava de todas as formas. O nome dele fora citado várias vezes, ora pela voz sincera do amigo, ora com um toque de raiva da mulher.

Em dado momento, ela gritou, seguindo-se a súplica de Tobias para que se calasse. Ele não a amava. Dissera isso várias vezes, de forma segura e categórica. Eva não queria acreditar, mas essa era a verdade. Depois, quando veio o choro, a lamentação, a decepção por se ver rejeitada, Celso se afastou, satisfeito com o resultado de sua investigação improvisada. Tobias não amava Eva, e Eva voltaria para ele. Novamente escondido no patamar da escada, Celso aguardou. Em poucos minutos, Eva saiu. Ele deu-lhe um tempo para se ajeitar na cama, antes de retornar ao quarto. Abriu a porta em silêncio, como se não desejasse acordá-la. Foi para o banheiro, tomou um banho para esfriar a cabeça. Quando se deitou ao lado dela, sentiu os soluços que maltratavam seu peito. Um misto de tristeza e amor comprimiu seu coração. Ele a amava tanto que estava disposto a perdoá-la, mesmo se ela tivesse dormido com Tobias. Jamais teria coragem de matá-la.

— Ah, minha querida — sussurrou, ele, gentilmente alisando os cabelos dela. — Como amo você.

Por mais que ela tentasse, não conseguiu manter a prisão do choro. De dentro do peito, o pranto explodiu como uma torrente de água que rompe o frágil açude que o prende.

— Não fique assim, querida — ele conseguiu dizer, dominando suas próprias lágrimas. — Tudo vai acabar bem.

— Ah, Celso, você não sabe... não sabe o que eu fiz...

— Não me interessa. Nós vamos conseguir. Vamos ter o nosso bebê.

Ela chorou ainda mais. Pensava que ele interpretara seu desespero como frustração por não conseguir engravidar. Era nisso que ele queria que ela acreditasse. O remorso a traria de volta, fazendo-a esquecer Tobias de uma vez por todas e concentrar-se no desejo de ser mãe.

Aquele episódio ocorrera muito tempo atrás. Ambos eram jovens, cheios de sonhos, ingênuos sobre o amor e a vida.

Agora, porém, mais maduros, não podiam mais segurar a torrente de mentiras que foram se acumulando ao longo dos anos.

Sentado ao lado dela, Celso acariciava seus cabelos tal como o fizera naquela noite, tantos anos atrás. Sentindo a mão dele em sua cabeça, Eva abriu os olhos aos pouquinhos, custando a identificar, na penumbra da sala, o rosto do marido.

— Celso — murmurou ela. — Você demorou. Estava esperando você e acabei pegando no sono.

— Estou aqui, querida. Você sabe o quanto a amo, não sabe?

Ela assentiu, retrucando com preocupação:

— Por que está me dizendo isso? Aconteceu alguma coisa?

O olhar dele foi de medo, um medo que parecia escondido desde sempre. Ela se endireitou no sofá e segurou a mão dele.

— Precisamos conversar — disse ele, olhando bem fundo nos olhos dela.

Sem dar a ela muito tempo para se preparar, Celso iniciou a narrativa. Não foi preciso muito para que a reação de Eva surgisse. À medida que ele falava, ela sentia uma estocada em seu coração. Era como se uma faca invisível se enterrasse cada vez mais em seu peito, abrindo uma ferida que ela não sabia se, algum dia, deixaria de sangrar.

Ela encarou Celso com lágrimas nos olhos. Entreabriu os lábios para dizer alguma coisa, contudo, nenhuma palavra saiu além de um som gutural de desespero, de frustração e revolta. Celso tentou estreitá-la, mas só o que conseguiu foi amparar o seu corpo antes que ele tombasse no chão.

CAPÍTULO 59

Tudo parecia um sonho. Ou um pesadelo de mau gosto. Não era possível que ela tivesse sido enganada durante todos aqueles anos. O que mais queria era ser mãe. Ter um filho com o homem que amava seria o mais lindo presente que a vida poderia lhe conceder. Mas agora sabia que esse homem não apenas lhe dera filhas, como também matara uma delas.

Aos poucos recobrando a consciência, Eva fitou o rosto preocupado de Celso. Assim que ela se sentiu desperta o suficiente para se sentar, ele enfiou em suas mãos uma xícara de chá fumegante, obrigando-a a beber.

— Isso vai reanimá-la. Você sofreu um terrível choque.

Ela bebeu em silêncio, tentando se lembrar das palavras que lhe causaram tamanho impacto.

— Vocês não tinham o direito de fazer isso comigo — ela, finalmente, conseguiu dizer.

— Não... Mas você queria tanto um filho!

— Se você tivesse me dito que era infértil, eu teria aceitado recorrer a um banco de sêmen.

— Pensei que você quisesse que o filho tivesse nosso DNA.

— Eu queria, mas não a esse ponto. E de que adiantou querer? De toda forma, Alícia não tem o seu. E você tinha que escolher justo o Tobias? Por quê?

Ele hesitou, mas agora que havia começado não podia voltar atrás. Bastava de meias-verdades. Ele já revelara o pior.

— Sei que é horrível, mas tive medo de ser ridicularizado pela comunidade científica. Eu, um grande geneticista, incapaz de curar minha própria infertilidade.

— Não acredito. Fez isso por orgulho?

— Foi.

— E Tobias aceitou. Foi tão traiçoeiro quanto você.

— Tobias não teve escolha. A verdade é que o chantageei.

— Chantageou? Como assim?

Era agora ou nunca. Desviando os olhos dela, ele confessou:

— Sei o que aconteceu naquela noite em Lisboa. Na noite do congresso, depois que você subiu com Tobias.

A muito custo ela conseguiu decifrar o que ele dizia. Não esperava que ele soubesse de algo acontecido havia quase trinta anos, algo que ela mesma gostaria de esquecer. Quando se deu conta de que ele falava daquela única vez em que ela tivera algum contato com Tobias, desatou a chorar, envergonhada.

— Não aconteceu nada — argumentou, aos prantos. — Eu juro.

— Sei que não. Ouvi tudo o que se passou naquele quarto — ante o olhar de espanto dela, acrescentou: — Eu já andava desconfiado de seu interesse por Tobias. Você vivia olhando para ele de uma maneira estranha. Naquela noite, resolvi segui-los. Eu tinha que saber se vocês estavam tendo um caso. Subi logo após vocês terem saído. Vi você bater à porta do quarto dele, ouvi sua conversa.

— Se você ouviu, sabe que ele me rejeitou — rebateu, atônita.

— Sei. E foi isso que me deu a ideia de pedir a ele para ser o doador. Contei-lhe que havia visto você entrar no quarto dele. Ele, assim como você, jurou que não houvera nada, que não tinha interesse em você. Fingi não acreditar e foi então que lhe pedi. Ele não quis, mas eu o convenci de que ele me devia isso, pelo fato de ter dormido com a minha esposa. Ele sempre se sentiu em débito comigo. Quando acrescentei mais essa dívida, ele não teve como recusar.

Eva chorava, agora muito mais pela decepção do que pela descoberta.

— Eu jamais poderia esperar isso de você, Celso. Sabia, em meu íntimo, que você desconfiava, embora nunca tivesse falado nada. Mas isso...

— Eu era um homem desesperado, Eva. Meu amor por você e meu orgulho de cientista me tornaram cego. Fiz coisas das quais me arrependi pelo resto da minha vida.

— Por que está me contando isso agora? Justo agora?

— Quero consertar as coisas.

— Você não tem mais como consertar a genética. Alícia não é sua filha e nunca vai ser.

— Ela é minha filha.

— Você entendeu o que eu quis dizer. E Denise? Também é filha de Tobias? Você permitiu que sua filha vivesse uma relação incestuosa?

— É claro que não! Denise é minha filha. Você não pode duvidar. Você engravidou dela logo após a minha descoberta, lembra?

— Ótimo, ela é sua filha. Isso não muda nada. Você enganou todo mundo por anos.

— Será que você não pode me perdoar? Agora compreendo que eu jamais deveria ter feito o que fiz.

— Estou cansada, Celso. Não aguento mais o inferno em que nossa vida se transformou após a chegada de Tobias. Não tenho nem forças para odiar você.

— Isso já é um consolo. Eu sempre a amei. Tinha muito medo de perdê-la. E você? Você me ama?

— Aprendi a respeitá-lo e admirá-lo pelo seu amor por mim, do qual nunca duvidei.

— Mas você não me ama, não é?

— À minha maneira, sim. Quando nos casamos, eu o fiz por amor. Mas quando conheci Tobias, não sei, algo em mim se modificou. Jamais consegui esquecê-lo.

— Tobias ama nossa filha.

— Eu sei. Isso me deixa louca.

— De ciúmes?

— Talvez... — admitiu, envergonhada e hesitante. — Vivo em conflito com meus sentimentos... Fico dizendo para mim mesma que Denise não deve se casar com Tobias... porque ele é muito mais velho... mas, no fundo, não sei se conseguiria... se conseguiria... — fez uma pausa, o olhar turvo de lágrimas, antes de confessar: — suportar ver minha filha casada com o homem que ainda amo.

Ouvi-la falar do amor por outro homem com tanta naturalidade foi como receber um murro na boca do estômago. Celso engoliu em seco, lutando consigo mesmo para não reagir. Se pensava que ela o enganara, o que diria de si mesmo? Suas mentiras não teriam tido consequências muito mais graves?

— É preciso muita coragem para assumir isso — considerou Celso, acabrunhado.

— Por que não deveria assumir, se você sempre soube a verdade? E depois, considero o seu segredo mais terrível do que o meu. O que você fez seria mais ou menos como se eu tivesse tido um filho de outro homem. Em ambos os casos, estaríamos enganados quanto à verdadeira paternidade da criança.

Mal comparando, era aquilo mesmo. Celso abaixou os olhos, envergonhado. Não tinha nem coragem de encará-la.

— Sinto muito — foi só o que conseguiu dizer.

— Ambos somos responsáveis pelos desdobramentos de nossas mentiras. Escondi de todos que amava Tobias, e agora, minha própria filha está apaixonada por ele. Fico imaginando o que ela faria se soubesse...

— Ela sabe.

O olhar de angústia de Eva foi indescritível. Ela escondeu o rosto entre as mãos, falando entre soluços:

— Quem contou? Foi Alícia? Não, foi Tobias. No dia em que ela foi atropelada. Foi por isso que ela foi atropelada, não foi? — ele assentiu. — Agora compreendo por que nossas filhas se afastaram de mim. Elas não me perdoam, principalmente, Denise.

— Elas se afastaram de mim, pelo que eu fiz, não de você. Tanto que você sempre vai à casa de Alícia.

— Elas podem não ter se afastado de mim fisicamente, mas já não são mais as mesmas. Sinto que há algo se interpondo entre nós.

— E há. Mentiras e mais mentiras. Todas criadas por mim, não por você. Você não fez nada.

— Elas o perdoaram?

— Sim — sussurrou. — E você? Será que também é capaz de me perdoar?

Ela não respondeu. Desviou dele os olhos, fitando a escuridão da sala.

— Não quero mais sentir nada por Tobias — foi o que conseguiu dizer. — Nem amor, nem ódio. Quero ser-lhe indiferente, tratá-lo com respeito. Ao menos pela nossa filha.

— Está dizendo que pretende abrir mão dele por Denise?

— Não posso abrir mão do que nunca me pertenceu — ela abaixou a voz, envergonhada. — Tobias nunca me amou. Chegou a hora de acabar com essa ilusão.

— Você é uma mulher de muita coragem — elogiou ele, apertando-lhe as mãos. — Tenho orgulho de ser seu marido.

— Não temos nada do que nos orgulhar — rebateu ela, puxando as mãos. — Somos semelhantes em razão de nossas fraquezas.

— Você me ama? — ele perguntou de repente. — E sem essa de aprendi a amá-lo e respeitá-lo. Quero uma resposta direta.

— Não sei o que lhe dizer. São tantas coisas que não consigo compreender! Nem sei mais o que sinto por você ou como encarar tudo isso. De quem é a culpa? Minha? Sua? De todos nós?

— Ou de nenhum de nós?

Celso tentou tomá-la nos braços, mas ela se esquivou, claramente demonstrando que não o havia perdoado.

— Eu sempre a amei — confessou ele. — Por você, teria suportado qualquer coisa. Seria até capaz de perdoá-la se você e Tobias realmente tivessem tido um caso.

— Você não sabe o que está falando.

— Sei. Naquele dia, descobri. Pensei se não seria capaz de matá-la se descobrisse que você me traía e a resposta foi imediata: não. Eu a amo, Eva, sempre a amei. É por isso que tanto me dói saber o quanto a magoei.

— Acho que nos magoamos reciprocamente.

— Não guardo mágoa nenhuma de você. Gostaria que você também não guardasse de mim.

— Não me peça isso, por favor — ela se afastou dele, o coração transbordando de ressentimentos. — Não agora, quando me sinto confusa e desanimada.

— Você nunca vai me perdoar, não é mesmo? — ela desviou os olhos e não respondeu. — Ainda mais quando souber de toda a verdade.

— Toda a verdade? — repetiu, sem conseguir segurar por mais tempo a raiva. — Ainda tem mais?

— O pior ainda está por vir. É a última coisa que me falta revelar.

Não adiantou Eva insistir para que ele lhe revelasse tudo. Celso estava disposto a contar, mas queria fazê-lo diante de todos os envolvidos. Seria o momento de encerrar aquele ciclo de mentiras e fechar, de uma vez por todas, sua caixa de Pandora. Somente após reencontrar-se com a verdade é que poderia voltar a viver em paz com a sua consciência.

CAPÍTULO 60

As paredes verdes do quarto pareceram estranhas diante dos olhos dela. Não se lembrava de como fora parar ali. Parecia um hospital, mas não tinha certeza. Não tinha certeza de nada. Nem sabia se estava viva ou morta.

Aos poucos, as lembranças retornaram. Fora Dimas. Ele a atacara naquele terreno baldio do qual Alícia tanto a alertara. Talvez estivesse morta e alguém a houvesse levado para um hospital no espaço. Já ouvira falar desses hospitais. Vira algo do gênero no filme *Nosso Lar*. Sim, só podia ser isso. Desencarnara e algum bom espírito a colocara ali para se recuperar. Que bom que, ao menos, merecera isso.

Com um suspiro de resignação, ela abriu os olhos. Tinha que encarar sua nova realidade. Levou um tremendo susto ao identificar a primeira pessoa que surgiu diante dela. Ele estava ferido, com alguns cortes no rosto e um olho roxo. Será que morrera também?

— Cézar! — surpreendeu-se. — O que está fazendo aqui? Estamos mortos? E agora, quem vai cuidar de Maurício?

— Ei! — retrucou ele, sem ocultar a alegria. — Vá com calma. Ninguém morreu.

— Ninguém morreu? — repetiu, quase com incredulidade. — Então, onde estou? Num hospital?

— Sim.

— Como vim parar aqui? Quem me trouxe?

— Você veio de ambulância. Não se lembra?

— Não sei... Mais ou menos... E Dimas? O que houve com ele?

— Está preso.

— Preso?

— Em flagrante.

— Não estou entendendo. Alícia me disse...

— Não sei quem é Alícia, mas foi graças a ela que você não morreu. Depois que você saiu, Maurício não parava de falar esse nome, contando que sonhara com uma tal de Alícia, que lhe dizia para não deixá-la ir à academia. Contou que Dimas ia levá-la para um terreno baldio e matá-la.

— Maurício sonhou com Alícia? Por que ele não me disse nada?

— Ele tentou, mas você não lhe deu chance. Cortou a conversa e se mandou para a academia. Ele estava nervoso, falando que a tal Alícia havia dito que Dimas a atacaria no dia 29 de outubro, aquele dia, a caminho da academia.

— É verdade... — reconheceu ela, agora se lembrando do alerta de Alícia. — Sonhei com ela, que me disse a mesma data. Por que não lhe dei ouvidos?

— Graças a ela, consegui chegar a tempo.

— Você acreditou em Maurício?

— Pelo sim pelo não, achei melhor não arriscar. Saí pela rua atrás de você. Segui em direção à academia, procurando por algum terreno baldio. Quando encontrei o terreno, espiei para dentro. O portão estava mal fechado e deu para ver o interior. Foi aí que vi Dimas se deitando sobre você.

— O que você fez?

— Perdi a cabeça. Como o terreno era cheio de pedras, não tive dúvidas. Agarrei a primeira que vi e mandei na cabeça dele.

— Você o quê?

— Dei uma pedrada nele. Ele caiu, meio tonto, e parti para cima dele. Nós nos engalfinhamos feito dois galos de briga. Ele só não levou a melhor porque estava zonzo da pedrada.

Aproveitei para lhe dar uns murros. Então, comecei a gritar, atraindo a atenção de algumas pessoas. Alguém chamou a polícia, que apartou a briga. Vendo você ali estendida no chão, desmaiada, os policiais deduziram tudo. Dimas foi preso em flagrante, e você, trazida para o hospital.

— Você está todo ferido.

— Não foi nada. E você, como se sente?

— Com dor — ela apalpou a lateral do corpo, onde tudo doía. — Ele me cortou, não foi? E quebrou algumas costelas?

— Nada sério. Os cortes não foram profundos, e houve apenas fraturas simples de duas costelas, sem lesão a qualquer órgão interno. Foi muita sorte. O médico disse que, em algumas semanas, você vai estar pronta para outra.

— Algumas semanas? Vou ficar de molho por mais de sete dias?

— Não necessariamente de molho. Você vai ter que evitar esforços físicos.

— Entendi. E Maurício, onde está? Quem está cuidando dele?

— Ele está lá fora, morrendo de preocupação.

— Por que você não o deixou entrar?

— Ele entrou, viu você e depois saiu. Você está num hospital de primeiro mundo, Jaqueline. Maurício está aos cuidados de uma assistente social.

— Não posso vê-lo?

— É claro que pode. Vou chamá-lo.

Ele voltou logo em seguida, acompanhado de Maurício e da assistente social. A mulher foi muito gentil, sorriu para ela, perguntou como se sentia, oferecendo-se para ajudá-la a superar aquele momento, caso necessitasse. Jaqueline agradeceu, mas não precisava de nada, só de Maurício.

— Você nos deu um susto danado, Jaque! — exclamou ele.

— O que eu ia fazer da vida sem você?

— Cézar ia cuidar de você — ela olhou para ele de soslaio.

— Não ia, Cézar?

— É claro que ia. Mas Maurício não quer ser cuidado por mim. Quer a irmã ao lado dele.

— É isso mesmo, mana. Adoro Cézar, mas não gosto de ninguém mais do que gosto de você. Nem da mamãe, quando era viva.

Ela alisou os cabelos dele, emocionada. Em seguida, acrescentou:

— Cézar me disse que você teve um sonho. Como foi?

— Sonhei com uma moça chamada Alícia. Foi ela quem me falou o que ia acontecer.

— Ela disse que seria hoje? Ou ontem, sei lá.

— Foi ontem — esclareceu Cézar. — Você está aqui há quase vinte e quatro horas.

— Não me lembro — respondeu Maurício. — Só sei que ela disse que aconteceria a caminho da academia. Quando você disse que ia malhar, lembrei do sonho e fiquei agoniado. Então, contei tudo a Cézar e ele saiu atrás de você.

O que nenhum dos três sabia era que a certeza de que algo estava acontecendo com Jaqueline naquele exato momento veio mais da influência de Rosemary do que do sonho com Alícia. Alícia alertara o menino, era verdade, mas foi quando Rosemary se aproximou do filho que o perigo se tornou iminente. Ela saiu do lado de Sofia às pressas, finalmente decidida a não permitir que Dimas matasse sua filha. Encontrou os dois ainda conversando sobre o tal sonho, de modo que acercou-se do filho, detalhando o local do acidente, enquanto ele transmitia tudo a Cézar. Em seguida, colocou a mesma sugestão na mente de Cézar, acompanhada da certeza de que, naquele momento, Jaqueline podia estar sendo agredida.

— Meu herói — acrescentou Jaqueline, embevecida. — Os dois são meus heróis. Não fosse por ambos, nós não estaríamos aqui tendo essa conversa.

— Não sou herói — protestou Cézar, sem jeito. — Levei uma surra danada do tal Dimas.

— Ele foi preso graças a você.

— Só porque estava tonto. Senão, teria me matado e dado o fora.

— Não interessa. Você foi mais esperto do que ele. Lutou com as armas que tinha.

— Quando você vai para casa? — Maurício quis saber.

— O médico disse amanhã — esclareceu Cézar. — Por enquanto, ela ainda está em observação.

— Que pena — lamentou Maurício. — Posso dormir aqui com você? Posso?

— Infelizmente, crianças não são permitidas como acompanhantes — disse Cézar. — Mas podemos ficar até o término do horário de visitas.

— Você vai ficar com ele? — indagou Jaqueline. — Até eu voltar?

— Vou, é claro. Não se preocupe, vou cuidar dele direitinho.

— Obrigada. Só mais uma coisa. Lafayete já sabe o que aconteceu comigo?

— Como eu disse, você está num hospital de primeiro mundo. Quem pensa que está bancando tudo isso?

— Não quero que pense que não sou grata, mas a verdade é que não queria mais depender dele.

— Será que já não está na hora de você sair daquela cobertura? Você pode trabalhar e fazer o curso de inglês.

— Você vai fazer isso, mana? — Maurício se animou. — Vai deixar o doutor?

— Não sei. Eu já lhe disse que, se fizer isso, nossa vida vai mudar. E para pior.

— Nossa vida não pode mudar para pior se você deixar de apanhar — ponderou o menino.

— Maurício tem razão — concordou Cézar. — Você não precisa mais dele. Ainda mais agora, que ele está morrendo de medo de ser processado, cassado ou sei lá mais o quê.

— Ele não me pareceu com medo.

— Mas está.

— Gostaria muito de deixá-lo, mas não temos para onde ir.

— Vocês podem ficar na minha casa até conseguirem alugar um apartamento.

— Na sua casa? Não quero atrapalhar.

— Deixe de bobagens. Vocês nunca vão me atrapalhar.

— Mas e Lafayete? Já imaginou o que ele fará com você quando souber?

— Ele não precisa saber. Lafayete raramente vai à minha casa. Para todos os efeitos, vocês vão simplesmente sumir.

— Aceite, mana, vamos! — Maurício quase implorou. — Estou doido para você sair dessa vida. Quero que seja livre novamente.

Livre. Há muito, Jaqueline não sabia o que era liberdade. Seria bom escolher o que fazer, o que falar, como se vestir e, principalmente, quando e com quem gostaria de transar. Mas será que conviver com Cézar sem poder tê-lo para si não a colocaria em outro tipo de prisão?

— E então, Jaqueline, o que me diz? — insistiu Cézar. — Posso preparar o quarto para vocês?

— Vai ter um quarto só para nós? — animou-se Maurício.

— Meu apartamento é pequeno, só tem dois quartos, mas dá para ajeitar o outro para vocês dois. E aí, mocinha? Posso ou não posso?

Não foi preciso muito tempo de reflexão. A prisão que poderia resultar da oferta de Cézar não chegava nem aos pés da vida que ela levava ao lado de Lafayete.

— Pode — decidiu-se. — E Maurício já pode ir, se quiser.

— Oba! — fez o garoto. — E pode deixar, mana. Eu mesmo vou arrumar suas coisas.

— Não leve tudo. Quero que deixe lá as joias, os sapatos e as roupas caras que ele me deu.

— Muito bem — falou Cézar, orgulhoso da dignidade dela. — Deixe tudo conosco. Amanhã, quando você sair do hospital, terá uma nova casa.

Ao contrário do que Dimas pensava, não foi fácil sair da cadeia. Por ser réu primário, e achando que seu crime não passaria de lesão corporal, acreditava na concessão da fiança. Mas não foi o que aconteceu. Dimas estava sendo acusado por tentativa de estupro, lesões corporais e, o mais grave, homicídio, visto que fora encontrado com a arma que pertencera a Lampião.

Ao serem digitalizadas, qual não foi a surpresa do papiloscopista ao constatar que as impressões digitais de Dimas conferiram com as encontradas na casa do cafetão assassinado. A balística também comprovou que a arma utilizada no crime era a mesma apreendida com ele. Não havia dúvidas. Dimas era o criminoso. Pressionado, acabou confessando que matara Lampião e que só fora atrás de Jaqueline porque ela tentara matá-lo quando ainda residiam no Espírito Santo.

— Vingança não é permitido pelas nossas leis, senhor Dimas — alertou o investigador.

— Mas ela tentou me matar! — objetou ele, querendo incriminá-la também.

— O senhor tem alguma prova disso?

— Sim. Veja, ainda tenho a cicatriz da facada que ela me deu.

O investigador conferiu a cicatriz, constatando, inclusive, que era recente.

— Isso mais parece coisa de briga de malandro do que uma ferida provocada pela mocinha que o senhor colocou no hospital.

— Não foi. Foi Jaqueline, eu juro!

— O senhor deu parte na polícia? — ele não respondeu. — Foi o que pensei. Alguém viu ou ouviu alguma coisa? Também nao. Então, sinto muito, seu Dimas. Jaqueline é vítima, não criminosa, como o senhor quer fazer parecer.

— Maldita — murmurou entredentes. — Quero um advogado!

— O senhor tem algum que possamos chamar?

— Exijo pagar fiança!

— Ah! Tem dinheiro, então.

Ele ficou confuso. Não tinha nem um tostão. Mesmo assim, insistiu:

— Todo mundo consegue sair pagando fiança. Por que só eu é que não consigo? Sou réu primário.

— Verdade. Mas ora, lamento. Somando tudo de que o senhor está sendo acusado, sua pena pode passar de, digamos, uns trinta anos, certo? Então, nada feito. Não estou autorizado a lhe conceder fiança. O senhor vai ter que esperar as vinte e quatro horas até eu enviar os autos ao juiz, e ele é quem vai decidir. Agora, dado o seu histórico, e se o seu requerimento cair nas mãos de um juiz linha dura, não sei não...

O juiz não concedeu a liberdade provisória de Dimas, nem com fiança, nem sem fiança. Vários fatores contribuíram para a denegação do pedido. Era um assassino confesso, admitira o desejo de vingança e agredira uma mulher que, além de sua enteada, era também sua sobrinha. Não. Decididamente, Dimas merecia a cadeia, que passaria a chamar de lar desde aquele dia até muitos anos à frente.

CAPÍTULO 61

Quando Jaqueline saiu do hospital, ainda não sabia que Dimas fora o responsável pela morte de Lampião. Por isso, temendo a concessão da fiança, Cézar procurou não descuidar dela e de Maurício um minuto sequer. Ao levá-la para sua casa, cuidou para que Dimas não estivesse à espreita. Ele já a encontrara duas vezes. Podia muito bem encontrá-la uma terceira.

— Será que ele vai sair sob fiança? — indagou Jaqueline.

— Ainda é cedo para saber, mas não podemos facilitar. — disse Cézar. — Ele pode ser solto a qualquer momento.

— Ou não. Vamos torcer para que isso não aconteça.

Ele a conduziu até o quarto, onde havia um sofá-cama de casal, que ela dividiria com Maurício.

— Sei que não é grande coisa — ele falou, em tom de desculpa. — Mas acho que vai servir.

— Está ótimo, Cézar — elogiou ela. — Não podia esperar coisa melhor.

— Deixei um espaço no meu closet para você e Maurício. Ele já guardou suas coisas.

— Maurício é um amor. Onde está?

— Na escola. Achei que não deveríamos interromper sua rotina.

— Fez muito bem. E Lafayete? Teve notícias dele?

— Até o momento, nada. É estranho, mas ele não tem me procurado.

— Será que está aprontando alguma?

— Não creio. Ele está tentando evitar chamar a atenção, na esperança de que o escândalo seja esquecido.

— A polícia não está atrás dele?

— Não. Por causa da imunidade, tudo vai ser decidido em Brasília.

— Mas que droga, Cézar! O cara faz o que faz e ainda tem imunidade. É muito fácil cometer crimes sob a proteção da lei. É por isso que tem tanta impunidade.

— Procure não pensar nessas coisas.

— Não consigo. Sinto-me acuada pelos dois lados. De um, tem o Dimas, querendo me matar. De outro, Lafayete, capaz sabe-se lá de quê. É complicado.

— Nada vai lhe acontecer. Dimas não sabe onde moro e Lafayete não sabe que você está aqui.

— Será que ele não desconfia?

— Esperemos que não.

Cézar não sabia o quanto estava enganado. No meio da cobertura vazia, Lafayete grunhia de ódio. Ao ligar para o hospital, fora informado de que Jaqueline tivera alta e que fora levada por um amigo, um homem bem-apessoado, bem-vestido e bem-falante. Só podia ser o Cézar.

Foi um custo convencer o porteiro a deixá-lo subir. Somente após se identificar e ameaçar mandar prendê-lo, sabe-se lá pelo que, foi que o homem permitiu que ele subisse. A porta estava destrancada; o apartamento, vazio. Jaqueline não estava. Não havia ninguém em casa. Os pertences dela haviam sumido, exceto as coisas luxuosas que ele lhe dera.

Se ela e Cézar pensavam que ele era algum idiota, estavam muito enganados. Ele sabia onde Cézar escondia a cadela. Só podia ser em sua casa. Jaqueline não tinha dinheiro nem coragem para morar sozinha, ainda mais com uma criança.

Ele arrancou todos os vestidos do armário, espalhando-os pelo chão juntamente com colares e anéis de brilhante. Depois que se acalmou, recolheu as joias, os vestidos e guardou tudo numa sacola, levando-as consigo. Afinal, era o seu dinheiro que estava ali, e eram artigos caros que poderiam servir em outra rameira de sua escolha.

De volta ao carro, pensou para onde iria. Tinha que resolver aquele assunto, e era uma pena não poder contar com a lealdade de Jonas. Talvez tivesse que fazer tudo sozinho. Se ele mesmo houvesse cuidado do problema, não teria sido o desastre que foi.

Entrou no carro e ordenou ao segurança, que fazia as vezes de motorista:

— Para a casa de Cézar.

Parado em frente ao edifício de Cézar, Lafayete remoía a dúvida. Sua vontade era subir e atacar aquele cretino, que pensava que podia fazer o que bem entendia. Mas não podia mais se meter em escândalos. Já bastava o delegado ter divulgado o resultado daquele inquérito. Agora, toda a imprensa sabia que ele era acusado de ter mandado matar a mulher. Seu advogado lhe garantira que ele seria absolvido pelo Supremo, mas, de qualquer forma, sua carreira estaria arruinada. Ao menos enquanto o povo não esquecesse.

— Espere-me aqui — ordenou.

Lafayete abriu a porta do carro e saltou. Não era homem de engolir desaforos. Cézar e Jaqueline mereciam ouvir poucas e boas. Passou direto pela portaria, sem dar atenção aos protestos do porteiro, que só não o impediu de subir porque o havia reconhecido. Entrou no elevador, antevendo a cena em que daria um murro na cara de Cézar e outro na de Jaqueline. E, se precisasse, socaria também o fedelho.

Ao ouvir o som da campainha, Jaqueline teve um sobressalto. Cézar acercou-se da porta e espiou pelo olho mágico.

— É Lafayete — avisou, surpreso.

— Você vai abrir? — horrorizou-se Jaqueline.

— Não sou covarde.

O murro veio tão logo a porta se abriu. Foi tão inesperado, que Cézar nem teve tempo de se defender.

— Calhorda! — rugiu Lafayete, esquecendo o medo do escândalo. — Não conseguiu controlar sua inveja, não foi? Tinha que me tomar tudo, até a mulher?

— Não lhe tomei nada — Cézar defendeu-se, limpando o filete de sangue que escorria da boca. — E nunca tive inveja de você.

— Mentiroso! Porque você é meu irmão, paguei sua faculdade, investi em você, dei-lhe um emprego decente, e tudo isso para quê? Para você me apunhalar pelas costas?

— Tudo isso para atender os seus interesse. Você queria um escravo para satisfazer todos os seus desejos, e sua arma para obter isso foi a chantagem.

— Engano seu, Cézar. Você pode não acreditar, mas fiz o que fiz porque você é meu irmão. Bastardo, mas, ainda assim, irmão.

— Vai querer agora me convencer de que o fato de eu ser seu irmão tem alguma importância para você?

— É claro que tem.

— É claro que não tem. Se fosse assim, você jamais teria me chantageado para que eu fosse trabalhar para você. Nunca teria acusado meu pai por um desfalque que foi você quem deu.

— Um pouco tarde para isso, não acha? Mas eu ainda posso ferrar com a vida dele e, indiretamente, com a sua.

— Quer saber, Lafayete? Faça isso. Já estou cheio de você mandar em mim por causa de uma ameaça.

— Está ficando corajoso agora, é? Tudo isso para impressionar Jaqueline?

— Saia daqui! — exigiu Cézar. — Você está na minha casa.

— Casa que você comprou com o meu dinheiro.

— Casa que comprei com o dinheiro que você pagou pelo meu trabalho. Fui seu escravo por dez anos. Não acha que já chega?

— Vou acabar com a sua vida — ameaçou. — Vou fazer com que você não consiga emprego nem como balconista de botequim de subúrbio. Vou destruir você.

— Faça isso e vai complicar ainda mais a sua situação.

— Que situação? Refere-se àquela ridícula acusação de homicídio? Você devia saber tão bem quanto eu que isso não vai dar em nada.

— Não sente remorso por ter mandado matar sua mulher? A mãe de seus filhos?

— Não mandei matar ninguém.

— Não precisa mentir para mim, Lafayete. Conheço-o muito bem, sei que foi você. Por que não assume logo o que fez?

— E daí? — enraiveceu-se, após alguns segundos. — Mandei matá-la mesmo, já não aguentava mais aquela baranga choramingando atrás de mim, fantasiando-se de mulher sensual, pensando que podia me seduzir. Quase vomitava quando me obrigava a dormir com ela. Se ela tivesse se contentado em aparecer ao meu lado em público, estaria viva até hoje. Mas não. Ela queria mais. Queria a minha atenção, os meus carinhos, o meu sexo. Sofia teve o que mereceu. Só lamento não tê-la matado com minhas próprias mãos. Gostaria de ter visto a cara dela quando morreu.

— Acha que vai se safar dessa? Que a polícia federal vai desconsiderar sua confissão?

— Vai. Meu advogado está pronto para contestar essa prova. A polícia civil não tem competência para investigar um deputado federal. Logo, a prova obtida não tem valor contra mim.

— Isso é um absurdo! A escuta foi autorizada pela Justiça e não foi o seu aparelho que foi grampeado.

— Por tabela, foi. Ninguém pode usar a conversa de um deputado federal sem autorização do Supremo Tribunal Federal. Como isso não aconteceu, meu advogado vai dar um jeito de anular essa prova. Sem ela, eles não têm nada contra mim.

— Acha mesmo que isso vai colar?

— É claro que vai. A Justiça favorece os ricos e influentes.

— É o que você pensa. Sua prepotência, um dia, vai acabar.

— Veremos.

— Existem outras provas contra você.

— Que provas? O assassino morreu. Jonas está preso e não vai falar. Esse, sim, é leal a mim.

— Canalha. Saia daqui, Lafayete.

— Ou o quê? Vai chamar a polícia para me prender?

— Você está muito enganado se pensa que pode tudo.

— Enganado está você. Eu posso tudo. Vou embora porque quero, porque não tenho mais o que fazer nesse buraco. E não preciso nem dizer que você não trabalha mais para mim — finalizou, apontando para Jaqueline.

Saiu pisando firme, como um monarca reinando absoluto num reino de terror. Lafayete se mostrava cada vez mais autoritário, arrogante, maligno. Teve a coragem de contar, com todas as letras, que mandara mesmo matar Sofia, e sem nenhum remorso.

— Você está bem? — Jaqueline correu para Cézar, depois de trancar a porta.

— Estou. Acho que Lafayete enlouqueceu. A megalomania dele chegou a um ponto exorbitante. Ele pensa que é Deus.

— Ele não é Deus e podemos provar.

— Se ele pensa que a Justiça vai desconsiderar a gravação obtida do telefone de Jonas, creio que está enganado. Além do mais, tem o Fábio, que ouviu o assassino falar o nome dele.

— E temos isto.

Jaqueline mostrou a Cézar seu celular, ligando o gravador. A conversa que acabara de ter com Lafayete ressoou pela casa:

— *E daí? Mandei matá-la mesmo, já não aguentava mais aquela baranga choramingando atrás de mim, fantasiando-se de mulher sensual, pensando que podia me seduzir. Quase vomitava quando me obrigava a dormir com ela. Se ela tivesse se contentado em aparecer ao meu lado em público, estaria viva até hoje. Mas não. Ela queria mais. Queria a minha atenção, os meus carinhos, o meu sexo. Sofia teve o que mereceu. Só lamento não tê-la matado com minhas próprias mãos. Gostaria de ter visto a cara dela quando morreu.*

Desligou, fitando Cézar com ar de vitória.

— Você gravou tudo? — surpreendeu-se.

— Quase tudo. Ao menos, a parte que mais interessa, que é a confissão dele. Quero ver se agora a prova não vai ser válida.

— Lafayete vai dar um ataque. É a segunda vez que gravam a conversa dele.

— O valor dessa prova é inquestionável, não é?

— Depende. Normalmente, os tribunais aceitam gravação feita pelo próprio interlocutor.

— Ótimo! Peguei o primeiro celular que apareceu na minha frente, que, por sorte, era o seu.

— Você é demais! Com tantas provas contra o doutor, duvido que ele não seja formalmente acusado.

— Tomara.

Ela olhou para ele, novamente sentindo o desejo aflorar em sua pele. Não se conformava de não poder estar com ele. Devia esquecê-lo, mas não conseguia. Fitando-o assim, a boca ferida, o cabelo desalinhado, as mãos machucadas, ela quase não resistiu. Bem lentamente, tocou seus lábios, limpando o filete de sangue com seus próprios dedos. Ele parecia tão frágil!

O silêncio era absoluto, mas não era um silêncio constrangedor nem tormentoso. Era aquele silêncio no qual nada é preciso dizer. Estimulada pela debilidade do corpo de Cézar, Jaqueline, mais uma vez, não resistiu. Sabia que ele a rejeitaria outra vez, mas tinha que tentar. Era mais forte do que ela. Sem conseguir conter a respiração ofegante, ela aproximou o rosto do dele, chegando tão próximo que seus hálitos se misturaram.

Seus lábios roçaram levemente, causando espanto em Cézar, que recuou assustado. Apesar da iminente rejeição, ela insistiu. Os sinais que vinham do corpo dele pareciam contraditórios, confusos, mas ela não se deixou abater. Moveu o corpo para a frente, seguindo o dele que recuava, até que seus lábios se encontraram novamente.

Mas o beijo não aconteceu. De maneira abrupta, a porta se abriu e Maurício entrou, gritando assustado ao ver a reviravolta que acontecera no apartamento de Cézar. Jaqueline apertou os olhos, transtornada, pensando em prosseguir e beijá-lo mesmo assim. Mas o momento passou, veloz como uma bala. Cézar afastou o rosto dela e, com um sorriso maroto, levantou-se para acalmar o menino. O encanto se havia desfeito.

CAPÍTULO 62

O delegado Estêvão enviou as peças do inquérito para a polícia federal, que tratou logo de encaminhá-las ao Supremo Tribunal Federal. Diante das inúmeras evidências, a mais alta Corte do país determinou a abertura de inquérito na polícia federal, dando-se início às investigações oficiais.

A primeira testemunha ouvida foi Fábio, que repetiu a declaração que dera na civil. Jaqueline também foi chamada a depor, mas não pôde esclarecer muita coisa. Junto aos autos do inquérito, as transcrições das duas gravações, uma obtida pela polícia, outra, pelo assessor do deputado. Encerrado o inquérito, o Supremo Tribunal Federal aceitou a denúncia feita pelo Procurador-geral da República, dando-se início à ação penal.

Por mais que o advogado de Lafayete tentasse, não conseguiu desqualificar as gravações oferecidas como prova. A princípio, pairou dúvidas sobre a possibilidade de usar-se contra o deputado aquela obtida pela polícia civil, já que o deputado não era alvo das investigações e a revelação da conversa violaria sua intimidade. No entanto, ao escutar a reprodução da conversa havida entre Lafayete e seu assessor, os ministros foram unânimes em aceitá-la como prova mais do que suficiente para comprovar a participação de Lafayete como mandante do crime.

Na casa de Cézar, o clima era de alívio. Parecia que, finalmente, as coisas entravam nos eixos. Enquanto Cézar e Jaqueline recebiam Fábio para uma visita, Rosemary e Sofia decidiam o que fazer dali em diante.

— Você está feliz agora, não está? — indagou Rosemary.

Sofia olhou para ela. Havia angústia em seu olhar. Ouvir o que o marido dissera sobre ela fora muito duro.

— Ele precisa pagar pelo que fez — comentou. — Todo mundo tem que assumir os seus erros.

— A história dele terminou. E a sua?

— Não terminou. Ainda há um longo trajeto até o julgamento e uma possível condenação. Mas já estou satisfeita. Não cabe a mim decidir o final dessa história.

— O que vai fazer?

— Vou embora. Vou me recolher a algum canto, rezar e esperar que alguém venha me buscar.

— Acha que é assim que as coisas acontecem?

— Creio que sim. É assim que li nos livros. Sempre devemos rezar.

— Bom para você. Faça isso.

— E você, Rosemary? Não vai embora também?

— Não sei. Acho que não.

— Dimas está preso e, pelo visto, vai ficar um bom tempo na cadeia. Por que não vem rezar comigo? Alguém pode vir buscá-la também.

— Não sei se é isso que quero.

— Não está mais pensando em perturbar Jaqueline, está?

— Não.

— Você sabe que foi graças a você que Cézar decidiu ir atrás dela, não sabe?

— Talvez sim, talvez não. Não tem importância. O que importa é que Jaqueline foi salva.

— Graças a você, insisto em dizer.

— Tudo bem, se é nisso que quer acreditar.

— O que a fez mudar de ideia?

— Não sei... Acho que, de tanto ouvir você falar, senti que deveria intervir. Afinal, sou a mãe de Jaqueline...

— Não sente mais raiva dela?

— O mais estranho é que não. De repente, tudo pareceu sem sentido.

— E é. Vingança não leva a nada.

— Pode ser, mas ainda tenho muito no que pensar. E agora, vá; não se preocupe comigo. Siga o seu caminho. Seja feliz.

— Não quero deixá-la. Venha comigo, Rosemary, por favor.

— Não posso. Acho que ainda não estou pronta para deixar Dimas.

— Ele está preso!

— Eu sei. Também estou presa a ele e a Jaqueline.

— Você disse que não vai mais atrás de Jaqueline.

— Não vou. Mas existe um magnetismo que não permite que me desligue dela.

— Bem, você é quem sabe.

— Vá. Não se preocupe comigo. Ficarei bem.

Rosemary sabia que era hora de Sofia partir, mas estava em dúvida sobre o que ela deveria fazer. Um vazio imenso preencheu seu corpo fluídico, transformando a vida em uma aventura inútil e sem sentido. Ao menos Sofia conseguira o que queria. Quanto a ela, tinha ainda um longo caminho a percorrer antes de se sentir forte o suficiente para se libertar.

O noticiário do canal a cabo relatava, em minúcias, todo o caso do deputado Igor Lafayete. Jaqueline assistia com os olhos pregados na tela, mal acreditando que o doutor, finalmente, teria o que merecia. A seu lado, Cézar comentava os acontecimentos com Fábio que, como os outros dois, torcia para ver Lafayete atrás das grades.

— Finalmente! — desabafou Fábio. — Não vejo a hora de a justiça ser feita.

— Tenha calma, amigo — considerou Cézar. — Esse caso mal começou.

— Não é possível que ele se safe desta. Não depois de tudo o que ele fez.

— Você amava Sofia, não é mesmo? — perguntou Cézar. — Dava para perceber só no seu olhar.

— Não posso mentir, embora sempre soubesse que era um amor impossível. Sofia jamais teria olhado para mim, um simples segurança.

— Você não é um simples segurança — Sofia soprou ao ouvido dele, após aproximar-se para ouvir a conversa. — Era o meu melhor amigo.

Mesmo não sabendo definir, Fábio sentiu a presença dela, arrepiando-se até a raiz dos cabelos.

— Você devia estar feliz com o que fez — disse Jaqueline. — Não fosse o seu desenho, nada teria sido descoberto.

— É verdade — concordou Cézar. — Foi graças a ele que a polícia chegou até Tião, dele a Jonas e deste, finalmente, a Lafayete.

— Sem contar o que você ouviu. O cara foi muito burro em falar o nome do deputado.

— Ele pensou que eu também estava morto — considerou Fábio.

— Azar o dele — acrescentou Cézar. — Teve o que mereceu.

— Não fale assim — protestou Jaqueline. — Ninguém merece morrer daquele jeito. Ele devia era ter sido preso.

Silenciaram, voltando a atenção ao noticiário, que agora informava sobre a descoberta de corrupção numa prefeitura do interior.

— Isso não vai acabar nunca? — indignou-se Jaqueline.

— Um dia vai acabar — falou Sofia, mas ninguém a ouviu.

— Graças a pessoas como vocês, tem que acabar.

— Será que Sofia está bem? — questionou Fábio, subitamente.

— Como assim? — tornou Cézar. — Ela morreu.

— Não acredita em vida após a morte?

— Eu acredito — respondeu Jaqueline, antes que Cézar pudesse responder.

— Ela tem razão — concordou Sofia. — Eu estou viva e sou muito grata a vocês três, principalmente a você, Fábio.

Novo silêncio, em que Fábio pensava em Sofia. Parecia mesmo que ela andava por ali.

— Estou aqui, meu querido — informou ela, passando a mão sobre os cabelos dele. — Mas não posso ficar. Tenho que partir. Não chore por mim. Um dia, todos tornaremos a nos encontrar. Só não tenham pressa.

Ela beijou um a um, que perceberam sua proximidade à sua maneira. A sensação mais intensa foi a de Fábio. Subitamente, uma indescritível falta de Sofia levou lágrimas a seus olhos, que ele enxugou rapidamente. Aproveitando-se do intervalo, Fábio resolveu sair. Queria curtir sozinho a sua saudade.

— Não se esqueça de nós — pediu Cézar. — Vamos manter contato.

— Com certeza.

Despediram-se, como novos amigos que haviam se tornado. Depois que Cézar fechou a porta, Jaqueline comentou:

— Coitado do Fábio. Era apaixonado por dona Sofia e ela nunca soube.

— Ela sabia. E acho que Lafayete também. Só que ele nunca se importou.

— Lafayete é um canalha. Parece até mentira que a justiça será feita.

— Não se precipite — aconselhou Cézar. — Ainda falta muito para o julgamento, e muita coisa pode acontecer.

— Será que ele ainda pode se safar?

— Nunca se sabe.

— Acho tudo isso muito interessante. Quero dizer, essa coisa toda de justiça, de leis, de provas.

— Acha mesmo? Já pensou em estudar Direito?

— Eu? Imagine. Quem sou eu?

— Você é uma pessoa como todas as outras. Não concluiu o ensino médio?

— Concluí.

— Pois então, que tal fazer uma faculdade? Podemos abrir um escritório juntos.

— Está falando sério?

— Muito sério. Você é jovem, inteligente, íntegra. Daria uma excelente advogada.

— Sabe que você tem razão? Nunca havia pensado nisso, mas até que não é má ideia. Vou trabalhar de dia e estudar à noite. Só vou ter que esquecer o curso de inglês.

— Tenho uma ideia melhor. Você se casa comigo, estuda de dia e dorme comigo à noite. O que acha?

Ela o encarou com mágoa e tornou sentida:

— Você não devia brincar com meus sentimentos.

— Não estou brincando.

— Que raio de proposta é essa? — explodiu. — Isso é caridade?

— Não. Eu a amo. Quero me casar com você.

— Essa é boa. Quer dizer que agora você deixou de ser gay?

— Eu nunca disse que era gay.

Foi como um choque elétrico percorrendo seu corpo. Ela olhou para ele em dúvida, querendo, mas com medo de acreditar.

— Está brincando comigo?

— Já disse que não.

— Você não é gay?

— Não.

— Mas eu pensei... Você disse que não gostava de mulher... Cézar, como pode?

— Você pensou errado. E eu nunca disse que não gostava de mulher. Disse que não gostava de você como mulher. E antes que você pergunte, eu menti.

— Como assim, mentiu? Quer me explicar isso direito? Se for o que estou pensando, juro que lhe dou uma surra.

— Pois então, pode começar a me bater. A verdade, Jaqueline, é que eu não podia me aproximar de você. Lafayete proibiu. Acho que percebeu alguma coisa entre nós.

— Alguma coisa entre nós? — repetiu, entre irritada e incré-dula. — Você só fez me rejeitar! O que poderia haver entre nós?

— Amor. Amo você desde a primeira vez que a vi.

— Está falando sério?

Em lugar de uma resposta, Cézar provou o que dizia com um longo beijo apaixonado. Ela correspondeu, porque não podia evitar amá-lo tanto quanto o amava, mas não deixou escapar a promessa de lhe dar uma surra. Quando ele afastou os lábios dos dela, Jaqueline iniciou uma sucessão de tapinhas em seu peito e seu ombro, batendo nele com a mão espalmada, mais se assemelhando a carícias do que a tapas irados. Ele riu gostosamente, apanhou as mãos dela e as beijou.

— Seríssimo.

Ela não conseguiu evitar as gargalhadas. Não achava nada engraçado. Ria mesmo era de alegria. Todos os seus sonhos se resumiam àquele momento único que vivia ao lado de Cézar. Não queria morrer mas, se fosse inevitável, morreria feliz só por poder estar ao lado dele, desfrutando daquele amor verdadeiro.

— Ah, Cézar, você não sabe o quanto sonhei com isso.

— Eu também sonhei, com a diferença de que você podia expressar seus sentimentos; eu, não. Fui obrigado a guardar tudo para mim para protegê-la.

— Por que demorou tanto para se declarar? Se você soubesse as noites que passei em claro, só imaginando você no quarto ao lado, sozinho naquela cama fria.

— Minha cama não é fria — gracejou. — Mas é claro que ficaria muito mais quente com você ao meu lado.

— Você não respondeu a minha pergunta. Por que só agora me diz isso?

— Não sei. Acho que não me senti à vontade. Depois de todas as vezes em que a rejeitei, quando minha vontade era abraçá-la, achei que não tinha mais esse direito.

— Você é mesmo um idiota. Eu aqui, sofrendo por achar que estava apaixonada por um gay, e você me enrolando esse tempo todo.

— Eu não estava enrolando você. Queria apenas tomar coragem e esperar o melhor momento.

— E o melhor momento é agora.

— Agora e sempre.

Beijou-a novamente, dessa vez com mais volúpia. Deitou-a gentilmente no sofá, amando-a com uma delicadeza que ela nunca imaginou existir em um homem. Só o que conhecera deles, até então, fora a brutalidade de suas exigências. Eles a usavam como se ela fosse uma coisa sem sentimentos nem vontade. Pela primeira vez, sentiu prazer.

— Como eu amo você, Cézar! Sempre amei. Sofri muito, achando que você não me queria.

— Perdoe-me, Jaqueline. Foi difícil para mim também. Mas entenda que eu só queria proteger você da violência de Lafayete. Ele jamais permitiria que você o deixasse para ficar comigo.

— Não tenho do que perdoar você. Já passou. Entendo o que você fez por mim e imagino o quanto deve ter sido difícil para você também.

— Eu a amo. Vamos nos casar o mais breve que pudermos. Quero você sempre ao meu lado. Você e Maurício.

— Por falar em Maurício, é bom nos recompormos. Ele já deve estar voltando da piscina.

Efetivamente, Maurício chegou pouco depois. A primeira coisa que notou quando entrou foi o clima de romantismo que tornava o rosto de Jaqueline muito mais iluminado.

— Tudo bem com vocês? — perguntou ele.

— Tudo — responderam em uníssono.

— Vocês estão esquisitos — observou ele, tentando ler as feições dos dois. — Vão me contar o que é ou vou ter que adivinhar? Mas vou logo avisando: Não sou bom em adivinhações.

— Venha cá, meu amor — chamou Jaqueline, abrindo os braços para recebê-lo. — Cézar tem uma novidade para você.

— Estou todo molhado.

— Não faz mal.

Ele olhou para Cézar, ansioso pela tal novidade.

— Espero que seja coisa boa — aventou.

— Acho que você vai gostar — afirmou Jaqueline.

— Anda logo, gente! Estou morrendo de curiosidade.

— Sua irmã e eu vamos nos casar — anunciou Cézar, sem maiores rodeios.

— O quê? — duvidou. — Mas você não é gay?

Cézar fitou Jaqueline com ar divertido e ambos caíram na gargalhada. Jaqueline pensou que nunca sentiria tanta felicidade na vida. A vida simples, ao lado do homem que amava, cuidando de Maurício era tudo com que sempre sonhara.

Ela sentou Maurício em seu colo, apanhou o controle remoto e mudou o canal da televisão.

— Ei! — Cézar reclamou. — O jornal ainda não acabou.

— Mas nós já acabamos — observou Jaqueline. — Não quero mais perder o meu tempo com Lafayete.

Vendo que ela acionava o controle repetidas vezes, mudando de canal seguidamente, Maurício perguntou:

— O que está procurando, mana? Algum filme legal?

— Não é um filme, mas é muito legal — ela continuou trocando os canais, até que achou o que procurava. — Sabia que estava aqui.

— O que é isso? — Cézar questionou, sem entender.

— Um programa só de noivas. Vou escolher o meu vestido.

Dessa vez, até Maurício riu. Também ele começava a descobrir o que era felicidade. Ao lado de Cézar e Maurício, Jaqueline pensou que nada mais poderia dar errado em sua vida. Todos os seus desejos estavam reunidos ali: Uma vida decente, digna, repleta de carinho e amor. Essa era a única felicidade pela qual valia a pena lutar.

CAPÍTULO 63

Ninguém queria saber dele. Ao menos, era isso que Lafayete sentia com relação aos seus amigos. Que amigos? Depois do inquérito, todos que o bajulavam pareciam querer evitá-lo. Até sua secretária em Brasília pedira demissão. Só podia contar com Jonas. Conseguira libertá-lo pagando uma fiança astronômica, mas valeu a pena. Jonas era o único que se mantinha leal a ele e agora também o servia em casa, como um mordomo fiel.

Os pensamentos se embaralhavam sob o efeito do álcool. Diante de Lafayete, uma garrafa de uísque lhe servia de consolo. Na verdade, era a segunda. Bebera a primeira quase sem sentir, assim como pretendia beber a segunda e a terceira se necessário fosse.

Todos os canais de TV noticiavam seu infortúnio. Para onde quer que se voltasse, havia alguém apontando para ele. Não podia nem ver televisão em paz. A todo instante, vinha um telejornal tupiniquim para denegrir sua imagem com sensacionalismo barato.

Mas ele ainda era um deputado, e as pessoas deviam tratá-lo com mais respeito. Seu advogado lhe garantira que ele não seria condenado, porém, ele não já tinha tanta certeza. Dissera também que o inquérito morreria ali, e agora, a polícia federal tinha autorização para investigar o caso. Todas as provas, sobretudo as gravações e o depoimento de Fábio, pesavam muito contra ele.

Àquela hora, Jaqueline e Cézar deviam estar juntos, divertindo-se à custa de sua desgraça. E se Sofia estivesse viva, estaria se divertindo também. A lembrança de Sofia, subitamente, dominou seus pensamentos. Com a mulher morta e ele preso, quem cuidaria de seus filhos? Pela primeira vez, pensou nos filhos, morando em Londres, envenenados por notícias divulgadas por pessoas à toa, que adoram explorar escândalos. Os dois telefonaram mais cedo, mas ele lhes dissera que não tinham com o que se preocupar, pois tudo não passava de mentiras inventadas pela oposição. Os filhos acreditavam nele. Queriam voltar para casa, contudo, ainda não era o momento.

A fisionomia de Cézar atravessou seus olhos enevoados. Ele deu um longo gole no uísque, para afastar a imagem do irmão. Cézar seria a primeira pessoa em quem pensaria para cuidar de suas crianças. Mas isso fora antes de ele traí-lo. Agora, só podia contar com os parentes de Sofia. A mãe dela, talvez.

Seu único irmão tornara-se seu inimigo. Se ele quisesse, podia acabar com a vida dele e do papaizinho dele, mas não valia a pena. Na verdade, Lafayete tinha medo. As provas que possuía contra o pai de Cézar foram todas forjadas por ele. Depois daquela acusação de homicídio, talvez a polícia não desse crédito a elas e acreditasse na palavra de Cézar. Não podia se arriscar a ver seu nome envolvido em mais um escândalo.

Mais um pensamento tenebroso, mais um gole de uísque. Bebera tanto que já não mais concatenava as ideias. Por que será que Sofia não saía de seus pensamentos? Talvez ele estivesse experimentando o início do remorso. Não podia se deixar levar pela tentação da culpa. A única culpada pela morte da mulher era ela mesma. Se não houvesse sido tão insistente, podia ser que ainda estivesse viva. Com essa ideia, bebeu de novo.

— Quer dizer que você manda me matar e a culpa ainda é minha? — perguntou Sofia, que acompanhava todos os seus pensamentos.

Ele não ouviu a voz do espírito. Apenas na lembrança é que a escutava, pensando que a imagem dela não era mais do que uma espécie de alucinação provocada pelo excesso de álcool.

— Vá embora, Sofia — gaguejou, a voz engrolada, balançando a cabeça para afastar seus fantasmas. — Você está morta.

— Não se arrepende do que fez? — ela perguntou dentro de sua cabeça.

— Não sei se me arrependo do que fiz — ele respondeu mentalmente, sem saber que respondia às indagações do espírito. — Queria me livrar de você e foi o que fiz.

— Você podia ter se divorciado.

— Divórcio estava fora de questão. E minha reputação, onde ia ficar?

— Onde está sua reputação agora? Um deputado assassino... e bêbado. Não sei se isso é o que se pode chamar de reputação ilibada, que é o que todo político deveria ter.

— Saia da minha cabeça, Sofia! — exclamou ele, aturdido. — Não quero mais pensar em você.

— Sou eu que não quero mais pensar em você, Igor — rebateu ela. — Quero seguir o meu caminho, livre de você. Vim aqui apenas para me despedir.

Ele não respondeu. Pensava estar enlouquecendo. Não acreditava em espíritos nem em Deus. Só acreditava no poder.

— Vá embora de uma vez! — gritou, agitando os punhos para o ar. — Deixe-me em paz! Suma daqui! Desapareça!

Tomado pela fúria, atirou o copo de uísque na parede. O som de vidro se quebrando chamou a atenção de Jonas. O mais calmamente que pôde, ele bateu à porta do gabinete. Como não ouviu resposta, entreabriu-a apenas o suficiente para espiar lá dentro. Lafayete falava sozinho, tentando espantar seus demônios.

— Está tudo bem, doutor? — perguntou Jonas, preocupado.

Lafayete levou um susto. Por alguns minutos, permaneceu encarando o motorista, como se tentasse se lembrar de onde é que o conhecia. Quando o rosto dele se tornou familiar, o deputado se tranquilizou, respondendo com apatia:

— Está, Jonas, obrigado. Deixe-me a sós e não me interrompa. Preciso pensar.

Era óbvio que não estava nada bem. A sala cheirava a álcool, e as faces rubras do deputado revelavam o quanto ele havia bebido. Jonas teve vontade de ficar ao lado dele, mas Lafayete tratou de despachá-lo rapidamente. Não queria sua ajuda nem precisava dela.

— Isso vai passar — Jonas tentou confortar. — O senhor vai ser inocentado, e o povo logo esquece. Nas próximas eleições, o senhor vai se eleger senador.

Ante o silêncio de Lafayete, Jonas não insistiu. Fechou a porta com cuidado, retomando seus afazeres.

— Viu só, Sofia? — ele continuou seu aparente monólogo. — Jonas acredita em mim. Você também devia ter acreditado. Perdeu a chance de se tornar mulher de um senador. Não, na verdade, quem perdeu essa chance foi Jaqueline. Eu a amava, sabia?

— Você não ama ninguém — rebateu Sofia. — Só o que ama é o poder.

— A cadela... — rugiu, entredentes, entornando a bebida na boca diretamente da garrafa. — Aposto como agora está na cama de Cézar.

— Esqueça Jaqueline, Igor. Ela é uma boa moça e merece um bom homem feito Cézar.

— Traidores...

As palavras de Lafayete reverberaram na inquietude de sua consciência. Por mais que ele dissesse não ter arrependimentos, sua alma se ressentia da atitude insana. Matar Sofia fora um ato de desespero que desencadeara sua loucura.

Precisava parar de pensar em Sofia. Muitos outros o haviam prejudicado: Cézar, Jaqueline, Fábio... Maldito segurança!

Quem poderia imaginar que o tiro de Tião falharia em matá-lo e que ele o reconheceria a ponto de fazer um desenho de próprio punho? Tião fora de uma estupidez inigualável. Falar seu nome sobre o cadáver de Sofia fora a maior burrice que ele poderia cometer. Lafayete tinha certeza de que fora o depoimento de Fábio que lançara suspeitas sobre ele. E o delegado, muito esperto, fingiu que ele nada dissera até que conseguisse pôr as mãos em Tião e Jonas. Não fosse isso, ele sairia impune e todos estariam vivos e bem.

— Eles devem estar se regozijando com a minha desgraça — falou em voz alta. — Mas não vou dar a ninguém o gostinho de me ver cair. Pretendo sair dessa com dignidade.

Lentamente, ele abriu a gaveta da mesa, dela retirando um revólver calibre .38. Mesmo zonzo, conseguiu alisar seu cano longo e prateado, experimentou o gatilho, fez pontaria no busto de Getúlio Vargas que repousava sobre o aparador. E deitou o revólver sobre um livro aberto na mesa, que contava a história do presidente que se matara em agosto de 1954.

— Não faça nenhuma besteira — aconselhou Sofia. — Aceite a responsabilidade pelo que você fez e enfrente as consequências. Matar-se não vai aliviar o peso da sua consciência.

Lafayete não a escutou. Fitando o busto do presidente, chorou. Não era esse o final que queria para sua vida. Queria ser poderoso, influente, destemido. Um homem que todos temessem e respeitassem. Tudo o que fizera fora em nome da política. E agora, seus inimigos triunfavam. O escândalo maculava sua reputação; a vergonha era um mancha em seu nome que talvez nunca mais se apagasse. Os demais parlamentares deviam estar realizados com a sua derrota. Poucos o apoiariam naquele momento. Achava mesmo que ninguém o faria.

Não. Igor Lafayete, deputado federal eleito pelo povo do estado do Rio de Janeiro não podia se deixar vencer. Deixaria a política sim, mas o faria com honra. A honra dos que não têm mais nada a perder.

Com mãos trêmulas, apanhou o revólver. Durante muitos minutos, permaneceu a olhá-lo, como se ele pudesse convencê-lo a não fazer aquilo. Não podia. A arma se grudava em sua mão como se fosse um prolongamento de seu braço. Não podia lutar contra uma parte de seu corpo. Se o cérebro dava uma ordem, todo o resto tinha que obedecer. Estava decidido.

— Não faça isso, Igor! — Sofia gritou a seu lado.

Ele não a ouviu. Tentou conter a hesitação pensando em Getúlio Vargas. Avidamente, esvaziou o conteúdo da garrafa, para dar coragem e sorte. Com a imagem do ex-presidente viva em sua memória, ergueu o cano do revólver, encostando-o em sua têmpora. Permaneceu assim por mais alguns segundos, sentindo as lágrimas limparem seu rosto. Quando, enfim, achou que já havia esperado o bastante, ergueu a cabeça e estufou o peito. A exemplo de um general que encara com altivez o pelotão de fuzilamento, Lafayete abriu a boca e repetiu, com orgulho, as palavras de Getúlio Vargas:

— Saio da vida para entrar na História.

E atirou. Sofia deu um pulo e viu, horrorizada, o sangue escapar da testa do marido. Sombras desfiguradas se acercaram de seu corpo, esticando os dedos descarnados para tocar a energia vital que, num jorro incontrolável, se esvaía. Ela quis ajudá-lo, mas não viu como. Os vultos malignos a encararam com ar ameaçador, fazendo-a recuar. Paralisada, ela viu o corpo fluídico de Lafayete ser expulso do físico, acompanhando, com horror, os seres que se atiravam sobre ele. Ao longe, uma luzinha ínfima reluzia, mas Lafayete não a viu. Apenas Sofia foi capaz de discerni-la. Assustada, caminhou em direção a ela. Quis chamar o marido, mas ele não podia vê-la nem ouvi-la. Ligara-se aos espíritos das sombras e foi com eles que partiu.

Lafayete saía da vida para entrar num mundo de trevas que nunca pensara fazer parte da sua história.

CAPÍTULO 64

Toda a família de Celso estava presente no jantar marcado por ele. Um clima hostil percorria o ambiente, conduzido pelos olhares de acusação que uns lançavam aos outros. Eva, principalmente, deixava entornar do peito ondas e mais ondas de raiva e indignação. Desde que Celso lhe dissera aquelas barbaridades que não falava com ele, limitando seus diálogos a *sim* e *não* diante das perguntas inevitáveis que envolviam a rotina diária.

Tobias também compareceu, apesar de se sentir um estranho. Durante muito tempo, pensou se deveria ou não aceitar o convite do amigo. Mas ele dissera que era importante, que a conversa serviria para pôr um ponto final naquela sucessão de mal-entendidos e segredos do passado.

Tobias não falava com Denise há muito tempo. Mandara-lhe flores, implorando perdão, e só o que recebera em troca fora um telefonema de agradecimento. Denise o perdoara, mas havia ainda algumas questões a resolver até que tomasse uma decisão sobre o futuro de ambos. Tobias sabia que a decisão só podia estar relacionada à paixão de Eva por ele.

Foi a própria Denise quem atendeu a porta quando a campainha tocou pela última vez. Tobias mal conseguiu conter a emoção ao vê-la, mais linda do que se lembrava.

— Você está muito bem — elogiou ele. — Está totalmente recuperada?

— Estou. E você, como está?

— Podia estar melhor, se você tivesse aceitado me ver.

— Eu não podia — ela confidenciou. — E você sabe por quê.

— Sei que a magoei, mas você não pode duvidar de que a amo.

— Eu não duvido. Mas existe outra pessoa que o ama.

— Está falando de sua mãe?

— Tem mais alguém?

— Isso foi coisa do passado, uma inconsequência da juventude. Eva não gosta mais de mim.

— Será?

— Já experimentou perguntar a ela?

— Não tenho coragem. Acho que tenho mais medo da resposta do que de constrangê-la.

— Pois devia perguntar. E mesmo que ela diga que sim, ela não tem o direito de estragar a sua felicidade. É a você que eu amo, não a ela.

— Ela é minha mãe — finalizou, um tanto quanto irritada.

Tobias seguiu-a até a outra sala, onde o resto da família se encontrava reunida. Cumprimentou a todos, evitando o olhar acusador de Eva.

— Tobias, meu amigo — Celso apertou-lhe a mão. — Que bom que aceitou meu convite.

— Espero que eu não me arrependa.

— Você não vai se arrepender. Prometo.

Todos mantinham os olhos grudados em Celso. O último a se acomodar foi Tobias, que se sentou ao lado de Juliano que, além de Celso, parecia o único com olhar amistoso.

— Como vai, Tobias? — cumprimentou ele, tentando ser gentil.

— Vou bem.

— Podemos começar? — pediu Celso, acomodando-se em uma poltrona de onde podia ver o rosto de todos.

— É com você, pai — falou Denise. — A festa é sua.

— Muito bem — ele pigarreou, inspirou fundo e prosseguiu: — O que vou dizer não é fácil para mim, mas se tornou impossível guardar mais segredos. São revelações que atingem a todos nós e a Tobias também...

— É claro. Afinal, ele também é parte da família — ironizou Eva, sem conseguir se conter. — É pai de uma das minha filhas.

— O pai das suas filhas sou eu — rebateu Celso, com calma. — De todas as três.

— Por favor, mamãe, sem provocação — suplicou Denise.

— Como eu ia dizendo, muitas revelações foram sendo feitas aos poucos, desvendando um passado obscuro que eu fiz de tudo para esconder. Mas a vida não compactua com a mentira nem permite que as coisas permaneçam ocultas para sempre. Como tinha que acontecer um dia, a verdade veio à tona, trazendo choque, decepção e arrependimento — fez uma pausa, tomando coragem, e continuou: — Acho que todo mundo já conhece as circunstâncias do nascimento de Alícia e de sua gêmea, Bruna, que morreu numa cirurgia de separação de xifópagos.

— Podemos pular essa parte — sugeriu Alícia. — Não é preciso relembrar momentos tristes que já são do conhecimento de todos.

— Mais ou menos — acrescentou Celso. — Não pretendo contar a história toda novamente. Atribuo somente a mim a responsabilidade por tudo o que aconteceu. Quando descobri que Eva era apaixonada por Tobias, resolvi pedir a ele que me cedesse o seu sêmen, pois só assim conseguiria esconder do mundo que o maior geneticista da atualidade era infértil. Tobias relutou em aceitar, mas eu insisti — nova pausa para inspirar profundamente, como se, junto com o ar, entrasse também a coragem. — Essa é apenas mais uma das minhas culpas, Tobias. Eu sempre soube que você e Eva não haviam dormido juntos. Fingi que não acreditei em você para forçá-lo a aceitar minha proposta. Sabia que, por medo de que eu me afastasse, você acabaria cedendo, como cedeu.

— Você sabia? — indignou-se Tobias.

— Sabia. Eu menti para você.

Os olhares, dessa vez, se voltaram para Tobias. Ele permanecia sereno, indecifrável. Por dentro, as emoções se atropelavam, mas havia uma, em especial, que não conseguia dominá-lo. Tobias não sentia raiva.

— Continue, Celso, por favor — pediu ele.

Celso respirou fundo novamente, tossiu algumas vezes e prosseguiu:

— Como todos sabem, a fertilização *in vitro* consiste na retirada dos óvulos do corpo da mulher para fertilizá-los, em laboratório, com o sêmen do homem e transferir os embriões daí resultantes para o útero. A ovulação é induzida, e os óvulos são coletados no dia programado. Para que isso ocorra, alguns medicamentos são utilizados, a maioria deles, de origem natural. Talvez essa medicação tenha provocado a gravidez de gêmeas e facilitado a formação de xifópagas. Normalmente, o embrião se divide entre o nono e o décimo segundo dia de gestação, sendo que, no caso dos gêmeos siameses, isso só acontece após o décimo terceiro dia. Nessa hipótese, a divisão tardia leva à formação conjunta de algumas partes do corpo, que passam a ser divididas por duas pessoas — ele parecia perturbado, mas conseguiu continuar: — Essa é uma condição particular extremamente rara. Até o século XXI, estimava-se que um em cada cem mil nascimentos seriam de xifópagos. Hoje, essa percentagem caiu para um caso em quinhentos milhões. Mais do que raras, são anomalias praticamente erradicadas da condição humana.

— Eu devo me sentir privilegiada por ter sido um caso raro na natureza e na medicina atual? — desdenhou Alícia.

— Não faça isso, meu amor — censurou Juliano, baixinho ao ouvido da mulher. — Não vê que seu pai está arrasado? Por favor, Celso, não pare.

— Obrigado, Juliano. Espiritualmente falando, sabemos que gêmeos são pessoas ligadas por extremo amor ou extremo ódio. Xifópagos, é claro, não se ligam por amor, já que o amor não causa sofrimento. Trata-se de uma forma de reconciliação de duas pessoas unidas pelo ódio há muitas encarnações. Se essa união atravessa os séculos unindo duas criaturas por um ódio descomunal, como pode a sabedoria divina estimulá-las a converter toda essa energia em amor? O ódio é uma energia poderosa, assim como a do amor também o é. O que fazer para ir de um extremo a outro quando todas as oportunidades de reconciliação voluntária falharam?

— Nascendo xifópagos — respondeu Denise. — Essa é uma forma cruel de reconciliação.

— Não deixa de ser. Mas lembre-se de que tanto a crueldade quanto a generosidade encontram-se dentro do coração humano. É a própria consciência do homem que o leva a optar por caminhos tão dolorosos de crescimento. Se Deus pudesse falar, nos diria que todos os nossos erros estariam superados se passássemos a nos conduzir pelo amor. Mesmo assim, Ele nos fala, na medida em que coloca bons espíritos para nos ajudar e nos fez dotados de inteligência, bom-senso e mediunidade, condição que nos torna capazes de perceber o mundo invisível, sobretudo, pela intuição. O ser humano só falha porque quer e só sofre porque acha que não merece não sofrer.

— Quem o ouve falar desse jeito não imagina que você foi capaz de tantas atrocidades — rebateu Eva, não sem uma certa raiva. — Nem sei como você conquistou o direito de reencarnar na Terra. Devia ter seguido com a horda de criminosos para o novo planeta de expiação.

— Não devemos julgar, mamãe — censurou Denise. — Se papai permaneceu aqui, é porque as coisas boas que possui superam suas falhas. O mundo se modificou, mas ainda não existe quem seja perfeito.

— Compreendo sua reação, Eva, e não a culpo — considerou Celso. — Sei que errei muito, mas estou tentando fazer o que é certo agora. Será que você pode me dar essa oportunidade?

— Antes tarde do que nunca, não é?

— Antes a tempo de obter o perdão de todos vocês hoje, do que esperar por uma outra vida.

— Papai está certo — concordou Alícia. — Viemos aqui para ouvir tudo o que ele tem a dizer. Vamos ouvir.

Celso agradeceu com o olhar.

— Agora vem a pior parte, a mais difícil para mim.

Ele engoliu em seco. Tentou falar, mas a voz não saiu. Juliano ofereceu-lhe um copo d'água, consciente da dificuldade que ele deveria estar atravessando para se expor daquela maneira.

— Força, Celso — sussurrou ao ouvido do sogro. — Você é um homem de muita coragem.

As palavras do genro o acalmaram. Ele sorveu a água aos pouquinhos, tentando ganhar tempo para sua coragem. Em seguida, estalou a língua, encarou um a um e prosseguiu:

— Mesmo contra a vontade de Eva, fiz com que Tobias acompanhasse toda sua gestação. Eu não podia confiar em mais ninguém. Quando as meninas nasceram, e vimos que a cirurgia era necessária... — calou-se, o pranto consumindo-o de emoção.

— Papai, você está bem? — indagou Alícia, preocupada.

— Eu estou bem. Vocês não imaginam como é difícil confessar o que fiz.

— Você não fez nada — Tobias saiu de seu mutismo. — Fui eu...

— Não adianta, Tobias, não posso mais carregar essa culpa. Deixe-me contar como tudo, realmente, aconteceu.

— Mais surpresas? — tornou Eva.

— Sim — concordou Celso. — Surpresas tenebrosas, das quais me arrependo amargamente.

— Muito bem. Estamos esperando.

— Foi uma decisão terrível. Primeiro, Tobias e eu divergimos quanto ao momento da cirurgia. Ele queria esperar, eu optei por operarmos logo. Bruna estava fraquinha, não resistiria muito tempo.

— Você quis operar logo? — Alícia se surpreendeu. — Essa não foi a decisão de Tobias?

— Não. Foi minha. Tobias disse que havia sido dele porque continuava querendo me proteger.

O ar de assombro de todos foi interrompido pela voz de Juliano:

— Não vejo nada de terrível nisso. Você fez uma opção médica. Foi uma escolha sensata.

— Isso não foi o pior — prosseguiu Celso. — O pior veio depois.

— Celso, não... — Tobias quase implorou.

— Deixe-me terminar, Tobias. Preciso libertar-me desse peso — respirou fundo outra vez, bebeu água e foi adiante: — Ao separarmos as duas, Bruna teve uma parada cardiorrespiratória. Na mesma hora, Tobias iniciou o procedimento de reanimação. Ele fez tudo corretamente, mas Bruna não respondia, e o tempo foi passando. Quando, finalmente, ela voltou a respirar, haviam-se passado mais de quinze minutos, tempo mais do que suficiente para causar uma lesão grave no cérebro. Mesmo assim, prosseguimos com a cirurgia. Estávamos fechando o peito dela quando nova parada sobreveio. Tobias preparou-se para executar a reanimação, mas eu...

— Pelo amor de Deus, Celso, não faça isso! — Tobias gritou de repente.

— Eu preciso, Tobias, você não entende? Só assim ficarei em paz com a minha consciência.

— O que foi que houve, Celso? — Eva ansiava por saber. — O que você fez?

— Eu simplesmente segurei as mãos de Tobias, impedindo que ele realizasse a reanimação. Bruna já havia ficado muito tempo sem oxigenação no cérebro. Podiam ter ocorrido lesões irreversíveis. Eu não queria que Bruna sofresse ainda mais, que crescesse vegetando em alguma cama de hospital. Foi por isso que não permiti que Tobias a reanimasse e declarei o óbito.

O mutismo foi geral. Ninguém ousava falar, apenas olhar para Celso com ar de assombro. Percebendo o sofrimento dele, Denise ameaçou se levantar, mas Eva a segurou pelo punho e esbravejou, rubra de fúria:

— Como é que você podia saber que os danos eram irreversíveis? Com tantos avanços na medicina, como você pôde ter certeza de que ela viveria para sempre em estado vegetativo? Quantas pessoas você conhece que vivem assim hoje em dia? E mesmo que isso acontecesse, Bruna era nossa filha. Não deveríamos cuidar dela em qualquer circunstância?

— Você foi covarde, pai — lamentou Alícia. — Teve medo de ficar preso para sempre a uma filha entrevada.

— Não foi isso — choramingou ele. — Eu não pensei em mim. Só pensava no sofrimento de Bruna. Não queria que ela sofresse ainda mais do que já havia sofrido.

— Você nos deixou acreditar que Tobias foi o responsável pela morte de Bruna — lembrou Denise. — Por quê?

— Eu não queria, mas Tobias insistiu...

— Por que, Tobias? Por que fez isso?

— É difícil explicar — disse ele, inseguro. — Eu podia simplesmente dizer que foi por amizade, para que minha filha não crescesse sem o pai. Mas a verdade pura e simples é que eu faria qualquer coisa para continuar trabalhando com Celso. Isso também pesou na hora de ceder o meu sêmen.

— Você fez tudo por egoísmo? — acusou Eva. — Para defender seus próprios interesses? Não foi porque Celso o chantageou?

— Foi um somatório de causas — confessou, envergonhado.

— Não importa — constatou Alícia. — Foi papai quem deixou Bruna morrer. Se ele a tivesse ressuscitado, talvez minha irmã estivesse hoje entre nós.

— É isso mesmo, Celso! — bradou Eva. — Você não tinha como saber. Bruna podia estar viva! Assassino!

— Vamos com calma — aconselhou Tobias. — Celso não a matou. Apenas não permitiu que ela fosse reanimada. É diferente.

— Bruna já estava morta — tornou Celso. — Eu jamais mataria minha própria filha.

— Ela não era sua filha — objetou Eva. — Não teria sido por isso que a deixou morrer?

— Se fosse para deixá-la morrer, eu não teria sequer tido a ideia de permitir que nascesse.

— Isso não faz sentido, mãe — contornou Denise. — Papai não ia pedir a Tobias que cedesse seu sêmen se fosse para depois matar a criança.

— Não sei mais o que pensar — admitiu ela, transtornada. — Só o que sei é que podia ter criado Bruna como criei você e Alícia.

Os olhos de Alícia pareciam girar nas órbitas. Era como se ela observasse alguma coisa que passava muito rápido à sua frente. Juliano acercou-se dela, pensando que ela havia entrado em um de seus costumeiros transes.

— Alícia! — chamou ele, esfregando as mãos dela. — Está me ouvindo? Alícia!

— Eu a vi em meus sonhos — falou mecanicamente. — Sonhei com Bruna. Era igualzinha a mim.

— Foi apenas um sonho — ponderou Juliano. — Provocado por tudo o que você tem vivido.

— Não foi só um sonho, Juliano, e você sabe disso. Foi real. Fui ao seu encontro. Era tudo tão lindo!

— O que ela lhe disse? — interessou-se Eva, ansiosa.

— Muitas coisas. Estava feliz. Falou-me do passado, das nossas desavenças que duravam séculos, da escolha que ela fez de renunciar à vida para que eu pudesse viver. Doou sangue diretamente de seu coração para mim, como se me doasse amor. Disse que estava tudo certo e que agora aprendera a me amar.

Estavam todos atônitos. Eva e Denise choravam, enquanto Celso permanecia quieto, a dor em seu coração parecendo, aos poucos, diminuir.

— Minha querida, você tem certeza? — indagou Celso. — Tem certeza de que era ela?

— Absoluta. Foi o espírito dela, não tenho dúvidas.

— E daí? — objetou Eva. — Isso não muda nada. Bruna pode ser um espírito iluminado, mas isso não apaga o que seu pai fez.

— Não acha que já é hora de vocês pararem de se culpar? — interveio Denise. — De que adianta isso? O tempo levou tudo. Agora, só temos uns aos outros. Por que perder tempo com acusações que só farão nos afastar e nos tornar infelizes?

— Você está insinuando que seu pai merece perdão? — rebateu Eva, quase em fúria.

— Quem não merece perdão? Deus nunca nos acusa de nada. Por que temos que nos acusar mutuamente?

Silêncio. Todos evitavam olhar uns para os outros, preferindo manter as cabeças baixas e os olhos pregados no chão.

— Denise está certa — Juliano se adiantou. — Acusações não resolvem nada. Tenho certeza de que todos aprenderam com tudo isso. Ninguém sai ileso de uma história como essa.

— Acho muito bonito você defender seu sogro, Juliano, mas esse não é o nosso sentimento — contrapôs Eva. — Você não foi diretamente afetado pelo que ele fez. Nós fomos. É difícil perdoar...

— Fale por si mesma, mamãe — ponderou Denise. — Eu já o perdoei.

— Eu também — acrescentou Tobias.

— Para vocês é fácil perdoar, visto que não foi a sua gêmea que morreu, Denise — prosseguiu a mãe. — E você, Tobias, é tão culpado quanto ele. O que quero saber é se Alícia consegue perdoar.

Todos os olhares se voltaram para Alícia ao mesmo tempo. Desde que narrara o sonho com Bruna que se mantinha em silêncio.

— Minha dificuldade em aceitar Tobias nunca foi segredo para ninguém. Desde que o conheci, não consegui simpatizar com ele. Mais tarde, descobri que ele estava ligado ao meu passado, tanto recente quanto remoto, de uma forma bastante complicada. Depois, entendi por quê. Por tudo o que aconteceu com Bruna e por ter me matado em outra vida.

— O quê? — espantou-se Eva. — Que história é essa?

— Por favor, mamãe, outra hora lhe conto tudo. O fato é que, finalmente, entendi o porquê de tanta aversão. Isso me fez refletir. Juliano me ajudou muito nesse processo, até que, finalmente, consegui entender que a dificuldade estava comigo, não com Tobias. O passado passou, não importa mais. Importante mesmo é como vamos proceder daqui para a frente. Quando consegui compreender isso, o perdão ficou mais fácil. Sei que nada acontece por acaso e que a reencarnação é a melhor oportunidade que temos de nos reconciliarmos uns com os outros. Quero aproveitar essa oportunidade, e é por isso que hoje posso dizer, com toda tranquilidade, que não tenho mais nenhuma antipatia por Tobias. Não sei exatamente se devo perdoá-lo; acho que ele não fez nada que desafiasse o meu perdão. De qualquer forma, seja no que se refere a Jaqueline, seja no que se refere a Bruna, sinto-me em paz comigo mesma e com ele. Não guardo mais nenhum rancor nem mágoa de Tobias. Acabou.

Eva quis perguntar quem era Jaqueline, mas o olhar recriminador de Denise a fez desistir. De qualquer forma, não fora isso que perguntara.

— Muito bonito, minha filha, mas não foi o que perguntei. Quero saber se você perdoa seu pai.

— Calma, mãe, vou chegar lá. Assim como Tobias serviu de instrumento à vontade divina, acredito que meu pai fez a mesma coisa. Serviu à vontade de Bruna, que não programou viver além das poucas semanas em que permaneceu ligada a mim, transfundindo sangue do seu coração para o meu. Por que ele aceitou essa incumbência, não saberia dizer, assim como não me arrisco a falar por que Tobias tomou as atitudes que tomou. A cada um pertencem seus motivos, e somente às próprias consciências é que eles interessam.

— Você não pode saber isso — protestou Eva, com raiva. — Você não sabe se a intervenção dele foi o que causou a morte de Bruna.

— Aí é que está. Com intervenção ou sem intervenção, Bruna não ia sobreviver.

— Como é que você sabe?

— Sei porque ela me disse.

— Como ela pôde ter lhe dito? — duvidou Eva. — No sonho?

— Exatamente. Tudo agora faz sentido. Antes de Bruna desaparecer, ela se paralisou num halo de luz; voltou apenas para me dizer uma única coisa.

— O quê? — Denise estava curiosa.

— Ela disse: "Diga a papai que não teria adiantado nada".

O pranto de Celso transbordou de seu peito na forma de soluços sentidos e repletos de gratidão. Pela primeira vez em quase trinta anos, sentia uma leveza em seu coração. Durante todo aquele tempo, acusara-se de ter matado Bruna, mas agora ela aparecia para lhe dizer que nada do que ele fizesse teria evitado sua morte.

Com a vista nebulosa por causa das lágrimas, acercou-se das filhas, que o abraçaram com carinho, mais uma vez superando suas falhas em nome do amor. Tobias também o abraçou, reafirmando uma amizade que sobrevivera aos distúrbios da vida. Apenas Eva se manteve distante.

Nenhum deles podia ver a luz envolvendo Celso. Bruna estava presente, tão igual à irmã que pareciam o espelho uma da outra. Ela sorria. Estava feliz. Finalmente, chegara o momento com o qual tanto sonhara, desde quando deixara o corpo de Rosemary. Sentia que havia se reconciliado consigo mesma, com seu passado, com sua filha e sua irmã. Não queria que Celso guardasse aquele remorso destrutivo em sua alma. Ele combinara tudo com ela, aceitara conduzi-la pela estrada da vida durante aqueles poucos meses na Terra. Não era justo que se culpasse apenas por ter feito a vontade dela.

Para completar sua felicidade, gostaria que Eva também compreendesse e o perdoasse. Bruna acercou-se de todos, espargindo pequenas partículas de luz branca ao redor de cada um deles. Fez isso em Celso, Alícia, Bruna, Juliano e Tobias, detendo-se por uns instantes a mais diante de Eva. A mãe pareceu sentir sua presença, pois uma forte emoção tomou o seu peito. Eva chorou de mansinho, sem saber que Bruna recolhia suas lágrimas, transformava-as em pétalas de luz e soprava-as de volta em seu coração. Quando o pranto de Eva silenciou, acalmado pela energia de tranquilidade da filha, Bruna aproximou-se ainda mais e tomou-a nos braços.

Para Eva foi como se, de repente, um peso enorme escapulisse de seu peito, arrancado por uma força superior e irresistível. Ela não chorou mais. Sentiu saudade de Bruna, mas não uma saudade desesperada, senão aquela que é fruto do mais puro amor.

— Não fique triste, mamãe — sussurrou Bruna ao ouvido de Eva. — A reanimação não teria surtido efeito. Foi o que eu escolhi. Teria partido de qualquer maneira, porque foi ali, na mesa de cirurgia, para dar vida a Alícia, que escolhi morrer. Papai segurou a mão de Tobias por amor a mim, porque era essa a minha vontade.

Eva arregalou os olhos, como se, de alguma maneira, houvesse entendido as palavras da filha, embora soubesse que não as ouvira. Viu a família toda reunida num abraço e permitiu que a emoção a invadisse. Ao se deparar com o semblante sofrido de Celso, não duvidou mais. Como poderia ter duvidado? Ela o amava. Amara-o por toda a vida, embora acreditasse que não.

Em seu íntimo, o perdão já havia se estabelecido. O que faltava agora era superar o orgulho e dar vazão ao amor.

CAPÍTULO 65

Era um lindo entardecer de outono. Um friozinho gostoso fazia arrepiar a pele, insinuando-se cada vez mais, à medida que o sol descia no horizonte. De braços dados para se aquecer, mãe e filha caminhavam na praia, aproveitando os últimos momentos de calor que ainda persistia na Terra.

— Você não imagina como fico feliz por você ter perdoado papai — comentou Denise. — Depois de tudo por que passaram, ambos merecem ser felizes, sem culpas nem ressentimentos.

— Vou lhe confessar uma coisa — disse Eva. — Naquela hora, quando vocês estavam todos abraçados, senti a presença de Bruna.

— Sério?

— Foi o que me fez reavaliar meus sentimentos e compreender que todo mundo é humano. Ninguém erra, mas faz o que pensa ser o melhor.

— Exatamente.

— E foi pensando no melhor que convidei você para esse passeio.

— Como assim?

— Estou preocupada com a sua felicidade. Já tivemos desgostos demais nessa família.

— Eu estou bem.

— Não está. Você e Tobias estão separados.

— Somos amigos. Acho que, no fundo, você tem razão. Ele é velho demais para mim.

— Não precisa fingir para mim. Sei que vocês se amam.

— Não é verdade...

— É verdade, sim. E sei também que você não fica com ele por minha causa.

— Não é nada disso, mãe. Você é casada com papai, não é?

— Mas você sabe que fui apaixonada por Tobias — Denise silenciou. — Tenho certeza de que é esse o motivo que a levou a afastar-se dele. Pois você não devia. Eu não amo Tobias. Acho que nunca o amei. O que alimentei esses anos todos foi o orgulho, ferido por ter sido rejeitada.

— Mamãe, você não precisa fazer isso...

— Fazer o quê? Dizer a verdade? A verdade é essa mesma. Não amo Tobias e, se um dia o amei, isso ficou para trás. Você não precisa evitá-lo por minha causa.

— Não mesmo?

— Não mesmo. Pode acreditar em mim. O que mais quero agora é que você seja feliz ao lado dele.

— Isso não vai fazê-la infeliz?

— Juro que não.

Denise aproximou-se da beira da praia, sentindo o contato gelado da água em seu pés.

— Posso perguntar uma coisa, mãe?

— É claro que pode.

— Você ama papai?

— Amo. Hoje, posso dizer, com segurança, que sempre o amei. Camuflei esse amor sob a névoa de orgulho, mas o amor estava lá.

Denise a abraçou comovida. Queria muito que os pais se acertassem.

— Agora que já estamos entendidas, o que está esperando?

— Esperando...

— Esperando para ir ao encontro de Tobias e dizer que o ama?

— Não sei, mãe, não quero magoá-la.

— Você é teimosa mesmo, hein! Não disse que não amo Tobias? Ele está livre para você. Vá. Corra antes que uma outra o fisgue antes de você.

— Tem certeza?

— Absoluta. Vá, ande. Não perca mais tempo.

— E você?

— Vou pegar o meu carro e voltar para casa calmamente.

— Mamãe, eu a amo.

Denise beijou-a várias vezes nas faces. Mal via a hora de encontrar-se com Tobias e dizer a ele que poderiam ficar juntos sem culpa nem medo. Vendo a filha se afastar, Eva teve a certeza de que fizera a coisa certa. Entrou no carro com alegria, certa de seu destino.

Ao sair do laboratório, Celso se surpreendeu ao ver Eva encostada em seu carro, parado na porta do prédio.

— Eva! — exclamou, mal contendo a alegria.

— Como vai, querido? — foi a recepção calorosa.

— O que está fazendo aqui?

— Vim buscar meu marido à saída do trabalho. Não posso?

— É claro que pode. Algum motivo especial?

— Sim. O amor.

Beijou-o suavemente, como havia muito não o beijava, permitindo que a emoção fluísse de seu corpo para o dele. Pela primeira vez, Eva dizia aquilo sem medo de o estar enganando. Nunca antes percebera que realmente o amava. Podia não ser uma paixão avassaladora como a que sentira por Tobias, mas o amor verdadeiro dispensa o fogo do desejo. É um sentimento para ser vivido, acima de tudo, no coração.

Como Denise queria encontrar Tobias sozinho, foi esperá-lo na portaria do prédio onde ele morava. Não foi preciso aguardar muito. Tobias chegou do trabalho cansado, olhos fitando o nada, e passou pelo saguão quase sem a notar. Denise saiu das sombras e se postou diante dele. Um sorriso foi a única reação que ele teve.

— Não está feliz em me ver? — perguntou ela.

— Tenho medo de sentir felicidade. Sempre que penso que a tenho, ela escapole de mim.

— Você foi incrível nessa história toda. Um homem de valor.

— Isso quer dizer alguma coisa?

— Quer dizer muitas coisas. Principalmente, quer dizer que amo você.

Sem saber bem o que aquelas palavras significavam, ele não esboçou nenhuma reação. Apenas chamou o elevador, convidando-a para subir com ele.

— Você não vai dizer nada? — indagou ela, enquanto o elevador avançava pelos andares.

— Não sei o que quer ouvir.

— Quero ouvir a verdade.

— Já disse toda a verdade. Não há mais nada.

— Não é isso. Quero saber o que você sente por mim.

— Você sabe. Nunca escondi que a amo.

— Ainda?

— Por acaso, haveria algum motivo para eu deixar de amá-la?

Havia tanta emoção circulando ao redor dos dois, que o espaço minúsculo do elevador não foi suficiente para conter a fúria de seus corações. Tobias a puxou para ele, beijando-a com ardor. Quando a porta se abriu, ele a ergueu no colo, conduzindo-a pelo corredor como se fossem recém-casados. Beijava-a tanto que quase caiu com ela. Denise riu da atitude dele e o abraçou bem apertado, como se nunca mais quisesse soltá-lo.

— Não acredito que isso está acontecendo — segredou ela. — É um sonho.

— Você é o meu sonho — tornou ele, embevecido. — O sonho mais bonito que um homem pode ter.

— Deixe de ser meloso, Tobias — protestou ela, rindo. — Está parecendo um açucareiro.

— É você que é muito doce.

Ele abriu a porta de seu apartamento sem colocá-la no chão, seguindo com ela na direção do quarto. Amaram-se como nunca, o coração de ambos transbordando uma luminosidade rósea que inundou todo o ambiente. Depois de saciados, Denise contou a ele a conversa que tivera com a mãe.

— É só por isso que você está aqui? Porque sua mãe consentiu?

— Pelo amor de Deus, Tobias, não vá estragar tudo agora! Você sabe que eu não conseguiria passar por cima dos sentimentos da minha mãe em nome da minha felicidade.

— Nunca concordei com isso, mas, como você disse, não pretendo estragar tudo agora. Na verdade, acho que só tenho que ser grato a Eva. Se essa foi a única maneira que a vida encontrou de mandar você de volta para mim, quem sou eu para questionar? Eu a amo, você me ama, e isso é o que importa.

— Ainda bem que você conseguiu entender. Me deu um arrepio, só de pensar que você ia criar um caso comigo por causa da minha mãe.

— Vou criar um caso com você, sim, mas por outro motivo.

— Que motivo?

— Quero me casar com você e não aceito um *não* como resposta.

— Quem disse que eu diria não?

— Você aceita?

— O que você acha?

— Hum... Deixe ver... Acho que você aceita.

Ela o abraçou com tanta felicidade que quase o sufocou.

— Tenho apenas uma condição — considerou ela.

— Qual é? — perguntou ele, com ansiedade e medo.

— Que você nunca mais fale que sou muito nova para você.

Ele deu um sorriso de alegria, que se transformou em riso franco, para depois ceder lugar a gargalhadas de felicidade. Ambos riam e se abraçavam, beijavam-se e tornavam a rir. Nada mais importava além do amor que sentiam.

CAPÍTULO 66

Fora um convite inesperado. Desde a reunião em casa de Celso que Alícia não falava com Tobias. Sabia, porque ela mesma dissera, que não sentia mais nenhum ressentimento com relação a ele, mas ela não fizera nenhum movimento para estreitar a relação entre eles. Por isso ele estranhara quando Juliano lhe telefonou, convidando-o para uma conversa em sua casa.

— Como vai, Tobias? — cumprimentou Juliano, fazendo-o entrar em seu apartamento. — Espero que não o estejamos atrapalhando.

— De forma alguma!

— E o apartamento novo? Está indo bem?

— Sim. Deixei Denise cuidando dele. Ela está adorando fazer a decoração.

— Quando pretendem se casar?

— Daqui a um ano, talvez, se nossa experiência de viver juntos for bem sucedida, que é o que espero.

— Vocês se amam. Quando há amor, tudo dá certo.

Alícia entrou nesse momento. Vendo-a, Tobias pensou que ela era uma das mulheres mais lindas que já vira em toda sua vida, concorrendo apenas com Denise. Ela parou diante dele, fitando-o com ar expressivo, cheio de um sentimento que ele podia não identificar, mas que não passava perto nem do ódio, nem da mágoa.

— Como vai, Alícia? — falou ele, tentando conter a emoção. — Não sabe o quanto fiquei feliz com o seu chamado.

— Por quê? — tornou ela. — Você nem sabe o que tenho a dizer.

— Não importa. Só de saber que você quis falar comigo, já fico feliz.

Ela fitou os olhos dele com ansiedade. Em seguida, falou, lutando para não deixar a voz tremer:

— Quero nos dar uma oportunidade. Uma oportunidade de nos conhecermos melhor.

— É tudo o que mais quero — admitiu ele, também trêmulo de emoção.

— Ainda acho estranho meu pai biológico se casar com minha irmã e se tornar meu cunhado, mas vou tentar superar essa esquisitice. Tenho que me lembrar que você não é pai de Denise.

— Não pretendo tomar o lugar do seu pai nem espero que você me ame como a ele. Celso é e sempre será seu verdadeiro pai. Eu fui apenas o doador, mas não podemos negar que existe um elo entre nós. Sei que você vai falar da outra vida, de Jaqueline e Dimas, e sei que deve ter sido isso mesmo. Essa história só faz reforçar minha crença. Ninguém doa sêmen ao acaso. Mesmo num banco de esperma, o acaso não existe. Pode ser que, para nós, seres humanos, tudo pareça surpresa. Mas, para o mundo espiritual, as coisas não passam de uma sucessão de eventos programados.

— Concordo com você. Com certeza, geneticistas que atuam no plano espiritual selecionam os gametas necessários à reprodução que é mesmo assistida. Tanto os médicos do mundo físico quanto do invisível planejam, executam e acompanham todo o processo.

— Exatamente. Deus está no comando de todas as coisas. Nada se processa sem que seja de sua vontade ou com a sua autorização. Só o orgulho do homem para achar que a reprodução assistida, ou qualquer outra forma de conquista da ciência, ultrapassa o governo de Deus. Quando a ciência avança, foi porque Deus assim o permitiu. Não há contraposição entre ciência e Deus. Entre ciência e religião pode até ser, visto que a religião é obra dos homens, que interpretam a mensagem divina à sua maneira. Mas ciência e Deus são a mesma coisa, sendo a ciência a expressão da vontade divina.

— É no que acredito também. Antigamente, algumas pessoas achavam que podiam atentar contra a ordem divina. Isso é um absurdo. Todas as ordens são divinas, ainda que o homem pense o contrário. Ninguém interfere no plano de Deus. O ser humano pensa que sim, mas isso não acontece. Ele, na verdade, não cria nada. Apenas reproduz o que Deus criou e deixou em estado latente até o momento certo de ser desvendado. O que fazem os grandes gênios é revelar ao mundo a obra divina, e o fazem sob a orientação de grandes gênios que atuam no espaço. Ninguém faz nada sozinho.

— É difícil dividir os créditos, mas a verdade é que todos os segmentos geniais da atividade humana, seja nas artes, na ciência, nos esportes ou qualquer outro ramo, são acompanhados de perto por espíritos igualmente dotados de genialidade, que somam seus conhecimentos ao dos encarnados para, juntos, colaborarem com o progresso. Tudo é uma via de mão dupla. Seja para o bem ou para o mal, o ser humano nunca está só.

— É por acreditar em tudo isso que refleti muito sobre o que aconteceu entre nós — esclareceu Alícia, visivelmente admirada com as palavras de Tobias. — Como disse antes, não me importo mais com o passado. Consegui me libertar de tudo isso e aceitar que você hoje é outra pessoa. Quero que sejamos amigos.

— Por tudo o que lhe tenha feito, volto a pedir que me perdoe, por essa ou por qualquer outra vida em que a tenha prejudicado.

— Para mim, tudo isso foi uma lição. Hoje compreendo que ninguém passa por experiências das quais não necessita para seu aprimoramento. E tudo tem uma causa. Boa ou ruim, esta causa está sempre em nós, ainda que ela se reveze ao longo dos anos, passando de um para outro, num eterno vaivém de causa e efeito. Ora nos colocamos na posição de agredidos, ora na de agressor. Na verdade, nossas posições se alteram entre sujeitos ativos e passivos de atitudes geradas por nós mesmos. Quando, finalmente, entendi isso, de coração, e não com a mente, foi que consegui aceitá-lo.

— Você me perdoou?

— Perdoar, perdoar, não — ele a fitou, abismado, e ela arrematou: — Porque você não fez nada que demandasse o meu perdão.

— Alícia... — emocionou-se. — Você não sabe como fico feliz em ouvir isso. Você e Denise são tudo o que importa para mim nessa vida.

— Acredito que o seu amor é sincero. Por nós duas. E, para demonstrar o quanto estou disposta a aceitá-lo em nossas vidas, gostaria de lhe pedir um favor.

— Você, me pedir um favor? O que você quiser.

— Tenho consciência do bem que a reprodução assistida tem feito a milhares de pessoas ao redor do mundo. Não falo apenas pelo lado físico, do desejo de se tornaram pais, mas do lado espiritual mesmo. Os processos de infertilidade estão ligados a problemas cármicos decorrentes do mau uso da fertilidade no passado, como abortos, abandono de bebês e coisas do gênero.

— Só um aparte. Esses *problemas cármicos*, como você chama, decorrem de uma má compreensão das leis da vida. Usemos o exemplo do aborto. Quem praticou ou se submeteu a ele não necessariamente será infértil. Tudo depende da forma como aquele ser encara suas próprias atitudes. Se o remorso o levar ao extremo da culpa, pode ser que ele opte por uma encarnação em que encontre problemas para en-gravidar, mas pode ser que também escolha ficar do outro lado, como eu, ajudando pessoas que não podem ter filhos a realizar seu sonho.

— Sei disso. Entendo que não precisamos da Lei de Talião para buscarmos um equilíbrio entre as ações e reações que governam nossas vidas. Quem fez o mal não precisa ser vítima desse mesmo mal. Pode fazer diferente, pode escolher ajudar ao invés de se vitimar. Mas estou falando daquelas pessoas que, mesmo sabendo disso, não conseguiram se libertar integralmente de suas culpas. Isso ainda é comum no caso da gravidez, pois muitas pessoas não podem ter filhos.

— Certo. Se uma pessoa, homem ou mulher, escolhe nascer infértil, sem chance de recuperação, seu corpo será ajustado para atender àquele desejo, carregando a anomalia que pode ser irreversível. Nessa hipótese, por mais que a pessoa se perdoe e busque engravidar, não conseguirá, pois o meio físico não oferece as condições favoráveis a uma gestação. Surge então a reprodução assistida, como caminho de esperança ou de milagre, e duas coisas, então, podem acontecer: Ou a pessoa consegue, finalmente, ficar em paz com a própria consciência, ou prefere seguir na frustração como forma de amadurecimento. No primeiro caso, a fertilização é um sucesso. No segundo, tende ao fracasso.

— O que você está querendo dizer — intercedeu Juliano —, é que, nos casos de infertilidade, a cura ou sucesso da reprodução assistida vai depender do fato de a pessoa conseguir ou não perdoar a si mesma.

— Isso. Quem se perdoa consegue. Quem não se perdoa vai amargando até entender que o autoperdão é a melhor forma de superar suas imperfeições morais.

— E quando se descobre a cura?

— É um sinal claro da divindade de que aquele caminho de sofrimento não precisa mais ser trilhado nem ser seguido até o fim. Ou pode ser evitado, ou, em algum momento, modificado.

— Todos esses esclarecimentos foram ótimos para mim — admitiu Alícia. — E me trazem de volta ao meu pedido de ajuda.

— Que você ainda não disse qual é.

— Juliano e eu estamos tentando engravidar há uns dois anos, e até agora, nada. Será que você pode nos ajudar?

— Celso diz que Alícia e eu não temos nenhum problema físico — explicou Juliano. — Mas achamos que podíamos ter uma segunda opinião.

— Você faria isso por nós? — tornou Alícia.

Tobias mal conseguia respirar de tanta emoção. Se Celso dissera que não havia nenhum problema físico com os dois, com certeza, não havia. Celso não errava em seus diagnósticos. Mas só de saber que Alícia pedira sua ajuda em um assunto tão delicado, fazia com que ele se sentisse o mais gratificado dos homens.

— Quando vocês quiserem! — anunciou ele. — Estou à sua disposição.

Sem que ele esperasse, Alícia o abraçou. Era um abraço caloroso, filial, cheio de sentimentos verdadeiros. Tobias correspondeu com lágrimas nos olhos. Afinal, era sua filha quem estava ali. Mesmo que ela não tivesse sido criada por ele, a natureza os colocara naquela posição para que se amassem, e agora lhes dava a chance de fazê-lo.

Naquela noite, Alícia e Juliano fizeram amor como nunca antes haviam feito. Alícia estava muito mais calma, confiante, serena. Nada de ansiedade nem da usual pergunta: *Será que hoje vai dar certo?* Na verdade, não se importava muito com aquilo. Queria apenas sentir o amor do marido e entregar-se a ele sem outras preocupações além do sentimento que os unia.

EPÍLOGO

A noite chegou com muitas estrelas, e a luz da lua incidiu nas faces de Alícia, que se espreguiçou na rede da varanda. Sonhara com Jaqueline entrando na igreja, conduzida pelo braço do irmão. No altar, Cézar a aguardava, um homem tão lindo que, só de olhar para ele, Alícia tremeu de emoção.

O casamento de Jaqueline trouxe a certeza de que ela sobrevivera ao atentado à sua vida. De alguma forma, ela conseguira evitar o assassinato. Ela modificara a realidade dela. A Jaqueline que vivia em 2015 não teria o futuro daquela que vivia em 2219. A partir dali, ambas seguiriam histórias de vida diferentes, e tudo graças a ela.

Graças a ela só, não. Graças também a Maurício. Alícia nunca o havia visto nem sonhado com ele, até a noite em que tudo aconteceu. Fora uma surpresa para ela. Deitara-se como de costume, fazendo suas usuais orações. Assim que o sono a dominou, sentiu-se arrancada de sua cama, de sua casa, de seu tempo. Lá estava Jaqueline, pronta para ir à academia.

A diferença era que, dessa vez, Jaqueline não a via nem ouvia. Ela, ao contrário, podia identificar todo o ambiente de Jaqueline, bem como as pessoas que com ela conviviam. Maravilhada, Alícia acompanhava os acontecimentos como mera expectadora, sem neles tomar parte. Tentou falar com

Jaqueline, chamar-lhe a atenção, mas nada aconteceu. Era como se estivesse olhando a cena do lado de fora de uma janela. Tinha que mudar aquela situação. Precisava passar para o lado de dentro. Ou talvez Jaqueline conseguisse pular para fora, para onde ela estava.

Pensando bem, por que estava tão interessada em falar com Jaqueline naquele momento? O que iria lhe dizer? Nem mesmo ela sabia por que motivo fora até ali. Talvez fosse melhor tentar ir embora, voltar para seu próprio tempo. Seus olhos, porém, avaliaram Jaqueline com maior clareza. Ela estava vestida para ir à academia. Agora reparando melhor, ela e o namorado discutiam exatamente sobre isso. Ele não queria que ela fosse.

Então, era por isso que ela fora levada até ali. Aquele era o dia. De algum modo, o mundo espiritual atuava para que ela evitasse aquela tragédia. Mas por quê?

— Vamos dar a essa Jaqueline uma nova experiência — ela ouviu uma voz dentro de si dizer.

Alícia nem perguntou de onde surgira aquela voz. Ou era seu Eu superior, ou algum espírito amigo. Não importava. Somente o aviso é que tinha importância. Ela gesticulou, gritou, puxou Jaqueline pelo braço. Nada surtiu efeito. Jaqueline, totalmente desperta, sequer registrava sua presença, uma presença sutil, que estava e, ao mesmo tempo, não estava ali. Alícia era como um espectro sem voz, uma aparição incapaz de interagir com pessoas vivas.

Desesperada, partiu em busca de ajuda. Pela primeira vez, via a casa de Jaqueline, seu quarto e, o que mais lhe interessava: o irmão dela. Maurício dormia um sono leve, o corpo fluídico pairando acima do físico, quase pronto para despertar. Alícia percebeu a iminência de perder a oportunidade de falar com ele. Mais que depressa, acercou-se do leito e sacudiu o corpo astral do menino.

— Maurício — sussurrou. — Acorde. Tenho algo urgente a lhe dizer.

O menino abriu os olhos, tentando entender o que acontecia. Sentou-se em cima de seu corpo adormecido, sem se dar conta de que estava sobre ele. Quando viu Alícia parada a seu lado, com aquele ar de desespero, assustou-se.

— Não tenha medo — tranquilizou ela. — Não vim aqui para lhe fazer nenhum mal.

— Quem é você?

— Me chamo Alícia.

— Alícia? Não conheço.

— Não faz mal. Você é um menino esperto, não é? — ele fez que sim. — Pois então, acorde e corra até Jaqueline. Diga a ela que Dimas a está esperando.

— Dimas?

— Isso, Dimas. É hoje que tudo vai acontecer. Não perca tempo, menino. Vá!

O corpo fluídico de Maurício retornou ao físico com tanta violência, que ele quase não conseguiu se levantar. A lembrança do sonho pulou em sua mente. A sensação de que Jaqueline corria perigo era real demais para ele ignorar. Maurício, enfim, conseguiu dar um salto da cama, correndo pela casa feito louco, à procura da irmã. Quando a viu na sala com Cézar, o alívio fez desacelerar seu coração. Ele chorou, implorou que ela não fosse, mas Jaqueline não cedeu. Decidida, saiu.

Daquele ponto em diante, Alícia não pôde mais acompanhá-la. Havia retornado a seu próprio plano. Juliano ainda dormia a seu lado, a noite ainda era escura, tudo continuava quieto. De Jaqueline, nem sinal.

Ela agora fazia uma leitura clara do ocorrido. Sua interferência surtira efeito. Jaqueline fora salva e estava se casando com o homem que amava. Era maravilhoso! Alícia sorriu dormindo. Estava em paz consigo mesma e o mundo.

A rede em que estava deitada afundou subitamente, agitando-se como se alguém a balançasse.

— Deixe-me dormir, Juliano — queixou-se ela. — A noite passada me deixou exausta.

Como ele não respondesse, e a rede continuasse balançando, Alícia abriu os olhos. Levou um tremendo susto. Não era Juliano quem estava sentado ao lado dela, mas um menino bonito, de seus nove ou dez anos, exibindo um sorriso encantador, que ela achou muito familiar.

— Quem é você? — perguntou ela. — Já não nos vimos antes?

O menino sorriu também. Alisou o rosto dela com ternura, deixando a sensação de que ela jamais experimentara carinho tão gostoso. Em seguida, tocou de leve em sua barriga, iluminando todo o seu interior.

— Eu voltei, Jaque, eu voltei — disse ele, numa vozinha límpida e ritmada.

Foi então que Alícia, verdadeiramente, abriu os olhos, sentindo que havia sonhado. Fora mesmo um sonho? Suas mãos pousaram sobre o ventre, causando-lhe um choque inesperado. Não doeu, mas transmitiu-lhe uma certeza.

Ela alisou o ventre com um sorriso de satisfação nos lábios. Não podia explicar nem imaginava de onde vinha toda aquela certeza. Mas ela sabia... Sabia que aquele menino estava ali junto com ela, dividindo a vida com ela. Não tinha mais dúvidas. Finalmente, a certeza: seu filho ia nascer.

Mônica de Castro
ROMANCE PELO ESPÍRITO LEONEL

Romance | 15x22 cm | 392páginas

LÚMEN
EDITORIAL

A PRINCESA CELTA
O DESPERTAR DE UMA GUERREIRA

Em uma época em que não havia registros históricos, viveu uma princesa celta que sonhava em ser guerreira para livrar seu povo do jugo dos romanos. Envolvida em intrincadas conspirações, não se deixou abalar pela ilusão do poder, mantendo íntegra a vontade de lutar por liberdade e justiça. Ao mesmo tempo, sentiu aflorar a paixão e o desejo, descobrindo que o amor desconhece hostilidades e aproxima inimigos. Acompanhada de uma deusa africana (que, nesta história, é chamada de Oyá, nome proveniente da tradição iorubá), seguiu o destino que a espiritualidade lhe reservou, revelando que as fronteiras entre os povos são imaginárias e incapazes de destruir afinidades e os desígnios traçados pelo Plano Superior.

Entre em contato com nossos consultores e confira as condições
Catanduva-SP 17 3531.4444 | boanova@boanova.net | www.boanova.net

Giselle, a amante do inquisidor

Mônica de Castro
ROMANCE PELO ESPÍRITO LEONEL

Romance | 16x23 cm | 400 páginas

Durante séculos, a Inquisição dominou boa parte do mundo, levando a toda sorte de crimes cometidos em nome da justiça divina, que passava pelo tortuoso caminho da ganância.

Nesse contexto, Giselle, amante de poderoso monsenhor, se utilizava da beleza para seduzir, enganar e entregar hereges criminosos nas mãos do inquisidor, angariando, com isso, riqueza e influência. Para tanto, não hesitava em mentir, trair e manipular poderosas energias da treva, que lhe valeram não apenas bens materiais, como também, sérios comprometimentos futuros.

Mas a vida não espalha injustiças, e nada passa impunemente aos olhos de Deus e da própria consciência.

LÚMEN
EDITORIAL

Entre em contato com nossos consultores e confira as condições
Catanduva-SP 17 3531.4444 | boanova@boanova.net | www.boanova.net

CONHEÇA O
INSTITUTO BENEFICENTE
BOA NOVA

SOCIEDADE ESPÍRITA BOA NOVA

Fundada em 1980, é hoje uma referência no estudo do espiritismo. Aqui, oradores e expositores de todo o Brasil realizam seminários, eventos, workshops e cursos. Além disso, toda semana são realizadas reuniões públicas.

CRECHE BOA NOVA

Criada em 1986, a Creche Boa Nova atende mais de 130 crianças entre 4 meses e 5 anos e 11 meses de idade.

BERÇÁRIO ESTRELA DE BELÉM

Mais de 40 crianças de 4 meses a 1 ano e 11 meses são atendidas no berçário mantido pelo Instituto Boa Nova.

CAMPANHAS SOLIDÁRIAS

O projeto Boa Semente atende mais de 50 famílias carentes da cidade, entregando cestas básicas e marmitas.

DISTRIBUIDORA E EDITORA

Líder no segmento espírita, a distribuidora disponibiliza mais de 7 mil títulos, e a editora Boa Nova tem os seguintes selos editoriais:

Levamos o livro espírita cada vez mais longe!

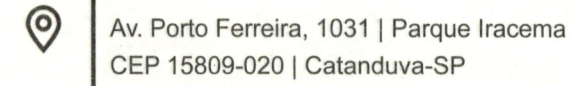

Av. Porto Ferreira, 1031 | Parque Iracema
CEP 15809-020 | Catanduva-SP

www.**lumeneditorial**.com.br
www.**boanova**.net

atendimento@lumeneditorial.com.br
boanova@boanova.net

17 3531.4444

17 99777.7413

Siga-nos em nossas redes sociais.

@boanovaed

boanovaeditora

CURTA, COMENTE, COMPARTILHE E SALVE.
utilize #boanovaeditora

Acesse nossa loja

Fale pelo whatsapp